20 사랑은 오프비트

베키 앨버탤리 장편소설
신소희 옮김

2019년 5월 20일 초판 1쇄 발행

펴낸이 한철희 ❘ 펴낸곳 돌베개 ❘ 등록 1979년 8월 25일 제406-2003-000018호
주소 (10881) 경기도 파주시 회동길 77-20 (문발동)
전화 (031) 955-5020 ❘ 팩스 (031) 955-5050
홈페이지 www.dolbegae.co.kr ❘ 전자우편 book@dolbegae.co.kr
블로그 imdol79.blog.me ❘ 트위터 @Dolbegae79 ❘ 페이스북 /dolbegae

주간 김수한 ❘ 편집 우진영·권영민
표지 디자인 김하얀 ❘ 본문 디자인 김하얀·이은정·이연경
마케팅 심찬식·고운성·조원형 ❘ 제작·관리 윤국중·이수민 ❘ 인쇄·제본 상지사 P&B

ISBN 978-89-7199-960-8 (44840)
ISBN 978-89-7199-432-0 (세트)

책값은 뒤표지에 있습니다.

이 도서의 국립중앙도서관 출판예정도서목록(CIP)은 서지정보유통지원시스템 홈페이지
(http://seoji.nl.go.kr)와 국가자료공동목록시스템(http://www.nl.go.kr/kolisnet)에서
이용하실 수 있습니다. (CIP제어번호: CIP2019018217)

꿈꾸는돌

20

사랑은
오프비트

베키 앨버탤리 장편소설

신소희 옮김

돌베
개

나도 전혀 몰랐던 뭔가를
이미 눈치채고 있던 독자 여러분에게

차례

1

이런 일로 난리를 피우고 싶진 않지만, 우리 밴드가 연주할 곡을 모건이 고르는 건 정말이지 피하고 싶다. 겉모습은 고등학교 3학년이지만 취향은 교외에 살며 중년의 위기를 맞은 애 아빠 같은 아이니까.

단적인 예를 들어 보자. 지금 모건은 키보드 의자를 책상 삼아 바닥에 무릎을 꿇고 있는데, 걔가 골라 놓은 레퍼토리는 하나같이 시시해 빠진 옛날 록 음악이다. 나는 상당히 인내심이 많은 사람이다. 하지만 미국인으로서, 뮤지션으로서, 그리고 자신을 존중하는 한 인간으로서 저런 개똥 같은 음악은 전적으로 거부하는 것이 나의 의무이자 권리다.

나는 의자에서 몸을 구부려 모건의 어깨 너머를 훔쳐본다. "본 조비는 안 돼, 저니도 안 돼."

"얘, 진심이니?" 모건이 대꾸한다. "사람들은 〈Don't stop believin'〉(미국 뮤지컬 드라마 〈글리〉를 통해 이 곡이 전파를 타면서 록 밴드 저니는 젊은 세대에게도 재조명되었다)을 좋아한단 말이야."

"사람들은 마약도 좋아하지. 그럼 우리 마약도 해야 돼?"

애나가 눈썹을 치켜올린다. "레아, 너 방금—"

"방금 〈Don't stop believin'〉을 마약에 비교한 거냐고?" 난 어깨를 으쓱한다. "아, 그래. 그랬다니까."

애나와 모건은 예의 그 '표정'으로 서로를 쳐다본다. '또 시작이야, 쟤 또 고집부리려고 하네'라는 표정 말이다.

"그냥 해 본 말이야. 그 노랜 정말로 마약 같잖아. 가사는 엉터리지만." 나는 내 말을 강조하기 위해 스네어 드럼을 살짝 두드린다.

"난 가사 좋던데." 애나가 대꾸한다. "희망차잖아."

"희망차고 아니고의 문제가 아니야. 애초에 한밤중의 기차가 어디로든 가긴 하는지가 엄청나게 의심스럽다는 게 문제지."(〈Don't stop believin'〉에는 '그녀는 어디로든 가는 한밤중의 기차를 잡아탔네'라는 구절이 나온다.)

두 사람은 다시 한번 그 '표정'을 교환한다. 이번엔 슬쩍 어깨를 으쓱해 보이면서. 해석하자면 이런 뜻이다. 그렇긴 하지.

또한 이를 한 번 더 해석하자면 이런 뜻이다. 레아 캐서린 버크는 정말 천재라니까. 앞으론 결코 무슨 일이 있어도 쟤의 음악 취향을 의심하지 말자고.

"테일러랑 노라가 복귀할 때까진 새 연습곡을 추가해선 안 되겠지." 모건이 인정한다. 쟤 말이 옳다. 교내 뮤지컬 공연 리허설 때문에 테일러와 노라는 1월부터 죽 연습을 못 하고 있다. 나머지 세 명은 일주일에 몇 번씩 계속 모이고 있지만, 보컬과 리드 기타 없이 연습하는 건 재미가 없다.

"좋아." 애나가 말한다. "그럼 오늘은 이걸로 끝내는 거지?"

"연습을 끝내자는 얘기야?"

어이쿠. 저니에 관해서는 입 다물고 있는 게 나을 뻔했다. 그러니까, 나도 이해한다. 난 백인이니까, 구린 옛날 록 음악을 좋아해야 마땅할 것이다. 하지만 난 다들 음악과 마약에 관한 이 활발한 논쟁을 즐기고 있다고 생각했는데. 어쩌면 어느 시점에서 이야기가 빗나가 버렸는지도 모른다. 이제 모건은 키보드를 정리하는 중이고 애나는 엄마한테 데리러 와 달라는 문자를 보내고 있으니까. 아마도 게임 오버인 모양이다.

우리 엄마가 도착하려면 20분은 더 걸릴 거다. 그래서 난 두 사람이 떠난 뒤에도 계속 음악실에서 빈둥거린다. 별로 문제될 건 없다. 사실 혼자서 드럼을 치는 건 즐거운 일이다. 난 드럼 채가 마음껏 달리게 놔둔다. 베이스에서 스네어까지, 한 번 더, 그리고 또 한 번 더. 몇 번은 톰톰을 울리고, 몇 번은 하이해트를 치고, 챙 챙 챙. 그리고 나선 폭발.

쾅.

쾅.

한 번 더.

휴대전화 벨소리도 내 귀엔 들리지 않는다. 그러다 마침내 음성 메시지 알람이 울린다. 분명 엄마다. 엄마는 항상 전화를 걸고 문자는 어쩔 수 없을 때만 보낸다. 이렇게 얘기하니 쉰 살 아니면 백만 살 정도 된 것처럼 들리겠지만, 사실 엄마는 서른다섯 살이다. 난 열여덟 살이고. 어디 한번 계산기를 두드려 보시라. 그러니까 난 우리 동네의 뚱보 슬리데린 로리 길모어인 셈이다.(슬리데린은 '해리 포터' 시리즈에 나오는 순혈주의자 마법사인데, 음침하고 냉정한 인물형을 가리키기도 한다. 로리 길모어는 미국 드라마 〈길모어 걸스〉의 주인공으로, 미혼모 엄마와 함께 산다.)

난 음성 메시지를 들어 보지 않는다. 왜냐하면 엄마는 그러고 나서 항상 문자를 보내니까. 물론 잠시 후에 말이다. 딸, 정말 미안한데, 일이 산더미네. 오늘만 버스 타고 가면 안 될까?

알았어. 난 답장을 보낸다.

우리 딸이 최고야. 그리고 뽀뽀 이모지(emoji, 유니코드 체계를 이용한 그림 문자).

엄마의 상사는 로봇처럼 멈출 줄 모르는 일중독 변호사다. 그러니 이런 일은 자주 생긴다. 그게 아니라면 엄마가 데이트를 하러 가는 경우도 있다. 나보다 인기 많은 엄마를 두었다는 건 사실 농담거리로도 삼기 싫은 일이다. 지금 엄마는 웰스인가 하는 남자랑 만나고 있다. '우물'well의 복수형. 돈 많은 대머리 남자인데 귀가 아주 작고 쉰 살 가까이 되었을 거다. 내가 만나 본 건 딱 한 번, 고작 30분 정도였는데, 그동안 말장난을 여섯 번 하고 두 번이나 '이런, 빌어먹을'이라는 말을 썼다.

뭐, 예전엔 내게도 차가 있었기 때문에 그런 건 별로 중요하지 않았다. 내가 엄마보다 먼저 집에 도착해도 그냥 차고로 들어가면 되었으니까. 하지만 지난여름 엄마 차가 퍼지는 바람에 이제 내 차는 엄마 차가 되었다. 다시 말해서 난 1학년 서른다섯 명과 함께 버스를 타고 집에 가야 한단 얘기다. 그렇다고 딱히 기분 나쁘다는 건 아니지만.

음악실은 5시까진 비워 줘야 한다. 그래서 난 드럼 세트를

분해해 하나하나 벽장에 집어넣는다. 학교에 비치된 드럼을 쓰는 아이는 전교에 나뿐이다. 다른 애들은 모두 자기네 저택 지하실에서 제대로 구색을 갖춘 자기 드럼을 친다. 내 친구 닉은 드럼을 치지도 않는데 주문 제작한 야마하 DTX450K 전자 드럼 세트를 갖고 있다. 나로선 10억 년이 지나도 못 가질 드럼인데. 하지만 셰이디 크릭은 원래 그런 동네니까.

스쿨버스 막차는 30분 뒤에야 출발한다. 그러니 극장에 가서 사생팬 노릇이나 해야겠다. 내가 리허설 장소에 기어 들어가도 신경 쓸 사람은 없다. 어차피 이번 금요일에 막을 올릴 뮤지컬이긴 하지만. 사실 리허설에 너무 자주 침입한 나머지 다들 내가 관계자가 아니란 사실을 까먹은 것 같다. 내 친구들 대부분이, 심지어 닉도 이번 공연 전까지 평생 오디션 같은 건 본 적도 없었으니까. 걔가 공연에 참여한 건 그저 끔찍이도 사랑스러운 자기 여자친구랑 같이 있고 싶어서인 게 분명하다. 하지만 그야말로 전설적인 녀석이다 보니 결국엔 주역 자리를 낚아채고야 말았다.

무대 뒤로 연결된 측면 복도를 따라가서 살며시 문을 열고 들어간다. 당연하게도 내 눈에 가장 먼저 들어온 건 귀염둥이 녀석, 내 제1의 형제이자 오레오 학살자, 사이먼 스파이어다.

"레아!" 사이먼은 의상을 절반쯤 걸치고 남자애들에게 둘러싸여 무대 한쪽 끝에 서 있다. 올브라이트 선생이 올해엔 대체 어떻게 남학생들을 이만큼씩이나 오디션에 끌어들일 수 있었는지 모르겠다. 사이먼이 남자애들로부터 떨어져 나온다.

"내가 노래할 순서에 딱 맞게 왔네."

"다 계획해 놨거든."

"정말이야?"

"아니."

"너 진짜 싫다." 사이먼이 날 팔꿈치로 쿡 찌르더니 다음 순간 꼭 껴안는다. "아니야, 사랑해."

"당연하지."

"네가 내 노래를 들으러 왔다는 게 믿기지 않는걸."

난 히죽 웃는다. "열기가 장난 아닌데."

그때 무슨 말인지 잘 모르겠지만 뭐라고 조용히 지시하는 소리가 들리고, 남자애들이 무대 끝에 일렬로 선다. 흥분했지만 만반의 준비가 된 표정이다. 사실 나로서는 웃지 않고선 그 애들을 똑바로 쳐다볼 수가 없다. 공연할 뮤지컬은 〈요셉 어메이징〉Joseph and the Amazing Technicolor Dreamcoat인데, 요셉의 형제들이 전부 복슬복슬한 가짜 수염을 달고 있기 때문이다. 잘 모르겠지만 아마도 성서인지 뭔지에 그렇게 하라고 의상 지시가 되어 있는 모양이다.

"잘해 보라고 말하면 안 돼." 사이먼이 말한다. "다리나 부러지라고 말해 줘."(원문 'break a leg'은 행운을 비는 역설적 관용 표현이다.)

"사이먼, 너도 얼른 가 보는 게 좋겠는데."

"알았어. 근데 잠깐만, 스쿨버스 타지 마. 이거 끝나면 같이 와플 하우스에 가자."

"알겠어."

남자애들이 무대 가운데로 허둥지둥 뛰어나가고, 난 무대 옆쪽 끝으로 좀 더 물러난다. 모여 있던 아이들이 비켜나자, 무대 장막 사이의 책상 앞에 서 있는 무대감독 칼 프라이스가 보인다. "어이, 빨간 머리."

칼은 날 저렇게 부른다. 내 머리는 빨간색이라고 하기에는 무리가 있지만, 괜찮다. 칼은 착하고 귀여운 녀석이니까. 하지만 쟤가 날 저렇게 부를 때마다 왠지 딸꾹질이 나올 것만 같다.

우리 아빠도 날 빨간 머리라고 부르곤 했으니까. 예전에 아빠가 날 부르곤 했을 때는.

"이 장면 본 적 있니?" 난 칼의 질문에 고개를 젓는다. 칼이 웃으며 턱으로 무대 위를 가리켜 보이자, 난 몇 걸음 더 그쪽으로 나아간다.

남자애들이 비틀거린다. 달리 뭐라고 표현해야 할지 모르겠다. 합창단 지도 선생이 어딘지 프랑스풍의 멜로디를 피아노로 두들기자 사이먼이 가슴에 손을 얹은 채 앞으로 나선다.

"가나안에서의 행복했던 시절을 기억하나요……"

사이먼의 목소리가 떨린다, 아주 조금이지만. 게다가 프랑스어 억양도 엉망이다. 하지만 무대 위의 사이먼은 정말로 깜찍하다. 무릎을 꿇고, 머리를 움켜쥐고, 탄식하는 모습까지도. 과장하고 싶은 생각은 없지만, 이건 정말 역대 최고로 인상적인 공연이라 할 만하다.

노라가 내게로 슬며시 다가온다. "오빠가 자기 침실에서 이걸 부르는 소릴 내가 몇 번이나 들었을지 맞혀 봐."

"제발 쟤는 너한테도 다 들린다는 걸 몰랐다고 말해 줘."

"오빠 나한테도 들리는 줄 몰랐어."

미안, 사이먼. 하지만 넌 너무 귀엽단 말이야. 네가 게이에 이미 품절 상태만 아니었어도 기꺼이 너랑 결혼했을걸. 솔직히 사이먼이랑 결혼한다면 끝내줬을 거다. 내가 중학생 시절 거의 내내 사이먼을 짝사랑했기 때문에 그런 것만은 아니다. 그 이상의 문제다. 난 기꺼이 스파이어 가족의 일원이 될 마음이 있는데, 그 집 사람들은 그야말로 완벽하기 때문이다. 그러면 노라뿐만 아니라 지금 대학에 다니는 멋진 언니도 내 시누이가 되겠지. 게다가 스파이어 가족은 무척 크고 멋진 집에 산다. 방바닥이 온통 옷가지와 잡동사니로 뒤덮여 있지 않은 집 말이다. 심지어 그 집 개도 마음에 든다.

노래가 끝나자 난 슬쩍 빠져나와 강당 맨 뒷줄로 간다. 연극부 애들이 동경심을 담아 '섹스용 통로'라고 부르는 자리다. 하지만 난 지금 혼자인 데다 눈앞에서 벌어지는 일에도 절반쯤만 발을 담그고 있다. 강당 저 끝에서 벌어지는 광경을 관찰하기. 난 한 번도 연극에 참여한 적이 없다. 엄마는 항상 나더러 오디션을 보라고 했지만 말이다. 하지만 문제는 이런 거다. 몇 년 동안이나 스케치북에 형편없는 팬아트를 그린다 해도 아무한테도 보여 주지 않으면 그만이다. 드럼 역시 라이브 공연을 할 만큼 실력이 늘 때까지 음악실에서 혼자 연주해도 된다. 하지만 연기는 몇 년 동안 혼자 삽질하면서 익힐 수 없다. 진짜 관객이 생기기도 전부터 바로 옆에 관객들이 있는 셈이니까.

음악이 흘러나온다. 애비 슈소가 앞으로 나선다. 구슬을 꿰어 만든 커다란 칼라를 달고 엘비스 프레슬리 같은 가발을 썼다. 애비가 노래한다.

물론 애비는 훌륭하다. 닉이나 테일러처럼 음역이 엄청나진 않지만 멜로디를 잘 소화해 내고 재치가 넘친다. 그게 중요하다. 무대 위의 애비는 완벽한 어릿광대. 올브라이트 선생도 한순간 푹 빠져서 낄낄거린다. 그건 의미심장한 사실이다. 낄낄거리며 웃는 건 진심이 아니고서야 어려운 일이라서 그렇기도 하지만, 무엇보다 올브라이트 선생은 이 장면을 이미 천 번도 더 봤을 테니까. 애비가 그만큼 잘한다는 거다. 나조차도 개한테서 눈을 뗄 수 없다.

리허설이 끝나자 올브라이트 선생은 출연자들을 무대 위로 모아 놓고 연기 지도를 해 준다. 다들 무대 여기저기에 늘어져 있지만, 사이먼과 닉은 얼른 무대 한쪽 끝으로 물러난다. 당연하게도 애비 옆자리다.

닉이 애비의 어깨에 한쪽 팔을 두르자 애비가 닉에게로 바짝 당겨 앉는다. 이 역시 당연한 일이다.

여긴 와이파이가 없다 보니 나도 꼼짝없이 올브라이트 선생의 지시를 듣고 있어야 한다. 그에 이어 테일러 메터니치가 나 자신을 잊고 캐릭터 자체가 되는 것에 관해 아무도 요청하지 않은 독백을 10분간 쏟아 낸다. 내 생각에 테일러는 문자 그대로 자기 자신의 목소리를 들으며 뿅 가는 것 같다. 지금도 우리 눈앞에서 남몰래 은근한 오르가즘을 즐기고 있는 게 분명하다.

올브라이트 선생이 마침내 말을 끝내자, 모두가 각자 배낭을 움켜잡고 우르르 강당을 빠져나간다. 하지만 사이먼, 닉, 그리고 애비는 오케스트라석 옆에 옹기종기 모여서 날 기다리고 있다. 나는 일어나 기지개를 켜고 개들과 합류하러 통로를 걸어간다. 마음속 일부분은 걔들에게 칭찬을 퍼붓고 싶어 하지만, 뭔가가 나를 막는다. 어쩌면 너무도 끔찍하게 고지식한, 너무도 중2병적인 레아인지도 모른다. 애비 슈소의 팬 노릇이라니 생각만 해도 구역질이 난다는 건 말할 것도 없고.

난 사이먼과 하이파이브를 한다. "끝내줬어."

"네가 온 줄 몰랐네." 애비가 말한다.

무슨 뜻으로 말한 건지 잘 모르겠다. 은근한 비아냥거림일 수도 있다. 그러니까 '네가 왜 여기 있니, 레아?'라는 뜻일지도 모른다. 아니면 '어, 네가 있는 줄도 몰랐네, 넌 존재감이 없어서'라는 얘기일까. 하지만 물론 내 과대망상이겠지. 애비에 관해서라면 난 과대망상을 하기로 유명하니까.

난 고개를 까딱한다. "너희 와플 하우스 간다며?"

"응, 지금은 노라를 기다리는 중인가 봐."

마틴 애디슨이 우리 옆을 지나간다. "어이, 시므온." 녀석이 인사한다.

"안녕, 르우벤." 사이먼이 휴대전화에서 고개를 들며 대꾸한다. 그렇다, 사이먼은 뮤지컬에서 시므온Simeon 역을 맡은 것이다. 아마도 올브라이트 선생이 도저히 장난기를 못 참았던 모양이다. 르우벤과 시므온 둘 다 요셉의 형제인데, 나 역시 이 모든 상황을 무척 끔찍하게 여길 수도 있었을 것이다. 마틴 애디슨만 끼어 있지 않았더라면.

마틴이 걸어 지나가는 걸 보는 애비의 눈이 번득거린다. 사실 애비를 화나게 하는 건 쉽지 않은 일인데, 마틴은 존재 자체로 그렇게 할 수 있는 녀석이다. 더구나 굳이 사이먼에게 다가

와 말을 걸다니. 작년의 그 일들이 일어나지도 않았던 것처럼. 정말 지독하게 뻔뻔스럽다. 사이먼이 마틴과 말을 섞는 일은 드물지만 나로서는 그것조차도 싫다. 내가 사이먼한테 누구랑 말해라 하지 마라 명령할 수 있는 건 아니지만, 한 가지는 확실한데—그냥 보면 안다—나만큼 애비도 이 상황을 질색한다는 것.

사이먼은 다시 휴대전화를 들여다본다. 브램에게 문자를 보내는 게 분명하다. 두 사람이 데이트하기 시작한 지 1년이 좀 넘었는데, 아직도 그야말로 닭살 돋게 다정한 커플이다. 걔들이 아무 데서나 대놓고 애정 행각을 벌인다는 얘긴 아니다. 두 사람은 학교에선 거의 스킨십을 하지 않는다. 아마도 이 동네 사람들이 게이 문제에 있어서는 선사시대 수준의 멍청이라서 그런 거겠지. 하지만 사이먼과 브램은 하루 종일 문자질을 하고 눈으로 서로의 몸을 훑어 댄다. 서로를 쳐다보지 않는 시간이 5분을 넘기면 큰일이라도 나는 것처럼. 아주 솔직히 말하자면 샘내지 않고선 못 배길 정도다. 진실한 사랑은 도저히 숨길 수 없다는 식의 동화 속 마법 이야기를 하려는 게 아니다. 두 사람이 그 감정에 솔직했다는 게 중요하다. 두 사람에게 '알 게 뭐야, 조지아 따윈 엿이나 먹어, 이곳의 호모포비아 멍청이들 모두 엿이나 먹으라고' 하며 나설 배짱이 있었다는 게.

"브램이랑 개릿은 거기서 합류하는 거야?" 애비가 묻는다.

"응. 축구가 방금 끝났대." 사이먼이 미소를 띤다.

결국 난 사이먼 차의 조수석에 앉고, 노라는 뒷자리에 앉아서 배낭을 뒤적거린다. 밑단을 말아 올린 청바지엔 온통 물감이 묻어 있고 곱슬머리는 대충 뒤로 묶었다. 한쪽 귓바퀴에는 꼭대기까지 온통 피어스가 박혀 있고, 코에도 지난여름에 박아 넣은 조그만 파란색 피어스가 있다. 정말 끔찍이도 귀여운 아이다. 노라가 사이먼을 빼다 박은 듯 닮았다는 것, 그리고 두 사람 다 앨리스를 빼다 박았다는 게 너무 좋다. 그야말로 복사해서 붙여 넣기 한 것 같은 가족이다.

마침내 노라의 손이 배낭에서 빠져나온다. 뜯지 않은 대형 M&M 초콜릿 봉지를 들고 있다. "배고파 죽겠어."

"우리 지금 와플 하우스 가는 중이잖아. 바로 지금 말이야." 사이먼은 이렇게 대꾸하면서도 손을 뻗어 초콜릿 몇 알을 집는다. 나도 한 줌 집어 든다. 딱 적당하게 녹은 상태다. 정확히 말하면 녹았다기보다 안쪽이 살짝 말랑해진 정도 말이다.

"뭐 그렇게까지 형편없진 않았지, 안 그래?" 사이먼이 내게 묻는다.

"연극 말이야?"

사이먼은 고개를 끄덕인다.

"그 반대지. 아주 훌륭했어."

"그래, 하지만 아직도 다들 대사를 제대로 못 외웠거든. 금요일이 개막인데 말이야. 게다가 오늘은 보디발 역이 긴장해서 노래 한 곡을 몽땅 날려 먹었어. 어휴, 와플 당겨."

난 휴대전화를 꺼내서 스냅챗(수신인이 확인하고 나면 내용이 사라지는 메시지 앱)을 확인한다. 애비가 리허설에 관해 무진장 긴 포스팅을 올려놓았다. 마치 로맨틱 코미디 영화의 편집본 같다. 무대에서 노래하는 닉과 테일러의 스냅숏. 애비와 사이먼이 함께 찍은 초근접 셀카. 심지어 그보다 더 당겨 찍어 콧구멍만 거대하게 보이는 사이먼의 얼굴(애비가 콧구멍 한쪽에 판다 스티커를 붙여 두었다). 그리고 계속 이어지는 애비와 닉의 사진들.

휴대전화를 도로 주머니에 집어넣는다. 차가 마운트 버넌 고속도로로 진입한다. 왠지 초조하고 불편하다. 마음에 걸리는 일이 있는데 뭐였는지 도저히 기억이 안 날 때처럼. 마음 한구석에 작은 가시가 박혀 있는 듯하다.

"무슨 곡 연주하는 거야?" 노라가 묻는다.

난 잠시 뒤에야 그게 나한테 한 말이라는 걸 알아차리고, 다음 순간 내가 조수석 도구함을 손가락으로 두들기고 있다는 걸 깨닫는다.

"흠, 나도 모르겠어."

"이런 노래였는데." 노라가 내 좌석 등받이를 2분의 1 정박자로 두들긴다. 쿵 딱 쿵 딱. 빠르고 규칙적인 8분 음표. 내 머릿속에서 즉시 여백이 채워진다.

〈Don't stop believin'〉. 내가 정신이 나갔나 보다.

2

와플 하우스 주차장은 학교에서 본 적 있는 차들로 가득하다. 사이먼이 시동을 끄더니 휴대전화를 흘낏 쳐다본다.

차에서 내리자마자 눈에 들어오는 건 테일러의 밝은 금발이다. "레아! 너도 오는 줄 몰랐네. 연극부 애들뿐인 줄 알았지, 뭐야. 하지만 잘됐다!" 테일러가 키를 누르자 차에서 삑삑 소리가 난다. 왠지 우습다. 테일러가 지프를 몬다는 걸 모르고 있었다. 더구나 범퍼에 불알 장식이 달랑거리는 지프라니.

"네 차에 아주 적나라한 불알이 달려 있네, 테일러."

"엄청 민망하지, 응?" 테일러는 내 곁에서 발을 맞춰 걷는다. "우리 오빠가 봄방학이라 집에 왔는데 내 차 앞을 딱 막아 놨지, 뭐야. 그래서 이걸 타고 올 수밖에 없었어."

"아, 저런. 최악이네."

"그래, 오빠 정말로 내 인내심의 불알을 잡아당긴다니까." 테일러가 대꾸한다. 그래, 좋다. 기꺼이 인정하겠다. 테일러도 가끔씩은 무지 마음에 드는 친구란 걸.

테일러가 문을 붙잡고 있는 동안 나는 사이먼과 노라를 따라 안으로 들어간다. 와플 하우스 안에서는 정말 좋은 냄새가 난다. 버터와 메이플 시럽, 베이컨의 완벽한 조합이다. 그리고 아마 양파도? 뭐든 간에, 이곳 냄새를 담아서 향기 나는 마커 펜으로 만들어 팔아 주면 좋겠다. 그럼 와플 하우스 냄새가 나는 섹시한 만화 캐릭터를 그릴 수 있을 텐데. 그 순간 구석에 앉은 연극부 애들 한 무리가 눈에 들어온다. 마틴 애디슨도 끼어 있다.

"저긴 안 앉을래." 난 노라를 돌아보며 말한다.

노라가 고개를 까딱한다. "동감이야."

"마틴 때문에 그래?" 테일러가 묻는다.

"그냥 이쪽에 앉자." 난 입술을 앙다물며 대답한다. 그래, 마틴 문제는 오래전에 끝난 일이다. 어쩌면 나도 잊어버려야 할지 모른다. 하지만 그렇게는 안 된다. 정말로 그럴 수 없다. 저 녀석은 작년에 사이먼을 문자 그대로 아웃팅시켰다. 정확히 말하면 사이먼이 게이란 걸 알아차리고 협박한 다음 심지어 아웃팅까지 한 거지. 그 뒤로 난 마틴에게 거의 한마디도 말을 건네지 않았고, 노라도 마찬가지다. 브램도, 그리고 애비도.

난 입구 근처 칸막이 자리의 노라 옆에 앉고, 테일러는 사이먼이 브램을 위해 남겨 둔 게 분명한 자리에 쏙 끼어든다. 종업원이 주문을 받으러 오자 나만 빼고 다들 와플을 주문한다. 내가 주문한 건 콜라뿐이다.

"너 다이어트하니?" 테일러가 묻는다.

"뭐라고?"

대체 무슨 소리야? 첫째로 난 방금 M&M을 20톤 정도 먹어
치웠다고. 둘째로, 입 좀 닥쳐. 정말이지, 사람들은 뚱뚱한데
도 다이어트를 안 하는 여자애의 존재를 도저히 받아들일 수
없는 모양이다. 내가 정말로 내 몸에 만족할 수도 있다는 사실
이 그렇게 믿기 어려운가?

노라가 날 쿡 찌르며 괜찮으냐고 묻는다. 내 표정이 안 좋았
던 모양이다.

"어머나 세상에, 너 어디 아프니?" 테일러가 말한다.

"아니."

"나 무슨 병에라도 걸릴까 봐 엄청 초조한 상태거든. 차도
엄청 마시고, 리허설 때 말고는 목을 아끼고 있어, 당연한 얘기
지만. 이번 주에 내 목청이 망가지기라도 하면 무슨 일이 생길
지 상상이 되니? 올브라이트 선생님이 어떻게 하실지 도저히
모르겠어."

"그렇지."

"그러니까, 난 거의 모든 노래에 참여하잖아." 테일러가 특
유의 괴상한 소리로 끽끽대며 웃는다. 긴장해서 안 그런 척하
는 건지, 아니면 긴장 안 했는데 그런 척하는 건지 나로선 도저
히 모르겠다.

"그래, 너 목청을 좀 아껴 두는 게 좋겠다." 내가 제안한다.

확실한 건 밴드 연습을 할 때의 테일러가 그나마 견딜 만하
다는 거다. 게다가 내겐 소음 차단 기능이 뛰어난 헤드폰도 있
으니까.

테일러가 뭐라고 대꾸하려 입을 열지만, 그때 애비와 남자애

들이 우르르 들어온다. 개릿이 내 옆자리에 끼어들고 브램은 테일러 옆에 들어가 앉는다. 애비와 닉은 양쪽 끝에 앉아 있다. 정말 우습다. 지금까지 테일러는 평소와 같은 '파리 패션쇼' 자세로 앉아 있었는데, 이젠 닉 쪽으로 무리하게 몸을 기울이는 바람에 거의 테이블에 엎어진 상태다. "있잖아, 너랑 사이먼이 봄방학에 보스턴으로 갈 거라던데."

테일러, 너 지금까지 이 칸막이 자리에서 20분 넘게 사이먼 이랑 붙어 앉아 있었잖아. 하지만 물론 닉이 도착할 때까진 그걸 물어볼 수 없었겠지.

"어." 닉이 대답한다. "마지막으로 대학들을 둘러보려고. 우선 터프츠랑 보스턴대, 그다음엔 웨슬리언이랑 뉴욕대, 해버퍼드, 스워스모어까지. 그러니까 보스턴까진 비행기로 가서 렌터카로 다니다가 필라델피아에서 다시 비행기를 타고 돌아올 거야."

"자동차 여행이지." 사이먼이 몸을 기울여 닉과 하이파이브를 한다.

"너희들 엄마랑 같이 말이지." 애비가 한마디 한다.

다들 이런 여행에 돈을 얼마나 쓸 생각인지 나로서는 짐작도 안 간다. 비행기표에, 호텔에, 렌터카에…… 심지어 그 학교들에 합격했는지도 아직 확실하지 않은데. 사이먼이 오로지 뉴욕대만 바라보고 있으면서도 이런저런 대학들 전형료로만 수백 달러를 썼다는 사실은 말할 것도 없고. 물론 브램이 일찌감치 컬럼비아대에 합격했다는 사실과는 아무 상관도 없겠지.(컬럼비아대학교는 뉴욕에 있다.)

"정말 멋지다!" 테일러가 활짝 웃는다. "난 케임브리지에 있으면서 하버드에 드나들 거거든. 우리 거기서 만나야겠네!"

"그래, 봐서." 닉이 대꾸한다. 물을 마시던 사이먼이 사레들린 듯 캑캑거린다.

"애비, 너도 북동부 쪽을 생각하고 있니?" 테일러가 묻는다.

"아니." 애비가 미소 지어 보인다. "난 조지아대로 가."

"닉 가까이로 가지 않을 거야?"

"닉 가까이로 갈 형편이 안 돼."

애비가 대놓고 저렇게 말하는 걸 들으니 기분이 좀 묘하다. 나 역시 똑같은 이유로 바로 그 대학에 갈 예정이기 때문에 더욱 그렇다. 내가 지원서를 넣은 건 조지아대 한 곳뿐이다. 그리고 이미 몇 달 전에 합격 통지를 받았다. 난 젤 밀러 장학금을 받기로 되어 있다. 벌써 다 끝난 얘기다.

하지만 애비 슈소와 내게 공통점이 생기다니 어떤 기분을 느껴야 할지 모르겠다. 게다가 우리가 같은 학교에 다니게 된다는 사실에 대해서는 더더욱 그렇다. 잰 분명 날 전혀 모르는 척하겠지.

그때 개릿이 조지아 공대가 조지아대보다 훨씬 좋다는 얘기를 떠들기 시작한다. 나야 상관 안 하지만, 모건이 여기 없어서 다행인 듯하다. 우스운 일이다. 모건이 사회정의에 투철한 성격이다 보니 좀처럼 상상하기 어려운 일이지만, 사실 걔네 가족은 놀라울 정도로 조지아대 광팬이다. 맨날 풋볼 얘기밖에 안 한다. 온 집 안이 빨간색과 검은색으로 장식되어 있고 모든 물건에 불도그(조지아대학교의 마스코트) 얼굴이 그려져 있다. 게

다가 모건 허슈네 가족은 풋볼 시합이 있을 때마다 차를 몰고 경기장에 가서 테일게이트 파티를 한다.(미국 스포츠 열성 팬들은 경기장이나 주차장에서 테일게이트, 즉 차 뒷문을 열어 놓고 즉석에서 요리를 만들어 나눠 먹는다.) 나로선 영원히 풋볼이라는 세계를 이해하지 못할 것 같다. 딱히 풋볼에 불만이 있는 건 아니지만, 대학교에 대한 나의 관심은 학교로서의 영역에 집중된 편이니까.

난 멍이나 때리고 싶은데 개릿이 자꾸 말을 건다. "좋아. 들어 봐, 레아. 조지아대생의 인생에서 가장 긴 3년이 언제게?"

"전혀 모르겠는데."

"바로 1학년 때지."

"하. 하. 하."

개릿 로플린 애는 항상 이렇다니까.

마침내 다들 지난 주말 브램과 개릿이 출전했던 축구 시합 얘기를 시작한다. 닉은 살짝 쓸쓸해 보인다. 나로서는 충분히 이해가 된다. 닉이 다시는 축구를 못 한다거나 하는 건 아니다. 다음 주에 연극이 마무리되면 닉도 즉시 경기장에 복귀할 것이다. 하지만 세상이 나 없이도 굴러간다는 건 왠지 속상한 일이다. 난 세상이 나와 함께 굴러갈 때에도 가끔씩 소외된 기분이 드는걸.

종업원이 다시 와서 두 번째 주문을 받아 가고, 20분 뒤 음식이 무더기로 차려져 나온다. 사이먼은 연극에 관해 장광설을 늘어놓고 있다. 난 그 틈을 타서 개 접시에 놓인 베이컨 한 조각을 집어 먹는다.

"그러니까 왠지 다 망해 버릴 것 같아서 겁나. 이제 겨우 오케스트라랑 무대장치가 준비됐는데 말이야. 그래, 미안해. 하지만 무대장치는 일주일 전엔 완성되었어야 했다고."

노라가 사이먼을 못마땅한 눈으로 쳐다본다. "아마 그럴 수도 있었겠지. 칼과 나 외에 다른 누군가가 그 부분에서 실제로 노력했다면 말이야."

"오, 센데." 개릿이 말한다.

"하지만 어쨌든 간에," 테일러가 끼어든다. "무대장치 같은 건 중요하지 않잖아. 모든 건 연기에 달려 있는걸."

노라는 한숨을 쉬며 딱딱한 웃음을 짓는다.

우리는 음식을 먹으며 한동안 더 미적거린다. 잠시 후 종업원이 개인별로 나뉜 계산서를 가져다준다. 마음에 드는 종업원이다. 난 통합 계산서가 싫다. 꼭 금액을 머릿수대로 똑같이 나누려는 애들이 있으니까. 치사하게 굴긴 싫지만, 내가 20달러짜리 샌드위치를 주문하지 않은 건 다 이유가 있어서다. 우린 테이블에 각자 팁을 올려놓고 차례로 계산대를 향해 걸어간다. 그리고 물론, 와플뿐만 아니라 다진 양파와 치즈를 곁들여 그릴에 구운 소시지와 해시브라운까지 주문했던 개릿은 겨우 1달러 한 장만 남겨 놓았다. 정말 이해가 안 된다. 팁은 제대로 줘야지. 난 개릿의 몫을 벌충하기 위해 내 팁에 몇 달러를 더 얹는다.

"콜라만 주문한 사람치곤 팁이 꽤 거한데." 애비의 말에 내 입가에 어렸던 미소가 가신다. 다른 애들은 이미 문가로 갔지만 애비는 뒤에 남아 피코트의 단추를 잠그고 있었던 것이다.

"우리 엄마도 예전엔 식당 종업원이셨거든."

"글쎄, 그냥 네가 아주 착한 거겠지."

난 어깨를 으쓱하며 웃지만 입술에 경련이 일어날 것 같다. 애비 옆에 있으면 항상 이상한 기분이 든다. 아무래도 내가 애랑 잘 안 맞나 보다. 일단 난 예쁘게 생긴 사람들을 못 견딘다. 애비에겐 디즈니 만화 주인공 같은 눈과 짙은 갈색 피부, 까만 곱슬머리, 진짜 제대로 된 광대뼈가 있다. 게다가 혼자 가만히 있을 때도 무표정과는 거리가 멀다. 한마디로 애비는 인간 캔디콘(미국에서 인기 있는 사탕으로 옥수수 알갱이 모양에 콘 시럽으로 단맛을 냈다)이다. 조금만 섭취하면 딱 좋지만, 지나치면 달달하다 못해 역해질 수도 있다.

애비가 내게 애매하게 웃어 보인다. 우리는 밖으로 걸어 나온다. 테일러와 불알 장식은 사라졌고, 개릿도 피아노 수업을 받으러 가 버렸다. 나머지 애들은 그냥 어슬렁거리며 서 있다. 사이먼과 브램은 뭐랄까, 손을 잡고 있다. 정확히 말하자면 손가락 끝만 살짝 깍지 낀 거지만, 두 사람에겐 그 정도가 공공장소에서 할 수 있는 가장 뜨거운 스킨십이다.

반면 닉은 애비의 몸에 두 팔을 휘감고 있다. 각자 칸막이 자리 양쪽 끝에서 보낸 한 시간을 벌충이라도 하려는 모양이다. 진부하긴. 그러고 보니 지금 우리가 연출하고 있는 장면이 소위 와플 하우스 앞의 닭살 커플들이란 거로군. 애들한테 맞춰 주려면 노라와 나도 지금 바로 사랑을 나눠야 하는 게 아닐까.

그런데 그때 애비가 닉에게서 떨어지더니 내게로 걸어온다.

"정말 예쁘다." 애비는 내 휴대전화 케이스의 그림을 가리킨다. 사실 그건 내가 그린 만화 스케치다. 애나가 그걸 넣은 휴대전화 케이스를 주문해서 올해 내 생일에 깜짝 선물로 준 것이다. "네 그림이구나, 그렇지?"

"응." 난 마른침을 삼킨다. "고마워, 애비."

애비의 두 눈이 커진다. 아주 살짝. 내가 개 이름을 입 밖에 냈다는 사실에 충격이라도 받은 것처럼 말이다. 뭐, 우리가 얘기를 그리 많이 하지는 않으니까. 다들 함께 있을 때 말고는. 이제 더 이상은.

애비가 눈을 깜빡이더니 고개를 까딱한다. "저기, 있잖아. 조지아대학교 말이지."

"학교지."

"그렇지." 애비는 웃음을 터뜨린다. 그러곤 갑자기 아련한 눈빛을 띠며 머뭇머뭇 말한다. "그러니까 너한테 물어보고 싶었는데—"

클랙슨이 울리자 우리 둘 다 돌아본다. 애비의 차, 아니, 애비네 엄마 차인가 보다. 하지만 오늘은 웬 남자가 차를 몰고 있다. 내 평생 본 가장 멋진 광대뼈, 커다란 눈에 갈색 피부. 아마도 20대 초반인 것 같다.

"어머나, 오빠가 집에 왔네! 오늘 밤까진 도착 못 할 거라고 했는데." 애비가 활짝 웃더니 내 팔을 툭 건드린다. "그래, 그 얘긴 일단 접어 두자. 내일 연락하자고."

그러고 나서 애비는 닉과 작별 키스를 나눈다. 난 얼른 고개를 돌리고 눈을 가늘게 뜨며 해를 올려다본다.

3

엄마한테 문자를 보냈더니 퇴근길에 와플 하우스로 데리러 오겠다는 답장이 온다. 얼마 후 브램만 빼고 모두가 떠난다. 브램이 보도 위 내 옆자리로 와서 앉는다.

난 브램에게 웃어 보인다. "같이 기다려 주지 않아도 돼."

"아니야, 우리 아빠가 시내에 나와 계시거든. 날 데리러 와 주신대."

브램의 부모님은 이혼하셨는데, 그 사실이 내겐 묘하게 위로가 된다. 나쁜 뜻에서 그런 건 아니다. 그러니까 브램의 가정생활이 고통스럽거나 하길 바란다는 게 아니다. 그냥 내 친구들 대부분이 이야기책에 나오는 것처럼 완벽한 가족을 갖고 있어서다. 시트콤 속 가족들이 살 법한 큰 집에, 정식으로 결혼한 엄마와 아빠, 계단 옆에 줄지어 걸어 둔 가족사진 액자들. 그런게 없는 사람이 나 혼자만은 아니란 게 위안이 되는 듯하다.

"그냥 놀러 오신 거지?"

브램이 고개를 끄덕인다. "아빠랑 의붓엄마가 케일럽을 데리고 일주일간 머무신대. 이제 아이스크림 먹으러 갈 거야."

"케일럽이 아이스크림을 먹을 만큼 자랐다는 게 믿기질 않네. 갓난아기 아니었어?"

"그러게 말이야, 신기하지? 근데 6월이면 벌써 한 살이 돼."

"굉장하다."

브램이 미소를 띠며 말한다. "사진 보여 줄까? 내 잠금 화면에 있는데."

나는 브램이 건네준 휴대전화 화면을 두드린다. "아니, 이거 너무 귀엽잖아."

브램과 케일럽이 서로 얼굴을 꼭 붙인 채 웃고 있는 셀카. 이렇게 깜찍한 사진은 처음 본다. 브램 아빠는 백인이고 아마 의붓엄마도 그럴 것이다. 케일럽은 내 평생 본 백인 아기 중에서도 가장 새하야니까. 하지만 케일럽의 사진을 볼 때마다 새삼 그 사실에 놀라게 된다. 케일럽은 머리털이 하나도 없고 커다란 눈은 갈색이다. 그럼에도 브램과 케일럽이 닮아 보인다는 게 희한하다. 브램은 갈색 피부에 머리털이 있고 침을 흘리지도 않는데. 뭐랄까, 엄청난 일이다.

브램은 휴대전화를 주머니에 집어넣고 머리 뒤로 두 손을 받치며 벽에 기댄다. 미처 예상치 못한 수줍음이 파도처럼 밀려온다. 브램과 내가 단둘이 있게 된 건 아마 이번이 처음일 거라는 생각이 갑자기 떠오른다. 브램은 1학년을 마치고 나서야 이 동네로 전학 오긴 했지만. 브램이 사이먼과 데이트하게 되기 전까지 나한테 애는 항상 배경 같은 존재였다. 솔직히 말하면 난 브램을 그냥 개릿과 뭉뚱그려 생각하곤 했었다.

내가 어색함을 쫓으려고 애쓰며 묻는다. "뭐 좀 보여 줄까?"

"그래." 브램이 똑바로 앉는다.

"좋아, 마음의 준비를 하라고." 난 휴대전화의 앨범을 열고 스크롤을 내리며 폴더를 이리저리 뒤진다. 그리고 마침내 브램에게 휴대전화를 건네준다.

브램이 입가에 손을 갖다 댄다.

"끝내주지, 응?"

브램은 천천히 고개를 끄덕인다. "어쩜, 세상에."

"그러니까 7학년 때 사진이야."

"어휴, 정말."

"그래, 알아. 사이먼 너무 귀여웠지, 응?"

브램은 눈가에 주름을 잡으며 사진을 들여다보고 있다. 그 애의 표정에 담긴 뭔가가 내 마음을 쥐어짜는 듯하다.

그래, 앤 정말 푹 빠져 있구나. 그야말로 온 마음을 다해 사이먼을 사랑하는 거야.

사실 그건 우리 셋을 찍은 사진이다. 사이먼, 닉, 그리고 나. 모건의 바르 미츠바(유대교의 성인식 행사)에서였을 것이다. 난 살짝 일라이자 해밀턴풍인 하늘색 드레스를 입고(미국 건국의 아버지로 꼽히는 알렉산더 해밀턴을 다룬 인기 뮤지컬 〈해밀턴〉에서 그의 아내 일라이자 역은 하늘색 의상을 입는다) 색소폰 모양 풍선을 든 채 웃고 있다. 닉은 엄청 큰 선글라스를 끼고 있다. 하지만 이 사진의 주인공은 누가 뭐래도 사이먼이다.

일단 사이먼이 바르 미츠바나 댄스파티가 있을 때마다 매던 야광 넥타이가 있다. 게다가 이 사진에선 그걸 람보처럼 이마에 두른 채 카메라를 보며 '치즈'를 하고 있다. 게다가 사진 속의 사이먼은 정말 조그맣다. 내가 어떻게 그걸 잊고 있었는지 모르겠다. 사이먼은 8학년에 와서 10센티 가까이 자랐고, 그와 비슷한 시기에 음악 취향이 나아진 데다 그놈의 거대한 늑대 얼굴이 그려진 티셔츠들도 입지 않게 되었다. 아무래도 사이먼이 마지막 늑대 얼굴 티셔츠를 벗어 버리고 딱 두 시간 뒤에 브램이 셰이디 크릭으로 이사 온 게 분명하다.

"사이먼 어릴 때 사진은 전혀 못 봤니?" 내가 묻는다.

"완전히 꼬마일 때 사진들은 봤지. 하지만 중학생 때 사진은 걔가 봉인해 놨거든."

"그러니까 사이먼이 절대 우리 둘만 있게 놔두지 말았어야 했다는 얘기네."

"바로 그거지." 브램이 씩 웃으며 문자 메시지를 입력한다.

잠시 후 우리 둘의 휴대전화가 동시에 진동한다. 그 넥타이를 보여 주다니? 레아, 대체 무슨 짓을 한 거야?

멀끔한 넥타이던데, 브램이 답장을 쓴다.

그래, 내가 멀끔한 청소년이긴 했지, 하지만 그래도

브램한테 취침등 얘기도 해 버릴까? 내가 입력한다.

브램이 웃는다. "취침등이라니?"

그건 알람 시계였다고, 그냥 어쩌다 보니 조명이 달려 있었던 거라니까.

"아냐, 취침등이었어." 난 브램을 보면서 히죽 웃는다. "위쪽에 작은 초승달이랑 생쥐가 달려 있었지. 아마 아직도 갖고 있을걸."

"그거 진짜 귀엽다, 엄청 잘 어울릴 것 같고."

"그렇지? 앤 그걸 8학년 때까지 침대 옆에 달아 두고 있었다니까."

브램이 웃음을 터뜨리더니 휴대전화에 뭐라고 입력한다. 전송 버튼을 누르고는 두 발을 다시 보도로 끌어당긴다.

하지만 내 전화에는 문자 메시지가 뜨지 않는다. 그러니까 단체 메시지가 아니라 사이먼에게만 보낸 메시지였다. 브램의 남자친구에게. 지극히 합당한 일이다. 그러니 나도 어느 섬에 추방이라도 당한 것처럼 느끼면 안 되겠지.

몇 분 뒤 엄마가 보도에 차를 대고 창문을 내리더니 내게 손짓한다.

"저분이 너희 엄마야?" 브램이 묻는다. "와, 정말 예쁘시네."

"응, 그런 말 많이 듣지." 농담이 아니다. 사이먼은 언젠가 우리 엄마를 보고 섹시한 엄마의 전형이라고 그랬으니까. "정말 같이 안 기다려 줘도 돼?"

"괜찮아. 우리 아빠도 곧 오실 거야."

엄마가 창밖으로 몸을 내민다. "안녕! 네가 브램이구나? 맞지, 축구 선수?"

브램은 깜짝 놀란 기색이다. "네, 맞아요."

"컬럼비아대학교에 갈 예정이라던데."

맙소사. 엄만 항상 이런 식이다. 마구잡이로 주워 모은 정보 쪼가리를 이렇게 불쑥 꺼내며 자기가 얼마나 열성적인 엄마인지 과시하곤 한다. 아마도 친구들은 내가 집에 가면 걔네들에 관한 학습 카드를 만들어 엄마한테 시험이라도 보게 하는 줄 알 거다.

뭐, 내가 엄마한테 뭐든 다 말하는 건 사실이다. 어쩌면 거의 병적이라고 할 정도다. 텀블러에 올라온 가십도 전부 얘기하고, 내가 누구한테 반했는지도 대부분 알려 준다. 물론 내가 양성애자란 것도 엄마한텐 말했다. 친구들은 아무도 모르는데. 내가 엄마한테 커밍아웃을 한 건 열한 살 때로, 〈셀러브리티 리햅〉(유명인들이 심리 치료를 받는 내용의 텔레비전 리얼리티 쇼) 중간 광고가 나오던 중이었다.

하여간 브램이 성인군자거나 아니면 우리 엄마한테 엄청 잘 보이려는 중이거나 둘 중 하나인가 보다. 브램은 우리 엄마를 '킨 여사님'이라 부르고 있는데, 사실 이건 무척 감동적인 일이다. 엄마랑 내가 성이 다르다는 점을 기억해 준 사람은 지금까지 하나도 없었는데.

엄마가 웃음을 터뜨린다. "너 정말 상냥하구나. 그냥 제시카라고 불러 주렴, 진심이야." 귀갓길에 차 안에서 있을 대화가 벌써부터 뻔히 그려진다. 어머나, 리(레아의 애칭)! 걔 정말 사랑스럽더라. 사이먼도 푹 빠졌겠어. 어쩜 그리 귀엽니, 어쩌고저쩌고.

내가 행운아란 건 안다. 자기 자식의 친구들을 싫어하는 부모 얘기는 흔해 빠졌지 않은가. 근데 우리 엄마는 정반대니까. 엄마는 지금까지 내가 소개해 준 친구들을 하나같이 마음에 들어 했다. 심지어 몇 번 만나지도 않은 마틴 애디슨조차 말이다. 물론 친구들도 엄마한테 완전히 반해 버렸고. 단적인 예로, 내가 차에 올라 안전벨트를 맬 때쯤엔 브램은 이미 엄마를 뮤지컬 개막 공연에 초대해 버렸다. 전혀 놀랍지 않은 일이다.

"아직도 네가 오디션을 보지 않은 게 아쉬워, 리." 엄마가 차를 도로로 빼며 말한다. "〈요셉〉은 대박 공연이잖니."

"'대박' 같은 말 쓰지 마."

"〈요셉〉은 인기 짱이잖아."

난 아예 대꾸할 가치조차 못 느낀다.

4

"네 앞으로 이런 게 왔더라." 목요일에 아침을 먹으러 내려가 자마자 엄마가 이렇게 말하며 봉투 하나를 건네준다.

조지아대학교에서 온 우편물이다. 반송 주소 자리에 학교 로고가 찍혀 있다. 지원서가 들어 있던 봉투만큼 크진 않다. 그냥 흔한 편지봉투 크기, 장학금 취소와 합격 철회를 알리는 학장의 편지를 넣기에 딱 적당한 크기다. 귀하의 조지아대학교 우수학생 프로그램 합격은 표기 오류로 인한 것이었음을 알려 드립 니다. 기록에 따르면 우리 학부에서 입학시키려던 학생은 엄청난 골 칫덩어리가 아닌 다른 레아 버크였습니다. 불편을 드려 죄송합니다.

"열어 보긴 할 거니?" 엄마가 조리대에 기대며 묻는다. 회사 에 가끔 하고 나가는 눈 화장을 했는데 정말 오싹하도록 아름 답다. 엄마의 눈은 현란한 초록색이다. 분명히 말하지만, 나보 다 더 매력적인 엄마를 두었다는 건 정말 짜증나는 일이다.

숨을 깊이 들이쉬고 봉투를 뜯는다. 엄마는 편지를 읽는 날 바라본다. "아무 문제 없는 거니?"

"응, 전혀." 안도감에 몸이 풀린다. "그냥 학교 답사랑 오리엔테이션 정보야."

"우리도 가 봐야겠지, 응?"

"별로 중요한 일은 아니야."

그래, 중요해선 안 된다. 우리 엄마는 사이먼네 엄마나 닉네 엄마가 아니다. 대학 캠퍼스 방문을 위해 마음대로 휴가를 낼 수 없다. 엄마가 그런 답사에 간 모습은 상상하기도 어렵다. 사실 나도 그런 데 가 본 적이 없지만, 사이먼 말로는 그냥 긴장한 꼬마들이 움츠리고 있는 동안 걔네 부모님이 질문을 퍼붓는 행사라고 한다. 듣자 하니 사이먼네 아빠는 듀크대학교 답사 가이드에게 '이 캠퍼스의 게이 문화에 관해 자세히 알려 주십사' 요청했다고 한다.

"나 정말 죽고 싶었다니까." 사이먼이 내게 한 말이다.

우리 엄마가 그 자리에 있었다면 아마도 뒤편에 숨어서 다른 부모들을 이리저리 곁눈질하고 있었을 거다. 그리고 사립대학 놈팡이들은 엄마한테 추파를 던졌겠지.

"정말이야, 괜찮아."

엄마가 미소를 띤다. "그래도 답사는 신청해야지. 일 문제는 내가 알아서 해결할게. 하루 일정으로 다녀올 수 있을 거야. 사실 웰스도 애선스에 가족이 있고—"

난 어이가 없어서 웃어 버린다. "난 웰스랑 같이 대학 답사 갈 생각 없어."

엄마는 내 팔을 툭 친다. "그 문제는 나중에 얘기하자. 요구르트 먹을래?"

"응." 난 손가락으로 머리를 빗어 넘긴다. "아무튼 일단 모건은 답사 언제 가는지 알아볼게. 나도 허슈 집안 식구인 척하지, 뭐."

"그거 좋은 생각이네." 엄마가 말한다. "조지아 공대 티셔츠를 입고 가서 학생들 심기나 거스르고 말이야."

"그러게, 엄마. 나 캠퍼스에서 엄청 인기 있겠네."

내 휴대전화가 진동한다. 사이먼에게서 온 문자다. 씹할. 놈의. 인생. 레아, 나 어떡해.

"그럼 난 가 봐야겠다." 엄마가 내게 줄 요구르트를 내려놓으며 말한다. "즐거운 하루 보내렴."

난 엄마에게 잘 가라고 인사한 뒤 휴대전화를 쳐다본다. 난네 인생이랑 씹할 수 없어. 내 인생이랑 일부일처제로 씹하는 중이거든.

그래, 정말 재밌네. 사이먼의 답장이다. 하지만 진담이라고.

무슨 일인데?

점 세 개가 찍힌다.

그러다 마침내 답장이 뜬다. 목소리가 계속 갈라져!

뭐?

노래할 때 말이야.

어머, 귀여워라. 눈에 하트 뿅뿅 이모지. 난 요구르트를 한입 먹는다.

레아, 귀여울 일이 아니라고. 개막일이 코앞이란 말이야. 전교생 앞에서의 공연은 지금 바로 시작될 거고.

그냥 긴장한 걸 거야.

그냥 김장한 거라고?

아니, 긴장. 망할, 나 지금 뭘 하는 거야. 별표까지 붙여 가면서. 휴, 브램에겐 얘기하지 마. 으아아아 난 망했어.

사이먼, 괜찮아. 난 요구르트 컵을 버리고 숟가락을 싱크대 안에 던진다. 8시 15분. 버스 정류장에 나가 봐야 할 시간이다. 끔찍하게 춥지만. 그리고 문자를 보내는 내 손가락들이 날 원망하겠지만 말이다.

게다가 걔는 아직 한 번도 내 노래를 들은 적이 없단 말이야. 나랑 헤어질 거라고.

난 웃음을 터뜨린다. 브램이 네 노래를 들으면 너랑 헤어질 거란 얘기니?

그래. 사이먼의 답장이다. 녀석의 모습이 눈앞에 훤히 그려진다. 의상을 반쯤 주워 입은 채 무대 뒤를 이리저리 서성이고 있겠지. 교내 공개 공연은 원래 드레스리허설이지만, 다들 수업을 빼먹고 공연을 보러 온다. 게다가 졸업반 학생들은 1교시에는 출석 체크를 안 해도 된다. 빨리 강당에 가서 앞자리를 맡아 놓고 싶다. 사이먼과 닉에게 야유를 보낼 수 있게. 하지만 당연하게도 스쿨버스가 늦게 왔다. 바깥 날씨가 추운 날이면 항상 일어나는 일이다.

걔가 정말로 한 번도 네 노래를 못 들었어? 난 문자를 보낸다.

내가 안 부르지. 한숨도 안 쉬고 다음 문자가 이어진다. 하지만 정말이야, 내 목소리가 갈라져서 모두가 토마토를 던져 대고 갈고리 같은 걸로 날 무대에서 끌어내면 어떡해?

정말로 그렇게 되면 내가 촬영해야지. 난 이렇게 대꾸한다.

버스에서 내리니 노라가 날 기다리고 있다.

"맙소사, 네가 와서 다행이다. 지금 당장 할 일 없지?"

노라가 한 손으로 자기 곱슬머리를 쓸어 올리며 말한다. 솔직히 말해서 애가 이렇게 넋이 나가 있는 건 처음 본다. 고상하기 그지없던 열한 살 때의 사이먼이 완벽한 똥 모양으로 주물러 빚어 놓은 브라우니를 우리 눈앞에서 자랑스럽게 삼키던 때까지 포함해서 말이다.

난 노라를 쳐다본다. "무슨 일인데 그래?"

"마틴 애디슨이 감기에 걸렸대." 노라가 느릿느릿 대답한다. 도저히 못 믿겠다는 듯이 눈을 깜박여 대면서.

"알았어. 걔랑은 섹스 안 할게."

노라는 내 농담을 듣지도 못한 것 같다. "그래서 집에 있겠대. 내일을 위해 목소리를 아껴야 하니까. 하지만 르우벤 역을 맡을 사람이 없는데, 지금 바로 공연을 시작해야 하잖아. 그러니까 내 생각엔―"

"난 르우벤 역 못 해."

"그렇지." 노라가 입술을 앙다문다.

"난 노래 끔찍하게 못한다고, 노라. 너도 알잖아."

"그래, 알아. 내 말은 그게 아니라…… 윽." 노라는 초조하게 웃는다. "칼이 마틴을 대신할 거야. 내가 칼 역할을 할 거고. 그러니까 넌 내 역할을 해 줘야 돼."

"네 역할?"

"무대감독 조수 말이야."

"아." 난 할 말을 잃는다. "그게 무슨 뜻이지?"

노라가 평소와 전혀 다르게 성큼성큼 걸어가기 시작한다. 난 뛰어서 간신히 따라잡는다. "그러니까, 난 헤드폰을 끼고 큐 사인을 내릴 거야." 노라는 말을 잇는다. "그리고 넌 배우들의 움직임을 파악하고 다들 있어야 할 곳에 있는지 확인해 줘야 해. 무대배경 넘기는 것도 도와주고, 말 그대로 급한 불을 꺼 달라는 거지. 할 수 있지, 응? 그냥 사람들한테 소리 지르면 돼. 네가 잘하는 일이잖아."

"대체 그게 무슨 소리야?"

"그런데," 노라가 갑자기 멈춰 서더니 날 뜯어본다. "젠장. 너 뭐든 검은 옷 없니? 아님 남색이라도? 후드 티나 그런 거 말이야."

"그게…… 지금 당장은 없는데." 내 옷차림을 내려다본다. 민트색 여름 원피스, 진녹색 카디건, 회색 타이츠, 그리고 항상 신는 금색 군화. 대체 성 패트릭의 날(아일랜드의 수호성인 성 패트릭을 기념하는 날로, 초록색 옷을 입고 축하 행사를 한다)에 이것 말고 어떤 옷차림을 할 수 있었겠어.

"알았어." 노라가 뺨을 문지른다. "그래, 내가 뭔가 찾아볼게. 일단은 바로 무대 뒤로 가 줘. 그럼 누가 널 안내해 줄 거야. 이렇게 하기로 동의해 줘서 정말 고마워."

내가 동의한 건지는 잘 모르겠지만, 어쨌든 노라는 다시 복도를 따라 달려가고 난 어느새 무대 뒷문 앞에 서 있다. 그래, 무대감독 조수란 말이지. 아무래도 이거 실제 상황인가 보네.

슬쩍 무대 뒤로 들어가니 아주 난장판이다. 잘 모르지만 칼은 사실 무시무시하게 엄격한 감독이었나 보다. 칼이 자리에 없다고 완전히 엉망진창이 된 걸 보면 말이다. 1학년들은 소품 탁자에서 양치기 지팡이를 슬쩍해 칼싸움을 하고 있는데, 지팡이란 게 그야말로 아까 사이먼이 얘기한 상상 속의 무서운 갈고리처럼 생겼다. 털북숭이 이스라엘인 둘은 무대 장막 속에서 서로 주물럭대는 중이고, 테일러는 눈을 감은 채 바닥에 앉아 있다. 아마도 명상 중이겠지.

장막 사이로 내다보니 흐리멍덩한 눈빛의 1학년과 2학년 애들이 관람석을 가득 채우고 있다. 바로 눈앞 맨 첫 줄에 우리 패거리가 보인다. 브램, 개릿, 모건, 애나. 가운데 좌석 하나는 비어 있다. 분명 날 위한 자리다. 이상하게 감동적이다.

"레아." 노라가 나타나 내게 천을 한 아름 건넨다. "개릿 옷이니까 네 옷이 얼추 다 가려질 거야. 혹시 냄새가 나더라도 이해해 줘."

노라가 준 걸 천천히 펼치고 두 팔을 쭉 뻗어 쳐든다. 가슴에 '옐로 재킷'이라고 작게 수놓인 남색 후드 티다. 망할 조지아 공대 후드 티.(조지아 공대 풋볼 팀 이름이 옐로 재키츠다.) 그래도 키크고 덩치 좋은 개릿 옷이라 그런지 나한테 잘 맞는다. 노라 말대로 냄새도 난다. 하지만 악취는 아니고 '올드 스파이스' 상표의 탈취제 냄새다. 개릿에게서 나는 냄새와 똑같다. 문득 남자친구의 이니셜이 새겨진 점퍼를 걸치고 있는 1950년대 치어리더라도 된 기분이다. 꼭 내가 임자 있는 몸인 것 같다.

나는 이 사실에 관해 생각하지 않으려 애쓰면서 노라를 따라 무대 뒤의 난장판을 헤치고 나아간다. 어떻게 했는지 몰라도 지금 내 눈앞의 노라는 그 누구도 봐주지 않는 단호한 악당으로 변신한 상태다. 평소엔 그야말로 얌전한 꼬맹이인데, 어쩜 세상에. 노라가 여기저기 험악한 눈빛을 던지며 배우들을 불러내자 다들 진짜로 정신 차리고 제 위치로 들어간다. 마침내 노라는 원래 칼이 있던 무대 끝 책상에 자리 잡고 헤드폰을 끼더니 칼의 바인더를 마구 뒤적인다. 잠시 노라를 쳐다보던 나는 휘적휘적 소품 탁자 쪽으로 걸어간다. 그야말로 모든 게 뒤죽박죽 상태다. 선글라스와 수갑 등 바닥에 떨어져 있는 온갖 물건들을 도로 주워 탁자 위에 배치한다.

"5분 남았다, 여러분." 올브라이트 선생이 외치며 장막 옆으로 고개를 삐죽 내민다.

사이먼이 나타나더니 무대 끝 내 옆자리로 온다. "레아, 왜 조지아 공대 후드 티를 입고 있어?"

"개릿 거야." 사이먼의 눈이 휘둥그레진다. "야, 야. 네가 생각하는 그런 거 아니야. 네 동생이 나한테 입으라고 했어."

"대체 무슨 얘긴지 모르겠네."

"걱정할 일은 아냐." 난 사이먼에게 웃어 보인다. "기분은 좀 나아졌어?"

사이먼은 고개를 젓는다. "아니."

"있잖아."

사이먼이 날 쳐다본다.

"넌 끝내주게 잘할 거야, 알겠지?"

사이먼은 잠시 말없이 날 바라본다. 내가 방금 그런 말을 했다는 게 믿기지 않는 듯이. 세상에, 내가 그 정도로 성질 더럽게 굴었나? 내가 자길 무진장 사랑한다는 걸 사이먼도 분명 알

텐데? 하지만 어쩌면 내가 충분히 말해 주지 않았는지도 모른다. 사실 평소에 내가 친구들에게 얼마나 깊이 진심으로 고마워하는지 열렬히 간증하고 다니진 않으니까. 난 애비가 아니다. 하지만 내가 앨 얼마나 멋진 녀석이라고 생각하는지 사이먼도 알 거라고 생각했다. 어떻게 모를 수 있겠는가? 그러니까, 난 중학교 시절 거의 내내 얘한테 반쯤 빠져 있었는데. 정말이다. 그놈의 늑대 티셔츠? 그것조차 묘하게 섹시하다고 느꼈다니까.

사이먼이 눈을 깜박이더니 안경을 고쳐 쓴다. 그러더니 갑자기 얼굴이 온통 환해지는 사이먼 특유의 함박웃음을 짓는다. "사랑해, 레아."

"그래, 그래."

"나도 사랑해, 사이먼." 녀석이 높다란 목소리로 덧붙인다.

"나도 사랑해, 사이먼." 내가 눈을 굴리면서 따라 한다.

"시므온이야." 녀석이 내 말을 고쳐 주고, 그때 전주곡이 울려 퍼지기 시작한다.

칼 프라이스의 연기는 구제 불능이다.

칼이 대본 전체를 외우고 있었던 건 다행이지만, 걔는 르우벤 역을 마치 온순한 늙다리 회계사처럼 연기한다. 게다가 노래도 못 부른다. 얼굴이 찡그려질 만큼, 웃음이 나올 만큼 못부른다. 하지만 무대 위의 칼이 너무 귀여운 데다 우리 눈치를 보는 기색이라 그냥 뺨이나 쿡 찔러 주고 싶어진다. 유치원 재롱잔치를 의인화한 것 같달까. 재능에 있어선 D-지만 깜찍함에 있어선 A+감이다.

어쨌든, 이 출연진의 최고 공연은 아니었지만 완전히 망한 공연도 아니다. 테일러의 노래는 대단하고, 사이먼의 목소리도 갈라지지 않았다. 게다가 솔직히 말해서 알록달록한 외투를 입은 닉은 죽여주게 섹시하다.

공연이 끝난 뒤 난 사이먼을 따라가 옷자락을 붙잡고는 깜짝 포옹을 해 준다. "완벽했어." 내 말에 사이먼은 문자 그대로 얼굴이 새빨개지더니 내 양손을 잡아 서로 마주치게 한다. 그러고는 잠시 가만히 웃으며 날 쳐다본다.

"넌 정말 좋은 친구야." 마침내 걔가 말한다.

그 말투가 어찌나 상냥하고 진지한지 이번엔 내가 당황할 차례다.

배우들이 옷을 갈아입으러 탈의실로 물러간다. 무대의상을 입은 채로 점심을 먹는 건 금지되어 있다. 하지만 칼은 곧바로 노라에게 다가오고, 노라는 헤드폰을 벗더니 칼을 껴안아 준다. 대단한 포옹이다. 머리부터 발끝까지 꼭 달라붙어 서로의 몸 사이에 틈새라곤 전혀 없다. 그러는 내내 칼은 노라의 귀에 뭔가 속삭이고 있다. 둘 다 내가 쳐다보고 있는 줄은 전혀 모르는 것 같다. 마침내 칼이 탈의실 쪽으로 가자, 난 노라의 책상에 두 팔꿈치를 대고 말한다.

"그런 거구나, 너랑 칼 말이야." 내가 씩 웃는다.

"입 다물어."

"진짜 무진장 귀엽다."

"그런 거 없어. 아무 일도 없다고."

"뭐, 그래. 하지만 너희 둘 포옹을 보고 있기만 해도 거기가 막 서던데."

"레아!"

"그냥 농담한 거야."

노라는 끙 소리를 내며 양팔에 머리를 묻지만, 입가엔 미소가 어려 있다.

"어이." 누가 신발 뒤축을 살짝 찬다. 슬쩍 돌아보니 브램이다. "학교 밖에 나가서 점심 먹을 건데, 너희도 올래?"

노라는 고개를 젓는다. "난 여기 있어야 해. 45분 뒤에 두 번째 공연이 있다고."

"아, 그렇구나."

"누가 가는데?"

"그냥 개릿, 모건, 애나, 그리고 나."

"레아, 넌 가도 돼." 노라가 말한다.

"너희를 저버리긴 싫은데."

노라는 웃음을 띤다. "저버려도 괜찮아. 칼이 다시 무대감독으로 강등됐거든."

"저런, 르우벤 역은 누가 하고?"

"올브라이트 선생이."

"그분이 턱수염을 달면 정말 잘 어울리겠는걸."

브램은 그저 옅은 미소를 띤 채 우릴 쳐다보고 있다. "그래서, 넌 가는 거지?"

"아마도." 난 어깨를 으쓱하며 두 손을 맞잡는다. 개릿의 후드 티를 입고 있으니 갑자기 내가 아주 작아진 느낌이다. 또다시 그 여자친구 느낌이 든다. 난 한 번도 누군가의 여자친구였던 적이 없지만, 그렇게 되면 아마도 이런 느낌이겠지. 내가 뭔가 앙증맞고 소중한 존재가 된 것 같은. 이런 느낌에 거부감이 드는 건지, 아니면 그냥 거부감이 들어야 한다고 느끼는 건지 잘 모르겠다.

사이먼을 비롯한 배우들은 이미 전부 탈의실에 들어가 있어서, 나는 노라에게 인사한 다음 브램을 따라 중앙 현관으로 나간다. 애나는 카풀 주차장 가장자리의 바위에 걸터앉아 있고, 개릿은 모건에게 뭔가 열심히 손짓하다가 날 보고는 씩 웃는다. 브램과 내가 그리로 다가가자 개릿이 소맷자락을 잡아끈다. "그래, 너도 조지아 공대 팬인가 보네."

"헛소리." 난 개릿에게 마주 웃어 준다. 문득 내가 아직까지 개릿 로플린의 후드 티를 입고 있을 이유는 전혀 없단 생각이 떠오른다. "이제 돌려줘야겠네."

"하지만 너 되게 편안해 보이는데." 개릿이 말한다.

"응?"

개릿의 뺨이 살짝 발그레해진다. "아니, 편안한 게 아니라," 마른침을 삼키고 말한다. "너한테 잘 어울려."

난 눈을 가늘게 뜬다. "잘 어울린다고?"

"응."

난 머리 위로 후드 티를 잡아 올려 벗고는 둘둘 뭉쳐서 개릿에게 돌려준다. "너 정말 헛소리도 잘하는구나, 개릿."

개릿은 후드 티를 받더니 코를 찡그리며 내게 웃어 보인다. 인정해야겠다. 개릿이 못생기진 않았다. 금발에 옅은 푸른색

눈. 그리고 코에는 살짝 주근깨가 있다. 광대뼈 위로 온통 주근깨가 흩뿌려진 나와 달리 몇 개만. 하지만 개릿의 그 표정이 귀엽고 의외인 데다 묘하게 사랑스러워서, 이제 난 개릿이 피아노를 친다는 사실에 관해 생각하기 시작한다. 희한하다. 개의 손가락은 전혀 피아노를 칠 것처럼 생기지 않았으니까. 길긴 하지만 꽤나 두툼한 그 손가락들이 이젠 자기 후드 티를 꽉 쥐어짜기라도 하려는 듯 움켜잡고 있다.

"뭘 보는 거야?" 개릿이 신경 쓰이는 듯 내게 묻는다.

난 눈을 돌린다. "아무것도 안 봤어."

브램이 헛기침을 한다. "좋아, 그럼 우리 '리오브라보'로 가는 거지?"

"두말하면 잔소리지." 개릿이 대꾸한다. 하지만 문득 말을 멈추더니 날 힐끗 본다. "너도 거기 가고 싶은 거 맞아?"

"물론."

"그냥 가자니까. 얼른. 내가 운전할게." 모건이 내 팔에 팔짱을 끼고, 나는 애나의 팔에 팔짱을 낀다. 인정할 수밖에 없다. 난 운 좋은 사람이다. 사이먼이랑 닉이랑 다른 녀석들도 모두 정말 사랑하지만, 모건과 애나에겐 특별한 뭔가가 있다. 얘들은 그냥 이해해 준다. 우리가 항상 마음이 맞는 건 아니다. 모건은 일본 애니메이션의 영어 더빙판을 좋아하는데 내가 보기에 그건 신성모독이다. 게다가 애나는 언젠가 턱시도 가면(일본 애니메이션 〈미소녀 전사 세일러문〉의 남자 주인공)이 '매력 없다'고 말한 적이 있다. 하지만 그럴 때 말곤 우리는 서로의 마음을 훤히 읽을 수 있다. 예를 들어 연극 연습 중에 테일러가 디바처럼 굴 때면 서로 쳐다볼 필요도 없다. 마치 우리 셋의 머리 사이로 남들에겐 보이지 않는 초현실적 눈동자라도 굴러가는 것 같으니까. 우린 7학년 때 일주일 동안 남들 앞에서 자매인 척 해 본 적도 있다. 애나는 중국계 혼혈이고 모건은 유대인인 데다 난 몸집이 두 사람을 합쳐 놓은 것만 한데도.

하지만 가장 중요한 점은 두 사람이 항상 내 편이라는 거다. 나 또한 마찬가지다. 작년에 애나가 노로바이러스 감염으로 결석했을 때, 모건과 나는 애나가 놓친 점심시간 구내식당에서의 싸움 광경을 재현해 보여 주었다. 7학년 때 나는 인종차별적인 교내 추수감사절 연극 공연에 저항하던 모건을 돕기 위해 포스터를 쉰여섯 장이나 그렸다. 사이먼과 닉이 남자친구와 여자친구의 세계로 사라졌을 때 모건과 애나는 내 곁에서 함께 비딱하게 굴어 주었다. 얘들이 저니를 좋아하든 말든 알 게 뭔가. 이 세상 최고의 친구들인데.

"레아, 네 배낭 어딨어?" 갑자기 모건이 묻는다.

"내 사물함에 있겠지?"

"가지러 가야 할까?"

난 모건을 쳐다본다. "우리 그러니까…… 안 돌아와?"

솔직히 말하자면 난 한 번도 땡땡이친 적이 없다. 작년에 사이먼과 닉 때문에 삐진 일주일 동안 몇 번 수업을 빼먹고 음악실 벽장 안에 처박혀 있긴 했다. 하지만 학교 밖으로 나간 적은 없다. 물론 다들 맨날 그러고 있긴 하다. 하지만 난 혹시라도 말썽이 생길 만한 일은 꺼리는 편이다. 어느 정도는 장학금이 취소되는 사태를 피하기 위해서지만, 한편으로는…… 모르겠다. 어쩌면 내가 그냥 엄청난 범생인지도.

"레아, 괜찮아. 알지?" 모건이 말한다. "나도 해 본 일인걸. 심지어 브램도 그런 적 있다고."

내가 힐끗 쳐다보자 브램은 수줍게 웃는다.

그래, 내가 만약 땡땡이를 친다면 바로 오늘이 기회일 거야. 선생들은 내가 연극 때문에 3, 4교시를 빼먹었다고 생각할 테니까. 게다가 생각해 보니 노라에게 내가 계속 필요했다면 난 실제로 수업을 빼먹어야 했겠지. 칼이 무대 위에서 그렇게 깜찍한 재난덩어리만 아니었다면.

"괜찮은 거지?" 모건이 묻는다.

난 고개를 끄덕인다.

"좋았어. 가자고."

모건의 자동차는 예쁘고 반짝거리는 폭스바겐 제타다. 좌석에서 여전히 새것 같은 냄새가 난다. 모건네 부모님이 딸의 열여덟 살 생일 선물로 차를 사 주시면서 GPS 내비게이션, 위성 라디오, 그리고 후방 카메라까지 달아 주었다. 뒤쪽 차창에는 이미 조지아대 스티커가 붙어 있다.

난 조수석을 차지한다. 키가 186센티미터나 되는 개릿의 입장에선 못된 짓이란 걸 잘 알면서도. 하지만 개릿은 지극히 태연하다. 뒷자리 한가운데 앉더니 몸을 앞으로 숙여 양손을 하나씩 앞자리 머리 받침에 갖다 댄다. 내 머리칼이 말 그대로 개릿의 팔을 뒤덮고 있다. 때로는 개릿이 모든 순간에 가장 어색한 자세를 취할 방법을 정확히 계산한 다음 실행하는 게 아닌가 싶어진다.

"자, 이제 경비원한테 웃어 보이면서 손을 흔들어 주면 돼." 개릿이 말한다. "외출 허가를 받은 것처럼 행동하라고."

"개릿, 졸업반 학생들은 원래 외출해도 돼."

"어, 정말?" 개릿은 깜짝 놀란 얼굴이다.

모건이 출구를 향해 느릿느릿 차를 몬다. 모건은 항상 새로운 행성에 떨어진 겁먹은 외계인처럼 운전한다. 어찌나 느리게 움직이는지 말 그대로 굴러간다고 해야 한다. 게다가 모든 신호등과 정지 신호가 모건을 놀라게 하는 듯하다. 난 음악을 튼다. 내가 모르는 우울한 포크송이다. 괜찮은 것 같다. 아니, 엄청 좋은 것 같다. 뭔가 달콤하면서도 애절하고, 가수의 목소리에서 진짜 감정이 느껴진다.

"이거 누구야?" 잠시 후 내가 묻는다.

앞의 신호등이 빨간불로 바뀌자 모건은 천천히 차를 세운다. "리베카 러브.(Rebecca Loebe, 2004년부터 활동한 미국의 인디 록 가수 겸 작곡가.) 내 새로운 최애 가수야." 어제만 해도 모건의 최애 곡이 〈Don't stop believin'〉이었던 걸 생각하면, 음악 역사상 이만한 장족의 발전도 없겠다.

"모건, 이걸로 네 취향은 완전히 구원받았어."

우리는 '리오브라보'에 차를 세우고 우르르 몰려나온다. 레스토랑에 들어가면서 나는 등을 좀 더 꼿꼿이 펴 본다. 아무도 신경 안 쓰겠지만, 그래도 3교시를 땡땡이친 고딩처럼 보이긴 싫다. 설사 그게 100퍼센트 정확하게 내 모습이라고 해도 말이다. 여자 매니저가 우리를 큰 칸막이가 있는 뒤쪽 자리로 안내하고, 곧바로 웨이터가 와서 토르티야 칩을 내려놓으며 음료 주문을 받는다. 개릿이 내게로 몸을 굽힌다. "내가 맞혀 볼게, 콜라지."

"아마도." 난 웃어 준다. 브램과 애나가 눈짓을 주고받는다.

"앤 콜라로 한대요." 개릿이 말한다.

"미안하지만 내 주문은 내가 할 수 있어." 난 웨이터에게 환한 미소를 보낸다. "콜라로 주세요." 농담을 하려던 건 아닌데 ─ 결코 아니었다 ─ 다들 웃음을 터뜨린다. 개릿까지도.

"너 정말 재밌다, 버크." 개릿이 말한다.

난 얼굴을 붉히며 모건에게로 고개를 돌린다. "참, 궁금한 게 있는데, 너도 캠퍼스 답사랑 오리엔테이션 참여할 거야?"

모건이 씩 웃는다. "나도 너한테 물어보려고 했어. 그러니까 애비랑 의논해 봤는데, 봄방학에 우리 셋이 함께 가면 어떨까 해서. 걔가 너한테 아직 얘기 안 했니?"

아, 그러니까 애비가 문제로군. 걘 별로 나한테 그런 걸 물어보고 싶지 않겠지. 난 침을 삼킨다. "네 부모님도 가고 싶어 하실 거라 생각했는데, 모건."

"맞아. 두 번 가지, 뭐. 난 상관없어."

"너희랑 애비?" 애나가 묻는다. "너희가 언제부터 애비랑 친구였는데?"

모건은 당혹스러운 기색이다. "우린 항상 애비랑 친했잖아."

"그래, 하지만 그 정도는 아니었잖아. 봄방학에 함께 자동차 여행을 갈 만큼 단짝은 아니었다고." 애나는 입술을 깨물며 대꾸한다. 난 앉은 채로 몸을 움찔거린다. 대학 얘기가 나오기만 하면 애나는 이상하게 구는데, 나로선 뭐라고 말해야 할지 모르겠다. 한편으로는 이해가 된다. 우리 셋 중 애나만 빠지게 되는 거니까. 하지만 또 한편으로는 그렇다고 해도 결국 애나가 조지아대에 지원할 일은 없을 거라고 생각한다. 애나는 2학년 때부터 듀크대만 바라보고 있었으니까.

"애나 바나나, 우린 애비로 널 대체하려는 게 아니야." 난 이렇게 말한다.

애나가 콧잔등을 찡그린다. "너흰 그냥 A로 시작되는 네 글자 이름의 여자애를 고르기만 하면 됐던 거잖아."

"그래, 하지만 갠 네가 아니야." 모건은 애나의 어깨에 팔을 두르며 말한다.

사실이다. 애비는 절대로 우리 가운데 낄 수 없다. 예전엔 잠시 그럴 수도 있겠다고 생각했던 것 같다. 인정한다. 애비가 이사 온 직후에 난 걔랑 자주 어울려 다녔다. 그러니까 엄청 자주. 급기야 우리 엄마가 눈을 반짝이며 내게 온갖 질문들을 퍼붓기 시작했을 만큼. 하지만 결코 엄마가 생각한 그런 건 아니었다. 일단 애비는 그야말로 골수 이성애자다. 〈세일러문〉을 끝까지 다 보고 나서도 우라노스와 넵튠이 그냥 단짝 친구라고 생각할 타입이다. (세일러 우라노스(하루카)와 세일러 넵튠(미치루)은 흔히 레즈비언 커플로 해석된다.) 애비라면 아마 트로이 시반(커밍 아웃한 배우이자 가수)의 노래 가사도 여자들에 관한 내용이라고 생각할 거다.

하지만 내가 지금 애비 생각을 할 이유는 없다. 난 칩이 담긴 그릇을 쳐다본다. "우리 점심 먹고 나선 뭐 할 거야?"

"글쎄, 나한테 계획이 하나 있는데." 브램이 말한다.

"무슨 계획인데?"

브램의 얼굴이 발개진다. 입꼬리가 말려 올라간다. "그러니까, 내가 프롬포즈(고등학교 졸업 댄스파티인 프롬prom의 파트너 신청)를 할 생각이거든."

한 시간 반 뒤에 모건, 애나, 개릿은 모건네 집 거실에서 일본 애니메이션을 보고 있다. 난 부엌에서 브램과 함께 전자레인지로 스모어(크래커 사이에 구운 마시멜로를 끼워 먹는 것)를 만들어 먹는다. "네가 영감을 준 거야." 브램이 말한다.

"내가?"

브램이 고갯짓으로 내 휴대전화를 가리킨다. "네가 보여 준 그 사진 말이야."

"그럼 너 프롬포즈 테마를 모건의 바르 미츠바로 하겠다는 거야? 엄청나겠는데."

"좋은 추측인걸." 모건이 히죽 웃는다. "하지만 아냐. 글쎄, 모르겠어. 아무래도 잠시 네 아이디어를 빌려 봐야 할 것 같아."

"어떤 아이디어?"

"네가 아는 사이먼의 민망한 이야기를 몽땅 들려줘." 브램은 스모어를 한입 깨물고 웃어 보인다. 입술에 조그만 마시멜로 덩어리 하나가 묻어 있다.

"그러려면 하루 종일 걸린다는 거 알지?" 내가 말한다.

브램이 웃는다. "기꺼이 들을게."

"참, 전혀 관계없는 얘기지만 내가 궁금해서 말이야. 옛날에 꼬마 브램은 그레이엄 크래커를—"

"브램 크래커로 불렀느냐고?" 브램이 미소 짓는다. "아마도, 분명 그랬겠지."

"그거 멋진데."

"하나 더 만들어야겠다. 너도 먹을래?" 브램이 일어난다.

"물론 먹어야지." 난 한 손에 턱을 괸다. "좋아, 그럼 사이먼 말인데."

"사이먼 말이지."

내 가슴이 덜컥한다. 브램이 사이먼의 이름을 부르는 어조 때문이다. 한 음절 한 음절을 또렷하게 발음한다. 너무 소중해서 꼭 그래야만 한다는 것처럼. 정말로 훈훈하고 그렇지만 휴, 가끔은 너무 샘난다. 하지만 확실히 사이먼과 브램에 대해서만은 아니다. 모든 커플들에 대해서다. 키스 따위 얘기가 아니다. 그냥 뭐랄까, 내가 사이먼이라고 상상해 보면, 누군가 날 마음속에 간직하고 있단 걸 알고서 하루를 보낸다고 상상해 보면 말이다. 그거야말로 사랑에 빠지는 일의 가장 좋은 부분이 겠지. 누군가의 머릿속에 내 자리가 존재한다는 기분.

난 그런 생각을 밀어낸다. "좋아. 너도 청반바지 사진은 봤겠지?"

"걔네 집 벽난로 위에 있는 거?" 브램이 부엌 저쪽에서 내게 마주 웃어 보인다.

"어. 맞아. 그럼 걔가 왁스 손에 토했을 때 얘기는?"

"그 얘긴 걔가 직접 들려줬어."

"그래, 걘 아마도 그 얘길 자랑스럽게 했겠지." 난 입술을 깨문다. "흠, 이상하네, 민망한 사이먼 이야기를 생각해 내기가 이렇게 힘들 리 없는데.”

“잘 생각해 봐.” 브램이 말한다. 전자레인지가 삑 소리를 내고, 나는 잠시 브램이 조심스럽게 스모어를 조립해서 누르는 모습을 바라본다. 거대하게 부풀어 오른 마시멜로를 저만큼 깔끔하게 다룰 수 있는 사람은 브램밖에 없을 거다. 브램이 스모어 접시를 테이블로 가져와 내 앞에 밀어 놓는다. 하나를 막 집어 들려는 순간, 갑자기 영감이 떠오른다.

“잠깐, 너 사이먼의 〈러브 액추얼리〉 취향은 알고 있니?”

“걔네 부모님 때문에 크리스마스마다 봐야 한다는 건 알지. 걘 그 영화 싫어한댔어.”

“그랬겠지. 근데 사실은 안 싫어하거든.” 난 스모어를 크게 한입 깨문 다음 지극히 순진한 척 눈을 크게 뜨며 브램을 힐끗 쳐다본다.

브램이 히죽 웃는다. “분명 무슨 이야깃거리가 나오겠는데.”

“아, 물론 이야깃거리가 있지. 사이먼이 이야기를 하나 썼으니 말이야.”

브램이 뭐라고 대꾸하려 입을 여는데, 그 순간 개릿이 소파 등받이 위로 고개를 쑥 내밀며 이쪽을 쳐다본다. “저기, 버크. 물어볼 게 있는데. 그러니까, 내가 내일 계획을 짜 보려고 하거든.”

“내일?”

“연극 말이야.” 안락의자에 앉은 모건의 목소리가 들려온다.

“아, 그거야 알지.”

“너도 갈 거니?” 개릿이 묻는다.

"그럴 생각인데."

브램과 개릿이 재빨리 눈빛을 교환한다. 대체 무슨 의미인지는 모르겠지만. "우리랑 같이 갈래?" 브램이 묻는다. "빨리 가서 좋은 자리를 잡아 놓으려고."

"다시 말해서 그린필드 녀석은 눈앞에 거치적거리는 것 없이 제 남자친구 엉덩이를 보고 싶단 거지."

브램은 고개를 내저으면서도 웃고 있다.

"어쩌면 그전에 같이 식사를 하거나 그럴 수도 있고." 개릿이 덧붙인다.

"그러지, 뭐."

"'그러지, 뭐'라고? 레아, 레아." 개릿이 고개를 젓는다.

난 가식적인 함박웃음을 억지로 지어 보인다. "어머나, 세상에. 너무 기대된다!"

"좀 낫네." 개릿이 대꾸하며 다시 소파에 기댄다.

하지만 내가 집에 돌아와서 밤새도록 생각한 것은 연극이 아니다. 한 손에 콜라를 든 채 소파에 늘어져 있는데도 초조하고 뒤숭숭한 기분이 든다. 정신을 차려 보면 자꾸 모건이 '리오브라보'에서 했던 얘기를 생각하고 있다. 애비가 우리랑 같이 조지아대 답사를 하고 싶어 한다고. 그렇게 의외의 일은 아니다. 어쨌든 우린 친구라고 할 수 있으니까. 하지만 우리 학년에서 조지아대에 지원한 사람이 아마 백 명은 될 테고, 걔네도 전부 애비랑 친구인데. 걘 누구하고나 친구로 지내니까. 그러니 걔가 우리랑 같이 가려고 한다는 게 좀 놀라운 건 사실이다.

그 순간 탁자 위의 내 휴대전화가 진동한다. 가슴이 덜컹 내려앉는다.

하지만 개릿한테서 온 문자다.

음, 내일 네가 연극 보러 간다니 좋네. 아주 재미날 거야.

난 도로 소파에 늘어져 문자를 들여다본다. 개릿은 가끔 이런 짓을 한다. 딱히 대화랄 것을 시작하지도 않았는데 뜬금없이 내게 이런 문자를 보내온다. 그야말로 불쑥 던지듯 말이다. 그러니 나로선 뭐라고 대꾸해야 할지 모르겠다. 솔직히 말하면 가끔은 개릿이 날 좋아하는 것 같다는 느낌이 든다. 물론 아마도 내 망상이겠지만, 그냥 개릿이 엄청 어설픈 녀석인 거겠지만. 하지만 가끔은 확신하기가 어렵다.

난 문자를 입력하기 시작한다. 나도! 하지만 이건 너무 맙소사, 개릿 사랑해, 키스해 줘 같은 느낌이다. 그래서 쓰던 걸 지워 버리고 멍하니 휴대전화를 쳐다보다가, 이번엔 느낌표만 빼고 똑같이 썼다가, 또다시 지워 버린다. 그러고는 결국 포기하고 〈후르츠 바스켓〉(일본의 판타지 로맨스 만화이자 애니메이션)이나 틀어 보기로 한다. 내가 이렇지, 뭐. 문자 두 마디만 쓰려고 해도 멘탈이 붕괴되어 버린다니까. 게다가 내가 이 녀석한테 딱히 매력을 느끼는 것도 아닌데. 만약 그랬다면 난 이미 죽어 버렸을 거다. 레아 버크, 여기 잠들다. 급성 어색 증세로 사망.

머리를 식힐 게 필요하다. 텔레비전만으로는 부족하다. 휴대전화에 저장된 팬픽션을 아무거나 연 다음 전화기를 들고 복도를 걸어간다. 드레이코×해리 커플링을 거실에서 읽을 수는 없다. 엄마가 집에 없다고 해도 말이다. 드레이코×해리는 침실에서 읽어야 한다. 이 말이 음란하게 들린다 해도 상관없다.

하지만 집중이 안 된다. 팬픽션에 문제가 있는 건 아니다. 잘 쓴 글이고 드레이코도 까칠한 맛이 있어서 참신하다. 난 드레이코를 다정한 성격으로 묘사하는 작가들이 싫다. 미안하지만 드레이코는 개자식이어야 한다. 내가 장담한다. 물론 마음속은 물러 터진 녀석이겠지만, 그런 내면은 아무나 볼 수 없어야 한다.

그러고 보니 이건 나 자신에 관한 얘기인지도 모르겠다.

그래도 도저히 머릿속이 차분해지지 않아서 파일을 닫아 버린다. 휴대전화를 충전기에 꽂고 이리저리 만져 제대로 접촉이 되게 한다. 내 전화기는 완전히 고물이다. 스포티파이 (음악 스트리밍 앱)를 켜고 내 그림 텀블러에 접속해 스크롤을 내리며 훑어본다. 뭔가 새로운 그림을 올려야 하는데. 아니면 좀 더 잘 그린 예전 그림이라도. 내 그림을 찍은 사진들이 휴대전화에 가득 저장되어 있다. 내 모든 연성들, 적나라한 키스 장면들. 이네즈와 니나 (리 바두고의 판타지 소설 시리즈 '그리샤 3부작' 등장인물), 퍼시베스 (릭 라이어든의 판타지 소설 시리즈 '퍼시 잭슨과 올림포스의 신' 주인공인 퍼시 잭슨과 아나베스 체이스 커플), 내가 만든 캐릭터 몇 명. 그리고 친구들 초상화도 몇 개 있다. 본인들에게 보여 줄 생각은 눈곱만큼도 없지만. 딱 한 번 그런 적이 있다. 그야말로 끔찍한 실수였다.

다시 휙휙 스크롤을 내리다가 이번엔 벨라트릭스 레스트레인지 ('해리 포터'에 등장하는 마법사)의 연필 스케치에서 멈춘다. 내 그림 중 가장 잘된 건 아니지만, 얼굴 표정이 마음에 든다.

내 텀블러는 익명으로 되어 있으니 좀 어설퍼도 상관없다. 사람들이 날 서툰 그림쟁이라고 생각한다면 그러라고 하지, 뭐. 어쨌든 그들은 내가 나란 걸 모르니까.

5

금요일에 등교하니 모건이 보이지 않았다. 내 문자에도 답장하지 않는다.

"뭔가 이상하지, 안 그래?" 점심시간에 애나에게 말을 건다. 나랑 애나가 우리 테이블에 가장 먼저 도착했다. "무슨 일이라도 생겼나?"

"모건 말이야?" 애나는 입술을 깨문다. 확실히 내 눈을 피하는 느낌이다.

"뭐야, 혹시 나한테 화난 일이라도 있대?"

"아니, 그런 거 아냐." 애나가 말을 멈춘다. "그냥 생각할 시간이 필요한가 봐."

"그게 무슨 말이야?"

애나가 마침내 날 똑바로 쳐다본다. "너한텐 얘기 안 했니?"

"음, 내 문자에 답을 안 한다니까."

"그래." 애나는 의자 등받이에 기댄다. "그게, 어젯밤 조지아에서 연락이 왔거든."

"대학교 말이야?"

애나가 고개를 끄덕인다. 애나의 표정에 깃든 무언가가 내 가슴을 철렁 내려앉게 한다.

"합격 못 했구나." 난 조용히 말한다.

"응."

"대기자 명단엔 올랐니?"

"아니."

"농담이겠지."

애나가 고개를 젓는다.

"하지만 걘 동문 자녀잖아."(미국 대학에서는 종종 지원자의 인척이 동문일 경우 입학 사정에서 가산점을 준다.)

"그렇지."

"엄청 속상하겠네." 난 눈을 껌벅인다. "어째서 합격 못 한 걸까?"

"모르겠어. 엉망진창이야." 애나가 한숨을 쉬며 머리칼 끝을 잡아당긴다. "SAT(수능에 해당하는 미국 시험) 성적 때문이려나? 걔가 몇 번 재시험을 본 걸 알거든. 너무 끔찍해. 엄청 충격 받은 모양이던데. 걔네 부모님도 난리가 났고. 학교에 전화를 걸어서 기부금을 취소하겠다고 했다나. 나도 잘 모르겠어."

"세상에."

"수업이 끝나면 걔네 집에 가 보려고." 애나가 말한다.

난 고개를 끄덕인다. "나도 같이 갈게."

"음." 애나가 머뭇거린다. "모르겠어, 어쩌면……."

"걔가 날 보고 싶어 하지 않을 수도 있다고?"

애나는 대답이 없다.

내 얼굴이 확 붉어진다. "걔가 그렇게 말했니?"

애나가 어깨를 으쓱한다. "나도 몰라. 정말 미안해, 레아. 어휴, 일이 너무 난처하게 됐네."

"상관없어, 괜찮아." 난 불쑥 일어난다. "밖에서 먹을래."

"걔는 그냥 지금 혼란스러운 거야. 개인적으로 받아들이면 안 돼."

그래, 사람들이 이렇게 말할 때면 난 짜증이 난다. 개인적으로 받아들이면 안 돼. 개인적인 문제가 아니야, 레아. 모건이 날 피하려고 학교에 안 나왔는데 전혀 개인적인 문제가 아니란 말이지. 내가 이해해 줘야 할 입장이란 건 안다. 내가 좀생이란 것도. 하지만 어쨌든 속상하다.

"레아, 너 때문이 아냐. 그냥 걔가 실망해서 그래." 애나가 말한다. "게다가 아마도 창피할 테고."

"나도 알아." 의도했던 것보다 더 큰 목소리가 나와 버렸다. 1학년 몇 명이 고개를 돌려 우릴 쳐다본다. 난 목소리를 낮춘다. "나 때문에 그런 게 아니란 건 안다고."

"그럼 다행이고. 정말로 아니니까."

"그냥 옆에 있어 주고 싶은 거야, 알겠어? 모건한테 도움이 되고 싶단 말이야."

애나가 내 쪽으로 몸을 기울인다. "그래, 하지만 내 생각엔 네가 도움이 될 수 없을 것 같아서 그래. 알겠지? 넌 합격하고 모건은 떨어진 게 결코 네 잘못은 아니지. 걔도 그걸 알고. 하지만 그래도 걔로서는 네가 자기 속을 긁어 놓는 기분일 거란 말이야."

"난 걔 속을 긁지 않을 건데."

"그건 나도 알아." 애나가 느릿느릿 말한다. "네가 일부러 그러진 않겠지. 하지만 모건 입장에선 어떤 기분이 들지 모르겠니?"

내 뺨이 뜨거워진다. "알겠어. 난 떨어져 있을게."

애나가 발가락으로 내 발가락을 살짝 건드린다. "네가 걔를 걱정하는 거 알아. 괜찮은지 내가 잘 확인하고 올게."

난 어깨를 으쓱한다. "너 좋을 대로 해."

그래, 이젠 모든 게 엇나가 버렸다. 모건에게 문자 하나 보내지 않으니 무정한 사람이 된 기분이 든다. 애나가 나더러 그러지 말라고 분명히 얘기했기 때문인데도. 하지만 집 안에 틀어박혀 있는 모건의 모습이 수업 시간 내내 머릿속에서 떠나지 않는다. 사방이 붉은색과 검은색인 그 집에서 불도그 그림에 에워싸여 있을 그 애 모습이. 정신이 나갈 지경이겠지. 걔가 어떤 기분일지 알 것 같다. 물론 난 대학교 불합격 통지를 받은 적이 없다. 하지만 자격 미달이라는 게 어떤 기분인지는 나도 잘 안다. 뼛속 깊이 본질적으로 말이다.

내 사정 때문에 이러는 건 아니다. 예를 들어 예정되어 있던 캠퍼스 답사나, 이렇게 되었는데 애비가 나랑 둘이 가고 싶어 할지 같은 건 정말 털끝만큼도 생각해 보지 않았다.

"레아." 사이먼이 속삭이며 날 쿡 찌른다.

난 퍼뜩 정신을 차린다. 리빙스턴 선생이 특유의 표정으로 노려보고 있다. "분명 프랑스 혁명에 관한 사색에 잠겨 있었겠지, 버크 양. 어디 한번 얘기해 보겠나?"

내 뺨이 달아오른다. "네. 알겠어요, 음."

맙소사. 리빙스턴 선생한테 대충 둘러대는 건 통하지 않는데. 물론이죠, 제 의견을 얘기하고 싶네요. 프랑스 혁명에 관해서 말이죠. 애비 슈소와의 애선스 자동차 여행이 아니라요. 아니, 제가 애비 슈소랑 애선스로 자동차 여행을 갈 생각이란 건 아니고요.

"토머스 제퍼슨은 라파예트 후작이 프랑스 인권 선언문 초안을 쓰는 걸 거들었죠." 사이먼이 불쑥 끼어든다.

"스파이어 군, 〈해밀턴〉 뮤지컬 주제가를 외운다고 유럽사 시험에서 살아남진 못할 텐데."

아이들 여럿이 킥킥거린다. 리빙스턴 선생은 고개를 내젓더니 다른 학생을 지명한다. 사이먼의 발을 슬쩍 건드리자 사이먼이 날 쳐다본다. 난 사이먼에게 미소를 보낸다. "고마워."

"별말씀을." 녀석도 내게 미소 짓는다.

6

"저기, 〈러브 액추얼리〉 말인데." 개릿이 우리 얘기를 못 들을 만큼 멀어지자마자 브램이 내 쪽으로 몸을 기울이며 말한다. 개릿은 디저트 진열대를 꼼꼼히 살피고 있다. 사실 그게 유일한 진열대다. 우린 '헨리스'에 있고 '헨리스'는 제과점이니까. 미안하지만 나한테 컵케이크는 저녁밥이 맞다. 불만 있음 싸우든가.

난 개릿을 힐끗 쳐다보고 녀석이 페이스트리와 설탕 바른 도넛에 완전히 집중해 있는 걸 확인한 뒤에야 브램을 돌아본다. "있잖아, 내가 너한테 이 얘길 했단 걸 알면 사이먼이 날 죽일지도 모르거든."

"물론이지. 사이먼은 엄청 비밀스러운 녀석이니까." 브램은 이렇게 말하더니 나와 마주 보며 히죽 웃는다. 사이먼 스파이어는 아마 지구상에서 가장 비밀이랄 게 없는 녀석일 거다.

"아무튼, 나도 작년까진 이 일을 몰랐거든. 하지만 추정컨대—" 난 말을 잠시 멈추고 컵케이크를 한입 베어 문다. "추정컨대 말이야, 우리 친구 사이면 스파이어님께서 〈러브 액추얼리〉 팬픽션 한 편을 집필하신 것 같아.”

브램의 눈이 반짝인다. “좋았어.”

“그리고 내겐 그 작품이 팬픽션넷 사이트에 올라가 있다고 믿을 충분한 근거가 있어.”

“정말이야?” 브램이 주먹으로 입가를 꾹 누른다.

“하지만 걔가 우리한테 자기 필명을 알려 주진 않겠지.”

“그건 우리가 알아낼 수 있을걸.” 브램은 벌써 휴대전화를 꺼내고 있다. “fanfiction.org야?”

“.net이야.”

“알았어.” 브램은 한동안 말없이 스크롤을 내린다.

“아마도 〈러브 액추얼리〉 관련 팬픽션만 백 편은 될걸. 애비랑 내가 열다섯 편까지 후보를 추릴 순 있었지만.”

“아, 그러니까 너희는 벌써 시도해 본 거구나.”

“몇 주나 시도했다니까, 브램. 몇 주나 말이야.”

2학년 때, 애비가 이 동네로 이사 온 직후였다.

우리 모두 모건네 집에서 하룻밤 자고 가기로 한 터였고, 흥미진진한 진실 게임이 끝난 뒤 모건네 엄마가 남자애들을 손님 방으로 쫓아 보냈다. 모건과 애나는 비교적 빨리 잠들어 버렸지만, 애비는 담요를 몽땅 끌어모으더니 바닥에 누워 있던 내 곁으로 왔다. 우린 배를 깔고 나란히 엎드렸다. “레아, 우리 그거 찾아내자.” 애비가 속삭였다. 그 애는 진실 게임 때문에 여전히 살짝 흥분해 있었고, 나 역시 덩달아 흥분되는 기분이었다. 난 휴대전화를 꺼내 〈러브 액추얼리〉 팬픽션 전체 목록을 화면에 띄웠다.

"맨 위부터 시작할까?"

"아니면 키라 나이틀리와 작가 본인 캐릭터의 섹스 에로물부터 시작하든가." 애비가 말했다.

난 낄낄거렸다. "섹스 에로물이라고?"

"그래."

"섹스 없는 에로물의 반대말 같은 거니?"

"사실 그런 거라면 나라도 읽겠다 싶거든." 애비가 대꾸했다. "그럼 이것부터 읽어 보자."

그렇게 우린 작업에 착수했다. 순식간에 문법이 너무 엉망인 몇 편을 솎아 내고, 섹스에 관한 실제 지식이 지나치게 풍부해 보이는 것들도 몽땅 걸러 냈다. "장담하는데, 사이먼 스파이어가 '회음부'란 말을 들어 보지도 못했을 거라는 데 문자 그대로 100만 달러도 걸 수 있거든." 내가 우겼다.

"나도 동의해." 애비가 말하며 뒤로 가기 버튼을 눌렀다. 난 항상 그게 엄청나게 내밀한 행위라고 생각해 왔다. 다른 사람의 휴대전화 화면을 건드리는 것 말이다. 애비는 다음 팬픽션을 열었다. 묘한 기분이 들었다. 일단 사이먼이 이 글들 중 하나를 썼다는 걸 알고 나니 무슨 글을 읽든 사이먼이 쓴 걸 수도 있겠다 싶어졌다. 아니, 정말로 이 글 모두를 썼을 수도 있다. 각각 다른 필명 아흔 개로. 어쩌면 사이먼이 이메일 확인 중이라고 할 때마다 사실은 섹스 에로물을 쓰고 있었던 건지도 모른다.

문득 애비가 담요 속에서 살짝 자세를 바꾸며 나에게 온몸을 바짝 붙여 왔다. 내 몸 오른쪽이 애비의 몸 왼쪽과 맞닿아 있었다. 난 더 이상 아무 말도 할 수 없었다.

"바로 이거야." 브램의 목소리에 난 퍼뜩 현재로 돌아왔다. 브램이 휴대전화를 테이블에 내려놓더니 내 앞으로 밀어 준다.

"그럴 리 없어. 사이먼 스파이어의 비밀 팬픽션을 5분 만에 찾아내다니."

"하지만 찾아냈거든." 브램이 웃는다. "100퍼센트 확실해."

난 큰 소리로 읽어 본다. "〈내가 크리스마스에 원하는 건 당신뿐〉(All I Want for Christmas is you는 〈러브 액추얼리〉 영화 수록곡 제목), youwontbutyoumight 지음. 이게 사이먼이란 걸 어떻게 알아?"

"흠, 우선 필명 때문이지."

"이해가 안 되는데."

브램이 테이블에 팔꿈치를 괴고 몸을 기울인다. "'넌 그러지 않겠지, 하지만 어쩌면 그럴지도 몰라.'you won't, but you might. 엘리엇 스미스(사이먼이 사랑하는 미국의 인디 록 싱어송라이터)의 노래 가사야. 그게 첫 번째 단서였어."

난 브램의 휴대전화를 내 쪽으로 기울여 줄거리를 읽는다. "'샘 / 와킨(원작 기반 창작 캐릭터)'. 그렇군……."

"나머지 줄거리도 읽어 봐."

"남성 창작 캐릭터는 원작의 조애나를 참고로 했다. 교내 콘서트 장면을 달달한 게이물로 개작했다. 웃는 이모티콘." 난 히죽 웃으며 브램을 쳐다본다. "이런 세상에. 사이먼은 정말 깜찍한 꼬마 게이였구나. 그야말로 게이다운 팬픽션을 썼고. 너무 좋은데."

브램도 미소 짓는다. "완벽하지."

"어떻게 애비랑 내가 이걸 못 본 걸까?"

"너희 그때 걔가 게이란 걸 알긴 했니?"

"아니, 그래, 그렇네. 마틴 소동이 일어나기 전이었지. 아마도 우리가 그중에서 가장 게이스러운 글을 찾았어야 했나 봐."

"사실 이게 가장 게이스러운 것도 아니야." 브램이 대꾸한다.

"신사 숙녀 여러분, 제가 왔습니다." 개릿의 선언에 우리 둘다 소스라치며 녀석을 쳐다본다. 개릿이 슥 자리에 앉더니 우리 앞 테이블에 케이크 상자를 올려놓는다. "한번 봐 봐."

브램이 상자를 살짝 열자 물방울무늬와 장미꽃 모양으로 화려하게 장식된 버터크림 케이크가 나타난다. 한가운데에 섬세한 솜씨로 메시지가 적혀 있다.

아이스ㄴㅓ
스파이ㅇㅓ

"너 사이먼이랑 닉을 위해 케이크를 산 거야?" 브램이 머뭇거리며 묻는다.

"당연하지. 난 그 녀석들을 무지 좋아하니까."

"잘했어, 개릿." 내가 말한다.

"고마워, 버크. 그렇게 말해 주니 좋네."

"그런데 축하한다든지 하는 말은 전혀 없네. 그냥, 음…….
두 사람 이름뿐인데."

"그래, 하지만 'ㅓ'자를 보라니까." 개릿이 브램과 날 번갈아
쳐다보며 말한다. "끝내주잖아. 안 그래? 순전히 내 아이디어
였다고."

"정말 끝내주네." 내가 맞장구쳐 준다.

브램이 말없이 눈썹을 치켜올리더니 싱긋 웃는다.

내가 다시는 안 할 일들의 목록에 한 가지를 추가해야겠다.
연극을 볼 때 맨 첫 줄에 앉는 것.

눈 맞춤. 눈 맞춤이 너무 많았다.

사이먼은 언젠가 이렇게 말했다. 일단 무대 조명이 켜지고
나면 관객들이 하나의 거무스름한 덩어리처럼 보인다고. 하지
만 아마도 맨 첫 줄은 예외인가 보다. 단언하건대 테일러가 내
얼굴만 빤히 쳐다본 시간이 한 45분은 되었으니까.

하지만 공연은 대단했다. 심지어 마틴 애디슨이 제 역할에
복귀했음에도. 아니, 어쩌면 마틴이 복귀했기 때문인지도 모
른다. 나로서는 죽을 만큼 인정하기 싫은 일이지만. 개자식들
한테 재능이 있을 때면 정말 짜증난다. 착한 사람들이 모든 걸
다 해 먹고 나쁜 사람들은 아무것도 못 하는 세상에 살고 싶다.
그러니까, 마틴 애디슨의 목소리 따윈 지진 난 땅처럼 쫙 갈라
져 버렸으면 좋겠다.

커튼콜 이후에도 우린 로비를 서성이며 배우들이 나오길 기
다린다. 개릿이 내 곁으로 슬며시 다가온다. 케이크 상자를 들

고 야구모자 아래로 금발 머리를 휘날리면서. "그래, 아이스너 녀석 노래 좀 하던데, 응?"

묘하게 수줍어지는 기분이다. "그러게."

부모님들도 꽃을 들고 떼 지어 옆에 서 있다. 공연 소개 전시물 옆으로 사이먼네 가족이 보인다. 다들 꽃다발을 두 개씩 들고 있다. "앨리스도 왔어?" 난 브램에게 묻는다.

브램이 고개를 끄덕인다. "지금 봄방학이래."

앨리스 스파이어는 내가 되고 싶은 딱 그런 모습의 대학생이다. 범생다운 귀여움의 완전체랄까. 무심한 듯 세련된 힙스터 스타일 안경을 꼈고, 사이먼과 노라의 헛소리엔 가차 없이 대응한다. 어쩌면 난 6학년 때 앨리스에게 살짝 반해 있었던 것 같기도 하다. 앨리스의 사랑스러운 멍청이 남동생에게 푹 빠져 버리기 전까지는.

"참, 버크." 개릿이 날 쿡 찌른다. "넌 누가 집에 태워다 줘야 하지 않아?"

"아, 그렇겠네."

"좋았어." 개릿이 고개를 끄덕인다. "넌 내가 맡을게."

갑자기 어색한 기분이 든다. 어떻게 행동해야 할지, 뭐라고 말해야 할지 모르겠다. "고마워." 난 간신히 대꾸한다. 어제는 개릿의 후드 티셔츠가 문제였는데 오늘은 얘가 집까지 태워 준단 말이지. 온 우주가 얠 내 남자친구로 만들려고 작정한 것 같다. 정말 난감하다. 내 마음의 아주 작고 괴상망측한 일부분이 개릿과 키스하면 어떤 느낌일지 궁금해하고 있긴 해도. 아마도 그렇게 끔찍하진 않을 것이다. 어쨌든 개릿은 귀엽다. 눈도 새파랗고. 게다가 다들 운동선수란 섹시하다고 그러니까. 개릿이 섹시한가?

그럴 수도 있겠지.

객관적 섹시함에 관해 생각하니 살짝 불편해진다. 이목구비의 특정한 배열 방식이 무조건 우월하다는 그런 관점 말이다. 마치 누군가 어느 날 잠에서 깼더니 갑자기 눈이 크고 입술이 촉촉하고 날씬한 몸매에 광대뼈가 튀어나온 사람을 보면 흥분하게 되었고, 우리 모두 그냥 거기에 따르기로 결정했다는 얘기 같다.

뒤쪽 복도로 이어지는 문이 활짝 열리고, 출연진과 스태프들이 하나둘씩 로비로 나오기 시작한다. 하지만 개릿은 여전히 내 팔에 손을 얹고 있다.

"맞다, 조지아대 학생들이 SAT 시험지에 가장 많이 남기는 답이 뭐게?" 개릿이 묻는다.

"몰라."

"침 자국."

"하하."

개릿이 팔을 쿡 찌른다. "너 웃고 있네."

난 콧방귀를 뀌며 고개를 돌린다. 내 눈은 자연스럽게 스파이어 가족에게로 향한다. 닉네 부모님도 와 계신다. 애비 엄마가 그분들과 얘기를 나누고, 애비 아빠와 오빠는 휴대전화를 들여다보고 있다. 애비 아빠는 한 번도 만나 본 적 없지만, 의심할 여지가 없다. 꼭 애비의 중년 남성 버전처럼 생겼으니까. 속눈썹이니 뭐니 똑같다. 무척 당혹스러운 느낌에 난 얼른 시선을 돌리다가 엄마가 온 걸 알아차린다.

엄마는, 그러니까 우리 엄마는 항상 그렇듯 출근복 차림에 살짝 어색해하는 모습이다. 엄마가 온 줄은 전혀 몰랐는데. 아마도 뒷문으로 살짝 들어왔겠지. 엄마는 다른 어른들로부터 몇 발짝 떨어져 서 있다. 사실 엄마는 내 친구들 부모님 옆에선 항상 어색하게 군다. 아마도 엄마가 그중 가장 젊어서겠지. 그것도 최소한 10년 넘게. 내가 보기엔 그분들이 마음속으로 엄마를 못마땅하게 여길까 봐 걱정하는 것 같다.

엄마가 쭈뼛거리며 손을 흔드는 걸 보고 난 그쪽으로 걸어가려 한다. 하지만 앨리스 스파이어가 날 가로막는다.

"레아! 그 부츠 멋진데."

난 발을 내려다보고 어깨를 으쓱하며 웃어 보인다. 그리고 앨리스에게 묻는다. "이 동네엔 얼마나 있을 거예요?"

"얼마 못 있어. 사실 차로 지나가던 길이었거든. 내일이면 뉴저지에 있는 남자친구를 데리러 떠나야 돼." 앨리스가 손목시계를 확인한다. "근데 사이먼 앤 어딨지?"

"방금 문자 왔어요. 이제 나온대요." 브램이 말한다.

잠시 후 사이먼, 닉, 애비가 옆문으로 나온다. 의상은 갈아입었지만 분장은 아직 못 지웠다. 이번만큼은 닉과 애비도 손을 잡고 있지 않다. 정확히 말하면 손을 맞잡은 애비와 사이먼 뒤로 닉이 따라오고 있다. 사람들이 계속 닉을 멈춰 세우며 말을 걸고, 그럴 때마다 닉은 수줍고 불편한 기색이다. 닉 아이스너, 저렇게 어리숙하고 뻘쭘해하는 녀석이 주역이라니.

사이먼이 곧바로 케이크 상자를 알아차린다. "이거 케이크야? 날 위해 케이크를 사 왔어?" 개릿이 고개를 끄덕이며 상자를 열어 보이려 하지만, 사이먼은 브램을 향해 환하게 웃느라 쳐다보지도 못한다.

"사실은 말이야." 브램이 말하려 하지만, 미처 한마디도 꺼내기 전에 사이먼이 브램의 뺨에 키스를 퍼붓는다.

"어이, 내가 사 온 건데. 난 키스 안 해 줘?" 개릿이 말한다.

내가 개릿을 흘끗 본다. "나 원 참."

"그럼, 버크." 개릿이 씩 웃으며 차 키를 찾아 주머니를 뒤적인다. "떠날 준비 됐어?"

난 우리 엄마 쪽을 가리킨다. 개릿의 얼굴이 시무룩해진다.

"이젠 태워 줄 필요 없겠네."

"그러게."

개릿은 차 키를 쥔 채 미적거린다. 녀석이 그렇게 말없이 있은 지 한 시간은 지난 것 같다. 엄마가 우리 쪽을 흥미롭게 쳐다보는 게 느껴진다.

"그럼……." 마침내 내가 입을 연다.

"맞다, 있잖아." 개릿이 헛기침을 한다. "그냥 물어보는 건데 말이야, 내일 시합에 올 생각 있어?"

"시합?" 난 개릿을 쳐다본다.

"우리 팀 시합 본 적 있니?"

난 고개를 끄덕인다. 희한하다. 크릭우드 고등학교 운동부 시합 중에 내가 실제로 본 건 축구뿐이다. 예전엔 심지어 꽤 즐기기까지 했다. 2학년 때, 그러니까 내가 닉한테 반해 있던 시절 얘기지만. 하지만 단지 닉의 엉덩이를 쳐다보기 위해서만은 아니었다. 희한한 일이었다. 내가 축구 시합을 얼마나 좋아했던지 사이먼이 숨은 열성 팬이라며 날 놀릴 정도였다.

"상대는 노스크릭 고등학교야." 개릿이 덧붙인다. "제법 수월한 시합이 될 거야."

"아, 그래." 난 어깨 너머로 슬쩍 뒤돌아본다. 정말이지, 지금 우리 엄마가 보는 앞에서 개릿이랑 대화를 나누고 싶진 않은데.

개릿은 여전히 말하는 중이다. "하지만 물론 넌 바쁘겠지. 뭐, 그래도 상관없어. 넌 토요일 낮 연극 공연에 가야 할 테니까. 정말이야, 신경 쓰지 마."

"아냐, 갈게." 난 얼른 대답한다.

개릿은 깜짝 놀란 얼굴이다. "시합에 말이야?"

"응."

"아, 좋았어. 잘됐네." 개릿이 씩 웃자 내 배 속이 살짝 뒤틀리는 것 같다.

"그래, 무슨 얘기였니?" 주차장으로 걸어가는 동안 엄마는 신이 난 목소리로 묻는다. 어둠 속에서도 엄마가 웃고 있는 게 환히 보인다.

"아무것도 아냐."

"아무것도 아니라고? 정말?"

"엄마, 그만해." 난 조수석에 몸을 던지고 얼른 차창 밖을 내다본다.

한동안 우리는 말이 없다. 주차장에 차량과 행인이 가득해 엄마 차는 움직일 기미가 안 보인다. 엄마는 양손으로 운전대를 톡톡 두드린다. "아주 멋진 공연이었어."

난 씩 웃는다. "인기 짱이었지."

"닉이 그런 목소리를 갖고 있었다니 아직도 믿기질 않네. 참, 또 누가 매력적이었는지 아니?"

"누구?"

"애비 슈소."

난 캑캑거린다.

"카리스마 그 자체더라." 엄마가 떠들어 댄다. "게다가 정말 완벽하게 사랑스럽던데. 뭐랄까, 솔직히 네가 걔 같은 애랑 사귀었으면 좋겠다 싶더라니까."

"엄마."

"넌 걔 귀엽다고 생각 안 하니?"

"걔는 닉의 여자친구잖아."

"그건 나도 알지. 그냥 말해 본 거야. 이론적으로 말이야."

"나 그런 얘긴 안 할래."

엄마가 눈썹을 치켜올린다.

"아, 참." 엄마의 말투가 갑자기 조심스러워진다. "너한테 물어볼 게 있는데."

"말해 봐."

"그러니까, 내일이 웰스의 생일이거든."

"그게 물어볼 거였어?"

"아니." 엄마가 웃는다. "있잖아, 우리 셋이 같이 브런치를 먹으면 어떨까 싶은데? 웰스가 오후엔 골프 약속이 있거든. 그러니까 오전 늦게 말이지."

난 입을 떡 벌리고 엄마를 쳐다본다. 생일 브런치라니. 엄마 남자친구랑. 모르겠다. 어떤 가족에겐 이런 건 평범한 일인지도 모른다. 하지만 엄마는 지금껏 한 번도 날 남자친구와의 브런치에 데려간 적이 없다. 그런데 지금 엄마가 그러고 있는 것이다. 마치 흔해 빠진 토요일 가족 행사라도 되는 것처럼 무심한 말투로. 더구나 다른 사람도 아닌 웰스라니.

"음, 난 브램이랑 개릿이 뛰는 축구 시합을 보러 가야 돼. 그러니까……" 난 어깨를 으쓱한다. "안 되겠네."

난 창밖을 내다보며 보도가 그리는 곡선을 눈으로 좇는다. 오늘 밤엔 길가에 사람이 드물다. 이럴 땐 차가 한층 작게 느껴진다고 말한다면 희한하게 들리겠지만, 정말로 그렇다. 게다가 우리가 서로 쳐다보고 있지 않은데도 엄마의 시선이 내게 머물러 있는 게 느껴진다.

"난 네가 그 사람한테 기회를 줬으면 해."

"누구, 개릿?" 난 화들짝 놀라 반옥타브쯤 높은 목소리로 묻는다.

"웰스 말이야."

내 뺨이 확 뜨거워진다. "아."

난 엄마를 슬쩍 본다. 엄마는 꼿꼿이 등을 세우고 앉아 입술을 잘근대고 있다. 살짝 심란한 표정이다. 나로서는 그 표정을 어떻게 이해해야 할지 잘 모르겠다.

엄마가 한숨을 쉰다. "좋아, 혹시 말인데ㅡ"

"난 엄마 남자친구랑 브런치 안 먹어."

"레아, 이런 식으로 굴지 마."

"어떤 식으로 말이야?" 난 눈살을 찌푸린다. "우리가 언제 가족 브런치를 함께할 단계까지 왔다고? 엄마가 그 사람이랑 데이트한 지 얼마나 됐는데, 한 석 달?"

"여섯 달이야."

"그러니까, 엄마랑 그 사람이 데이트한 시간은 사이먼이랑 브램보다도 짧은 거네. 내가 중학교 다닐 때도 그것보다 더 오래 만난 애들이 있었거든. 사이먼과 애나도 그보단 더 오래 데이트했다고."

엄마가 천천히 고개를 젓는다. "있잖니, 넌 네 친구 누구에게든 나한테 하는 식으로는 얘기 안 할걸. 네가 사이먼 앞에서 브램에 관해 그렇게 얘기하는 게 상상이 되니?"

"잠깐, 그건—"

"안 그러겠지. 절대로 안 그럴 거야. 그런데 왜 나한테는 그런 식으로 얘기해도 된다고 생각해?"

내가 어찌나 격하게 눈동자를 굴렸는지 눈썹이 다 쑤실 지경이다. "아, 그래. 이제 얘기를 사이먼과 브램 쪽으로 돌리겠다, 이거지?"

"네가 먼저 걔들 얘길 꺼냈잖니!"

"그래, 알았어." 난 양손을 내던진다. "사이먼과 브램은 제대로 사귀는 관계잖아. 걔네 둘은 정말로 사랑에 푹 빠져 있다고. 어떻게 걔들을 웰스랑 비교할 수 있어?"

"내 말 좀 들어줄래? 그냥 입 다물어, 애비." 엄마가 딱 잘라 얘기한다.

한동안 난 어쩔 줄 모른다. 엄마는 평소엔 정말로 온화한 사람인데. 난 더듬거린다. "알았어, 근데—"

"아니, 그냥 얘기하지 마. 알았지? 듣고 싶지 않으니까."

잠시 침묵이 흐른다. 엄마가 NPR 라디오를 틀더니 로즈웰 로드로 진입한다. 난 머리를 등받이에 기대고 창 쪽으로 고개를 돌린다. 그러고는 눈을 꼭 감아 버린다.

머리 위로 쏟아지는 전등 불빛에 난 잠을 깬다. 베개로 얼굴을 가려 보지만, 엄마가 그걸 비틀어 뺀다.

"오늘이 무슨 요일이지?" 내가 웅얼거린다.

"토요일이야. 일어나. 웰스가 오는 중이니까."

"뭐?" 난 벌떡 일어나 앉는다. 베개가 스르륵 방바닥에 떨어진다. "안 간다고 그랬잖아."

"알아. 근데 축구 시합 시간을 확인해 보니까 그때쯤엔 식사를 마치고 집에 와 있겠더라고. 웰스는 2시면 티tee에 나가야 하거든."

"그놈의 티란 게 대체 뭐야?" 난 얼굴을 문지르며 휴대전화를 충전기에서 뽑는다. "아직 10시도 안 됐잖아."

엄마가 내 침대 가장자리에 앉는다. 난 얼른 다리를 끌어당겨 두 팔로 껴안는다.

"난 안 가." 내가 엄마에게 말한다.

"레아, 이건 물어보는 게 아니야. 난 네가 가 줬으면 해. 그 사람한텐 무척 의미 있는 일이라고."

"알 게 뭐야."

"하지만 내게도 무척 의미 있는 일이 될 텐데."

난 엄마를 노려본다.

엄마가 두 손을 쳐든다. "그래, 좋아. 너한테 더 이상 어떻게 말해야 할지 모르겠구나. 그 사람이 오고 있어. 그 사람 생일 이고, 난 이미 식당을 예약해 놨거든. 그러니 당장 브래지어부 터 입으렴."

난 도로 침대에 드러누우며 베개를 얼굴 위로 확 끌어당겨 버린다.

한 시간 뒤 나는 벅헤드의 스테이크 하우스 칸막이 자리에 처박혀 있다. 엄마 옆자리이자 웰스 맞은편 자리다. 스테이크 하우스라니. 아직 정오도 안 됐는데.

음료수 주문을 마치자마자 웰스는 억지스럽게 잡담을 시도 한다. "그래, 네 엄마 얘기론 밴드를 한다던데."

"넵."

"멋지구나. 나도 클라리넷을 연주하곤 했지." 그가 열심히 고개를 주억거린다. "좋을 때지, 좋을 때야."

도무지 뭐라고 반응해야 할지 모르겠다. 그러니까 내가 하 는 건 진짜 밴드라고요, 웰스. 우리 밴드가 비틀즈 급이란 건 아니지만, 그래도 학교 강당에서 〈Hot Cross Buns〉(영국의 구전 동요)나 뿡뿡거리는 건 아니거든요.

"웰스는 음악을 아주 좋아하거든." 엄마가 그 남자의 팔을 토닥거리며 말한다. 엄마가 그 사람 몸에 닿을 때마다 난 움찔거린다. "당신이 좋아한다는 그 가수 이름 뭐였지?" 엄마가 웰스에게 묻는다. "〈아메리칸 아이돌〉에 나왔던 사람 말이야."

"아, 도트리(2006년 리얼리티 쇼 〈아메리칸 아이돌〉 결승에 진출한 크리스 도트리) 말이지?"

도트리라니. 하나도 놀랍지 않다. 하지만 세상에, 엄마한테는 좀 실망인걸. 내가 이 남자를 존경하길 바랐더라면 그런 세부 사항은 숨겨 놓았어야 할 텐데.

"혹시 오 원더(영국 출신의 2인조 인디 팝 밴드)라고 들어 보셨어요?" 나는 당연히 못 들어 봤으리란 걸 알면서도 물어본다. 도트리를 좋아하는 사람이 오 원더를 안다는 건 물리적으로나 화학적으로나 불가능한 일이다. 하지만 이 사람이 그 사실을 인정하는지 확인하고 싶다. 못된 짓인지도 모르지만, 이게 내가 남들을 시험하는 방식이다. 난 단순히 어떤 밴드를 모른다는 사실로 남을 평가하진 않는다. 다만 모르면서 아는 척하는 사람에게 가차 없을 뿐이다.

"아니, 못 들어 봤는데. 밴드 이름이니, 아니면 가수 이름이니?" 웰스가 휴대전화를 꺼낸다. "적어 놔야겠구나. 오 원더— 두 단어니?"

그래, 이 사람은 정직하구나. 그건 나름 의미 있는 일이겠지.

"밴드 이름이에요."

"혹시 스티비 원더 비슷한 친구들인가?"

난 웃음을 꾹 참는다. "그렇진 않아요." 난 엄마를 슬쩍 보고 엄마도 몰래 웃고 있었단 걸 확인한다.

솔직히 말하자. 난 스티비 원더가 끝내준다고 생각한다. 그걸 인정한다면 힙한 사람은 못 되겠지만, 무슨 상관인가. 듣자 하니 우리 부모님은 내가 태어나기도 전부터 낡아 빠진 시디플레이어로 〈Signed, Sealed, Delivered (I'm Yours)〉를 들려줬다고 한다. 아마도 엄마가 어딘가에서 아기는 자궁 속에서도 노래를 들을 수 있단 얘길 읽었겠지. 그리고 정말로 그랬던 것 같다. 난 여전히 종종 집이나 슈퍼마켓에서 그 노래를 흥얼대곤 하니까. 게다가 지금까지도 그 노래는 뭔가 설명할 수 없는 방식으로 내 마음을 차분하게 만들어 준다. 엄마 말로는 그 노래를 고른 건 엄마 아빠 둘 다 듣고 또 들을 수 있겠다고 동의한 유일한 노래였기 때문이라고 한다. 매일매일, 두 사람의 삶이 끝날 때까지.

두 사람의 삶이 끝날 때까지. 하지만 그 삶이 얼마나 빨리 그들의 눈앞에서 무너져 버렸는지. 그 사실을 생각만 해도, 뭐라고 꼭 집어 말할 수 없이 묘하게 마음이 아파 온다.

우리는 시금치와 치즈 소스를 곁들인 유명 상표의 토르티야 칩 한 무더기를 나눠 먹는다. 한동안은 모든 게 나쁘지 않다. 엄마와 웰스가 일 얘기를 하고 있어서 난 휴대전화를 꺼낸다. 그사이 문자 몇 개를 놓쳐 버렸다.

애나의 문자: 어휴, 모건 말이야, 정말 엄청 속상해 하네.

개릿의 문자: 너 오늘 꼭 이거 써야 돼. 눈물 흘리며 웃는 이모지. 개릿이 문자에 첨부한 건 축구공을 잘라 만든 헬멧을 쓴 여자 사진이다. 양쪽에 구멍이 뚫려 있고, 구멍을 통해 양 갈래로

묶은 머리가 삐죽 나와 있다.

난 답장한다. 안 그래도 그러려고.

그러고서 다시 애나의 문자로 돌아간다. 뭔가 당황스러운 기분이다. 그러니까, 나도 무정한 친구가 되고 싶진 않다. 하지만 모건한테 말도 못 거는 상황에서 어떻게 도움을 줄 수 있을지 모르겠다. 아마도 난 '떨어져 있고 싶다'는 말 자체가 싫은 것 같다. 그건 결국 상대방이 내게 화가 나든 날 미워하든 신경도 안 쓰겠다는 뜻 아닌가. 다만 자신이 그렇다는 걸 인정하기 싫을 뿐이다. 우리 아빠도 그랬다. 아빠도 바로 그렇게 말했다. 엄마한테서 떨어져 있고 싶다고. 그래서 거의 7년이 지난 지금 우리가 이러고 있는 거다. 망할 놈의 웰스와 함께 스테이크 하우스에 앉아 있는 거란 말이다.

걔한테 그 동영상이나 보여 줘, 검비(미국 클레이 애니메이션 캐릭터) 의상을 입은 개 주인이 나오는 거 말이야. 결국 난 이렇게 적어 보내고 만다.

천재적이네. 애나가 대꾸한다.

"얘, 부탁인데 전화기 좀 치우렴. 여긴 레스토랑이잖니."

"진심이야?" 난 턱짓으로 웰스를 가리킨다. "저 사람은 바로 지금도 통화 중이잖아."

엄마가 눈살을 찌푸린다. "저이는 골프장 시간을 확인하는 거야."

"그래, 알았어. 그러니까 골프 응급 상황 같은 건가 보네."

"레아."

"알았다고, 진짜 절박한 상황이 분명한데. 안 그러면 저 사람이 레스토랑에서 통화하는 짓을 할 리 없잖아ー 세상에."

"못되게 굴지 마." 엄마가 내게로 몸을 숙이고 화난 목소리로 속삭인다. "저이 생일이잖아."

난 어깨를 으쓱하곤 전혀 신경 안 쓴다는 듯 입술을 앙다문다. 하지만 왠지 가슴이 철렁한다. 어쨌든 생일은, 말하자면 신성한 날이니까, 어쩌면 정말 내가 못돼 처먹은 건지도 모른다. 난 웰스가 침입자라고 생각했다. 귀는 쪼그맣고 도토리나 좋아하는 놈이 나와 엄마의 브런치 자리를 망쳐 놓다니. 하지만 어쩌면 파티를 망쳐 버린 사람은 나인지도 모른다.

통화를 마친 웰스는 엄마를 돌아보며 버디, 파에서의 핸디캡이니 뭐니 골프와 관련된 잡소리를 늘어놓기 시작한다. 내 눈은 어느새 스르륵 감겨 버린다.

그래, 부모도 가끔 데이트 좀 할 수 있지. 나도 안다. 엄마들도 결국 인간이고, 인간이란 낭만적 삶을 누릴 권리가 있다. 하지만 문득, 내가 너무 빠르게 돌아가는 러닝머신 위에 있는 것같은 느낌이 든다. 모든 게 너무 빨리 움직여서 결국 난 뒤로 밀려나 떨어질 것 같다. 내가 내 가족에게서 떨려 날 수도 있다는 건 상상조차 해 보지 않았다. 뭔가에 치여 나가떨어진 기분이다.

좌천당한 기분이다.

이런 생각을 하니 너무 피곤해져서 똑바로 앉아 있기도 어려울 지경이다. 차까지 걸어갈 생각만 해도 마라톤 시합에 나갈 준비라도 하는 것처럼 느껴진다. 이제 겨우 12시가 지났는데, 내 침대에 쓰러지고 싶은 생각밖에 안 든다. 가능하다면 음악을 틀어 놓고. 하지만 바지는 벗어 놓고.

경기장엔 못 가겠다. 지금 같은 기분으로는 안 된다. 개릿과 그 녀석의 필사적으로 상남자인 척하는 행동거지를 견뎌 낼 수 없다. 이봐, 우리 모두 네가 사실은 몽롱한 눈빛으로 피아노나 치는 애란 거 알거든. 그러니 멍청이 흉내는 그만 내. 내 머릿속 어지럽게 만들지 말고. 제대로 썸을 타든지 아님 관두란 말이야. 애교를 떨든지 말든지 둘 중 하나만 하라고.

모르겠다. 개릿을 상대할 에너지가 없다. 이러는 내가 멍청이겠지. 그냥 개릿한테 확실히 문자를 보내서 사과해야겠지. 하지만 뭐라고 해야 할지도 모르겠다. 경기장에 못 가서 미안해, 개릿. 생각해 보니까 넌 헷갈리고 짜증 나는 녀석이라서 말이야, 네 면상을 보는 걸 못 견디겠어. 그냥 안 되겠어. 오늘은 안 돼.

몇 시간 후 엄마가 나더러 경기장까지 태워다 줄지 묻는다.

난 됐다고 한다.

그러고는 연달아 여섯 개의 문자를 씹어 버린다. 전부 개릿한테서 온 문자다.

8

꿈속에서 난 모든 걸 부숴 버린다.

모두가 날 미워할 때까지 악을 쓰고 으르렁거린다. 그런 뒤 어찌나 꿈이 생생한지 온통 눈물에 젖어 잠을 깬다. 일요일 아침이 이렇지, 뭐. 난 너덜너덜해지고 외로운 기분으로 침대 속에서 일어나 앉는다. 내 눈에 가장 먼저 들어온 것은 미처 못 본 개릿의 문자 여섯 개다.

버크, 여기 와 있어? 못 찾겠는데!

어이, 주차장이나 뭐 그런 데 있니?

어디 있는 거야?

좋아, 그린필드랑 난 스파이어랑 다른 애들 데리고 와플 하우스 간다. 너도 와야 돼!

맙소사, 어쩌다 오늘 널 못 만나게 됐나 모르겠네. 아쉽다.

뭐, 그래, 하여간 시합 잘 구경했길 바랄게. 다음번엔 제대로 기다려 달라고. 내일 연극 공연엔 갈 거니?

맙소사. 난 정말 최악이다.

개릿은 내가 경기장에 있었다고 생각하는 거다. 경기장 관람석에, 아마도 직접 만든 축구공 헬멧을 쓰고서. 사실은 내 침실에서 미적거리며 자기 문자를 씹고 있었는데.

난 진짜 멍청이다. 정말이지, 힘 빠져 흐느적거리는 거시기 같은 인간이다.

또다시 침실 문을 잠근 채 처박혀 버리고 싶지만, 그래도 마지막 공연을 놓칠 순 없다. 내가 그 정도로 형편없는 인간은 아니다. 개릿과 함께 있게 된대도 전혀 상관은 없지만—적어도 이론적으로는—걔를 대면하고 싶진 않다. 내가 싫어하는 게 한 가지 있다면 바로 사과다. 사과를 받는 것도 싫고, 사과를 하는 건 더더욱 싫다.

하지만 피할 수 없는 일이겠지.

난 신경 써서 옷을 차려입는다. 전투에 나가는 것처럼. 말쑥한 옷차림을 하면 왠지 더 힘이 나는 것 같다. 나의 우주 원피스를 입고 지퍼를 올린다. 내 평생 구제 옷 가게에서 찾아낸 물건 중 최고다. 푸른색과 검은색 면 소재로, 가슴 전체에 별과 은하수가 흩뿌려져 있다. 내 가슴이 문자 그대로 지구를 벗어난 것처럼 보인다. 그런 다음 머리를 아주 살짝 굽실거리게 매만지고 20분이나 들여서 아이라이너로 눈꼬리를 완벽하게 뺀다. 내 눈의 초록빛이 어찌나 생생하게 살아나는지 나 자신도 깜짝 놀랄 정도다.

엄마가 차를 써야 한다며 그 대신 날 학교까지 태워다 준다. 이른 시간이다. 일찍 와 있는 편이 낫다. 난 중앙에 가까운 좌석을 골라 앉았지만 계속 입구 쪽을 돌아보게 된다. 강당 문이

열릴 때마다 심장이 입 밖으로 튀어나올 것 같다. 개릿이 날 보자마자 내가 거짓말하고 있단 걸 알아챌 거라는 생각이 든다. 그러면 개릿과 다른 친구들 모두 화를 낼 테고, 결국 일이 점점 커져서 우리들 무리 전체가 깨지고 말 테지. 바로 나 때문에.

누가 내 어깨를 두드리자 나는 소스라쳐 자리에서 떨어질 뻔했다.

하지만 그건 애나였다. "우리 여기 앉아도 돼?"

"우리라니?"

"모건이 화장실에 있거든."

나로선 준비 안 된 또 하나의 대화가 시작되겠군. 세상에, 모건! 네가 꿈에도 그리던 학교에 합격하지 못했다니 유감이네. 난 거기 철썩 붙었지만, 그래도 신경 쓰지 말라고. 내 얼굴에 온통 겁먹은 티가 났는지 애나가 입술을 삐죽 내민다. "걔가 너한테 화 나지 않았단 건 알지, 응?"

"그래."

"걘 네가 어색해할까 봐 걱정인 것 같더라."

"나 아직 걔랑 얘기도 안 해 봤는데."

"나도 알아, 안다니까. 걘 그냥 신경이 곤두선 것뿐이야. 괜찮아. 내가 걔한테 문자로 우리 위치를 알려 줄게." 하지만 애나가 전송 버튼을 누르기도 전에 모건이 낄낄거리는 중학생 한 무리를 뒤따라 들어온다. 처참한 모습이다. 방금 누구한테 차이기라도 한 것 같다. 운동복 바지에 안경을 끼고 푸른색으로 부분 염색한 머리칼은 대충 뒤로 넘겨 묶어 올렸다. 애나가 눈을 맞추며 손을 흔들자 모건이 통로 가운데서 멈추더니 좌석

한 줄을 넘어 다가온다.

"안녕." 모건이 나직하게 말한다.

"어떻게 지냈니?" 내 목소리가 끔찍하도록 소심하게 들려서 난 문득 움찔한다.

"괜찮아. 잘 있었어."

내가 고개를 끄덕이자 모건은 어깨를 으쓱한다. 애나의 눈빛이 우리 둘 사이를 바쁘게 오락가락한다.

"조지아대 일은 유감이야." 마침내 내가 말한다. "정말 너무 속상하네."

"그러게." 모건의 목소리는 비참하다.

"유감이야." 내가 재차 말한다.

모건이 스르륵 자리에 앉는다. "상관없어. 너한테 삐졌거나 그런 거 아니야."

난 걔 옆자리 모서리에 엉덩이를 걸친다.

모건이 등받이에 기대더니 양손으로 얼굴을 가린다. "난 그냥…… 휴, 너무 불공평해."

"그래……."

"네 얘기가 아니야. 넌 충분히 자격이 있어. 넌 천재에 가깝잖아. 하지만 다른 애들은……."

난 침을 삼킨다. "나야 합격자가 어떻게 결정되는지 알 수 없으니까."

모건이 건조한 웃음을 띤다. "글쎄, 난 그중 일부가 어떻게 결정되는지 알거든."

"무슨 소리야?"

"그냥 해 본 말이야. 난 우리 반에서 11등이지. 근데 조지아 대에 합격한 애들 몇몇은…… 그렇지 않거든." 모건이 어깨를 으쓱한다. 내 옆에서 애나가 초조하게 꼼지락거린다.

난 눈을 껌벅인다. "누군가 지원서에 거짓말을 썼다고 생각 하는 거니?"

"내가 백인이라서 그런 거겠지." 모건이 대꾸한다.

온 세상이 멈춰 버린 것 같다. 내 뺨 위로 핏기가 확 솟구쳐 오른다.

"너 애비 얘길 하는 거야?" 내가 조용히 말한다.

모건이 어깨를 으쓱한다.

나도 모르게 입이 떡 벌어진다. "난 네 말 못 믿겠어."

"그렇다니 유감이네." 모건의 뺨이 새빨개진다.

"방금 그 말은 정말 끔찍하게 저열했어, 모건."

"아, 너 이젠 애비 편을 들겠단 거구나. 대단하네."

난 가슴이 콱 막히는 걸 느끼며 몸을 앞으로 내민다. "난 누 구 편도 들지 않아. 네가 인종주의자인 거지."

믿을 수 없다. 모건이 이런 말을 하다니. 『올 아메리칸 보이 스』(제이슨 레이놀즈와 브렌던 킬리가 쓴 청소년 소설로, 흑인이라는 이 유로 절도범 누명을 쓴 소년 이야기)를 세 번이나 정독했고 그 책에 작가의 사인을 받으러 디케이터까지 차를 몰고 갔던 모건이. 도널드 트럼프 지지 구호가 적힌 모자를 썼다는 이유로 슈퍼마 켓에서 모르는 사람에게 소리를 질러 댄 적도 있는 모건이.

"난 솔직한 거야." 모건이 말한다.

"아니, 내가 보기에 넌 분명 인종주의자야."

"누가 인종주의자라고?" 개릿이 슬며시 다가오며 묻는다. 개 쪽을 흘낏 보니 브램도 와 있다. 모건이 도로 자리에 앉는다. 여기서 사라져 버리고 싶다는 기색이다.

난 모건을 노려본다. "그게, 모건 말로는 애비가 조지아대에 합격한 건 단지 개가 흑인이라서라는데."

브램이 움찔한다.

모건의 얼굴이 얼룩덜룩하게 붉어진다. "내 말은 그런 뜻이 아니었어." 모건은 눈을 번득이며 팔걸이를 움켜잡는다.

"하지만 그렇게 말했잖아." 난 불쑥 자리에서 일어난다. 이를 악물어서 턱이 아프다. 뼛속 깊이 화가 치민다. 이유가 뭔지 정확히 표현하기조차 어렵다. 난 남자애들을 밀치며 빠르게 통로를 지나간다. 지나가는 동안 이 사람 저 사람 고개를 돌려 내 쪽을 쳐다본다. 다들 내가 화났다는 걸 느끼고 있다. 난 항상 얼굴에 화난 티가 확실히 나니까. 뒤쪽의 아무도 없는 줄로 들어가 앉아서 눈을 꼭 감아 버린다.

"이봐." 개릿이 내 옆자리에 와 앉으며 말을 건넨다. 브램도 그 옆에 앉는다.

"너무 화가 나." 내가 말한다.

"모건 때문에?" 개릿이 묻는다.

난 어깨를 으쓱하며 입술을 꽉 깨문다.

개릿과 브램이 눈빛을 주고받는다. "잰 애비가 조지아대에서 자기가 들어갈 자리를 가로챘다고 생각하는 거야?" 개릿이 묻는다.

"모르겠어. 하지만 애비가 합격한 건 단지 개가 흑인이기 때문이래. 말도 안 되는 소리.”

“사람들은 종종 그런 식으로 생각하곤 해.” 브램이 차분하게 말한다.

“끔찍한 일이네.” 개릿이 말한다.

“응, 그렇지.”

“근데 말이야, 난 너랑 슈소가 그렇게 친한 사이인 줄은 미처 몰랐어.”

내 뺨이 확 뜨거워진다. “그런 거 아냐. 그건 중요하지 않아. 맙소사. 그냥 그런 말은 인종주의적이라고 얘기하는 거잖아.”

개릿이 방어적으로 양손을 쳐든다. “알았어.”

“그래.” 난 개릿에게 사납게 내뱉는다.

브램은 한마디도 않고 그저 우릴 바라볼 뿐이다. 그래서 왠지 더 신경이 쓰인다. 난 원피스 자락을 끌어내리고 무릎만 내려다본다. 누구든 내 소원을 들어줄 수 있는 능력자에게 텔레파시로 메시지라도 보내고 싶다. 신에게, 그리고/아니면 칼 프라이스에게. 제발 지금 당장 공연을 시작해요. 조명을 꺼 줘요. 내가 사라져 버릴 수 있게.

개릿이 날 툭 건드린다. “그런데 내 문자는 받았니?”

아…… 씹할 놈의 인생.

“어. 그래, 받았지. 미안. 내 전화기가 말이야…….” 난 부질없이 우물거린다.

“신경 쓰지 마. 그냥 네가 시합을 어떻게 봤는지 물어보려던 거였거든!”

맙소사, 안 되겠다. 미안해 죽겠네. 솔직히 말해야겠지만,

그럴 수가 없다. 난 말 그대로 퓨즈 같다. 과부하가 걸리면 툭 끊어지고 만다. 그리고 개릿이야말로 내게 과부하가 걸리게 한 헤어드라이어인가 보다.

난 거짓말을 한다. "훌륭했어."

"흠, 그랬지. 전반전은 잊어버린다면 말이야."

"으음." 난 애매하게 고개를 끄덕인다.

"시합이 끝난 뒤엔 어디 갔었어?" 브램이 끼어든다. "네가 안 보여서 섭섭했다고."

"아, 음. 엄마가 차를 써야 한대서 말이지……." 난 중얼거린다.

"그거 아쉽게 됐네."

"그러게."

객석의 조명이 희미해진다. 하느님 감사합니다. 감사 감사 또 감사.

마침내 전주곡이 시작되자 내 온몸이 축 늘어진다.

몇 시간 후, 난 사이먼의 차 뒷자리에 앉아 있다. 차는 마틴 애디슨네 집으로 달리는 중이다. 하필이면 거기라니.

"누가 걔네 집에서 하자고 결정한 거야?" 내가 묻는다. 마틴 얘기를 할 때면 목소리에 짜증이 묻어나는 걸 어쩔 수 없다. 내 옆에 앉아 있던 애비가 어깨를 으쓱하며 고개를 젓는다.

"나도 몰라." 사이먼이 말한다. "걔가 자청했는걸."

"우리끼리 따로 파티를 열었어야 했는데." 애비가 말한다.

"그냥 좀 맞춰 주면 안 될까? 부탁이야. 출연진끼리의 마지막 파티잖아." '마지막'이라는 말에서 사이먼의 목소리가 살짝 갈라진다. 사이먼은 뭔가를 끝낸다는 것에 항상 약하니까.

"괜찮아?" 브램이 상냥하게 묻는다.

사이먼은 잠시 말이 없다. "그래."

신호등에 초록불이 켜지자 사이먼이 차를 왼쪽으로 튼다. 마틴은 크릭사이드 외곽에 있는 나무가 많은 동네 중 한 곳의 막다른 골목 끝에 산다. 난 그 집에 딱 한 번 가 봤다. 1학년 때

역사 수업 공동 과제 때문이었다. 나, 마틴, 모건 셋이었다. 게다가 그 멤버는 우리가 직접 선택한 거였고. 지금 와서 보니, 뭐 이런 농담이 다 있나 싶다.

그 뒤로는 도착할 때까지 아무도 입을 열지 않는다. 브램은 음악에 맞춰 손가락을 까딱거리고, 애비는 창밖을 내다본다. 입술을 앙다물고 있다. 애비가 이렇게 화난 모습을 예전에도 본 적이 있던가 싶다. 쟤가 마틴을 싫어한다는 건 알지만, 아무래도 그 때문만은 아닌 것 같다는 생각이 든다. 어쩌면 모건이 애비한테 무슨 얘길 했는지도 모른다.

마틴네 집이 있는 거리는 교통 정체가 심해서, 마침내 우리가 도착했을 땐 이미 주변이 어둑해지고 있었다. 사이먼은 아직 엔진이 돌아가고 있는 개릿의 미니밴 뒤에 차를 세운다. 개릿은 닉을 태우고 왔다. 그때 미니밴의 시동이 꺼지고 두 사람이 내리며 우리를 쳐다본다. 세상에, 날씨가 말도 안 되게 춥다. 면 원피스에 카디건만 입은 터라 더욱 그렇다. 이미 지구를 벗어난 내 가슴이 오늘 밤따라 더욱 이 세상 바깥으로 노출된 것처럼 느껴진다.

어쩌다 보니 다들 둘씩 짝지어 걸어가고 있다. 닉과 개릿, 애비와 브램, 사이먼과 나. 애비와 닉이 따로 걷고 있다니 이상한 일이다. 난 사이먼 쪽으로 몸을 기울인다. 서로 팔이 맞닿을 만큼. "있잖아, 닉이랑 애비 무슨 일 있는 거야?"

사이먼이 얼굴을 찡그리더니 어깨를 으쓱한다. "응, 나도 잘 모르지만, 아까 닉이랑 잠시 얘기해 본 바로는 아무래도 싸운 것 같아."

"무슨 일로?"

"그게, 닉이 어제 터프츠에서 합격 통지를 받았거든."

"아, 잘됐네."

"그렇지, 닉도 신나 했어." 사이먼이 말한다. "하지만 그러고 나서 애비랑 얘기를 좀 해 봤나 봐."

"얘기라니?"

"장거리 연애를 할 건지 뭐 그런 얘기 말이야."

"아." 가슴이 쿵 내려앉는다. "그렇구나."

"그래, 얘기가 잘 안 된 거지."

난 몇 발짝 앞에서 걸어가는 애비를 힐끗 쳐다본다. 헐렁한 카디건으로 몸을 꽁꽁 싸매고 있다. 브램과 어찌나 딱 붙어 걷는지 둘이 마치 한 몸처럼 보인다.

"좋아, 그 말 좀 풀어서 얘기해 봐." 내가 얼른 내뱉는다.

"풀어서 얘기하라니, 뭘?"

"'얘기가 잘 안 됐다'는 거. 그게 무슨 뜻인데?"

사이먼이 눈살을 찌푸린다. "모르겠어. 닉은 계속 함께하고 싶어 하지만, 애비가 장거리 연애는 하기 싫대."

"이런, 젠장."

"그런 거지."

우린 잠시 아무 말 없이 걸어간다. 마틴네 집에 거의 다 왔다. 지하실에서 음악 소리가 흘러나온다. 〈요셉 어메이징〉 사운드트랙이다. 바로 그 뮤지컬의 뒤풀이 파티치고는 너무 뻔한 선택 같다. 어디까지나 내 생각이지만. 하긴 내가 뭘 알겠는가?

"두 사람이 헤어질까 봐 두려워." 마침내 사이먼이 입을 연

사랑은 오프비트

다. 거의 들리지 않을 만큼 나직한 목소리다. "그러면 우리도 멀어질 것 같아."

"너랑 브램 말이야?"

"아니, 천만에, 절대 아니지. 우린 끄떡없어." 사이먼이 미소 짓는다. "그러니까, 우리들 말이야." 사이먼이 애매하게 두 손을 내젓는다. "우리 친구들. 우리 패거리 말이지."

난 콧방귀를 뀐다. "우리 패거리라니."

"진지하게 얘기하는 거야. 상황이 심각해지고 점점 더 꼬여서 결국 각자 다른 리무진을 타고 프롬에 가게 되면 어떡해?"(프롬에는 보통 친구들끼리 함께 리무진을 대여해서 타고 간다.)

"어머나, 안 돼. 각자 다른 리무진이라니." 난 웃지 않으려고 애쓰며 대꾸한다.

"그만해, 그렇게 되면 정말 슬플 거야. 너도 알잖아."

"아이고, 스파이어. 뭐가 슬프단 거야?" 개릿이 우리 둘 사이에 끼어들며 양팔로 나와 사이먼의 어깨를 껴안는다. "슬퍼하지 마. 우린 파아티에 입장하려는 참이잖아."

"너 벌써 취했니?" 내가 묻는다.

"아니." 개릿이 헛기침한다. "난 원래 이래."

"사실 내 생각에도 그런 것 같네."

"거짓말쟁이." 개릿이 말한다. 그러고는 사이먼을 세게 쿡 찌른다. "얘 완전 거짓말쟁이야. 날 좋아하면서. 얘가 토요일에 우리 시합을 보러 왔다는 거 알아?"

난 가슴이 철렁한다.

"그렇다니까, 스파이어. 레아 안드로메다 버크가 네 연극 대신 내 시합을 선택했거든. 게다가 말해 두는데, 앤 그린필드를 보러 온 게 아니었다고."

"안드로메다?"

"그게 네 중간 이름 아니야?"

"아닌데."

"그럼 이제부터 그걸로 해." 개릿이 내 어깨를 꾹 누른다. "레아. 안드로메다. 버크."

그래, 앤 취했어. 어떻게 차에서 마틴의 집까지 걸어오는 사이에 그렇게 될 수 있었는지 모르겠지만, 어쨌든 취한 건 확실해. 목소리, 웃는 표정, 숨결에서 나는 냄새. 뭘 봐도 그래. 난 어깨에서 개릿의 손을 밀어내고 곧바로 현관까지 성큼성큼 걸어간다. 애비와 브램이 멈춰 서서 우릴 기다리고 있다.

"버어크, 기다려!"

"쟨 어쩌다 벌써 취해 버린 거지?" 내가 브램한테 묻는다.

"차 안에 휴대용 술병이 있거든."

"음주 운전을 한 거야?"

"아니야. 그러진 않았어. 둘이 탄 차를 세워 두는 동안 그 안에서 마신 게 분명해."

"물론 그랬겠지." 애비가 눈동자를 굴린다.

"너무 멍청한 짓이야. 집엔 어떻게 가려고 저런대?"

브램이 한숨을 쉰다. "아마 내가 데려다 줘야겠지."

현관문에 쪽지 하나가 붙어 있다. 삐뚤삐뚤한 글씨로 이렇게 적혀 있다. 환영합니다, 이집트인과 가나안 민족이여! 부디 지하로 왕림해 주시길! 나와 시선이 마주치자 애비가 살짝 웃어 보이고, 난 얼른 내 발을 내려다본다. 다시 눈을 들었을 땐 사이먼, 개릿, 닉도 우릴 따라잡아 계단 위에 와 있다. 애비가 지하실 문을 열고 안으로 걸어 들어간다.

마틴네 지하실은 엄청나게 넓다. 셰이디 크릭의 저택들이란 초현실적이라니까. 애디슨네 집은 그렇게 부자도 아닌데. 그러니까 '지브스(영국 작가 P. G. 우드하우스의 소설 시리즈에서 아둔한 귀족을 모시는 영리한 집사 캐릭터)가 거실까지 안내해 드릴 겁니다' 수준의 부자는 아니고, 그냥 셰이디 크릭의 평균 정도라는 거다. 3층짜리 집 지하실에 따로 평면 스크린 텔레비전과 핀볼 기계가 있는 정도.

도자기 접시에 담긴 작고 깜찍한 샌드위치들로 봐선 마틴네 부모님이 파티 준비에 관여하신 모양이다. 소파에는 2학년생들이 서로 무릎과 손과 다리를 겹치고 드러누워 있다. 몇 쌍의 애들이 〈요셉 어메이징〉 사운드트랙에 맞추어 노래하며 춤추고 있다. 칼과 노라는 안락의자에 들어앉아 칼의 휴대전화 스크롤을 내리고 있다. 여기서 연극에 참여하지 않았던 사람은 브램과 개릿, 나뿐인 것 같다.

"왔구나!" 마틴이 우리에게로 달려온다. 무슨 골든 레트리버 같다. 스파이어네 비버에겐 모욕적인 얘기겠지만. "좋아, 보시다시피 다들 그냥 편히 즐기고 있거든. 음, 그러니까, 뭐든 필요한 거 있으면 나한테 얘기해. 우리 엄마가 퍼블릭스(미국의 슈퍼마켓 체인점)에 다녀오시면 되니까." 그러고는 초조하게 팔꿈치로 우릴 쿡 찌르며 나직하게 덧붙인다. "참, 보드카도 있어. 화장실에."

"화장실에?" 사이먼이 눈썹을 치켜올린다.

"그래. 음, 우리 부모님한텐 얘기하면 안 돼. 세면대 아래 변기 세척제 뒤쪽에 숨겨 놨어. 보드카 병에 들어 있으니까, 변기 세척제를 마시진 말고."

"그러니까 보드카 병에 들어 있는 게 보드카란 말이지. 접수했어."

"좋았어." 마틴이 대답하더니 잠시 가만히 서서 고개를 주억거린다. "그래, 그럼 난 이만…… 음." 녀석은 뒷걸음질로 물러가다가 1학년생 하나와 부딪쳐 걔를 거의 넘어뜨릴 뻔했다. 그러고는 다시 우릴 돌아보며 사이먼에게 손가락으로 총 쏘는 시늉을 하다가 또 다른 애랑 충돌할 뻔했고. 나 원 참, 저 녀석은 아무래도 고무 충격 흡수대를 끼고 다녀야 할 것 같다. 어쩌면 수영 연습용 공기주머니도.

난 사이먼 쪽을 돌아보지만, 녀석은 이미 브램과 함께 소파 한구석에 처박혀 있다. 애비가 날 쳐다본다. "넌 술 안 마시지?"

"응."

"그래, 좋아. 하지만 그래도 나랑 같이 가 줄 거지? 화장실 말이야. 내가 변기 세척제를 마시는 일이 없게."

힐끗 곁눈질로 살펴보니 개릿이 〈Go, Go, Go Joseph〉에 맞춰 미친 듯이 춤추고 있다. 그 옆의 벽에는 얼굴이 벌게진 닉이 기대어 웃고 있다. 테일러 메터니치랑 얘기하는 중이다.

애비가 눈동자를 굴린다. "뭐 저런 애가 다 있담. 얼른 가자." 그러고는 내 손을 잡아끈다. 애비가. 말도 안 돼. "내가 신경이나 쓸까 봐?" 내 손을 잡고 복도로 이끌면서 애비는 말한다. "속상할 것도 없다니까. 뭐든 재 하고 싶은 대로 하라 그래. 여기가 화장실인가?"

"그렇겠지?"

애비는 문을 밀어 보더니 잠겨 있단 걸 확인한다. "누가 안에 있네. 정말이지, 술을 화장실에다 감춰 놓는 애는 마틴밖에 또 없을 거야. 그냥 앉아서 기다리자." 애비가 미끄러지듯 벽에 기대앉아 책상다리를 한다. 난 개 옆에 자리를 잡고 두 다리를 붙인 채 쭉 편다. 청바지를 입을 걸 그랬다.

애비가 한숨을 쉬더니 내게 다가앉는다. "하필 재랑 얘기하고 있다니 믿기질 않아. 세상에, 테일러라니?"

맙소사, 내가 대체 뭐라고 대답해야 하지? 너랑 닉이 완벽한 커플이 아니라니 유감이네. 다들 그렇게 생각하고 있는데.

"테일러는 짜증 나지." 결국 난 이렇게만 대답한다.

"그러니까." 애비는 두 다리를 구부려 무릎을 껴안더니 고개를 갸우뚱하고서 날 쳐다본다. "참, 오늘 네가 내 편을 들어 줬다며."

"모건 일 말이야?"

"으음. 브램이 얘기해 줬어." 애비가 미소를 짓는다. "넌 안 그래도 됐는데."

"아냐, 모건이 인종주의적인 말을 해서 그런 거지."

"맞아. 하지만 모두가 개한테 그렇게 대놓고 말하진 못했을 거야. 그러니까," 애비는 어깨를 으쓱한다. "고마워."

배 속이 울렁거린다. 꼭 토하고 싶은 기분이란 건 아니다. 하지만 딱히 토하고 싶지 않은 것도 아니다. 이래서 내가 애비 슈소랑 가까워지질 못하는 거다. 항상 결국엔 멀미가 나는 기분이 드니까. 난 살짝 오른쪽으로 움직여 애비와 몇 센티 거리를 둔다.

"걔가 너한테 답사 얘기 했니?" 잠시 후 애비가 묻는다.

"응." 난 쓴웃음을 지어 보인다. "아무래도 그렇겐 안 될 것 같네."

"흠, 너랑 나랑 가면 되지."

갑자기 화장실 문이 벌컥 열리더니 3학년생 둘이 허둥지둥 나온다. 얼굴이 벌게져서 서로 착 들러붙어 있다. 아무래도 이 화장실 안엔 보드카랑 변기 세정제 말고 뭔가 다른 액체도 있을 듯하다.

"쟤들 머리 꼴을 보니까 했네." 애비가 속삭인다.

"나도 알아."

"뭐, 마틴 애디슨네 화장실에서도 못 할 건 없겠지. 나 혼란스러워. 짜증나고. 초조해. 야, 모건. SAT 비판적 읽기 영역에서 만점 받은 사람이 누구일지 한번 맞혀 보라고." 애비가 우리 뒤로 화장실 문을 잠그더니 세면대 앞에 무릎을 꿇고 앉는다.

난 변기 뚜껑을 내리고 걸터앉는다. "정말이야?"

애비가 입을 삐쭉거린다. "그래. 이런, 미안. 내가 우쭐대는 것 같네."

"아냐, 멋진데."

애비는 날 보며 웃더니 어깨를 으쓱한다. "글쎄, 모르겠어. 하여간, 보드카 찾았다. 콜라도 있네. 보드카랑 콜라를 같이 먹는 게 맞나?"

"나도 몰라."

"어쨌든 마틴도 잘 모른다는 건 확실하네." 애비가 눈동자를 굴린다. "정말로 안 마실 거야?"

"응, 됐어."

"알았어, 그럼 난…….' 애비는 빨간색 플라스틱 컵에 보드카를 조금 따르고 나머지를 콜라로 채운다. 한 모금 홀짝이더니 오만상을 찌푸린다. "어휴, 끔찍한 맛이야."

"유감이네."

애비가 어깨를 움츠린다. "이 컵 가지고 나가도 되려나? 꼭 이 안에서 마셔야 하는 건 아니겠지?"

"아무래도 그러면 이상하겠지."

"그래, 하지만 마틴도 이상한 애니까."

난 웃고 만다. "맞아."

화장실 바닥을 내려다보며 난 플랫슈즈를 신은 발끝으로 타일을 톡톡 두드린다. 어색하고 기묘한 기분이 든다. 전혀 예상도 못 한 일이다. 마틴 애디슨네 화장실에서 애비 슈소랑 단둘이 있다니. 난 속눈썹 사이로 애비를 힐끗 엿본다. 애비는 이제 욕조에 기대앉아 있다. 등을 쭉 펴고 책상다리를 한 채. 술을 한 모금 홀짝일 때마다 애비의 코가 찡그려진다. 난 아직도 음주의 매력을 도무지 모르겠다. 술이란 대체 무슨 맛인지 모르겠다. 그래, 나도 술을 맛 때문에 마시는 게 아니란 건 안다. 느슨하게 풀어지고 무책임해지기 위해서지. 예전에 사이먼이 들려준 얘기로는 술을 마시면 거리낌 없이, 망설임 없이 말하고 행동할 수 있게 된다고 했다. 하지만 난 그게 왜 좋은 일인지 모르겠다.

애비가 하품을 한다. "그러니까— 좋아. 닉은 조지아에 있는 대학엔 전혀 지원서를 안 넣었어. 그거야 상관없지. 하지만 난 그곳에 있게 될 테고, 걔가 지원한 가장 가까운 대학은 노스캐롤라이나야. 그리고 미안하지만 난 남자친구의 전화를 기다리느라 파티에 못 가고 집에만 있어야 하는 신세는 싫거든. 난 대학 생활을 놓치고 싶지 않다고, 이해하겠지?"

물론이야, 애비. 100퍼센트 이해해. 내 남자친구들도 항상 내가 파티에 가 있을 때 전화를 걸어 오거든. 난 가야 할 파티가 무지 많은데 말이야. 난 맨날 파티에 다니지, 화장실 안에 앉아 남들이 술 마시는 걸 구경하는 건 정말 재미나니까.

짜증이 나야 마땅한 상황인데.

왜 짜증이 안 나는 걸까?

누군가 화장실 문을 두드리자 애비가 발딱 일어선다. "잠깐만요!" 그러고는 얼른 술을 들이켜 버린다. "세상에, 너무 역겨운 맛이야. 정말이지 토할 것 같아."

난 얼른 일어나 변기 뚜껑을 올린다.

"진짜로 정말이란 건 아니야. 자, 나가자." 애비가 내 손을 잡는다.

우리가 화장실에서 나오니 개릿이 파란 눈을 반짝이며 서 있다. 어디선가 주워 온 파티용 고깔모자를 비딱하게 기울여 쓰고 있다. 나와 애비가 손을 맞잡은 걸 보고 개릿이 입을 떡 벌린다.

"세상에나, 이게 무슨 일이야. 이런 세상에."

"네가 생각하는 그런 거 아냐, 개릿."

"아가씨들, 이야. 좋아, 내 말 들어 봐. 좋은 생각이 났는데. 우리 다 함께 도로 이 안에 들어가자고. 그런 다음엔 무슨 일이 생기든⋯⋯."

"싫어." 난 딱 잘라 말한다.

애비가 내 손을 놓는다. 개릿의 손에 양손으로 깍지를 끼더니, 사슴 같은 눈망울로 걔를 빤히 쳐다본다. "우리 귀여운 개릿." 애비가 말한다. "난 절대, 절대 그런 짓 안 할 거야." 그러고는 손을 빼내 개릿의 팔 근육을 탁탁 두드린다. "네 앞에서는." 애비가 개릿에게 화장실 쪽을 가리켜 보이며 나직이 덧붙인다.

갑자기 배 속이 확 뒤집힌다.

"뭐?" 개릿이 소리를 빽 지르며 우리 둘을 이리저리 쳐다본다. "그렇게 해 줘야지. 내 앞에서 해 달란 말이야. 응? 부탁이야. 이런, 나 오줌 싸야겠네."

"그럼 가서 싸."

머릿속이 물컹해진 기분이다. 생각이 가만있질 않는다. 잰 절대 그런 짓 안 한대. 개릿 앞에서는. 하지만 다른 곳에서라면?

내가 저 말을 어떻게 해석해야 하는 거지?

우린 11시쯤 마틴네 집을 떠난다. 개릿은 고주망태가 돼서 브램이 미니밴을 몰고 걔 집에 데려다 준다. 사이먼이 차를 몰고 뒤따른다. 개릿네 집에서부터는 우리 모두 사이먼의 차에 끼어 타고 끔찍하게 불편한 드라이브에 나선다. 사이먼과 브램이 앞자리에 타고, 노라와 나는 그야말로 서로 겹쳐 앉아 있다. 닉과 애비는 우리 둘 양옆에서 입을 꾹 다물고 있다. 마치 그 자체의 중력이라도 지닌 듯한 침묵, 블랙홀 같은 침묵이다. 사이먼이 계속 특유의 수다를 늘어놓으며 침묵에 저항하려 애쓰지만, 몇 분 뒤엔 개조차도 말을 멈추어 버린다.

차를 브램네 집 진입로에 세운 사이먼이 변속 기어 위로 몸을 구부린다. 두 사람은 부드럽고 짧은 키스를 나눈다. 브램이 사이먼에게 뭐라고 속삭이지만, 사이먼은 웃기만 하고 고개를 젓는다. 브램이 안전벨트를 풀자마자 애비가 달려가 조수석을 차지한다.

"정말로 우리 집에서 자고 갈 생각 없니?" 사이먼이 오늘 밤 벌써 다섯 번째로 내게 물어본다. 나도 평소 같으면 그랬을 거다. 오늘은 일요일이지만 별로 상관은 없다. 사이먼네 집은 학교에서 아주 가까우니까 사실 나로선 내일 아침에 훨씬 편해지는 셈이다.

하지만 오늘 밤엔 애비가 사이먼네서 잔다. 그리고 애비의 괴상한 행동은 오늘 밤에 지금까지 본 걸로 이미 충분하다.

마음속으로 지난 몇 시간 동안의 일들을 돌아본다. 화가 나 얼룩덜룩하게 붉어진 모건의 얼굴. 개릿에게 한 거짓말. 화장실 세면대 앞에 무릎을 꿇고 있는 애비. 개릿의 두 손을 붙잡고 있는 애비. 절대 그런 짓 안 한다고, 다만 개릿 앞에서는이라고 덧붙이는 애비.

애비가 그저 농담한 것뿐인지 나로서는 알 길이 없다.

10

월요일 아침, 내가 스쿨버스에서 내리는 순간 애비가 눈앞에 나타난다. "안녕." 애비가 무심한 말투로 인사하며 나와 발을 맞춰 걷기 시작한다. "그래, 어젯밤은 희한했지."

"어, 그러게." 대꾸하자마자 난 움찔한다. 난 가끔 이래서 문제다. 딱히 의도한 것도 아닌데 까칠한 말투가 나와 버린다. 게다가 애비를 대할 때면 그런 버릇이 천 배는 더 심해진다. 한 번은 사이먼이 노골적으로 나한테 왜 그렇게 애비를 싫어하느냐고 물어본 적도 있다. 하지만 문제가 뭐냐 하면, 난 딱히 애비를 싫어하는 것도 아니다. 그냥 걔 옆에 있으면 내 머리가 제대로 작동을 안 할 뿐이다.

게다가 애비가 오늘따라 끔찍이 예쁘다는 점도 전혀 도움이 되지 않는다. 줄무늬 셔츠를 빨간색 스커트 속에 집어넣어 입고 타이츠를 신었다. 머리는 핀을 꽂아 뒤로 넘겼다. 애비가 입을 가리며 하품하더니 나와 눈을 맞추고 씩 웃는다.

"있잖아, 너한테 제안할 게 있는데."

"어, 그래?"

"으흠." 애비는 고개를 살짝 갸웃하더니 농담이라도 하려는 것처럼 눈을 반짝인다. 애비의 키는 나보다 5센티미터쯤 작고 몸무게는 내 절반 정도일 거다. 아닐 수도 있고. 나야 모르지. 사실 애비가 그렇게 깡마른 건 아니다. 그냥 늘씬하고 근육질일 뿐이다. '근골형'이랄까. 엄마가 우리 집 화장실에 놔둔 잡지에서 본 단어를 빌리자면 말이다.

"그러니까, 캠퍼스 답사 말이야." 내 사물함 옆까지 왔을 때 애비가 말한다. "나 우리 부모님이랑 안 가. 안 그럴 거야."

"다들 부모님이랑 같이 가던데."

애비는 고개를 젓는다. "난 안 그럴래."

"엄청 확고하게 말하네." 난 어느새 미소 짓고 있다.

"나랑 같이 안 갈래?" 애비가 묻는다. "봄방학에. 날짜는 언제든 괜찮아. 우리 엄마 차를 빌려서 같이 타고 갈 수 있어. 그리고 내 사촌의 친구네 집에 묵는 거야. 진짜 자동차 여행 같을 거라고."

"사이먼이랑 닉처럼?"

"흥, 걔들도 우리랑 같이 갈 수 있었으면 하게 될걸. 왜냐하면 우린 파티에도 갈 거고 뭐든 마음대로 할 테니까. 끝내줄 거야. 그곳 생활이 어떨지 제대로 실감할 수 있을 거라고."

난 할 말을 잃고 애비를 쳐다본다. 어제 마틴 애디슨의 화장실을 제외하면 우린 1년 이상 한방에 단둘이 있었던 적조차 없을 텐데. 갑자기 애비는 우리가 같이 파티에 다니고 셀카를 찍고 자정에 프렌치프라이를 나눠 먹는 친구 사이인 것처럼 얘기하고 있다. 아님 내가 정신이 나가려는 건가?

“아님 말고.” 애비가 재빨리 덧붙인다. “꼭 파티에 갈 필요는 없지. 나야 상관없어. 뭐든 네 맘대로 하면 돼.”

“그러니까 나랑 같이 애선스에 가고 싶단 얘기구나.” 내가 천천히 말한다. 문득 내 손가락이 드럼을 치듯 움직이고 있다는 게 느껴진다. 내 사물함 위에서. 난 손에 힘을 뺀다.

“응.”

“왜?”

“왜라니?”

난 내 발을 내려다보며 머리를 휙 내젓는다. “우린…….” 눈을 꼭 감는다.

난 애비 슈소와 친구가 아니다. 나랑 애비 슈소는 아무 사이도 아니다. 그리고 솔직히 말하면 이 모든 얘기가 내겐 살짝 당혹스럽다.

“뭐, 물론 너도 엄마한테나 여기저기 물어봐야겠지.”

“난 그냥…….”

내가 눈을 들어 보니 마침 테일러가 다가오고 있다. 양손을 꽉 맞잡은 게 진지한 얘길 하려는 기세다. “이따 얘기해.” 애비가 말하더니 손바닥으로 내 팔을 꽉 누른다. 그러고는 언제 내 옆에 있었나 싶게 벌써 계단을 올라가 사라진다.

“어땠어?” 테일러가 기대에 찬 함박웃음을 지으며 말한다.

내 시선은 계단 위를 향한다. “무슨 얘기야?” 난 건성으로 대답한다.

“어땠느냐고, 네가 보기엔.”

"어땠느냐니, 뭐가?"

"연극 말이야!"

"아." 내가 말한다. "훌륭했어. 축하해."

"물론 몇 사람은 정식 훈련을 받았다면 더 나았겠지. 하지만 전반적으로 좋았어, 그렇지? 게다가 닉은 정말 끝내줬고." 테일러가 미소를 띤다. "있잖아, 닉 얘기가 나와서 말인데……."

아이고, 얘도 참. 앤 분명 '교묘하다'는 말이 무슨 뜻인지도 모를 거다. 갑자기 닉 얘기를 꺼내 놓더니 슬쩍 닉 얘기로 넘어간다는 건 누가 봐도 닉 얘기를 하고 싶은 거잖아.

"내가 방금 아주 멋진 생각을 했지, 뭐니." 테일러는 말을 잇는다. "그러니까 다들—정말로 다들 말이야—내 목소리랑 닉 목소리가 한데 섞이니 정말 근사했다고 얘기하거든. 뭐랄까, 우리 목소리를 듣는 것만으로 소름이 쫙 돋았다는 사람이 엄청 많더라니까." 테일러가 웃음을 터뜨린다. "재미있지 않니?"

"그래, 재밌네."

"아무튼." 테일러가 활짝 웃는다. "내가 생각해 봤는데—닉이 우리 밴드에 들어온다면 어떨까?"

난 멈칫하며 눈살을 찌푸린다. "뭐?"

"그러니까, 리드 보컬에 화음을 더할 수도 있잖아. 아니면 아예 듀엣 곡을 넣어서 우리 레퍼토리를 새로 짜 보거나. 게다가 닉은 기타도 칠 수 있고 말이야."

"우리에겐 노라가 있잖아."

"그렇지, 물론이야! 하지만 리드 기타리스트가 둘이라면 어떨까? 그러면 우리 사운드에 깊이가 더해지지 않을까 하는 생각이 들었거든, 안 그래? 게다가 물론 밴드에 남자가 있으면 보컬 영역도 훨씬 넓어질 테고."

"그래, 하지만 우린 전원 여성 밴드라고. 말하자면 그게 핵심이잖아."

테일러가 열심히 고개를 끄덕인다. "아, 그렇지. 그래, 무슨 말인지 나도 잘 알아. 하지만 또 생각해 보니 남자 보컬이 있는 여성 밴드도 나름대로 쿨할 것 같거든. 그런 건 한 번도 못 봤잖아. 맨날 여자 보컬이 딸린 남성 밴드들뿐이지. 말하자면 성반전이랄 수 있겠지, 안 그래?"

이런 맙소사, 얘 정말 진지하네. 정말로 우리 여자들만의 밴드에 닉을 집어넣고 싶다는 거야? 문득 사람을 얼마나 매섭게 쩨려봐야 눈알이 옆으로 튀어나오게 되는 건지 궁금해지네. 내 무표정함에 그렇게 붙박이로 쩨려보는 눈빛까지 더해지면 끝내줄 텐데.

"하여간 밴드 연습할 때 한번 의논해 볼까? 우리 오늘 모이는 거 맞지, 응?"

젠장. 그걸 까먹고 있었네. 난 정말이지 모건과 함께 오후를 보낼 준비가 안 됐는데. 정말, 끔찍하게, 진심으로 준비가 안 되어 있다고.

하지만 나도 완전히 개자식은 아니다. 그래서 방과 후 애나가 내 사물함 앞으로 찾아오자 순순히 걔를 따라간다.

음악실에 도착해 보니 다들 이미 와 있다. 노라는 바닥에 책상다리를 하고 앉아 기타를 튜닝하는 중이다. 테일러도 양 발

바닥을 마주 붙인 자세로 바닥에 앉아 있고, 모건은 파란색 플라스틱 의자에 뻣뻣하게 엉덩이를 붙이고 있다. 내가 들어서자 모건이 자기 무릎을 내려다본다.

"그래." 애나가 천천히 말한다. "이제 다들 모였네."

난 피아노 옆에 쭈그려 앉아 두 다리를 몸 쪽으로 당긴다. 노라가 입술을 깨물며 모건에게서 내게로 시선을 돌린다. 아무도 말이 없다.

애나가 고개를 젓는다. "이봐, 너희 모두 이렇게 어색한 침묵만 지킬 거니? 어디 속 시원히 얘기 좀 해 보라고." 그러고서 휴대전화를 끄집어낸다. "앞으로 5분 줄게. 시작."

"뭐야, 우리한테 시간제한을 주겠다는 거야?"

"4분 48초." 애나가 휴대전화를 치켜든다.

"말도 안 돼." 모건이 웅얼거린다.

애나는 고개를 끄덕한다. "맞아. 너희 둘 정말 말도 안 되게 굴고 있어."

"너 진심이니?"

"4분 19초."

난 눈을 깜박거린다. "이야. 그래, 모건이 아주 끔찍하게 인종주의적인 발언을 했지. 그래서 내가 비난했고. 근데 우리 둘 다 똑같이 말도 안 된다고? 그냥 여자애들끼리의 멍청한 소동이란 거야?"

"레아, 넌 과민 반응하고 있어. 너도 알잖아. 그냥 어리석은 말 한마디였다고." 애나가 말한다.

"인종주의적인 말 한마디였지." 난 모건을 곁눈으로 보며 대꾸한다. 모건이 움찔한다.

"그래, 나한테 인종주의에 관해 강의할 생각은 마." 애나가 말한다.

내 온몸이 딱딱하게 굳는다. "그거 알아? 이젠 내가 이 밴드에 더 있고 싶은지도 잘 모르겠어."

"오, 제발." 애나가 눈동자를 굴린다. "모건 때문에?"

난 어깨를 으쓱한다. 두 뺨이 뜨거워진다.

"그러니까 네 얘긴," 애나가 말을 잇는다. "1년 동안 함께해 온 노력과 모든 걸 내던져 버리겠다는 거야, 그저 말 한마디 때문에?"

애나는 내가 방금 강아지를 목 졸라 죽이기라도 한 것 같은 눈빛으로 날 쳐다본다. 노라와 테일러는 말이 없고, 모건 쪽은 쳐다볼 엄두가 안 난다. 난 바닥을 내려다본다.

"난 그냥—"

"너 미친 사람 같아. 네 심정은 알겠어. 하지만 세상에. 밴드를 그만두겠다고?"

"이 밴드가 영원히 지속될 것도 아니잖아." 난 웃음을 터뜨리지만 뭔가 김빠진 소리가 나온다. "우리 졸업까지 석 달도 안 남았는데."

바로 그 순간—정말 눈 깜짝할 순간이지만—난 느낄 수 있다. 얼마나 짧은 순간이었는지. 모든 게 얼마나 순식간에 변해 버렸는지. 이상한 일이다. 내게 작별 인사란 머리로는 이해하지만 거의 한 번도 실감해 본 적은 없는 것이니까. 그래서 작별의 충격에 대비한다는 건 내겐 어려운 일이다. 지금 당장 내 앞에 서 있는 사람의 부재를 어떻게 미리 아쉬워할 수 있는지 난 모르겠다.

"그래, 우린 그동안 잘해 왔지." 목구멍이 콱 막혀 온다. "하지만 이런 일을 강요할 순 없어. 난 저런 애와 함께 음악을 만들고 싶진 않—"

애나의 휴대전화에서 타이머 알람이 울리자 다들 깜짝 놀라 소스라친다.

그 순간 모건이 일어난다. "있잖아? 그냥 이렇게 하자. 내가 나쁜 애야. 내가 밴드를 망가뜨린 거야." 모건의 목소리가 갈라진다. "그러니까 밴드를 떠나야 할 사람은 바로 나야."

애나가 한숨을 쉰다. "모건, 제발."

"아냐, 괜찮아. 내가 환영받지 못하는 상황은 나도 잘 알아. 그런 데엔 아주 익숙하거든." 모건이 손가락으로 눈가를 훔친다. 그러고는 입을 꽉 다물고 휘적휘적 문가로 걸어가더니 나가며 문을 쾅 닫는다.

"맙소사. 이젠 너도 만족했길 바랄게." 애나가 말한다.

"야, 그만 좀 하지?" 노라가 휙 돌아 애나를 마주 보며 말한다. "레아 잘못은 아니잖아."

애나가 뭐라고 대꾸하려 입을 열지만, 그때 테일러가 끼어든다. "있잖아, 방금 대체 무슨 일이 있었던 건지 누가 설명 좀 해 줄래?"

세 사람 모두 테일러를 바라본다.

테일러는 당황한 표정으로 묻는다. "방금 모건이 밴드를 그만둔 거야?"

"그런 거 같네." 애나가 대답한다.

"그렇구나." 테일러가 잠시 말을 멈추더니 입술을 앙다문다. 지금 애 머릿속이 어떻게 돌아가는지 훤히 보일 지경이다. "휴, 그럼, 우리 이제 다섯 번째 멤버가 필요하겠네."

세상에. "테일러, 우리 밴드에 닉은 못 들어와."

"알았어, 하지만―"

"닉은 키보드 연주자도 아니잖아." 노라가 말한다.

"물론 아니지." 맞장구치는 닉의 목소리에 난 고개를 휙 돌려 문간을 쳐다본다. 닉이 브램과 개릿을 양옆에 끼고 서 있다. 셋 다 축구복 반바지 차림이다. 게다가 체육복을 입은 애비도 함께 있다. 순간 허를 찔린 느낌이다. 쟤들이 들어오는 소리도 전혀 못 들었는데.

테일러가 활짝 웃는다. "너희가 여긴 웬일이야?"

"그게," 브램이 말한다. "부탁할 게 있―"

"잠깐만." 개릿이 수줍은 듯 미소 지으며 끼어든다. "방금 너희 키보드 연주자가 필요하다고 한 거야?"

"너 키보드 쳐?" 테일러가 묻는다.

"흠, 난 피아노를 치지."

노라가 입을 떡 벌린다. "뭐라고?"

개릿이 웃는다. "피아-니-스트라고." 녀석이 이렇게 선언하며 슬쩍 음악실 안으로 들어오더니 내 곁에 서서 씩 웃는다. "피아니스트일 뿐만 아니라―"

"그래, 알아들었어." 내가 대꾸한다.

"우리한테 피아니스트가 필요하긴 해." 테일러가 천천히 말한다. "모건이 방금 밴드를 관뒀거든."

"뭐? 정말?" 개릿이 말한다.

"그래, 레아가 또 짜증 나게 굴어서 말이야." 애나가 중얼거린다.

"아." 개릿이 불안하게 애나와 날 번갈아 흘깃거린다. "조지 아대 문제 때문에?"

"그러니까 모건이 내가 흑인이라서 합격했다고 생각했다는 사실 말이구나." 애비가 말한다.

"정말로 그렇게 생각한 건 아니야." 애나의 얼굴이 붉어진다. "아무도 그렇겐 생각 안 해."

애비는 콧방귀를 뀐다. "과연 그럴까."

한동안 침묵이 흐른다. 한 시간은 지난 것처럼 느껴진다.

마침내 테일러가 브램 쪽을 돌아보며 묻는다. "그래서 부탁이 뭔데?"

"맞다." 브램이 테일러에게 살짝 웃어 보이며 뒤돌아서 가만히 문을 닫는다. "그러니까, 내 프롬포즈 계획이 완성된 것 같거든."

"뭐? 어머나, 세상에!" 테일러가 소리 지른다. "너 사이먼한테 프롬포즈 할 거야?"

브램이 가볍게 고개를 끄덕이자 테일러가 꺅 하고 환호를 질러 댄다.

"하지만 그러려면 너희 도움이 필요해, 특히 노라 네가. 내일 사이먼이 널 태우고 올 거지, 응?"

"학교로 말이야?" 노라가 끄덕인다. "맞아."

"정확히 8시 15분에 맞춰서 걔를 여기로 데려올 수 있겠어?"

"음악실에서 프롬포즈 하게?" 내가 묻는다.

"응, 그러려고. 그리고 실은 너한테도 물어볼 게 있는데."

"물어봐." 난 브램의 어깨 너머를 흘낏 보며 대답한다. 닉이 테일러와 나란히 바닥에 자리를 잡고 앉아 있다. 저게 무슨 뜻인지 잘 모르겠다. 아마도 닉이 아직 애비랑 화해를 못 했다는 뜻이겠지. 내 알 바는 아니다. 그냥 기묘하게 느껴질 뿐이다.

브램이 입술을 지그시 깨문다. "혹시 저 드럼 세트 좀 빌릴 수 있을까?"

11

타이밍을 맞추는 게 가장 어려운 부분이다. 8시 15분까지 사이먼을 학교로 데려가는 거야 쉽다. 하지만 정확히 8시 15분에 맞추려면 좀 더 정교한 작업이 필요하다. 노라가 나더러 자기네 집에서 자고 가라고 얘기하길 천만다행이었다. 사이먼 스파이어가 아침에 자기가 정해 놓은 시간을 그토록 열심히 지키려 들 줄은 아무도 몰랐으니까. 우리 둘이 힘을 합쳐서야 겨우 개를 붙들어 놓을 수 있었다.

"너희들." 7시 44분에 이미 사이먼은 계단 아래서 소리치고 있었다. "얼른 나와, 출발하자고!"

"좀만 있어 봐!" 노라가 맞받아 소리친다.

"대체 뭘 하는 거야?"

노라가 복도로 머리를 쏙 내밀고 대꾸한다. "이것 봐, 좀 진정하라고."

"쟨 항상 학교 가는 일에 저렇게 열성적이니?" 난 속삭인다.

노라가 눈동자를 굴린다. "어. 아침 일찍 가서 브램이랑 같이 숙제하는 걸 좋아하거든.”

“‘숙제’ 말이지.” 난 양손으로 따옴표를 만들어 보이며 대꾸한다.

“그렇지.”

사이먼이 계단을 쿵쿵 올라오더니 노라의 방문 앞에서 얼쩡거린다. “얘들아, 이러다 늦겠어.”

“아니, 안 늦어.” 노라가 차분히 기타 케이스를 잠그며 대답한다. “오빠 그냥 빨리 가서 남자친구를 만나고 싶은 거잖아.”

사이먼이 발끈한다. “난 숙제를 해야 한다니까. 어서 가자. 출발한다.” 그러면서 노라의 배낭을 집어 든다.

“잠깐만.” 노라가 말한다. 사이먼은 짜증 난 표정을 짓지만, 노라는 그저 어깨만 으쓱한다. “나 오른발에도 왼쪽 양말을 신은 것 같은데.”

“아니, 아니야. 그런 건 중요하지 않아.” 사이먼이 딱 자른다. “가자고.”

사이먼은 배낭을 어깨에 짊어지면서 이미 한 손으로 주머니를 뒤져 차 키를 찾고 있다. 세상에, 저 딱한 꼬맹이 녀석. 자기 프롬포즈를 망쳐 놓으려고 작정한 것 같네.

사이먼이 방에서 나가자마자 노라와 나는 마주 보며 얼굴을 찌푸린다. “괜찮아. 주차장에서 시간을 끌면 돼.” 노라가 기타 케이스를 집어 든다.

스파이어 가족은 학교에서 5분 거리에 살고 있다. 말 그대로 걸어가도 될 거리다. 사이먼은 노약자 주차 구역에 차를 세우더니 시동이 꺼지자마자 바로 휴대전화를 확인한다. 난 운전석 계기판의 시계를 확인한다. 7시 57분.

"있잖아, 나 조언이 필요한데." 내가 불쑥 말을 꺼낸다.

아주 간단한 문제다. 사이먼은 남들을 돕는 걸 좋아하니까. 예상대로 사이먼의 온 얼굴에 미소가 떠오른다. "그래, 알겠어. 물론 도와야지. 브램한테 문자 하나만 보내고……. 좋아, 무슨 일이야?" 사이먼이 온몸을 돌려 날 마주 본다.

"개릿 문제인데." 난 앞좌석 사이로 몸을 내밀며 입을 뗀다.

10분 뒤에도 사이먼은 중언부언하고 있다. "그러니까 넌 안 갔다는 거지?" 사이먼이 묻는다.

난 소심하게 어깨를 으쓱한다. "어."

"하지만 개릿은 네가 시합에 왔다고 생각하고."

난 고개를 끄덕한다.

"레아!"

"나 정말 최악이지?"

"아냐, 아냐." 사이먼이 부정한다. "최악인 건 볼드모트('해리 포터' 시리즈에 나오는 악당)고."

"하지만 나도 최악에 가까운 거지? 그러니까 볼드모트가 이 정도라면," 난 한 손을 거의 차 천장에 닿도록 높이 쳐들었다가 10센티 정도 내리며 말을 잇는다. "난 이 정도인 거야. 그리고 그다음으로 나쁜 녀석은 이 정도겠지. 예를 들면 그 사자를 죽인 치과의사 말이야.(2015년에 미국 치과의사 월터 파머가 짐바브웨 국립공원의 사자 세실을 불법적으로 사냥한 사실이 알려져 대중의 분노를 샀다.) 그 사람이 이 정도일 거야."

노라가 웃는다. "세상에."

"걔한테 솔직히 얘기해." 사이먼이 말한다.

속이 울렁거린다. "그래야 할까?"

"응." 사이먼이 고개를 끄덕인다. "솔직해야지. 그냥 무슨 일이 있었는지 얘기하라고, 알았지? 개릿은 아주 착한 애야. 충분히 이해할 거야." 사이먼은 한쪽 뺨을 문지르며 생각에 잠긴다. "아니면…… 아팠다고 얘기하든가. 그래, 사실 그쪽이 좀 더 그럴듯하겠다. 그냥 이런 식으로 얘기해. '있잖아, 나가려고 하는데 갑자기 몸이 너무 아프더라고. 휴대전화도 확인 못 할 정도로 말이야.'"

내 양쪽 입꼬리가 비죽 올라간다. "그러니까 내가 솔직해야 한단 말이지……. 그러면서 거짓말도 하고."

"응." 사이먼이 대답한다.

"사이먼."

"내가 너 대신 얘기해 줄 수도 있어. 네가 심하게 설사를 했는데 창피해서 도저히 얘기할 수 없었다고 말이야. 다른 사람도 아닌 개릿이라면 그야말로 이해할 만한 이유지." 사이먼이 킥킥거린다.

"개릿한테 내가 설사했단 얘기 같은 건 안 할 거야!"

"그래, 내가 얘기해 준다니까."

"너 가만 안 둬."

"나도 도와줄게." 노라도 맞장구친다.

"여자애들은 왜 이리 폭력적인 거지?" 사이먼이 말한다.

난 대꾸조차 안 한다. 녀석을 사납게 째려볼 뿐이다.

"아니, 그냥 얘길 안 꺼내는 게 좋겠어." 잠시 후 사이먼이 말한다. "걘 아마 그런 일이 있었다는 것 자체를 잊어버릴 거야."

"그러니까 이젠 레아더러 아무 얘기도 하지 말라 이거야?" 노라가 묻는다.

"바로 그거지." 사이먼이 강하게 고개를 주억거린다.

그러니까 내가 할 일은 바로 사실을 얘기하면서 거짓말을 하는 동시에 그 얘기 자체를 꺼내지 않는 거란 말이지. 그야말로 사이먼다운 조언 정말 고오맙다.

"근데 말이야, 넌 개릿을 어떻게 생각하는데?" 사이먼이 은근슬쩍 물어본다.

"어, 이런! 시간 좀 봐! 벌써 8시 15분이 다 됐잖아." 내가 말한다. 내 손은 이미 차 문 위에 놓여 있다.

이젠 사이먼을 음악실로 데려가기만 하면 된다. 내가 드럼 치는 걸 봐 달라고 할 수도 있겠지. 좀 이상할까? 애가 의심할 거라곤 생각하지 않지만, 혹시라도 그냥 싫다고 하면 어쩌지? 그럼 말 그대로 게임 끝인데. 강압적이거나 정신 나간 것처럼 굴고 싶진 않다고. 하지만 브램을 실망시킬 순 없어. 그러니까…….

"나 화장실 가야겠어. 이것 좀." 노라가 기타 케이스를 사이먼에게 떠넘기더니 허둥지둥 학교로 들어간다.

"설사구나." 사이먼이 다 안다는 듯 고개를 끄덕이며 말한다. 그러고는 기타 케이스를 내려다본다. "이거 어쩌지?"

노라, 넌 정말 최고야.

"음악실에 가져다놓지, 뭐." 난 최대한 무심하게 어깨를 으쓱해 보이며 대꾸한다.

음악실은 온통 알록달록한 크리스마스 전구로 장식되어 있다. 3월인데. 그런데도 사이먼은 아무 눈치를 못 챈 모양이다.

"누가 네 드럼 세트를 꺼내 놨네." 사이먼이 노라의 기타를 드럼 옆에 내려놓으며 한마디 한다.

"사실 내 드럼 세트는 아니지." 난 벽장 쪽을 흘깃 쳐다본 다음 사이먼을 돌아보며 대답한다. "아무나 써도 돼."

"정말?" 사이먼의 얼굴이 환해진다.

"물론이야." 난 고갤 끄덕인다. "너도 한번 쳐 봐."

사이먼은 의자에 걸터앉는다. 비행기에 처음 타 보는 아기 같은 표정이다. 드럼 채를 가져다주자 사이먼이 활짝 웃으며 날 쳐다본다. "나 사실 항상 이렇게 해 보고 싶었어."

"정말?"

사이먼이 끄덕이더니 말한다. "그럼, 그냥 치면 되나……?"

난 다시 한번 벽장을 힐끗 본 다음 웃음을 꾹 참는다. "그냥 쳐 봐. 실컷 두들기라고."

사이먼이 드럼을 치기 시작하자마자 난 휴대전화의 녹화 버튼을 누른다. 벽장에서 요란하게 부스럭 소리가 나더니 감미로운 음악 소리가 흘러나온다.

"뭐지?" 사이먼이 묻는다.

누군가 음악 볼륨을 높이고, 벽장문이 활짝 열리더니 손에 헤어브러시를 든 브램이 나타난다.

"오오오…… 난 크리스마스에 많은 걸 바라진 않아요……"

난 사이먼의 반응을 촬영하려고 얼른 뒤로 물러선다. 사이먼은 드럼 의자에 걸터앉아 있다. 양손으로 입을 가리고 눈은 쟁반만큼 휘둥그레진 채. 음악이 빨라지더니 브램이 한 발짝 앞으로 나선다. 그리고 개릿, 닉, 애비가 후다닥 브램 뒤로 다가온다.

그 순간 모든 게 드러난다. 애비와 남자애들이 두 팔을 들고 손가락을 휘저으며 천천히 몸을 흔들어 춤추는 동안, 브램은 헤어브러시를 마이크처럼 들고 완벽한 립싱크를 선보인다. 브램의 티셔츠 가슴팍 한가운데 검은색 테이프를 붙여 만든 큼지막한 단어 하나가 드러난다.

와킨.

한편 드럼 앞에 앉아 있는 사이먼은 정신이 나간 듯 아무 말도 없다.

어딜 쳐다봐야 할지 모르겠다. 정말 너무 끝내준다. 사이먼의 팬픽션이 실현된 것이다. 세상에, 브램이 이런 생각을 해내다니. 애들이 이걸 정말로 실행에 옮기다니.

물론 애비는 진짜 프로처럼 모든 박자를 정확히 맞추며 브로드웨이 무대에라도 선 듯 활짝 웃고 있다. 그리고 닉은 장난치듯 느물거리며 자의식 가득한 미소를 짓고 있다. 둘 다 서로를 평소와 똑같이 대하는 것처럼 보인다. 평생 한 번도 싸워 본 적 없는 사람들처럼 보인다.

하지만 개릿은, 맙소사. 완전히 엉망이다. 사지를 허우적대며 한쪽 발을 모로 내놓고 팔짝거린다. 게다가 두 번이나 넘어질 뻔했다.

노래가 끝나자 브램은 손을 쭉 뻗어 사이먼을 가리키며 숨 가쁘게 미소 짓는다. "사이먼 스파이어, 내 프롬 파트너가 되어 줄래?"

사이먼은 고개를 끄덕이며 달려 나와 브램을 끌어안는다. 웃어 대느라 말도 안 나올 지경이다. "미워 죽겠어. 맙소사. '그래'." 사이먼이 양손으로 브램의 얼굴을 감싸며 대답한다. 그러고는 남자친구에게 영화에서나 나올 만큼 진한 키스를 해 준다.

개릿이 환호를 보내자 사이먼은 브램의 어깨 너머로 가운뎃손가락을 들어 보인다.

"너희 어찜 이럴 수 있어." 사이먼이 고개를 들더니 말한다. 그러고는 브램의 가슴팍을 쿡 찌르며 해죽 웃는다. "와킨."

브램이 미소를 띤다.

"아니, 도대체 그걸 어떻게 찾아냈어?"

"협동 작전이었지." 브램이 대꾸한다.

"너희 전부 미워 죽겠어."

느닷없이 애비가 내 옆에 와 있다. 그러고는 내게 소곤거린다. "정말 대단했지."

"감당이 안 될 정도야."

애비는 슬며시 웃는다. "나도 알아."

다음 순간 내 입이 뇌와 분리되어 버린다. 그렇게밖에 설명할 수 없다. 정말이다. 난 그냥 입을 열고 말한다. "물론 넌 이미 다른 계획이 있겠지만 말이야……." 그러나 내 목소리는 목구멍으로 기어 들어가 사라진다. 젠장, 대체 이게 뭐라고 이렇게 어렵지?

"지금 나한테 프롬포즈 하려는 거니, 레아 버크?"

"그래." 난 심드렁하게 대답한다. "네 남자친구랑 딱 1.5미터 떨어져 있는 상황에서 너한테 파트너 신청을 하는 거야."

애비가 눈썹을 치켜올린다. 내 말이 농담인지 아닌지 확신이 안 선다는 것처럼. 이거 민망함 수치 120퍼센트는 넘겠군. 정말로 프롬에 같이 가 달라는 게 아니란 걸 확실히 말해 줘야 하는 건가?

"프롬에 같이 가자고 하려는 게 아냐, 애비."

"아, 그래."

내 뺨이 빨개진다. 잠시 동안 우리 둘 다 말이 없다.

"이젠 진지한 얘긴데," 마침내 내가 입을 연다. "자동차 여행 말이야……."

애비가 숨을 훅 들이쉰다. "정말로 나랑 같이 애선스에 가겠단 얘기야?"

난 어깨를 으쓱한다. "그러니까, 네가 아직 그럴 생각이 있다면."

"내가 그럴 생각이 있느냐고?" 애비가 소리를 지르더니 두 팔로 내 몸을 껴안는다. 내 배 속에서 가벼운 떨림이 느껴진다. 마치 휴대전화의 진동처럼.

12

바야흐로 프롬 열풍이 한창이다.

이제 사이먼이 하고 싶어 하는 일이라곤 프롬포즈 동영상을 보고 또 보는 것뿐이다. 심지어 그걸 자기 엄마한테 문자로도 보냈다. 닉과 애비는 평소의 역겨울 만큼 다정한 사이로 돌아갔다. 영어 시간 내내 손을 잡고 있더니 점심을 먹으면서는 코르사주에 관해 의논하고 있다. 조만간 대재앙이 다가올 것만 같다. 예복을 입고서.

그리고 개릿도 있다. 기묘하게 반짝이는 눈빛으로 날 계속 쳐다보는 저 녀석 말이다. 목요일에 난 브램을 개 사물함 앞에다 붙잡아 두고 이실직고하게 만들었다. "개릿이 나한테 프롬포즈를 할 생각이니?"

"음." 브램이 우물거린다.

"제발 사람들 앞에서 뭔가를 하려는 건 아니라고 말해 줘."

세상에, 그럼 난 죽어 버릴 거다. 생각만 해도 못 견디겠다. 개릿에게 딱히 유감이 있는 건 아니다. 심지어 개랑 같이 프롬에 가는 것도 나쁘진 않다고 생각한다. 하지만 사람들 앞에서 프롬포즈를 받는다는 건 최악의 악몽이다. 그런 행위는 관중 없이도 충분히 민망하단 말이다. "정말이야, 꼭 알아야겠어."

"그게……." 브램은 입술을 깨문다.

"알았어." 난 얼굴을 찌푸린다. "그러니까…… 그게 언제가 될 예정이니?"

"점심시간." 브램이 대답한다. "음, 혹시 필요하면 내가……."

난 브램의 어깨를 토닥인다. "내가 처리할게."

그래, 좋다. 개릿과 함께 프롬에 가자. 상관없다. 친구끼리 간다고 생각하면 되니까. 단짝으로서. 동지로서. 재미있을 거다. 끔찍한 계단 기념사진도 남겨야지. 코르사주 핀으로 갤 찌를 일은 없어야 할 텐데. 그렇게 된다 해도 실수겠지만.

난 도서관에 진을 치고 있던 개릿을 찾아낸다. "개릿, 얘기 좀 할 수 있어?"

개릿이 깜짝 놀라 날 쳐다본다. "그래, 무슨 일인데?"

"사적인 얘기야." 개릿은 내 뒤를 따라 잡지 진열대 앞으로 온다. 난 주저하지도 않고 말을 꺼낸다. "좋아, 딱 잘라 얘기할게. 네 계획 이미 알고 있어."

개릿의 눈썹이 치켜 올라간다. "뭐?"

"들어 봐, 나 너랑 같이 프롬에 갈게, 알겠지?"

개릿이 입을 떡 벌린다.

난 얼굴을 붉힌다. "물론 네가 그러고 싶다면 말이야. 우린 전혀―"

"그래…… 버크. 응, 난 그러고 싶어." 개릿이 천천히 대답한다. "그러자 — 하지만 음, 뭐랄까, 네가 선수를 쳐 버렸네."

"맞아." 내가 눈동자를 굴린다. "그게 핵심이지."

"내 열변을 듣고 싶지 않았니?"

"그래, 한마디도."

"하지만." 개릿이 이마를 문지르다가 갑자기 활짝 미소 짓는다.

"그러니까 나랑 프롬에 가겠다고? 정말로?"

"물론이야."

"좋았어." 개릿은 씩 웃더니 날 힘차게 껴안는다. 사실 꽤 귀엽게 느껴진다. 이 녀석. 날 성으로 부르고 항상 입을 나불대는 이 파란 눈의 남자애가 내 프롬 파트너라니. 정말로 이렇게 되었다. 내가 남자애한테 파트너 신청을 한 것이다. 아님 얘가 신청했든가. 아마도 우리 둘이 서로 신청한 거라고 해야겠지.

하여간 이 문제는 끝났다. 내가 해결했다. 그리고 이제 난 프롬에 가게 될 거다. 파트너와 함께. 정말 흔해 빠진 청춘 영화 캐릭터가 되어 버렸네. 한편으로는 이 일을 어딘가에 선언해야 한다는 생각도 든다. 실제로 사람들은 이런 일을 크릭시크릿creeksecrets 텀블러에서 선언하곤 한다. 심지어 프롬에 같이 갈 커플 명단도 텀블러에 올라왔고 댓글로 계속 업데이트가 되고 있다. 해리 포터가 초챙에게 크리스마스 무도회 파트너 신청을 했던 것 같은 끔찍한 상황을 막아 주려는 게 아닐까. (『해리 포터와 불의 잔』에서 해리는 초챙에게 무도회 파트너가 되어 달라고 하지만 초챙에겐 이미 예정된 파트너가 있었다.) 하지만 솔직히 말하자. 케이티 렁 (영화에서 초챙 역할을 한 배우)이 스코틀랜드 억양으로 상냥하게 대니얼 래드클리프를 거절하던 장면에서 성적인 각성을 겪지 않은 사람이라면 내 친구가 되긴 글렀다.

다만 내가 개릿에 대해 어떻게 느껴야 할지 알았으면 좋겠다. 그럼 일이 이렇게 복잡하지 않아도 될 텐데. 페니스 달린 녀석들에겐 훨씬 쉽겠지. 상대방을 보면 발기가 되는가? 그렇다고? 해결. 예전에 난 남자들이 말 그대로 매력을 느끼는 상대를 향해 발기하는 줄 알았다. 나침반 바늘처럼 말이다. 그랬다면 더 나았을 텐데. 지독하게 창피하겠지만, 적어도 상황이 명확해지긴 할 테니까.

난 엄마보다 먼저 집에 도착한다. 냉장고를 보니 집에 오면 엄마 직장으로 전화하라는 쪽지가 붙어 있다. 뜬금없이 애비가 이사 온 직후에 들려주었던 얘기가 떠오른다. 그때 걔 아빠는 아직 워싱턴에 계셨는데, 그분이 생각한 셰이디 크릭은 마약이 넘쳐 나는 술과 섹스의 천국 같은 곳이었나 보다. 애비더러 해가 진 다음엔 아무 데도 가지 말라고 하셨다니까. 게다가 애비가 정말로 집에 있는지 확인하려고 전화도 걸곤 하셨다. 아버지로서는 확실한 조치라고 생각했겠지만, 사실 애비는 집으로 오는 모든 전화를 자기 휴대전화로 돌려 놓았던 것이다. 하지만 그렇다고 내가 또다시 이유도 없이 애비 슈소를 생각하고 있다는 얘긴 아니다.

소파에 푹 기대앉아 엄마 직장 전화번호를 누른다. 연결음이 한 번 울리자마자 엄마가 전화를 받는다.

"어쩜 나한테 프롬포즈 동영상 얘길 안 해 줄 수 있니?"

난 히죽 웃는다. "누가 알려 준 거야?"

"앨리스 스파이어가. 사이먼이 자기 페이스북에 올린 걸 공유했더라."

세상에. 엄마가 내 친구들 부모와 페친이 아닌 게 다행이구나 싶다. 그 대신 내 친구들의 언니와 페친이긴 하지만.

"자세히 좀 들려줘." 엄마가 조른다.

그래서 난 엄마에게 모든 얘길 들려준다. 적어도 그러려고 애쓴다. 아까 개릿이 춤추던 꼬락서니 같은 걸 과연 말로 옮길 수 있을지 자신은 없지만 말이다.

그리고―맞다. 개릿이 내게 프롬 파트너 신청을 했다는 얘기도 해야겠지. 그 얘기를 듣고 엄마가 얼마나 기뻐할지 생각하면 좀 두려워질 정도다. 엄마는 학교 댄스파티를 끔찍이 좋아하니까. 신입생 때부터 이미 모든 파티에 나갔다고 한다. 심지어 임신 넉 달 반째였던 졸업 댄스파티 날에도. 엄마는 모든 청춘 영화가 프롬 장면으로 끝나야 한다고 믿는 사람이다.

"내가 보기엔 실제로 모든 청춘 영화가 프롬 장면으로 끝나는 것 같던데." 난 엄마한테 대꾸하곤 했다.

엄마는 프롬이 낭만적이라고 생각한다. 한번은 내게 이렇게 설명했다. "프롬이 열리는 밤엔 일상의 모든 드라마들이 일시 중단되거든. 모두가 평소와 달라 보여. 그리고 모두가 서로 조금 더 관대해지지." 엄마가 그렇게 말한 다음 잠시 가만히 있던 게 기억난다. 끔찍하게도 난 한순간 엄마가 뭔가를 돌려서 얘기한 게 아닐까 생각했다. 하지만 그때 엄마는 부드럽게 덧붙였다. "사람들에게 정답게 대해도 괜찮겠다고 느꼈던 게 기억

나. 너무 따분하게 굴 필요 없다고. 학교 댄스파티엔 그야말로 진정이 담긴 뭔가가 있거든."

그 말에 난 뭐라고 대답해야 할지 몰랐다. 멋지네, 엄마. 엄마한테 그토록 즐거운 날이었다니 다행이야. 잘 모르겠지만, 나 같은 사람들은 그냥 심드렁하게 있는 편이 나은 듯하다.

벌써부터 겁이 나서 난 눈을 꼭 감고 말해 버린다. "그리고 나도 개릿한테 프롬 파트너 신청을 했어."

엄마는 헉 하고 숨을 내쉰다. "레아."

"별로 대단한 일 아냐, 알았지? 개릿이라니까. 별일 아니라고. 우린 그냥 친구로서 같이 가는 거야."

"으흠." 엄마가 대꾸한다. 듣기만 해도 엄마가 웃고 있다는 걸 알 수 있다.

"엄마."

"그냥 궁금해서 그러는데, 너희가 그냥 친구로서 같이 간다는 걸 개릿 쪽에서도 알고 있니?"

"엄마. 당연하지."

다만— 젠장. 모르겠다. 그러니까 난 우리가 친구로서 같이 가는 거라고 생각한다. 아무도 이게 낭만적인 일이라고 말하진 않았다. 하지만 어쩌면 프롬이란 것 자체가 낭만적인 일일 수도 있으니까. 이게 확실히 해 두어야 할 문제일까? 모호한 사교적 상황 같은 건 제발 알아서 꺼져 주면 안 되나?

물론 내가 전화를 끊고 나서 보니 개릿에게서 이미 이런 문자가 와 있다. 그럼 내가 그린필드랑 얘기해서 리무진이랑 만찬이랑 전부 해결해 놓을게! 올해 프롬은 정말 쩔겠어, 너무 기대되네.

개릿이 '쩔다'라는 말을 쓰다니. 이젠 내 뇌에서 그걸 지워 버릴 수 없다.

금요일 무렵 크릭우드 고등학교의 프롬 열풍은 대학 열풍으로 바뀌어 있다. 단언하건대 3월의 교외 지역 고등학교만큼 끔찍한 곳도 없다. 복도는 마치 대학 버전 〈제퍼디!〉(미국의 텔레비전 퀴즈쇼)의 캡처 화면 같다. 사방에서 은은하게 잘난 척하는 티셔츠 문구들이 출몰한다. 학교 전체가 하룻밤 사이 테일러로 변해 버린 듯하다.

애나는 듀크대에 합격했다. 모건은 조지아서던대에 합격했다. 사이먼과 닉은 둘 다 웨슬리언과 해버퍼드에 합격했지만 버지니아대에는 나란히 떨어졌다. 애비는 그 얘기를 듣고 의심쩍다는 듯 두 사람을 쳐다보았다. "너희 둘 혹시 같은 사람이었니?"

"우리가 세트 상품이란 걸 그쪽에서도 아는 거지." 사이먼이 대꾸했다

"정말 희한하네." 애비가 말했다.

게다가 우리의 점심식사 테이블은 전쟁터가 되었다. 말하자면 소리 없는 전쟁이긴 하지만. 모건과 나는 테이블 양쪽 끝에 자리를 잡고 오직 노려보는 것으로만 의사소통을 한다. 게다가 우리 둘뿐만이 아니다. 애비와 닉도 또다시 냉전에 들어갔다. 그래서 중간에 끼게 된 사이먼은 마치 길이라도 건너려는 사람처럼 우리를 이리저리 흘낏거린다. 갈등 상황에 저렇게 초조하게 반응하는 녀석은 생전 처음 본다.

반면 개릿은 아무것도 알아차리지 못한다. 녀석은 내 맞은 편이자 애비 옆의 의자에 깊숙이 기대앉아 히죽 웃는다. "숙녀 분들, 나 도움이 좀 필요한데." 개릿이 손짓으로 테이블 주위를 가리킨다. "내가 이 모든 선남선녀들을 위한 프롬 날의 만찬 예약을 책임지게 됐거든. 그러니 요청할 게 있으면 지금 해 달라고."

"파티 장소 근처가 좋겠지?" 애비가 넌지시 말한다.

"저렴한 곳이어야지." 내가 덧붙인다.

개릿이 내게 활짝 웃어 보인다. "음, 그건 네가 걱정할 문제는 아니야, 버크. 네 식사는 이미 책임질 사람이 있을 텐데."

"알았어." 난 얼굴을 붉힌다. "고마워."

애비가 갑자기 날 돌아본다. "잠깐, 너희 프롬에 같이 가?"

"어." 개릿이 대답한다. 난 눈을 떨구고 고개만 끄덕인다.

"정말이야? 어째서 난 몰랐던 거지?"

개릿이 숨을 헉 들이쉬는 척한다. "얘가 너한테 얘기 안 했어?"

"응, 안 했는데." 애비가 대꾸한다. 여전히 날 쳐다보면서.

맙소사, 내가 쟤한테 전화라도 걸어야 했나? 그런 기대가 당연해진 시점을 어째선지 나만 놓쳐 버린 건가? 쟤를 이해할 수 없다. 정말이다. 다들 애비가 너무 재미있고 다정하고 유쾌한 애라고들 하지만, 사실 쟨 우주 전체에서 가장 사람 헷갈리게 하는 여자애다.

힐끗 올려다보니 애비는 내 눈을 똑바로 쳐다보고 있다. 난 저 표정이 무슨 의미인지 모르겠다. "하여간," 애비가 말한다. "봄방학 문제를 확실히 해야지."

"봄방학에 무슨 일이 있는데?" 개릿이 묻는다.

애비가 옆을 휙 돌아본다. "아, 별거 아냐, 그냥 사상 최고의 자동차 여행이라고나 할까." 희한하다. 애비의 목소리는 지극히 평온한데, 눈빛은 뭔가 도전장이라도 던지듯 번쩍인다.

그 상대가 개릿인지, 아니면 나인지. 나로서는 도저히 모르겠다.

"난 대체로 아무 때나 괜찮아." 내가 천천히 말을 꺼낸다.

"잘됐다, 나도 그래. 어머나, 여행이 정말 기대되네. 대학도 기대되고."

"아, 너희 조지아대에 가 보려는 거구나?" 개릿이 묻는다.

"어." 애비가 대꾸하며 테이블 위로 손을 쭉 뻗는다. 나랑 하이파이브라도 하고 싶은 듯 손바닥을 펴 든 채. 그래서 난 그렇게 해 준다.

그러자 애비는 내 손에 깍지를 낀다.

점심식사 테이블 위에서. 대체 이게 무슨 상황인지 모르겠다.

"왜, 그런 말도 있잖아." 애비가 개릿을 곁눈질하며 소곤거린다. "애선스에서 일어난 일은 애선스에 묻고 가는 거라고."

개릿이 눈썹을 치켜올리며 히죽 웃는다. "더는 얘기 안 해 줘도 돼."

갑자기 짜증스러워진다. 아니, 사실은 엄청 화가 난다. 난 곧바로 애비에게서 손을 빼내고 의자를 박차며 일어난다.

"잠깐, 이게 무슨 일이야?" 사이먼이 묻는다.

난 화가 나면 도망쳐 버린다. 항상 그렇다. 방에서 뛰쳐나가고, 복도를 내달리고, 화장실 칸막이 안에 숨어 버린다. 계속 그 자리에 있다간 누군가에게 성질을 내 버릴 테니까. 정말이다. 장담해도 좋다. 내가 둘 중 어느 쪽에게 더 화가 났는지도 잘 모르겠다. 날 놀리는 애비인지, 그야말로 항상 자기에게로 얘기를 돌리려 드는 개릿인지. 양성애자 여자애들의 존재 이유가 그거란 말이지, 개릿. 네 자위용 판타지 말이야. 걔 면전에 대고 소리 질러 주고 싶다. 야, 네가 날 좋아한다면 — 그러니까 정말로 날 좋아하는 거라면 — 질투를 해 보라고. 걱정을 해 봐. 뭐라도 해 보라고. 나한테 추파를 던진 사람이 닉이었다면 개릿은 한번 해 보자는 거냐고 생각하겠지. 하지만 상대가 애비라면 아무 의미 없다 이거지. 전혀 중요하지 않다 싶은 거지.

애비가 나한테 추파를 던졌다는 얘긴 아니다. 아마도 아닐 거다.

당연히 아니고말고. 어쨌든 간에 내가 알 게 뭐야.

13

나한테 화난 거 같아서. 방과 후 개릿에게 문자가 온다. 애비 일로 말이야. 미안해, 버크. 그냥 농담이었지만 이젠 정말로 안 그럴게. 미안해.

난 휴대전화 화면을 쳐다본다. 어디서부터 시작해야 할지 모르겠다. 그러니까, 애초에 내가 양성애자인 줄도 모르는 애한테 뭘 어떻게 따질 수 있겠어.

난 소파에 편히 기대앉는다. 갑자기 힘이 쭉 빠진다. 괜찮아. 그냥 바보 같은 짓은 그만하겠다고 약속해, 알겠지?

약속할게! 개릿이 즉시 답을 보낸다. 웃는 이모지니 뭐니 잔뜩 붙여서. 그럼 우리 아무 문제도 없는 거지?

아무 문제 없어.

다만 내가 아무 문제 없는 것과 거리가 멀다는 게 문제다. 주말 내내 초조한 기분이 든다. 개릿은 제대로 사과했지만 애비는 안 그랬으니까. 그럴 것 같지도 않고. 걜 도무지 이해할 수 없다. 걔가 하는 짓들을 이해하지 못하겠다. 사실 문제는 '애선스에서 일어난 일은' 어쩌고 하는 말이 아니다. 그 말이야 무슨 뜻이든 될 수 있다. 남자 대학생들, 맥주 통 물구나무서기 (맥주 통 위에 물구나무선 채 맥주를 더 많이 마시는 사람이 이기는 게임), 며칠간 문란한 이성애자로 지내는 걸 뜻할 수도 있다.

하지만 내가 개릿과 함께 프롬에 갈 거라고 했을 때 애비 얼굴에 떠오른 그 표정은 뭘까. 내가 자기한테 알려 주지 않았다는 데 정말 놀란 것처럼 보였지. 하지만 내가 왜 그래야 하지? 걔는 남자친구가 있는데. 둘이 싸우는 중이긴 해도, 그게 뭐 어떻다는 거야? 걘. 남자친구가. 있다고. 그러니 이 모든 생각들은 전혀 의미 없는 거겠지. 프롬 따윈 엿이나 먹으라고 그래.

물론 우리 엄마는 프롬 열풍에 한껏 취해 있다. 수요일에는 근무 중에 두 시간 휴가를 내고 하교 시간에 맞춰 날 데리러 왔다. "얼른 타. 드레스 사러 가자."

난 엄마를 쳐다본다. "그래야 해?"

"그렇고말고요. 아가씨는 프.롬.에 가시잖아요." 엄마는 두 음절을 끊어 분명히 발음한다. "나도 너무 두근거리는걸."

엄마랑 나는 두 개의 다른 별에서 온 사람들 같다. 가끔씩 불쑥 그런 생각이 떠오르곤 한다. 내가 고등학생 시절의 엄마를 알았다 해도 친해지진 못했겠지. 엄마가 고등학생 때 못된 아이였단 얘긴 아니다. 엄마는 말하자면 애비 같은 아이였다. 모든 연극 공연에 참여하고 모든 파티에 나갔으며 성적도 완벽했다. 게다가 항상 남자친구가 있었다. 대부분 끝내주는 복근을 가진 교내 축구팀 선수였다. 하지만 가끔은 모범생과, 아니면 우리 아빠 같은 뮤지션 타입과 데이트하기도 했다. 아빠는 대마초를 엄청 피워 댔던 모양이지만, 그렇다고 해서 정자 수가 줄어들진 않았나 보다.

"있잖니, 예전에 우리가 함께 프롬 드레스를 사러 갔을 때 넌 내 배 속에 있었단다."

"하하."

"나의 작은 프롬 태아였지."

"징그러워."

"아름다운 일이야. 넌 아름다웠어." 엄마는 쇼핑몰 주차장 안으로 차를 몰아 엘리베이터 가까이 빈자리를 찾아낸다. 엄마는 주차에 있어선 희한하게 운이 좋다. 그게 엄마의 초능력인가 보다. "게다가 네겐 데이트 상대도 있잖니!"

"네, 개릿 말이죠."

"하지만 개릿은 아주 귀엽잖아." 엄마는 잠시 날 돌아보며 웃는다. "좋아, 다 왔네. 예복 매장이 어디지?"

백화점은 꼭 간이식당 같다. 선택지가 너무 많아서 집중을 못 하겠다. 여기 있는 것만으로 압도당하는 기분이다. 엄마는 에스컬레이터 옆에 멈춰 서서 매장 안내도를 들여다본다.

"아하, 위층이구나." 난 엄마를 따라 에스컬레이터에 오른다. "그래, 요샌 뭐가 유행하니? 내가 고등학생이었을 땐 다들 바닥까지 끌리는 드레스를 입었지만, 듣기론 요샌 그렇지 않다던데."

"그런가?" 난 침을 꿀꺽 삼킨다.

"아니면 졸업 파티가 아니라 동창회 얘기였을 수도 있고. 모르겠다. 아, 여기구나."

드레스가 줄줄이 걸려 있다. 내 평생 한꺼번에 이만큼 많은 새틴을 보기는 처음이다. 모두 현란한 밝은 색에 어깨끈이 없고 반짝이가 잔뜩 붙어 있다. 나한테는 한 벌도 없는 스타일이다. 내겐 프롬에 어울리는 옷 비슷한 것조차 없다. 바르 미츠바를 치를 나이가 지난 뒤로는 한 번도 댄스파티에 간 적이 없기 때문이다. 옳은 결정이었던 게 확실하다. 이 드레스들은 사실상 쓰레기고 프롬은 어차피 멍청한 짓거리니까.

문제는 지금 내겐 그게 멍청해 보이지 않는다는 거다.

인정하기 정말 괴로운 일이지만, 난 프롬의 모든 것을 경험하고 싶다. 드레스, 리무진, 하여간 전부 다. 나 없이 진행되는 프롬은 상상만 해도 가슴이 아플 지경이다. 난 혼자 파자마 차림으로 인스타그램과 스냅챗에 악플이나 달면서 하룻밤을 보내겠지. 모든 일들을 인터넷으로만 구경하면서. 거의 아무도 내가 없음을 아쉬워하지 않는다는 걸 명백히 확인하면서.

엄마는 옷걸이를 뒤적이기 시작한다. 손가락 끝으로 원단을 만져 보고 치수 표시를 곁눈질로 살핀다. "이 옷들 꽤 괜찮네, 리. 난 이 투피스가 마음에 드는데."

"농담이지?"

"스커트랑 윗도리가 분리되어 있어. 독특하잖니. 마음에 들어." 엄마가 고개를 젓는다. "그런 표정 짓지 말고."

난 한 손으로 그 드레스를 훑어 본다. 복잡하게 구슬이 달린 몸통 부분, 풍성한 태피터 스커트. 정말이지 끔찍하다. 하지만 희한하게 근사하기도 하다. 자꾸만 천을 따라 손을 훑어 내리게 된다.

그래, 이건 멍청한 짓이야. 하지만 난 항상 이런 청춘 영화 속의 바보 같은 한순간을 원했잖아. 말라깽이 모범생 여자애가 빨간색 드레스를 차려입고 계단을 내려온다든지, 헤르미온느가 크리스마스 무도회에 나타나는 순간 말이야. 아니면 〈그리스〉 마지막 장면의 딱 붙는 바지를 입은 샌디라든지.

모두를 깜짝 놀라게 해 주고 싶다. 지금까지 내가 좋아했던 모든 애들이 자기가 놓친 기회를 아쉬워했으면 좋겠다.

"그 옷 귀엽지." 엄마가 날 보지 않은 채 조심스레 말한다. 내가 놀라게 하면 안 될 사슴이라도 되는 듯이. 엄청 거슬린다.

"별로." 난 대꾸한다.

"한번 입어 보지 그러니? 손해 볼 거 없잖아, 응?"

내 자존심을 빼면 그렇겠지. 게다가 끔찍하게 괴상한 댄스 파티 드레스 따위는 한 번도 걸쳐 본 적 없는 18년의 시간도.

그래, 난 이런 사람이다. 고집이 엄청 세다. 나도 인정한다. 하지만 난 항상 엄마도 지독하게 고집이 세다는 걸 간과하곤 한다. 엄마는 결코 나처럼 못되게 굴진 않지만 아주 지독하게 끈질길 수 있다. 그리하여 20분 뒤 나는 탈의실에서 그놈의 끔찍한 태피터 드레스를 입어 보고 있다. 가장 치수가 큰 옷을 가져왔는데도 지퍼조차 잠기지 않는다. 등에 온통 닭살이 돋은 데다 홀딱 벌거벗겨진 기분이다. 마침내 거울을 들여다보니 토하고 싶어진다. 스커트가 엉덩이 주위로 풍선처럼 부풀어 발목 아래까지 죽 내려온다. 내 평생 엄마가 제안한 것 중에 가장 끔찍하다.

"어떻게 돼 가니?" 엄마는 내가 있는 탈의실 문 밖을 서성거리고 있다. "나도 좀 보자!"

음, 그럴 일은 없을 거야.

"네 댄스파티 드레스를 찾은 거지, 맞지? 네 머리색이랑 기막히게 잘 어울릴 거야. 내 말 믿으렴."

"끔찍한데."

"그럴 리가."

"아냐, 정말로 완벽한 재앙이라니까."

"이런, 알았어. 나한텐 네가 느낀 대로 솔직히 말해야지." 엄마가 웃는다. "그럼 다른 옷을 입어 보자."

난 흉측한 보라색 시폰 드레스에 몸을 구겨 넣으면서 벌써부터 눈동자를 굴리고 있다. 치수가 더 큰 옷이라 지퍼는 제대로 잠긴다. 하지만 엉덩이가 너무 딱 맞는 데다 복부는 석고로 떠낸 듯이 꽉 낀다. 이렇게만 들으면 끔찍할 것 같겠지만 사실 그렇진 않다. 뭐랄까, 내 모습이 놀랍도록 당당해 보인다. 하지만 드레스 자체만 보면 완전히 아줌마들 골동품이 따로 없고, 난 결코 누군가의 할머니 같은 꼴로 프롬에 나갈 생각은 없다.

"좀 어떠니?" 엄마가 묻는다.

난 신랄하게 웃는다.

바로 옆 탈의실에서 누군가 숨을 헉 들이쉰다. "제나! 세상에, 너무 예쁘다."

"이거 입으니까 팔이 너무 살쪄 보이지 않아?"

"뭐래. 장난해? 하나도 살 안 쪘어. 완전 멋져."

내 온몸이 굳는다. 드레스를 입어 보는 것보다 더 끔찍한 일이 있다면 바로 옆 칸에서 옷을 입어 보는 날씬한 여자애들의 얘기를 듣게 되는 것뿐이겠지. 개들이 짐짓 자길 깎아내리는 소리를 듣는 것. 내가 내 몸을 좋아하는지 어떤지는 사실 전혀 중요하지 않다. 내가 그래선 안 된다는 걸 일깨워 줄 누군가가 항상 곁에 있으니까.

하나도 살 안 쪘어. 완전 멋져.

왜냐하면 살찐 건 멋진 것과 정반대니까. 잘 알았어. 고마워, 제나 친구!

"4사이즈(한국 기준으로 55사이즈)를 입어 봐야 할까, 아니면, 그건 너무 크려나?" 제나가 친구에게 묻는다. 세상에.

하지만 엄마가 다그치는 바람에 난 퍼뜩 정신을 차린다. "노란색 옷은 입어 봤니?"

사실 노란색이라고 하긴 이렇다. 그보다는 흐릿한 황금빛에 가깝다. 거기에 화사하고 알록달록한 꽃무늬가 찍혀 있는데, 상체 부분에선 작지만 스커트 아래쪽으로 내려갈수록 점점 커진다.

난 노란색을 싫어한다. 꽃무늬도.

그러니 이 드레스는 딱 질색이어야 마땅하다.

하지만 뭐랄까, 이 옷은 뭔가 엄청 뻔뻔한 데가 있다. 아무도 프롬에 꽃무늬 드레스를 입고 오진 않으니까. 적당히 타이트하고 목둘레는 하트 모양으로 패어 있다. 스커트는 에이라인이라고 해야겠지만 안쪽에 흰색 망사가 겹겹이 붙어 있다.

이유는 모르겠지만 난 이 옷이 끝내주게 마음에 든다. 하지만 나한텐 절대로 안 맞겠지. 바로 옆 탈의실에 있는 제나 같은 여자애를 위해 만들어진 옷일 게 확실하다. 분명 조이 도이치(미국 영화배우)같이 생긴 애겠지. 의문의 여지가 없다. 이건 조이 도이치에게 딱 어울릴 드레스다. 그래도 한번 입어나 봐야겠어.

드레스 지퍼를 내리고 조심스럽게 스커트 안으로 발을 들여놓는다. 엉덩이 위로 옷을 끌어 올린다. 수요일 오후에 이런 드레스를 입어 보려니 기분이 이상하다. 더구나 드레스 자락 아래로 내 타디스(영국 드라마 〈닥터 후〉에 나오는 파란 전화박스 모양의 시공간 이동 장치) 양말이 삐져나와 있으니.

정말이지, 이 드레스를 입으니 기분이 묘하다.

지퍼가 잠긴다. 예감이 좋다. 어깨에 브래지어 끈이 드러나 있어서 얼간이처럼 보일 게 분명하지만. 발을 내려다본다. 거울을 쳐다보고 싶지 않다. 그냥 근사해 보일 거라고 상상하는 편이 낫다.

"뭐 하고 있니?" 엄마가 재촉한다.

난 심호흡하고 고개를 쳐든다.

드레스 차림의 내 모습에 적응하는 데 어느 정도 시간이 걸린다. 노란색 옷을 입은 내 모습이라니. 두 손을 허벅지에 딱 붙이고 거울을 빤히 쳐다본다.

나쁘진 않다.

브래지어 끈이 우스꽝스럽긴 하다.

하지만 치맛자락이 엉덩이를 스치며 바닥에 살짝 닿을 듯 떨어지는 게 제법 마음에 든다. 정말로 이걸 입고 가도 될 것 같다. 섹시함에 있어서 죽여주는 정도라고 할 수 있을진 모르겠지만, 하여튼 내 평생 이렇게 예뻐진 기분은 처음이다.

탈의실 문을 살짝 열고 밖을 기웃거리자 곧바로 엄마가 고개를 들이민다. "이번 옷은 보여 줄 수 있니?"

난 어깨를 으쓱하곤 천천히 걸어 나온다. 꼭 무대 위에 선 기분이다. 엄마는 아무 말도 없다.

어쩌면 눈물을 꾹 참고 있는지도 모른다. 아니면 내 변신에 전율하는 중이든지. 내가 달라 보인다는 게 느껴진다. 어쩌면 더 나이 들어 보일지도. 내 머리 색이 엄청 빨갛게 보인다. 난 새틴 치맛자락을 만지작거린다.

엄마는 고개를 한쪽으로 갸웃한다.

"흠." 마침내 엄마가 말한다. "난 별로."

맥이 탁 풀린다. "아."

"옷이 지나치게 튀는 것 같아. 뭐랄까, 너무 요란해."

"흠, 알았어. 사실 난 이 옷 마음에 드는데."

"정말?" 엄마가 눈썹을 찌푸린다. "그래, 나쁘진 않아. 하지만 바로 이 옷이라는 생각은 안 드는데, 리."

"엄마야 그렇겠지." 가슴이 꽉 죄어 오는 느낌이다.

엄마는 충격 받은 표정이다. "대체 그게 무슨 소리니?"

난 울지 않으려고 애쓰며 엄마를 사납게 쏘아본다. 뭐라고 대답해야 할지도 모르겠다. 내 말이 무슨 뜻이었는지 나도 모른다. 내가 아는 건 그저 기분이 더럽고 온 세상 모든 사람이 증오스럽다는 것뿐이다.

난 고개를 젓는다. "나 관둘래."

"레아, 제발. 대체 왜 그러는데?"

난 웃지도 않으면서 웃음소리를 낸다. 지금까지는 그런 게 가능한 줄도 몰랐지만. "그냥 끝이라고. 이건 바보짓이야." 난 탈의실 문을 밀고 들어간다. 밖에서 입을 떡 벌리고 있는 엄마를 남겨 두고.

　엄마가 요란하게 한숨을 내쉰다. "진심이니?"

　드레스 지퍼를 내리고 몸을 빼낸 다음 벽에 달린 고리에 옷을 걸어 놓는다. 장담하건대 그놈의 옷이 날 빤히 쳐다보고 있다. 난 허둥지둥 청바지를 추어올린다.

　그동안 엄마는 계속 내게 말을 걸어 보려고 애쓴다. "레아, 그 옷이 맘에 들면 그걸로 사자. 나도 마음에 들어."

　난 문을 달칵 열고 엄마를 쳐다본다. "아냐, 그렇지 않아."

　"나도 좋다니까. 아주 예쁜 옷이야. 게다가, 내 생각엔 일단 네 머리를 손질하고 나면 완벽해 보일 거야. 정말이야."

　"상관없어."

　"한번 다시 입어 봐 줄래?"

　"벌써 갈아입었어."

　"그럼 그냥 사지, 뭐. 지금 바로 계산할게."

　엄마가 그 말을 하자마자 문득 내가 드레스 가격을 전혀 모른다는 사실이 떠오른다. 아예 확인할 생각도 안 했다. 정말 나답지 않은 행동이다. 가격표를 슬쩍 보자 얼굴에 열이 확 오른다. "250달러인데."

　엄마가 멈칫하더니 말한다. "걱정하지 마."

　"뭐라고?" 난 거세게 숨을 들이쉰다. "우리한텐 그런 돈 없잖아."

　"괜찮아, 우리 딸. 문제 될 거 없어."

　"뭐야, 은행이라도 털겠단 얘기야? 아님 웰스 돈을 쓰려고?"

생각만 해도 속이 배배 꼬이는 것 같다.

"레아, 날 그런 표정으로 처다보지 말랬지."

"내 말은 그냥―"

"듣고 싶지 않다니까." 엄마가 딱 자른다. 엄마의 말이 천장까지 울려 퍼지는 것 같다.

속이 뒤집힐 것 같다. 우리 둘 다 아무 말도 없다.

"엄만 그 드레스, 마음에 들지도 않았잖아." 마침내 내가 말한다.

"레아, 난 그 드레스 마음에 들었어." 엄마가 잠시 눈을 감았다가 뜬다. "게다가 그냥 내가 널 위해서 해 주고 싶은 일이었다고. 이렇게 복잡할 필요 없단 말이야."

"정말이야?"

"그럼 한 가지 물어보자, 레아. 넌 무슨 돈으로 프롬 드레스를 살 계획이었는데? 좀 알려 줘 봐."

뭐라고 말해야 할지도 모르겠다. 전혀 모르겠다는 건 확실하다. 내겐 250달러짜리 드레스를 살 돈이 없다. 50달러짜리 드레스도 못 산다. 어쩌면 구제 옷 가게에서 뭔가를 찾아낼 수도 있겠지만, 그런 곳엔 2사이즈보다 더 큰 드레스는 보이지도 않는다. 내 다리 한쪽 정도 들어갈 크기 말이다.

지독하게 고통스러운 한순간 우리 둘 다 말이 없다. 옆 칸의 제나와 그 친구조차도 잠잠해졌다.

"난 드레스 따윈 신경 안 써." 내가 조용히 말한다.

엄마가 이마를 문지른다. "레아."

"그냥 집에 가고 싶어."

"그래."

주차장까지 가는 내내 우린 침묵을 지킨다. 하지만 내 마음 속은 온통 뒤죽박죽이다. 이렇게 복잡할 필요 없단 말이야. 좋아. 정말로 그렇다고 상상해 보자. 내가 제나라고, '팔이 너무 살쪄 보이지 않아?' 제나라고 상상해 보자. 제나 같은 아이들이 탈의실에서 걸어 나오면 사람들은 숨을 들이쉬며 박수갈채를 보낸다. 걔는 분명 부모님의 신용카드를 들고 다니겠지. 45세 정도에, 정식으로 결혼했고, 웬 복수형 이름의 남자와 데이트하지도 않는 부모님 말이다.

"딸, 미안해." 엄마가 우리 집 진입로에 차를 세우며 말한다. "사실 나도 그 드레스 맘에 들어. 다만 네가 그렇게까지 좋아할 줄은 몰랐지."

"안 좋아하거든." 내 목소리가 갈라져 나온다.

엄마가 멈칫한다. "알았어."

"프롬에 가고 싶지도 않아."

"레아." 엄마가 고개를 젓는다. "이런 짓 좀 하지 마."

"무슨 짓?"

"뭔가 잘 안 풀릴 때마다 모든 걸 다 망가뜨리려 드는 짓 말이야."

그 말은 한동안 허공에 걸려 있다. 뭐라고 말해야 할지 모르겠다. 난 그러지 않는다. 난 내가 그런다고 생각하지 않는다.

"내가 너한테 바라는 게 뭔지 아니?" 잠시 후 엄마가 미소를 띠며 말한다. 거의 서글퍼 보이는 미소다. "네가 불완전한 것들을 있는 그대로 받아들였으면 좋겠어."

"알겠어." 난 얼굴을 찌푸린다. "하지만 지금도 그렇게 하고 있는데."

"아니, 안 그래. 모르겠니? 지금 넌 드레스 쇼핑이 잘 안 풀렸다고 프롬에 가는 걸 취소할 기세잖아. 그리고 우주 최고의 배우가 아니라고 아예 연극 오디션도 안 보기로 했지."

"난 우주 최악의 배우란 말이야."

엄마가 웃는다. "무슨 소리야! 그렇지 않아. 넌 다만 최고가 되고 싶은 거야. 그런 생각을 놓아 버려야 해. 실패를 받아들여. 낯가죽 늘어지게 뻔뻔해져 보라고."

거참 죽여주는 농담이군. 낯가죽 늘어지게 뻔뻔해져라. 도무지 이해가 안 된다. 대체 누가 그렇게 살고 싶어 할까? 난 지금도 항상 폭발하기 일보 직전인데, 그것만으로는 충분히 끔찍하지 않다는 건가? 사람들의 주목을 받으면서 폭발해야 한다는 걸까?

너무하다. 게다가 난 실패를 받아들이고 싶지 않다. 내가 바라는 건 실패하지 않는 거다. 그게 지나친 요구라고 생각하진 않는다.

14

목요일 수업 시간 내내 나는 안개 속을 떠다닌다. 점심시간에도 거의 말 한마디 하지 않고, 수업이 끝나는 종이 울리자마자 바로 자리를 뜬다. 금요일 아침에도 사이먼이나 닉을 찾지 않는다. 사물함 옆에서 얼쩡거리지도 않는다. 그냥 도서관에 틀어박혀 컴퓨터 앞에서 진을 치고 있다. 아무 생각 없이 자판을 두들긴다.

하지만 어쨌든 사이먼은 날 찾아냈다. "어, 안녕! 뭘 쓰는 거야?" 그러더니 내 옆자리 의자에 걸터앉는다.

"빈 최종 의정서."

"끝내주네." 사이먼이 대꾸한다. 귀로만 들어도 웃고 있다는 걸 알 수 있다.

"그래, 뭐가 그렇게 신나는데?" 난 사이먼을 돌아본다. 그 순간 입이 떡 벌어진다. "사이먼."

사이먼의 티셔츠. 바삭바삭한 새 옷이다. 연보라색 바탕에 하얀색으로 딱 세 글자가 박혀 있다. NYU(뉴욕대).

"이거 만우절 장난 아니지, 응? 너 합격했니?"

"합격했어!"

"사이먼!" 난 녀석의 팔에 한 방 먹인다. "왜 나한테 문자 안 보냈어?"

"깜짝 놀래 주고 싶었거든."

"브램도 아니?"

사이먼이 고개를 끄덕이며 씩 웃는다.

"세상에, 사이먼. 너희 둘 뉴욕에서 함께 있게 됐네."

"그렇다니까!"

"너희 둘 뉴욕에서 살게 되는 거야!"

"정말 희한한 일이야, 안 그래?" 사이먼이 내 곁으로 의자를 끌어당긴다. 그러고는 숨을 후 내쉬면서 동시에 웃음을 터뜨린다. 안경 속에서 눈이 반짝인다.

"그러니까, 너희는 말 그대로 맨해튼 한복판에 있게 된 거잖아. 내 머리가 어질어질할 지경이야."

"무슨 말인지 알아."

"뉴욕에 살게 된다는 건 유명인이 되는 바로 전 단계라는 거 알지?" 내가 말한다.

"그렇지."

"진담이야. 날 잊어버리면 안 돼."

"음, 하루에 천 번씩 인터넷으로 널 스토킹할게."

"시간 때우기엔 딱 좋은 방법이겠어."

사이먼이 웃는다. "하여간. 당연한 얘기지만 너랑 애비를 만나러 조지아에도 갈 거야. 알았지?"

"알았어."

"너희가 같이 자동차 여행을 간다는 게 아직도 안 믿겨. 만약에 둘이 룸메이트라도 된다면 신에게 맹세라도 할 거야."

난 멈칫한다. "무슨 맹세를 할 건데?"

"글쎄, 100퍼센트 찬성하는 미소를 짓겠다고 맹세할까."

"그거 협박이니?"

사이먼이 씩 웃는다. "그냥 너희 둘이 친하게 지낸다는 게 정말 좋아서 그래."

가슴속에 뭔가 콱 막혀 있는 듯하다. 이상하게 비딱한 기분이 든다.

난 그 기분을 떨쳐 내려고 애쓴다. "그래서 너희들 대학교 답사 가기로 한 건 유효한 거야? 아니면 이제 취소된 거야?"

1교시 수업 종이 울리자 사이먼은 일어나며 배낭을 등에 멘다. "아니, 가긴 할 거야. 엄마는 내가 최종 선택 전에 남은 몇몇 학교에도 직접 가 보길 원하시거든." 그러더니 어깨를 으쓱한다. "뭐, 하여튼. 재미있을 거야. 그럼 이제 애비를 찾아서 휴대전화를 도로 바꿔야겠네."

"너희들 서로 휴대전화를 바꿨어?" 난 사이먼과 나란히 발을 맞춰 걷는다. "왜?"

"걔가 자기 휴대전화로 사진들을 전송하는 중이거든, 볼래?"

사이먼이 애비의 휴대전화를 들어 올린다. 라이플Rifle 브랜드의 꽃무늬 케이스가 끼워져 있다. 그리고 확실히 엄청나게 긴 사진 전송 스레드가 생겨나 있다. 대부분 사이먼과 애비 사진이지만 몇 장엔 나도 포함되어 있다. 솔직히 말하면 그중엔 내가 아예 존재하는 줄도 몰랐던 사진도 있다. 예를 들어 애비, 브램, 그리고 내가 작년 문학 시험을 치른 뒤 와이즈 선생의 소파 위에서 반쯤 잠들어 있는 사진 말이다. 우리 모두 맨발에 티셔츠와 파자마 차림이다. 시험이란 건 일단 끝나고 나면 다들 정신 줄을 놓아 버리게 마련이니까. 하지만 사진 속 내 모습은 제법 마음에 든다. 난 헝클어진 머리를 풀어 헤치고 그야말로 거하게 하품하는 중이지만, 우리 셋 모두 느긋한 눈빛에 나른하고 행복해 보인다.

"나중에 대학 기숙사 방 벽에 사진 콜라주를 만들 거래." 사이먼이 말하더니 애비의 휴대전화 앨범을 터치한다. "나도 그래야지."

난 사진을 훑어보는 사이먼과 나란히 걸어간다. "이 사진에서 나 엄청 취해 보인다." 사이먼이 말하더니, 잠시 후 덧붙인다. "닉은 사진 찍을 때 눈 뜨고 있는 법을 좀 배워야겠어." 화면을 홀깃 쳐다보자 배 속이 살짝 뒤틀린다. 그냥 평범한 커플 셀카다. 최근에 찍은 것도 아니고 연극 리허설 때 찍은 사진이 확실하다. 전형적인 닉과 애비의 사진이다. 애비는 고개를 살짝 갸우뚱한 채 사랑스럽게 미소 짓고, 닉은 방금 한 대 얻어맞은 것처럼 보이는.

"닉과 애비가 좀 걱정되네." 잠시 후 사이먼이 중얼거린다.

"그래?"

"응, 걔들 말이지…… 우와." 갑자기 사이먼이 휴대전화를 쳐들며 말한다. "이거 네가 그렸어?"

난 몸이 굳는다.

"정말 근사하다." 사이먼이 덧붙인다. 내 가슴속에서 심장이 쿵쿵거린다.

왜냐하면—이런, 젠장.

입이 떨어지지 않는다. 난 그저 휴대전화를 쳐다볼 뿐이다.

애비가 아직 이 그림을 갖고 있다니. 1년 반이나 지났는데. '즐겨 찾는 사진' 폴더에 들어 있다니. 이게 무슨 의미인지 모르겠다. 아니, 애초에 무슨 의미가 있기는 한 건지도. 머릿속이 혼란스럽다.

"이 그림 언제 그린 거야?" 사이먼이 묻는다.

내 뺨이 확 달아오른다. "작년에."

3학년 때였다. 모건네 집에서 자고 돌아온 뒤 난 왠지 두근거려서 어쩔 줄 몰랐다. 아무리 진정하려 해도 기분이 가라앉질 않았다. 그래서 스케치북을 꺼내 밑그림도 없이 바로 그리기 시작했다. 두 여자애가 엎드려 휴대전화 하나를 들여다보는 그림. 온통 부드럽게 뻗은 곡선과 겹쳐진 팔다리들. 색연필을 꺼내 우리 둘의 모습을 색칠했다. 애비 피부의 갈색, 내 뺨의 분홍색, 내 머리의 짙은 빨간색. 뭔가에 홀린 듯 완성한 그림이었다. 마치 내 심장을 스케치북 페이지에 핀으로 꽂아 놓은 느낌이었다.

난 그 그림을 어딘가에 처박아 놓아야 했겠지만, 무슨 용기라도 났나 보다. 애비와 함께 운동장에 있을 때 그 그림을 보여 주었으니까. 방과 후 애비가 탈 스쿨버스가 늦어질 때면 난 거기서 함께 기다려 주곤 했다. 9월 19일, 금요일이었고 내 생일 전날이기도 했다. 공기는 상쾌하고 신선했다. 그날은 스케치북을 학교에 갖고 오지도 않았지만, 내 휴대전화에 그림을 찍어 둔 사진이 있었다.

"웃으면 안 돼." 난 애비에게 말했다. 내가 그렇게 말하자마자 애비가 웃음을 터뜨렸다. 가만히 앉아 있기도 어려웠다. 심장이 너무 빠르게 뛰었기 때문에. 난 애비에게 휴대전화를 건네주고서 무릎만 내려다보고 있었다. 고통스럽게 몇 분이 흐르는 동안 애비는 아무 말도 없었지만, 그러다 마침내 내게로 얼굴을 돌렸다.

"레아."

올려다보니 애비가 날 바라보고 있었다. 아무 말 없이. 양쪽 입꼬리가 치켜 올라가 있었다.

"보면 알겠지만 정말 대충 그린 거야."

"네가 이걸 그렸다는 게 믿기질 않아." 애비가 말했다. "이건…… 정말."

"별것 아니야."

하지만 별것 아니라고 느끼진 않았다. 그건 연애편지와 같았다. 하나의 질문과도 같았다.

"난 그냥." 애비가 한숨을 내쉬었다. "이거 너무 마음에 들어. 레아. 나 울 것 같아."

"울지 마." 내가 말했다. 지나치게 부풀어 오른 풍선이 된 기분이었다. 자부심과 긴장감이 가득 차오른. 고정되어 있으면서도 둥실 떠오르려 하는. "마음에 든다니 기뻐."

"정말 좋아." 애비가 내게 더 가까이 다가앉았다. 운동장엔 우리 말곤 아무도 없었다. 애비에게선 바닐라 냄새가 났고, 애비의 속눈썹은 짙은 검은색 괄호 같았다. 그것뿐이다. 내 머릿속에 남아 있는 건 그 두 가지 사실밖에 없다.

애비가 리빙스턴 선생의 교실 밖에서 기다리고 있다. 사이먼의 휴대전화를 손에 들고서. 난 얼굴을 붉히지 않고선 걔를 쳐다볼 수 없다.

애비가 아직도 내 그림을 갖고 있다. 그걸 간직하고 있다.

"그러니까 내가 궁금한 건 말이야." 애비가 말한다. "대체 비버랑 셀카를 316장이나 찍을 시간이 어디서 난 거니?"

사이먼은 헛기침한다. "어떻게든 시간을 냈지."

"그런 것 같네."

사이먼이 애비에게 인상을 써 보인다. "그러는 넌 내 셀카가 몇 장인지 세어 볼 시간이 어디서 났니?"

"나도 잘 모르겠네." 애비가 씩 웃더니 갑자기 내게로 눈을 돌린다. "아 참, 레아."

애비가 내 팔꿈치를 건드린다.

"어?"

"우리 자동차 여행 문제를 결정해야지. 오늘 버스로 집에 갈 생각이었니?"

난 조심스럽게 고개를 끄덕인다.

"좋아, 그럼." 애비가 미소 짓는다. "있잖아, 내가 엄마 차를 가져왔거든. 혹시 방과 후에 같이 와플 하우스 갈래? 거기서 같이 계획을 짠 다음 내가 집까지 태워다 줄게."

"음, 그래." 난 침을 삼킨다. "좋아."

"좋았어! 어디 보자, 난 미적분 수업에 가야 하지만, 괜찮아. 잘됐다! 중앙 현관에서 만날래?"

난 멍하니 고개만 끄덕인다. 사이먼이 내 얼굴을 살피는 게 느껴진다. 뭔가 물어보고 싶은 듯 입술을 깨물고 있다. 맙소사. 그럼 얘긴 하고 싶지 않은데. 애비 얘기도. 내 평생 가장 무의미했던 그 짝사랑도. 그래, 사실 사이먼은 내가 양성애자란 것조차 모르는걸. 그런데도 계속 흐음 하는 표정으로 날 쳐다보고 있잖아. 아기 토끼처럼 코에 잔뜩 주름을 잡고서.

희한한 점은 쟤한테라면 이런 얘길 하는 게 쉬워야 마땅하다는 거다. 다른 사람도 아닌 사이먼한테라면. 다만 내 심장과 폐와 맥박은 그 사실을 깨닫지 못하는 모양이다.

"레아?" 사이먼이 가만히 입을 연다.

난 목구멍에 걸린 덩어리를 꿀꺽 삼킨다.

사이먼은 한동안 말이 없다. 그러더니 내 눈을 똑바로 들여다본다. "내가 정말 개랑 셀카를 너무 많이 찍는 거 같니?"

맙소사, 이젠 웃어 대야 할지 캑캑거려야 할지도 모르겠다.

일곱 시간 뒤에 난 애비 슈소의 차를 타고 있다.

사실 걔네 엄마 차지만. 하여튼. 난 좁고 밀폐된 공간에 있다. 끝내주는 여름 원피스를 입고 귀에는 작은 문스톤 귀걸이를 단 애비와 함께. 애비는 주차장에서 차를 빼며 콧노래를 흥얼거린다.

숨이 막히고 초조해진다.

"그러니까 우린 아파트에 머물 수 있어. 아무 때나 마음대로 쓸 수 있다고. 내 친구는 그냥 자기 남자친구 집에 가겠다고 하니까."

"와, 정말 친절하네."

"그렇지? 사실 나랑은 딱 한 번 만난 사이인데 말이야. 정확히 말하면 내 사촌의 여자친구의 친구의 누나거든."

난 웃고 만다. "뭐라고?"

"나도 알아. 뭔 말인가 싶지." 애비가 말을 끊고는 에어컨을 조절한다. "내 사촌 캐시의…… 여자친구 미나의…… 친구 맥스의…… 누나야. 케이틀린이라고 해."

"그런데 다음 주에 우리한테 자기 아파트를 그냥 빌려주겠단 말이지."

애비가 고개를 끄덕이며 마운트버넌 고속도로에서 우회전한다. "우리가 그러고 싶다면 당장 내일이라도 차를 몰고 갈 수 있어."

"세상에."

"하지만 월요일부터 수요일까지, 그 정도로 갔다 오는 게 좋겠어. 그럼 거기도 너무 북적대지 않을 테니까. 혹시 네가 토요일 밤의 캠퍼스가 어떤지 보고 싶다면 또 모르지만."

"아냐, 나도 그렇게 하는게 좋아." 난 등받이에 머리를 편히 기댄다. "역시 월요일이 좋겠어. 그날이 4일 맞지? 오늘은 1일이고……."

내 휴대전화가 울린다. 사이먼에게서 온 문자다. 아! 내 안의 여신이 당신한테 물어볼 게 있다는데 난 화면을 쳐다본다. 사이먼은 아직도 입력 중이다.

잠깐만

사이먼이 새로 입력을 시작한다. 우리의 목적은 쾌락이지, 스틸 양

이번엔 이렇게. 이런 젠장, 대체 이게 뭐야???

난 애비를 힐끗 쳐다본다. "사이먼이 『그레이의 50가지 그림자』 인용문을 나한테 문자로 보내고 있는 것 같은데."

"흐음." 애비가 대꾸한다. 애비의 눈가엔 가끔씩 주름이 잡힌다. 노인들의 눈가에 잡히는 주름과 같지만, 애비한테선 그게 오히려 앳되어 보인다. 애비 슈소 양이 우리 세대를 위해 독자적으로 눈가 주름을 재생시키고 있습니다.

사이먼이 다시 문자를 보내고 있다. 누가 내 동정을 해킹했나 봐

전.화. 말이야 내 동정 말고!!!

왜 동정이라고 입력하는데 동정이라고 뜨는 거야????

전.화.라니까

"잠깐만." 난 애비를 쳐다본다. "혹시 이거 오늘 아침에 네가 사이먼 전화를 쓴 거랑 상관있니?"

애비가 어깨를 으쓱하며 눈을 크게 떠 보인다. "모르겠네, 그런가?"

이런, 세상에.

"너 진짜 천재다, 슈소."

내 휴대전화가 계속 진동한다. 레아 대체 이게 무슨 일이지??? 정말로 내가 그런 게 아냐, 내 무의식이

잠깐 뭐야 아니라고 사이먼이 덧붙인다. 내 자.동.완.성.이라니까 우리의 목적은 쾌락이지, 스틸 양 이거 어떻게 고치는 거야

난 폭소를 터뜨린다. "이거 캡처해 놔야겠다."

애비의 입꼬리가 말려 올라간다. "이래서 만우절에 남한테 휴대전화를 빌려주면 안 되는 거야, 사이먼."

애비 슈소가 이렇게 사악한 애였다니 대체 누가 알았을까?

난 고개를 내젓는다. "나 지금 진짜 너무 감동했어."

"고마워."

"캡처 뜬 거 너한테 보냈어." 애비가 와플 하우스 앞에 주차하는 동안 내가 알려 준다.

"좋았어." 애비는 차 시동을 끄더니 곧바로 문자를 확인한다. "그래…… 누가 애 동정을 해킹했다 이거지. 맙소사."

난 뺨을 문지르며 씩 웃는다. "대체 내가 뭐라고 대답해야 할지도 모르겠는데."

"너무 완벽해서 말이야."

"이 문자 액자에 넣어서 미술관에 걸어 놓고 싶은걸."

애비가 히죽 웃는다.

나도 마주 웃는다. 내 안면 근육이 악당 무리에 가담한 것만 같다. 그리고 내 심장은 갈비뼈 안에서 술에 취하고 눈이 가려진 새처럼 팔딱거린다.

그래. 내가 왜 자동차 여행이 합리적인 아이디어라고 판단했는지 모르겠다. 애랑 같이 와플 하우스 주차장에 있는 것조차 감당하기 어려운데. 아무래도 의사한테 사유서를 받아 왔어야 했다. 관계자 귀하, 전문가로서 판단하건대 레아 캐서린 버크는 애비게일 니콜 슈소와의 장기적인 대화를 전면 금지당해야 마땅합니다. 그녀의 중간 이름이 니콜이란 걸 알 이유가 전혀 없지만 어쨌든 알고 있는 버크 양 말이지요.

물론 난 그걸 알고 있지, 젠장.

난 애비 뒤로 몇 걸음 떨어져 주차장을 걸어간다. 머릿속이 뿌옇다. 얘가 돌멩이하고도 대화를 나눌 수 있는 애란 게 정말 다행이지. 내 두뇌는 작동을 멈췄으니까. 고속도로 위에서 뻗은 자동차처럼, 그냥 갑자기 멈춰 버렸다.

애비가 휴대전화로 뭔가를 검색하고 있다. 애비는 말할 때 몸짓을 무척 많이 한다. 지금처럼 열심히 구글 검색을 하는 중에도 힘차게 휴대전화를 흔들어 댄다.

"아, 찾았다. 바로 이거야." 애비가 말하며 화면을 기울여 내게 보여 준다. "이거 너무 기대돼." 아무래도 프롬에 신고 갈 신발 얘기 같다.

난 휴대전화 화면을 들여다본다. "이거 젤리슈즈야?" 마침내 내가 묻는다.

애비가 활짝 웃는다. "응!"

이렇게 고상한 느낌의 젤리슈즈는 처음 본다. 투명하고 굽 낮은 발레슈즈 형태에 격자무늬와 은빛 반짝이가 들어가 있다. 신데렐라가 동네 풀장 옆에서 아이스바를 빨아 먹는 여섯 살짜리 꼬마였다면 신었을 법한 신발이다.

"정말 멋지다." 내가 말한다.

"난 하이힐 싫어. 안 신을 거야. 춤을 출 수 있어야지."

우리 자리로 온 웨이터는 곧바로 애비에게 반해 버린 모양이다. 애비가 한번 미소 짓기만 하면 그걸로 끝이다. 이런 일이 얼마나 순식간에 일어나곤 하는지 끔찍할 지경이다. 우리 둘

다 와플을 주문했지만, 웨이터가 애비 것만 먼저 가져올 확률이 50퍼센트는 될 거다. 내가 이런 일에 익숙해져야겠지.

희한한 일은 애비 쪽에서는 그런 걸 전혀 모르는 기색이란 거다. 애비가 입꼬리를 살짝 말아 올리며 날 쳐다본다. "그러니까 너랑 개릿 말이야……."

"그런 거 아냐."

"어째서?" 애비가 눈살을 찌푸린다. "걘 확실히 널 좋아하는데."

맙소사. 내가 대체 뭐라고 대답해야 하지? 걔가 정말 날 좋아할지도 모르지. 나랑 개릿이 잘 어울릴지도 모르지. 나도 개랑 키스하는 걸 즐길 수도 있겠지. 그리고 난 누가 날 원하는 게 좋다. 한 번이라도 누군가의 짝사랑 상대가 된다는 게 좋다.

그래, 개릿은 사랑스러운 애다. 그리고 귀엽다. 물론 성가시기도 하지만, 나쁜 녀석은 아니다. 난 개를 좋아해야 마땅하다. 나도 걜 좋아하고 싶다.

난 화제를 바꾼다. "그러니까 너랑 닉 말인데."

"나랑 닉 말이지." 애비가 숨을 내쉰다. 꼭 한숨처럼 들린다.

난 애비가 설명하길 기다리지만, 애비는 그러지 않는다. 그냥 가만히 앉아 있을 뿐이다. 그러고는 잠시 후 퍼뜩 정신을 차린 듯 환하게 웃어 보인다. "하여간, 우리 여행 정말 기대돼."

"기름값은 내가 낼게."

애비가 고개를 젓는다. "아냐. 그건 우리 부모님이 내 주신댔어."

"그러실 필요 없는데."

"정말이야, 그러고 싶어 하신다니까."

내 뺨이 달아오른다. "나도 뭐든 지불해야 하잖아."

그렇다, 난 내 몫을 지불하지 못하는 게 정말 싫다. 벌써 공짜 교통수단에 머물 곳까지 얻었는데. 기름값은 내야 한다. 나도 세상 돌아가는 이치는 안다. 물론 내겐 기름값을 낼 돈이 없다. 일자리가 없으면 돈을 못 버니까. 그리고 이 동네에선 차가 없으면 일자리를 못 구하니까. 애초에 그래서 차를 태워 줄 사람이 필요했던 거고.

돈 문제는 지긋지긋하다. 정말 지겹다.

"넌 음악을 맡아 주면 되지." 애비가 말한다. "역대 최고로 근사한 드라이브용 플레이리스트나 만들어 달라고."

"좋아, 하지만 난 역대 두 번째로 근사한 플레이리스트를 만들 생각이었는데."

"두 번째로 근사한 건 싫어. 그걸론 충분하지 않다고, 레아."

누군가 내 심장을 비틀어 짜는 것 같다. 아주 살짝. 한번 쿡 찌르듯이. 그게 바로 애비가 내 이름을 부를 때의 기분이다. 난 '리-어'다. 어쩌면 날 모르는 사람은 〈스타워즈〉 주인공처럼 '레이아'라고 부를지도 모른다. 하지만 애비가 내 이름을 부르면 그 둘의 중간 어디쯤이 된다.

그리고 그걸 들을 때마다 난 항상 어쩔 줄 모르겠다.

15

방학 때는 음악실 문이 잠긴다. 그거야 상관없는 일이다. 당분간은 모건과 애나를 만나 그 난리를 되풀이할 생각이 없으니까. 하지만 테일러에게 닉의 드럼 세트 얘길 해 버린 건 내 실수다. 닉이 칠 줄도 모르는 드럼 세트 말이다. 그 탓에 갑자기 닉네 집 지하실에서 밴드 연습을 하는 게 테일러의 인생 최대 목표가 되어 버렸다.

그래서 토요일인 오늘 난 닉네 집까지 태워 줄 사람을 기다리고 있다. 바로 우리 밴드의 새 키보드 연주자인 개릿이다. 아무래도 정말로 그렇게 되려는 모양이다. 사실 개릿이 도착하길 기다리는 건 긴장되는 일이다. 무엇보다도 내가 개릿에게 프롬 파트너 신청을 한 뒤로는 개랑 단둘이 있어 본 적이 없으니까. 물론 개가 나한테 문자를 많이 보내긴 했다. 확실히 평소보다도 자주. 이젠 개릿이 점점 내가 언젠간 대답해야만 할 질문처럼 느껴진다. 마치 개 이름 옆에 별표라도 붙어 있는 것처럼.

사랑은 오프비트

바깥 날씨가 맑고 서늘해서 난 현관 계단에 앉아 개릿을 기다린다. 온몸이 근질거린다. 어느 정도는 모건이 밴드를 그만뒀다는 자각 때문이다. 바로 나 때문에. 애나는 분명 내가 그 사실을 잊어버리도록 봐두지 않을 것이다. 하지만 나더러 어떻게 모건한테 말을 붙이란 말인가, 같이 음악을 만드는 건 둘째 치고. 그러면 애비가 날 어떻게 생각하겠는가?

머지않아 개릿이 자기 엄마의 미니밴을 몰고 나타난다. 차를 세우더니 곧바로 튀어나와 조수석 문을 열어 준다.

"넌 잠금장치 여는 방법이나 뭐 그런 것도 모르니?" 내가 묻는다. 뭐라도 말을 건네야 하기 때문이다. 그래야 한다. 앤 개릿이니까.

"뭐? 야, 난 신사답게 구는 거라고."

신사라. 나한테 '야'라고 하는 주제에. 이런 점에 매력을 느끼면 절대로 안 되겠지. 난 자리에 앉아 안전벨트를 채운다.

"그 봉투엔 뭐가 들었어?" 개릿이 내 무릎 위를 흘끗거린다.

"그림이야. 테일러 생일 선물."

"오늘이 테일러 생일인 줄은 몰랐는데." 개릿이 말한다.

그래, 테일러한테는 감탄하지 않을 수 없다. 걘 자기가 원하는 걸 정확히 알고 그게 실현되도록 만든다. 걔가 닉한테 어떻게 했는지는 모르겠지만, 걔가 생일을 보내고 싶었던 곳이 닉네 집이란 건 확실하다. 그리고 짠. 지금 상황을 보라.

"그래서 모건은 정말 밴드 관두는 거야?" 개릿이 잠시 후 묻는다.

"어."

"저런. 왜 그러는지 모르겠네."

"난 알아. 날 상대하기 싫어서 그런 거야."

"어떻게 널 상대하기 싫어하는 사람이 있을 수 있지, 버크?" 개릿이 내 팔을 쿡 찌르자 배 속이 살짝 떨린다. 그러니까, 내가 저런 말에 대체 뭐라고 대답해야 하지?

"걘 비난받는 게 싫었던 거지." 결국 난 이렇게 대답한다.

빨간불이 켜지자 개릿이 차를 세운다. "그러니까 애비 문제 때문에?"

"애비 문제가 아니야. 모건이 인종주의자란 게 문제지."

"넌 걔가 인종주의자라고 생각해?"

"너도 그 자리에 있었잖아."

"그래, 걘 그렇게 말하면 안 됐지. 하지만 그냥 분했던 게 아닐까? 막 거부당한 참이었잖아."

난 개릿을 홱 돌아보며 말한다. "그래, 넌 전혀 이해를 못 하는구나."

"알겠어." 개릿이 두 손을 쳐든다. "나한테 설명 좀 해 줘."

"그러니까, 모건은 애비가 흑인이라서 조지아대에 합격한 거라고 100퍼센트 명확하게 암시했거든."

"그래, 그리고 그 점에선 명백하게 틀렸지."

"엄청나게 틀렸고말고." 난 양손을 깍지 낀다. "애비가 SAT 읽기 영역에서 만점 받은 거 알지, 응? 게다가 내신도 전 과목 A고 말이야."

"정말?"

"어. 걔가 10등 안에 못 든 이유는 단지 전학생이라서야. 예전 학교에서 수료한 학점은 똑같이 쳐 주질 않거든."

"그거 짜증나네."

"게다가 걔가 해 온 과외활동들을 보라니까. 세상에. 그런데도 모건은 걔가 조지아대에 들어갈 자격이 없다는 거야? 엿먹으라 그래."

한동안 개릿은 말이 없다. 그저 닉네 집이 있는 거리로 차를 진입시킬 뿐이다. 사이먼과 닉이 사는 동네는 꼭 그림책 삽화처럼 보인다. 세심하게 다듬어 놓은 잔디, 페인트칠한 차고 문, 층층나무마다 맺힌 꽃봉오리. 개릿이 닉네 집 옆 보도에 차를 세우고 시동을 끈다.

"근데 말이야, 누가 너더러 욕을 많이 한다고 얘기해 준 적 없니?" 마침내 개릿이 입을 연다.

"야, 꺼져." 하지만 난 어느새 입꼬리를 실룩거리고 있다.

"그래. 네 말이 맞아. 모건은 멍청한 짓을 했어." 개릿이 말하더니 날 정면으로 쳐다본다. "근데 너 슈소에 관해 어떻게 그렇게 잘 알아?"

"뭐? 아닌데." 심장이 목구멍으로 튀어나올 것 같다.

개릿은 날 묘한 눈길로 바라본다. "그래."

우리는 차에서 내린다. 현관 계단에 테일러가 앉아 있다. 옆에 기타 케이스 두 개가 놓여 있다. "안녕, 오늘의 주인공." 난 테일러를 향해 걸어가며 외친다. 테일러는 내게 눈부신 미소를 보내지만, 눈은 웃고 있지 않다.

난 테일러 옆에 앉아서 팔을 살짝 두드린다. "별일 없지?"

"그럼!" 테일러가 끄덕인다. "있잖아, 너희 닉한테 무슨 소식 들었니?"

"아니. 하지만, 음…… 여기가 닉네 집이잖아."

"그렇지." 테일러는 고개를 주억인다. "그런데 말이야……
집에 아무도 없는데?"

"걔네 부모님이 워크숍에 가신 건 아닐까?" 두 분 다 의사다
보니 종종 있는 일이다.

"아, 그렇겠네." 테일러가 대답하지만 이해가 안 된다는 표
정이다. "하지만 그래도 닉은 여기 있어야지. 바로 오늘 아침
에 문자를 주고받았는데."

"이상하네." 개릿도 맞장구친다.

"별일 없는 걸까?"

"분명히 지하실에서 게임하고 있을걸." 난 어깨를 으쓱한다.
"네가 문을 두드리는 걸 못 들었을 거야."

"그럴지도." 테일러는 고개를 갸웃한다. "지금 애나랑 노라
가 살펴보러 갔어."

"아니면 죽은 듯이 잠들어 있겠지. 괜찮을 거야."

테일러가 고개를 까닥이며 손가락으로 머리 한 가닥을 비
비 꼰다. 잠시 후 노라와 애나가 뒤뜰로 난 오솔길을 달려온다.
"지하실이 잠겨 있어." 애나가 말한다. "어떻게 할래? 그냥 다
음에 다시 오는 게 좋을까?" 애나가 개릿과 테일러와 나를 차
례로 쳐다본다.

"모르겠네." 테일러가 말한다.

"내가 문자를 보내 볼게." 개릿이 덧붙인다.

테일러가 한숨을 내쉰다. "우리가 아침 내내 걔한테 문자를

보냈어. 전화도 걸어 봤고. 근데 받질 않아. 정말 너무 이상해."

"괜찮을 거야. 분명 나중에 우리한테 문자 보내겠지." 개릿이 말한다. "버크, 우리 점심이나 먹으러 갈까?"

"몇 분만 더 기다려 보—" 테일러가 입을 열었다가 중간에 멈춘다. 갑자기 닉의 차가 진입로에 나타나더니 차고 문이 우르릉 열렸기 때문이다. 테일러의 얼굴이 환해진다. 하지만 닉은 차를 몰고 들어오지도, 밖으로 나가지도 않는다. 그냥 그 자리에 얼어붙은 듯, 뭔가에 홀린 듯 가만히 있을 뿐이다.

그래서 내가 일어선다. "내가 가서 얘기해 볼게."

난 닉의 차로 달려간다. 닉은 내가 다가오는 게 보이지도 않는 모양이다. 차창을 두드리자 닉이 서서히 창을 내린다. "안녕." 닉이 멍하니 인사한다. 두 눈은 핏발이 서 있고 축축하다.

"맙소사. 괜찮아?"

닉은 어깨를 으쓱하더니 가만히 앞을 바라본다.

"닉?"

"그 얘긴 하고 싶지 않아."

이런. 살짝 무서워지기 시작했다. 어쩌면 살짝이 아닌지도 모른다. 이런 모습의 닉은 생전 처음 보는 것 같다. 그래, 사실 난 한 번도 닉이 우는 걸 본 적이 없다. 정말이지 이럴 땐 어떻게 해야 할지 모르겠다. 난 이런 쪽에 촉이 없다. 뭘까, 내가 가 버리길 바랄지, 아니면 차 안에 뛰어들어 자길 꽉 껴안아 주길 바랄지 전혀 모르겠단 얘기다. 그래서 난 양쪽 다 피하고 그냥 슬쩍 떠보기로 한다. "그 얘긴 안 해도 돼."

닉이 한숨을 쉬더니 양손에 얼굴을 파묻는다. "재들은 왜 여기 있는 거지?" 닉이 낮은 목소리로 묻는다.

"연습하러……."

닉은 아무 말이 없다.

"이모지 말이야. 밴드."

"젠장." 마침내 닉이 중얼거린다.

"타이밍이 안 좋니?"

닉이 날 흘깃 쳐다본다. "어."

"내가 가서 처리할게. 넌 그냥 안에 들어가." 난 침을 삼킨다. "근데 정말 괜찮은 거야?"

"모르겠어. 그냥…… 혼자 있고 싶어." 닉이 한숨을 쉰다. "아무튼, 고마워."

"천만에." 난 멈칫한다. 그러고는 깊이 생각해 보기도 전에 열린 차창으로 손을 집어넣어 닉의 머리를 헝클어뜨린다. 내가 이렇게 어설픈 사람이다. 하지만 닉이 살짝 웃긴 했으니 그럴 만한 가치는 있었다고 해야 하나.

내가 뒤로 물러나자마자 닉은 차창을 도로 올린다. 곧바로 차고에 진입하더니, 시동을 끄고 한번 돌아보지도 않고서 얼른 차고 문을 닫아 버린다.

난 현관으로 돌아간다. 날 보자마자 테일러가 벌떡 일어난다. "어떻게 된 거야? 쟤 괜찮아?"

"괜찮을 거야." 난 입술을 깨문다. "하지만 혼자 있고 싶다고 그러네."

"아." 테일러는 풀이 죽은 기색이다.

애나가 어깨를 으쓱한다. "난 상관없어."

개릿이 차 키를 흔든다. "가 볼까, 버크?"

하지만 그때 노라가 내 팔에 손을 갖다 댄다. "잠깐만. 오빠가 널 집으로 데려오지 않으면 죽여 버리겠다는데." 그러고는 자기 휴대전화를 집어 든다. "비상사태라고 그러네."

내 몸이 굳는다. "비상사태?"

"분명히 진짜 심각한 비상사태는 아닐 거야. 오빠가 원래 그렇잖아."

난 고개를 끄덕인다. 하지만 문득 닉의 충혈되고 번들거리던 눈이 떠오른다. 가슴속이 꽉 막히는 것 같다. 아빠가 떠났을 때, 엄마가 그 사실을 내게 알려 주기 직전에 느꼈던 것과 똑같은 기분이다. 마치 내 몸이 먼저 상황을 알아차리는 것 같다. 그러니 어쩌면 진짜 비상사태인지도 모른다. 정말로 엄청나게 끔찍한 일이 생겼을 수도 있다.

난 노라를 따라 길가로 나간다. 개릿은 실망한 기색이 역력하다. 하지만 지금 내겐 개릿을 걱정할 여유가 없다. 잠시면 되니 달려가서 한 번만 더 닉을 확인하고 오면 안 되겠느냐고 노라한테 물어볼 뻔했으니까. 하지만 그때 닉이 얼마나 빨리 차고 문을 닫아 버렸는지 기억났다. 혼자 있고 싶다고 분명히 말했던 것도. 닉이 혼자 있는 시간을 방해하고 싶진 않다.

맙소사. 이놈의 우정이란 게 뭔지. 내 나이쯤이면 이걸 제대로 이해할 수 있어야 할 텐데.

사이먼은 자기 집 진입로에 차를 세워 놓고 보닛 위에 걸터앉아 우릴 기다리고 있다. 날 보자마자 사이먼이 미끄러지듯 달려온다. "와 줘서 정말 고마워." 사이먼이 날 꽉 껴안는다.

"휴, 레아. 모든 게 최악이야."

심장이 쿵쾅거린다. "무슨 일인데?"

"일단 타 봐." 사이먼은 이미 조수석 문을 열고 있다. 노라가 걱정스러운 표정으로 머뭇거린다.

사이먼이 손을 저어 노라를 쫓아낸다. "너한텐 나중에 알려 줄게." 노라가 눈동자를 굴린다.

난 조수석에 올라타서 사이먼을 돌아본다. "어떻게 된 거야?" 긴장감에 배 속이 비비 꼬이는 듯하다. "사이먼, 너 꼭 울 것 같은 표정이야."

"정말 그럴지도 몰라." 사이먼이 한숨을 쉬더니 시동을 켠다. "닉이 너한테 얘기했니?"

"뭘 얘기해?"

"애비가 닉한테 헤어지자고 했대."

온 세상이 멈춰 버리는 듯하다.

"애비가 닉한테 헤어지자고 했다고?"

사이먼이 천천히 고개를 끄덕이더니 진입로에서 차를 후진시킨다.

"언제?"

"오늘 아침. 한 30분 전에. 내가 방금 애비랑 통화했어."

"세상에."

"그러게." 사이먼은 슬쩍 한숨을 내쉰다.

한동안 난 침묵을 지킨다. 정말이지, 때로는 내 심장 옆에 작은 다이얼이라도 달려 있는 것 같다. 누군가 손을 뻗어 그걸 아주 살짝, 눈금 하나 정도만 오른쪽으로 돌리는 것 같다.

"그렇구나." 마침내 내가 입을 연다. "이런. 넌 이유를 아니?"

"어느 정도는." 사이먼이 대답한다. "닉하고는 아직 얘길 못 해 봤지만, 애비 말로는 자긴 장거리 연애 하고 싶지 않대."

난 멈칫한다. "그래."

"하지만―이렇게 말하기 미안하지만, 완전 헛소리잖아. 안 그래?" 사이먼이 쉰 목소리로 말한다. "진심이야? 싫더라고. 정말 시도도 안 해 볼 생각이냐고. 말하자면 이런 얘기잖아. 그래, 난 끝내주는 연애를 하고 있지, 하지만 다소 불편이 생겼으니 이제 그만 끝내자." 사이먼은 입술을 앙다문 채 마운트 버넌 고속도로로 들어선다.

난 차창 쪽으로 고갤 돌린다. 심장이 목구멍까지 치고 올라오는 기분이다. "어쩌면 끝내주는 연애가 아니었을 수도 있잖아." 내가 말한다.

"무슨 소리야? 애비와 닉인데."

"그렇겠지."

"두 사람은 전설적이야. 그야말로 완벽하다고." 사이먼이 훌쩍거린다. "천생연분이라니까."

"하지만 그게 아니었던 거야." 난 조용히 말한다. 뜬금없는 일이지만 왠지 테일러 생각이 난다. 마틴의 뒤풀이 파티에서 닉과 테일러가 아마도, 아니, 분명히 서로 시시덕거리던 일이. 테일러가 갑자기 닉을 밴드에 가입시키는 데 집착하게 된 일이. 어쩌면 정말로 뭔가 진행 중인지도 모른다. 다만―모르겠다. 닉이 바람을 피울 애라고는 생각되지 않는다. 더구나 애비를 상대로는. 맙소사. 닉이 얼마나 애비에게 푹 빠져 있었는데. 두 사람이 데이트를 시작하고 몇 주 동안 닉의 모습이 어땠는지 결코 잊을 수 없다. 범생이 특유의 귀여운 으쓱거림, 우쭐대는 얼굴과 스스로도 믿기지 않는다는 얼굴 사이를 오가던 그 모습이.

"그리고 알다시피 지금은 프롬 직전이고 말이야."

"이런."

사이먼이 고개를 젓는다. "우린 이제 어쩌지?"

"음, 둘이 어떻게 끝낸 건데?"

"그러니까, 애비 쪽에서는 '좋게 끝냈어. 우린 여전히 친구야.' 뭐 이런 얘길 하고 있거든." 사이먼이 대답한다. "하지만 닉은? 모르겠어."

"걔는…… 음…… 즐거워 보이진 않았어." 내가 대답한다.

"내가 걔한테 전화를 걸어 볼까?" 사이먼이 깊이 숨을 내쉰다. "생각해 보니 아무래도 널 데려다준 다음에 그리로 가 보는 게 좋겠어."

"좋은 생각이야."

"괜찮아질 거야." 사이먼은 빠르게 고개를 끄덕거린다. 자신의 말을 정말로 거의 믿는 것처럼. 그러다가 날 쳐다본다. "근데 나 작은 부탁이 있거든."

"얼마나 작은 건데?"

"그래, 사실 그리 작진 않아. 네가 애비랑 한번 얘기해 봐."

속이 확 뒤틀린다. "뭐?"

"너희 월요일에 같이 떠나잖아, 맞지?"

난 천천히 고개를 끄덕인다.

"레아, 네가 애비랑 얘기를 해 봐야 돼. 이건 너무……. 글쎄, 모르겠어." 사이먼이 고개를 젓는다. "그러니까, 걔들 사이에 끼어들려는 건 아니야. 하지만 전혀 이렇게 될 필요가 없잖아, 안 그래? 지금 당장 두 사람이 깨질 이유는 정말이지 하나도 없어. 애비는 그냥 잘되지 않을 거라고 추측하는 것뿐이야." 사이먼은 운전대를 꽉 움켜잡은 채 우리 집이 있는 거리로 들어선다. "왜 일단 한번 시도해 볼 순 없다는 거지?"

"사이먼, 우리가 걔들 대신 결정을 내려 줄 순 없어."

"나도 알거든."

"그래."

사이먼은 우리 집 진입로에 차를 세운다. "그냥 너라면 걔한테 얘기해 볼 수 있지 않을까 해서." 잠시 후 이렇게 덧붙인다. "걔도 네 말이라면 분명히 들을 거야."

"뭐래."

"정말이야, 걘 뭐랄까, 널 엄청 존경해. 널 살짝 무서워하기도 하지만 말이야."

난 눈살을 찌푸린다. "어째서?"

"나도 몰라. 네가 무서운 애라서 그런가?" 내가 사이먼을 홱 밀치자 녀석이 씩 웃는다. "하지만 정말이야. 걘 네가 아주 쿨하다고 생각해. 밴드를 한다든지, 모든 면에서 말이야. 그러니까 네 말이라면 들을 거야."

"하지만……." 난 문득 얼굴을 붉히며 말을 멈춘다.

"그냥 한번 얘기라도 해 봐, 알았지?" 사이먼이 등받이에 기대더니 날 휙 돌아본다. "뭐랄까, 닉이 얼마나 멋진 앤지, 걔네 둘이 함께 있으면 얼마나 근사한지 슬쩍 언급해 볼 수도 있겠지. 난 닉한테 그렇게 하고 말이야. 그러면서 서로 어떻게 되어 가는지 알려 주는 거야.”

"그래, 하지만 내가 보기엔 정말이지 우리가 간섭할 일이 아닌 것 같은데.”

"이건 간섭이 아니야! 그냥 우리 친구들을 지켜 주려는 거야. 너도 둘이 계속 함께하길 바라잖아, 그렇지?”

그 질문에 난 한 방 먹은 기분이 든다. 온몸이 뻣뻣하게 굳는 것 같다. 그래, 난 분명 두 사람이 함께하길 바란다. 두 사람이 행복했으면 좋겠다. 프롬에서 테이블이 뒤집어지는 일 따위는 없었으면 좋겠다. 하지만 애비 앞에서 그 화제를 꺼내는 걸 생각만 해도 숨통이 막혀 온다.

"부탁이야. 그냥 걔랑 얘기해 봐.”

"노력해 볼게.” 난 나직하게 대답한다. 사이먼의 눈길을 피해 사방을 두리번대면서.

16

"휴대전화 충전기 잘 챙겼니?"

"어."

"차량용 충전기도?"

"응."

"그리고 도착하면 나한테 전화하는 거다?"

"엄마, 알았다고."

엄마는 부엌을 따라 죽 걸어가며 양손으로 이마 선을 긁어 댄다. 엄마가 왜 저러는지 모르겠다. 갑자기 내가 달에라도 간다고 생각하게 됐나 보다.

"엄마, 한 시간 반이면 가는 길이야. 출퇴근 시간에 막히는 방향하고도 정반대라니까."

"나도 알아. 그냥 기분이 이상해서 그래. 네 대학 답사잖니. 나도 가야 하는 건데." 엄마는 의자에 푹 기대앉더니 손가방에 턱을 괸다. "이런 일을 놓치고 싶진 않은데."

"하지만 난 괜찮을 거야. 애비랑 같이 가잖아."

"〈걸스 곤 와일드〉(파티에서 신체를 노출하며 즐기는 여성들의 모습을 담은 리얼리티 비디오 시리즈)에 나오는 애들처럼 굴진 않는 게 좋을 거야." 엄마가 단호하게 말한다. "대학생 녀석들이랑 어울리면 안 돼."

"엄마."

"널 위해 하는 소리야." 엄마는 내 코를 비튼다. "그리고 개 릿을 위해서도."

"맙소사. 이제 엄마한텐 절대 아무 얘기도 안 할 거야. 정말이야."

"알았어, 그래도 사무실로 전화는 해 줘." 엄마가 일어나더니 치맛자락을 가다듬는다. "진지하게 말하는 거야. 도착하자마자 전화해. 재밌게 지내고, 알았지?"

난 의자 등받이에 기댄 채 고개를 쳐들고 천장을 바라본다. 두 시간 뒤면 애비가 도착하는데, 앞으로 무슨 일이 생길지 전혀 예상이 안 된다. 애비가 닉 때문에 울고불고할지, 아니면 눈에 들어오는 모든 남자들과 어울리려고 할지 모르겠다. 게다가 사이먼은 내가 모든 걸 회복시켜 줄 마법의 말을 찾아낼 거라고 철석같이 믿고 있지. 내가 어떻게든 애비를 구슬려 이별을 취소하고 영원히 행복해지도록 만들 수 있을 거라고. 물론 닉과 함께.

아무래도 그건 나쁜 아이디어의 역사를 통틀어서도 최악의 아이디어가 아니었나 하는 생각이 들기 시작한다.

모르겠다. 그냥 너무 흥분되고 긴장되는데, 정확한 이유를 집어낼 수가 없다. 마치 어느 노래의 조성이 바뀌거나, 엇박자가 시작되거나, 반환점에 이르는 순간 같은. 가슴속에서 올라오는 딸꾹질 같은. 그 찰나의 '응?' 하는 순간. 뭔가 살짝 잘못된 건 아닐까 싶은 기분.

아니면, 뭔가 바뀌려는 참이거나.

애비는 15분 일찍 왔다. 게다가 진입로에서 미리 문자를 보내지도 않았다. 그냥 현관문을 두드렸다.

난 걔가 그럴 줄 알고 있었지만.

그래서 주말 내내 옷과 종이 더미들을 거실에서 끌어내 내 방 벽장 안에 거대한 무더기로 쌓아 놓았던 것이다. 현관에서 보면 거실은 거의 평범해 보인다. 소파가 좀 너덜너덜하고 빛바랜 데다 벽지는 1990년대에 바른 것이긴 하지만, 적어도 이젠 방바닥이 보이니까.

현관문 창을 통해 애비를 슬쩍 쳐다본다. 울고 있지 않다는 건 확실하다. 사실 무척 즐거워 보인다. 오늘 아침에 애비랑 닉이 화해했는데 내가 사이먼에게 미처 소식을 못 들은 건 아닐까 하는 생각이 들 만큼. 하지만 아마도 애비는 무슨 일이 있든 항상 웃는 타입인 모양이다. 어쨌든 내가 알기로는 내심 상심해 있을 테니까.

난 애비가 안으로 들어오기 전에 슬쩍 문밖으로 나간다. 바깥 날씨는 구름이 많고 서늘하다. 내 호그와트 카디건에 딱 어울리게 추운 날이다. "나도 이제야 읽기 시작했어." 애비는 내 카디건에 달린 슬리데린 기숙사 휘장을 가리키며 말한다. "읽으라고 엄청 구박받았거든."

"사이먼한테?"

"그리고 내 사촌 몰리한테. 일주일 내내 스팸 문자처럼 인용구를 쏘아 보내더라니까."

"걘 이제 내 영웅이야."

애비가 미소 짓는다. "지금까진 마음에 들어. 3부 중간쯤까지 읽었어."

"마음에 든다고?" 난 말을 더듬을 뻔했다. 해리 포터가 마음에 든다니. 그건 마치 로저스 씨 (캐나다 어린이 방송 〈로저스 씨와 이웃들〉에서 친절한 이웃 아저씨 이미지로 유명해진 미국의 목사 겸 방송인)는 선량하다, 리스 킹 (영국 모델이자 인스타그램 스타)은 잘생겼다고 말하는 것과 같다. 해리 포터가 그냥 마음에 들 수는 없다. 완전히 중독되어야 마땅하다.

애비가 차 키를 찾아 주머니를 뒤지는 동안 그 애의 머리칼에 산들바람이 휘감긴다. 오늘의 애비는 캐주얼하다. 원래대로 곱슬곱슬한 머리에 스키니 진과 헐렁한 푸른색 스웨터를 걸쳤다. 애비가 차 트렁크를 열자, 난 그 애의 작은 캐리어 옆에 내 더플백을 넣는다. 애비 엄마의 차는 낡은 편이고 트렁크는 책과 서류 더미로 가득하다. 잡동사니를 보니 묘하게 위안이 된다. 난 항상 다른 사람들의 인생은 완벽할 거라고 지레짐작하니까.

"일단 내가 GPS에 케이틀린의 주소를 입력할게." 애비가 말한다. "그러고 나면 네가 열심히 대강 만들어 온 역대 두 번째로 근사하고 시시껄렁한 플레이리스트를 틀어 보자고." 애비는 날 보며 씩 웃는다.

"이야, 해 보겠다 이거지, 슈소." 난 조수석에 올라탄다.

애비는 신나게 어깨를 으쓱하고 손바닥을 치켜들며 온갖 요란스러운 몸짓을 해 보인다.

난 애비를 흘겨보지만 사실은 웃고 있다. "그래, 좋아. 나 사실 플레이리스트를 두 개 만들어 왔거든. 네가 골라 봐."

"나더러 고르라고, 흠." 애비가 차에 시동을 건다. "뭔가 시험당하는 느낌인데."

"아, 물론이지. 내가 그걸로 널 판단할 테니까."

애비는 웃음을 터뜨린다. "그럴 줄 알았어."

"활기찬 음악, 아니면 우울한 음악. 골라 봐."

애비가 콧방귀를 뀐다. "물어볼 것도 없잖아."

"그 말은 아마도 '난 애비 슈소야, 즐겁고 싶어'라는 의미인가 보네."

"'난 레아 버크야, 애선스로 가는 내내 엉엉 울고 싶어'의 정반대 말이지."

"칫, 난 안 울거든."

"앗, 너 지금 도전장을 던진 거야."

난 애비를 보며 웃는다. "그래."

세상에, 이상한 일이다. 애비는 분명 닉 때문에 슬퍼하지 않는다. 심지어 평생 슬퍼해 본 적조차 없는 것처럼 굴고 있다. 게다가 이 장난기라니. 우리가 예전에 친구로 지내던 때조차도 이런 사이는 아니었다. 내가 남들처럼 애비에게 말을 건넬 만큼 차분할 수 있었던 때도 없었고, 더구나 이렇게 농담을 주고받는 건 아예 불가능한 일이었다. 하지만 이젠 내 머릿속에서 조그만 문 하나가 활짝 열린 것 같다. 이상하게 머리가 맑아진 기분이다. 이번만은 나도 애비에게 장단을 맞출 수 있다.

정말이지 기분 끝내주는 일이다.

고속도로에 접어들자 우린 평화로운 침묵에 빠져든다. 난 차창 밖을 내다보고, 귓가에선 뱀파이어 위켄드(뉴욕 출신의 인디 록 밴드)의 보컬 에즈라 코니그의 목소리가 점차 사그라진다. 그러더니 라일로 카일리(로스앤젤레스 출신의 인디 록 밴드)의 노래가 흐르기 시작한다. 잠시 후 애비가 웃음을 터뜨린다.

난 애비를 쳐다본다. "왜?"

"이거 이별 노래잖아. 이야. 타이밍 한번 끝내주네."

"이런 젠장." 심장이 추락하는 엘리베이터처럼 덜컹 내려앉는다. "미처 생각을 못 했어. 미안해."

"네가 왜 미안한데?"

"알잖아." 난 마른침을 삼킨다. "네가 난처할 상황을 만들고 싶진 않아."

"넌 그러지 않았어."

"혹시 그 얘길 하고 싶니?"

"닉 얘기?" 애비가 입술을 앙다문다.

"꼭 그럴 필요는 없고." 난 얼른 덧붙인다.

"아냐, 괜찮아. 그냥……." 애비는 길을 쳐다보며 고개를 주억거린다. "좋아, 우리 둘만의 비밀이야, 알았지?"

"당연하지." 내가 히죽 웃는다. "애선스에서 일어난 일은 애선스에 묻고 가는 거잖아."

"여긴 아직 애선스가 아닌데."

난 도로 출구 표지판을 흘낏 쳐다본다. "알았어, 그럼 로렌스빌에서 일어난 일은……."

"약속하지?" 애비가 한쪽 팔을 뻗어 내게 새끼손가락을 내민다.

나도 새끼손가락을 내밀어 애비의 손가락에 건다. "약속해."

열 살 이후로 새끼손가락을 걸고 약속한 적은 한 번도 없는 것 같은데.

"나 어떡하면 좋을지 모르겠어, 레아."

"닉 말이야?"

애비는 곱슬머리 한 가닥을 귀 뒤로 넘기면서 숨을 내쉰다. "응. 말하자면 그렇지. 사이먼이랑 얘기해 본 바로는 걘 내가 엄청난 실수를 저지른 거라고 생각하는 모양이더라고. 하지만…… 모르겠어. 그러니까, 내가 지금 우울하냐고? 맞아. 하지만 닉을 되찾고 싶어서 우울한 건 아니야."

난 말없이 애비를 쳐다본다. 뭐라고 해야 할지 모르겠다. 사이먼이라면 내가 애비에게 어떻게든 반박하거나 아니면 적어도 좀 더 자세히 얘기해 보라고 요구하길 바라겠지. 하지만 지금 난 한 번도 읊어 본 적 없는 시를 낭독하라고 무대로 떠밀려 나온 기분이다. 남자친구와 깨지는 게 어떤 기분일지 내가 어떻게 알겠는가? 난 키스도 해 본 적 없는데.

마침내 애비가 한숨을 쉰다. "그냥 내가 엄청 나쁜 년이 된 기분이야. 우린 1년 넘게 만나 온 사이지. 난 닉을 사랑해. 정말이야. 다만." 애비는 운전대를 톡톡 두드린다. "난 장거리 연애를 하고 싶지 않아. 그러니까, 절대로 말이야. 하지만 마음

한구석에선 내가 개한테 잘못한 거라고 느껴. 뉴잉글랜드나 어디로든 개를 따라가려고 하지 않아서 말이야. 말도 안 되지, 나도 알아. 하지만 왠지 엄청 죄책감이 들어."

"네가 장학금을 포기하고 영겁의 세월 동안 학자대출금을 갚기로 결정하지 않아서?"

"그래." 애비는 한숨을 쉰다. "맞아, 그거야. 애초에 내가 왜 그런 의문을 가져야 하지?"

"생각해 봐, 닉이 상황을 단순하게 만들고 싶었다면 개 쪽에서 조지아대에 지원할 수도 있었잖아."

"그렇지." 애비가 입술을 깨문다. "난 개가 그러지 않아서 기쁘지만 말이야."

아.

"알겠어."

"내가 끔찍한 멍청이인 걸까? 닉은 근사한 남자야. 지금까지 근사한 남자친구가 되어 주기도 했고. 어쨌든 갠 닉이니까. 하지만 난……." 애비가 씁쓸하게 웃는다. "있잖아, 난 줄곧 개랑 테일러 사이에 뭔가 있다고 상상하고 싶었어. 그렇다면 개랑 헤어질 이유가 생길 테니까."

"이유가 왜 필요한데?"

"이유가 전혀 없다면 끔찍한 일일 테니까. 물론 난 끔찍한 기분이 들지 않았어. 적어도 내가 그래야 한다고 생각한 것만큼은. 그래, 나도 슬퍼. 하지만 가슴이 찢어지진 않았어. 이런 일을 겪으면 정말로 가슴이 찢어져야 할 것 같은데 말이야."

난 애비를 곁눈질한다. "가슴이 찢어졌으면 좋겠니?"

"닉을 떠나면 가슴이 찢어질 만큼 걜 사랑할 수 있었으면 좋겠느냐고? 응."

어째선지 그 한마디 말이 풍선처럼 부풀어 올라 차 안을 꽉 채워 버린다. 응.

"그렇다면 난 네가 옳은 일을 했다고 생각해." 잠시 후 내가 말한다. 이상하게 기운이 솟는다. 누군가 손을 대기만 하면 지직 전기를 뿜을 것 같다.

"나도 알아." 애비가 부드럽게 대답한다.

잠시 동안 우리 둘 다 말이 없다.

"맙소사. 너무 찝찝해. 닉의 생일이 다가오는데. 프롬도 2주밖에 안 남았고. 근데 내가 모두의 졸업 파티를 망쳐 놓은 것 같으니까." 애비가 짧게 웃음을 터뜨린다. "리무진 타고 가는 게 아주 재미나겠는걸."

"프롬에서 어색해지는 게 싫어서 관계를 지속할 순 없잖아."

애비의 양쪽 입꼬리가 올라간다. "네가 그렇게 표현하니까 진짜 말도 안 되는 얘기로 들리네."

난 어깨를 으쓱한다.

"그냥 기분이 엄청 이상해. 내가 누굴 차 본 건 생전 처음이거든."

"정말?"

"음, 닉 전에 제대로 사귄 남자애는 딱 하나뿐이었는데 걔 쪽에서 날 찼으니까." 애비는 한 손으로 머리를 쓸어 올리며 슬픈 미소를 띤다. "그러니까, 이별이란 어떤 거지? 내가 심지어 기분이 좋기까지 해도 괜찮은 걸까?"

"음…… 아마도 닉 앞에선 안 되겠지. 사이먼 앞에서도."

"그래." 애비가 큰 소리로 웃는다. "맙소사. 남자애들이란 정말……. 휴. 다시는 남자애랑 데이트 안 할 거야."

"어쩌면 여자애랑 데이트하는 게 좋겠어."

애비가 씩 웃는다. "그럴까 봐."

난 얼굴이 달아올라서 얼른 고개를 돌려 차창을 바라본다.

이런. 망할. 내가 무슨 말을 한 거야.

그러려고 한 건 아니었다. 어쩌다 그런 말이 나왔는지 모르겠다. 하지만 내가 해 버린 그 말은 이제 우리 사이에 남아 분위기를 어색하게 만들고 있다. 갑자기 우리가 탄 차 안에 연기가 가득 찬 것처럼 보인다. 하지만 아마도 내 상상일 뿐이겠지. 애비가 뜬금없이 웸!(조지 마이클이 속해 있던 영국의 듀오 그룹)의 노래를 따라 부르기 시작했으니 말이다. 아무 일 없었다는 것처럼.

그래, 분명 아무 일도 아니었겠지. 그 그림이 아무것도 아니었듯이.

하지만 애비는 그림을 간직하고 있고, 난 그 이유를 모르겠다. 얘가 그 그림을 어떻게 생각했는지 궁금하다. 아니, 무슨 생각을 하기는 했는지도. 그냥 내가 배경을 색칠한 방식이 마음에 들었는지도 모른다. 아니면 아예 그게 자기 휴대전화에 있다는 걸 까먹었거나.

29번 국도의 교통 상황이 갑자기 흥미로워진다. 우리 바로 앞에 있는 미니밴 뒤창 한구석에 작은 막대 인간 가족이 그려

사랑은 오프비트

져 있다. 그림처럼 완벽한 이상적 이성애 가족. 엄마, 아빠, 딸 둘에 아들 하나. 이제 난 내 가족을 스티커 붙이기 형식으로 그려 본다. 엄마와 난 왼쪽 구석에 겨우 붙어 있고, 아빠는 오른쪽 위에서 거의 테두리 밖으로 나갈 듯한 모습이다. 그리고 물론 웰스가 가장자리에서 그림 안쪽으로 들어오려고 하는 중이다. 흔해 빠진 미국식 러브 스토리.

음악이 패션 핏(미국의 일렉트로닉 인디 록 밴드)으로 바뀐다. 너무 경쾌하다. 우울한 플레이리스트를 틀었어야 하는데. 차는 달리고 또 달리지만, 난 뭔가의 가장자리에 간신히 매달려 있는 기분이 든다. 우리 둘 다 아무 말도 안 한 지 10분이 지났다. 음악은 너무 시끄러우면서 동시에 너무 잔잔한 것처럼 느껴지고, 베이스 리듬 아래로 애비의 숨소리가 들려온다.

17

우린 마침내 애선스에 도착했다. 애비가 프린스 애비뉴로 접어들자 알록달록한 가게와 카페 들이 무더기로 눈에 들어온다. 높은 아치형 창문이 달린 작은 독립서점. 길모퉁이의 생협 식품점. 보도를 걸어가는 남자 둘, 손을 맞잡은. 내가 여기 살게 된다는 실감이 나지 않는다. 그냥 놀러 온 걸로는 안 된다. 차를 몰고 지나가며 창밖을 내다보는 걸로는. 현실이란 느낌이 들지 않는다.

애비의 지인은 시내 중심가 근처의 아파트에 살고 있다. 점잖고 세련된 건물인 데다 지붕 달린 전용 주차장도 있다. "케이틀린이 아무 데나 주차하면 된다는데." 애비가 말한다. "자기 주차 허가증을 빌려주겠대."

"끝내준다."

"그러게."

차가 주차장 안을 돌고 도는 동안 난 창밖을 내다본다. 차들은 흥미롭게 뒤섞여 있다. 깨끗이 세차되고 비싸 보이는 차들이 있는가 하면, 찌그러지고 낡아 빠진 차들도 있다. 차창에 조지아대 스티커가 붙은 차도 여러 대다. 보아하니 여기 사는 사람들 대부분이 학생인 모양이다.

우린 3층에서 빈자리를 찾아 주차한 뒤 엘리베이터를 타고 로비에 올라간다. 데스크에서 방문자 명부에 서명한 다음 다시 엘리베이터로 6층까지 올라간다. 카펫이 깔린 긴 복도를 절반쯤 걸어가자 케이틀린의 집이 나온다.

케이틀린과 애비는 서로를 보자마자 비명을 지르며 현관에서 굳게 포옹한다. 분명 한 번밖에 못 만난 사이일 텐데도 말이다. 사실 사촌의 여자친구의 친구의 누나를 알아 봐야 얼마나 잘 알 수 있겠는가? 하지만 애비의 경우라면 또 모르긴 하지.

"그럼 네가 레아겠구나." 케이틀린이 말한다. "자, 너희 가방은 이리 주고." 우린 케이틀린을 따라 빛이 잘 드는 개방형 주방으로 들어간다. 대리석 조리대, 크롬 주방 기구들, 화사한 피에스타웨어(알록달록한 원색의 식기 브랜드) 무더기. 그야말로 완벽하게 어른다운 분위기다. 케이틀린이 자취한다는 건 나도 알고 있었으니 내가 기대했던 기숙사 방의 모습과는 다르지만, 이 아파트는 마치 '홈앤드가든' 채널(미국의 인테리어와 부동산 전문 케이블 방송국)에서 빠져나온 것 같은 모습이다. 대학교 2학년생이면 이렇게 지낼 수 있다는 건 미처 몰랐다.

"그래, 이런 곳이야. 침실, 욕실, 와이파이 비밀번호는 적어 놨고, 내 전화번호도 너한테 알려 줬고. 너희는 내일 학교 답사하러 갈 거지?"

애비가 고개를 끄덕인다. "오후에요."

"알았어. 참, 관심 있으려나 모르겠는데 내 친구 에바가 내일 밤 사람들을 초대할 거래. 걔들은 아래층에 살아. 여기랑 위치는 같은데 5층인 거지. 레아, 넌 걔들이 무척 마음에 들걸. 드러머거든."

'걔들'의 단수형을 저렇게도 편안하게 쓰다니.(영어에서 여성/남성 이분법에 포함되지 않는, 즉 논바이너리 젠더 정체성을 가진 사람을 she/he가 아니라 단수형의 they로 표현하기도 한다. 케이틀린이 말하는 '걔들'they은 에바 한 사람을 가리킨다.) 엄밀히 말해 내가 속하는 대명사는 아닌데도, 마치 따뜻한 포옹을 받는 듯한 기분이다. 케이틀린이 논바이너리 친구를 가리키는 대명사를 태연히 쓸 수 있는 사람이라면 아마 내가 양성애자라는 사실에도 당황하지 않을 테니.

"하여간, 자세한 내용은 문자로 보내 줄게."

"그럼 파티인 건가요?" 애비가 묻는다.

케이틀린은 어깨를 으쓱한다. "그럴지도? 하지만 딱히 그렇진 않을 거야. 아마도 아주 느긋한 분위기일걸." 케이틀린이 머리카락을 손으로 꼬아 뒤로 늘어뜨린다. "꼭 한번 들러 봐. 주차 허가증은 여기 있어. 그냥 앞쪽 차창에 꽂아 놓으면 돼."

"지금 꽂아 놔야겠어요." 애비가 말한다.

"좋아. 내가 주차장까지 같이 가 줄게. 이 정도면 전부 알려 준 것 같네."

"감사합니다." 내가 말한다. "정말이에요."

"무슨 소리니, 당연한 일인데!" 케이틀린이 날 껴안아 준다. 마치 한 송이 꽃을 끌어안는 느낌이다. 마른 사람을 만질 때면 항상 이렇다. 내가 상대를 부러뜨리기라도 할까 봐 두렵다.

두 사람이 밖으로 나가자 난 갑자기 이 낯선 아파트에 혼자 남겨진다. 하지만 복도에서는 줄곧 애비가 깔깔대는 소리가 들려온다.

난 엄마 직장으로 전화를 건다.

"도착했구나! 슬슬 걱정되던 참인데. 드라이브 어땠어?"

"좋았어."

"할 말이 그게 다야? 좋았다고?"

"끝내줬어." 내가 말한다. "무지갯빛 오바이트를 쏟아 내는 유니콘 떼거리만큼 말이야." 난 희고 복슬복슬한 쿠션 두 개를 옆으로 밀어내고 소파에 몸을 던진다.

"애비도 잘 있고?"

"어."

"아직 핫한 애는 못 만났니?"

"엄마."

"그냥 물어본 거야."

"있잖아, 첫째로 우린 여기 온 지 5분밖에 안 됐어. 둘째로 '핫하다'란 말 쓰지 마." 난 눈동자를 굴린다. "그리고 난 아무하고도 엮이지 않을 거야."

"알았어. 하지만 너도 규칙은 잘 알지? 덴탈 댐(구강 성행위를 할 때 쓰는 위생용 라텍스)! 그리고 콘돔!" 엄마의 황금률이다. 하지만 지금은 전혀 상관없는 얘기다. 내게 들어온 작업 같은 건 없으니까. 설사 그런 일이 생긴다 해도 이번 여행에서는 죽어도 안 된다. 케이틀린의 아파트에서는, 더구나 애비가 보는 앞에서는 절대로. 내가 여자애를 집에 데려오면 어떻게 될지 상상도 못 하겠다. 애비는 무슨 상황인지 전혀 모르겠지. 잰 십중팔구 날 이성애자로 알 테니까. 사이먼조차도 내가 이성애자라고 생각하는걸.

가끔은 그 점이 기묘하게 느껴진다. 사이먼은 내게 커밍아웃을 했지만 난 걔한테 그러지 못했다는 게. 말하자면 레이아가 '사랑해'라고 말했더니 한 솔로가 '나도'라고만 대꾸한 것과 비슷한 상황일까. 모든 게 살짝 균형이 맞지 않는 느낌이다. 그 점이 마음에 걸린다. 하지만 걔한테 솔직히 말하려고 생각만 해도 속이 울렁거린다. 1년 전에 얘기했어야 했는데. 그때라면 그렇게까지 큰일은 아니었겠지만, 이젠 상상도 할 수 없는 일이 되어 버렸다. 어딘가에서 한 박자를 놓치는 바람에 이젠 한 곡 전체가 엇박자가 되어 버린 것 같다.

엄마와 통화를 끝내고 난 내 기분이 딱 그렇다. 케이틀린의 소파 팔걸이에 기대어 보아도 여전히 사지가 어색하게 씰룩거린다. 아파트 안을 둘러보고 싶지만 왠지 그러면 안 될 것 같다. 아마도 나라면 다른 사람을 내 공간에 혼자 남겨 놓고 가느니 죽어 버릴 거라고 생각하기 때문인지도 모른다. 그런 일은 상상만 해도 끔찍하다. 내 더러운 옷가지와 반쯤 그리다 만 팬아트들. 자기 삶의 창문들을 활짝 열어 놓고서 활보하는 사람들은 도대체 어떻게 그럴 수 있는지 모르겠다.

문손잡이가 돌아가는 소리가 들린다. 주차장에서 돌아온 애비가 내 옆에 털썩 주저앉는다. "이곳 엄청 멋지다."

"그러게."

"게다가 원룸이잖아. 대체 어떻게 방세를 내는 거지?" 애비는 플랫슈즈를 벗어 던지더니 두 발을 소파에 올린다. "나로선 그리 부러운 건 아니지만."

"돈 말이야?"

"아니, 원룸 말이야. 난 확실히 룸메이트가 있는 쪽이 좋아. 아니면 하우스메이트나."

"룸메이트가 있으면 방세가 싸지겠지."

"싼 게 좋지." 애비가 동의한다. 그러고는 똑바로 고쳐 앉더니 내 눈을 마주 본다. "혹시 넌 그 문제 생각해 봤니?"

"룸메이트?"

애비가 고개를 끄덕이더니 멈칫한다. "너랑 나랑 룸메이트가 될 수도 있잖아."

"그게 바로 사이먼이 바라는 바지."

"그래, 알아. 걔가 나한테도 얘기했어. 하지만 나쁘지 않은 생각이잖아, 안 그래?"

분명 농담이겠지. 나쁘지 않은 생각이라고? 애비가 내 침실에 있다니. 일주일 안에 미쳐 버리고 말 거다.

"아님 말든가." 애비가 재빨리 덧붙인다. "그냥 생각해 본 거야. 꼭 지금 결정해야 할 일도 아니잖아."

난 말없이 고개만 끄덕인다.

"참, 케이틀린한테 파티 얘길 물어봤는데."

"아." 난 이마를 찌푸린다.

"듣자 하니 그냥 몇 사람만 오는 자리인가 봐. 그냥 화요일

저녁 모임이랄까." 애비가 입술을 깨문다. "제대로 된 파티도 아닌가 보던데."

"흠, 알겠어. 넌 가고 싶은 거구나."

"하지만 너도 같이 가야 돼."

"음, 잘 모르겠어."

"아님 그냥 잠깐만 들를 수도 있잖아." 애비가 얼굴을 들이밀며 양손을 깍지 낀다. "남자친구랑 깨진 날 달래 주기 위해서 말이야, 응?"

난 헛기침한다. "네가 찬 거잖아!"

"그래도 기분이 안 좋긴 마찬가지인걸."

"그래서 파티가 도움이 될 거다?"

"물론이지."

난 가만히 있다가 한숨을 내쉰다. "봐, 이래서 우린 룸메이트가 될 수 없다는 거야."

"뭐? 왜?"

"넌 날 파티에 데려가려고 할 테니까. 내가 동의할 때까지 아련한 눈빛으로 쳐다보면서 말이야."

"아." 애비가 히죽 웃는다. "그래, 아마도 그럴 거야."

난 고개를 돌리며 몰래 웃는다. "하여간. 내일이랬지?"

"응."

난 눈동자를 굴린다. "알았어. 하지만 술은 안 마실 거야."

"우와아아!" 애비가 양손을 자기 뺨에 갖다 댄다. "너무 기대된다. 레아, 우리 진짜 대학생 파티에 가는 거야!"

"흐음."

"아니, 정말이야. 엄청날걸. 이건 시작일 뿐이란 거 알아?"

"무슨 시작?"

애비는 소파에 편히 기대며 꿈꾸듯 미소 짓는다. "진짜 인생. 어른의 삶 말이야."

"끔찍하다."

"끝내주지."

난 눈동자를 굴린다. 하지만 애비가 날 보며 웃자 나 역시 웃어 보이지 않고선 못 배긴다.

18

우린 애선스 시내를 돌아다니며 오후를 보낸다. 음악 공연장을 지나 구제 옷 가게로 들어가고, 거기서 애비는 인조가죽 앵클 부츠를 사는 데 식비를 쓴다. 밖에 나오니 사방에 전단지가 뿌려져 있다. 디제이가 있는 야간 파티, 대학 연극, '모텔/호텔'이라는 밴드의 이번 주말 공연 안내 등이다. 어디를 보든 식당이 있다. 그때 애비가 굶어 죽을 지경이라고 단호하게 선언하지만, 다행히도 걔 부모님이 현금카드를 건네준 모양이다. 그래서 우린 현금인출기 앞에서 발을 멈춘다.

"내가 어릴 땐 엄마가 돈을 꺼낼 때마다 우리가 잭폿에 당첨된 줄 알았어." 애비가 말한다. "말하자면 엄마가 이 게임의 지배자라고 생각한 거지."

"난 현금인출기에서 나온 지폐가 바삭바삭한 게 너무 좋았어." 내가 말한다.

"지금도 너무 좋아."

"난 이제 그냥 돈이라서 좋은 것 같은데."

애비가 웃는다. "멋지네, 레아. 넌 뭔가를 있는 그대로 좋아하는구나."

우린 식당에서 버터가 잔뜩 들어간 그릴 치즈 샌드위치를 먹고, 후식으로 아이스크림까지 먹은 다음 케이틀린의 아파트로 돌아온다. 걸어서 돌아오는 내내 배 속이 행복하게 꾸륵거린다. 그래, 이런 건가 봐. 대학 생활이란 이런 거야.

아파트에 도착하자 우린 각자 휴대전화를 들고 소파 양쪽 끝에 처박힌다. 애비는 사촌들에게 문자를 보내고 난 사이먼에게 문자를 보낸다.

갠 좀 어때??? 사이먼이 묻는다.

좋아 보이는데.

정말? 이런, 닉은 엉망이야.

애비가 날 쿡 찌른다. "내 사촌들 사진 볼래?" 그러고는 내 쪽으로 당겨 앉으며 휴대전화 화면을 기울여 보여 준다. 난 사진을 쳐다본다. 애비가 백인 여자애 둘 사이에 끼어 있다. 둘 다 부드럽게 굽실거리는 머리칼에 눈을 반짝이며 환히 웃고 있다. "갈색 머리는 몰리, 금발은 캐시야." 애비가 말한다. "애들 엄마 결혼식 때 찍은 거야."

애비는 사진을 좀 더 넘기더니 환한 조명 아래 촬영된 두 여자의 사진을 보여 준다. 둘은 꽃으로 만든 아치 아래 서서 마주 보며 활짝 웃고 있다. 한 사람은 꿀빛 금발이고, 웨딩드레스 차림인데도 히피 분위기를 풍긴다. 다른 여자는 바지 차림에 애비와 꼭 닮은 얼굴이다. 애비가 좀 더 나이 들면 딱 이런 모습일 거다. 보는 사람이 혼란스러워질 정도다.

"너한테 동성애자 고모가 있는 줄은 몰랐어." 마침내 내가 말한다.

"응, 우리 네이딘 고모는 레즈비언이야. 패티 고모는 아마도 양성애자인 거 같고."

난 다시 사진을 쳐다본다. "네이딘이란 분이 네 아빠의 동생이니?"

"어. 아빠는 여동생이 둘이야. 네이딘 고모가 막내지."

"너희 아빠가 동생이 레즈비언이란 걸 알고 나서 어색하게 굴진 않아?"

"전혀."

"좀 놀라운 얘기네."

"정말?" 애비가 살며시 미소를 띤다.

내 뺨이 달아오른다. "모르겠어. 넌 항상 너희 아빠가 아주 엄하고 보수적이라고 얘기했잖아."

"응, 맞아. 그래도 이 일엔 신경 쓰지 않으셔. 하지만 모르지, 우리 오빠나 내가 집에 가서 동성애자라고 얘기한다면 뭐라고 말씀하실지 —" 애비가 문득 말을 끊으며 얼굴을 붉힌다.

잠시 우리 둘 다 침묵을 지킨다. 난 텔레비전 리모컨을 만지작거리고, 애비는 한동안 그걸 쳐다본다.

그때 애비의 휴대전화가 진동하기 시작한다. "사이먼이야." 애비가 퍼뜩 정신을 차린 듯 말한다. 전화를 받으면서 내 눈을 바라보더니, 귀에 전화기를 댄 채 케이틀린의 침실로 들어간다.

한동안 난 천장에 달린 선풍기만 멍하니 바라본다. 내 휴대전화가 몇 차례 진동한다. 가끔 난 문자야말로 역사상 최악의 기술 진보가 아닐까 생각한다. 그래, 편리하긴 하지. 하지만 이런 순간에 문자란 누가 날 계속 '이봐, 이봐, 이봐' 하면서 쿡 쿡 찔러 대는 것과 비슷하다.

당연하게도 그건 닉, 무심한 척의 대왕이시다. 이봐, 거긴 좀 어때? 너희 뭐 재미난 계획이라도 있나 궁금해서

거긴 분명 남자 대학생들이 많겠지. 흠, 애비도 별로 내가 그립진 않겠네.

걔가 혹시 내 얘기 안 해? ㅎㅎㅎ

난 화면을 쳐다본다. 뭐라고 대답해야 할지 모르겠다. 이런 젠장. 닉이 안됐다는 생각이 든다. 정말이다. 하지만 이건 내 능력을 한참 벗어나는 일이라 대체 어디서부터 시작해야 할지 깜깜하다. 그래서 난 포기한다. 휴대전화를 내려놓고 그 대신 스케치북과 연필을 꺼낸다. 집중해야 할 필요가 있다. 가끔씩 그림을 그리다 보면 그렇게 된다. 이 세상이 존재하기를 멈추는 것 같다. 내 연필 끝만 빼고 모든 게 사라져 버린다. 남들에 겐 도저히 설명하기 불가능한 일이다. 가끔은 내 머릿속에 그림이 이미 완성되어 있고, 내가 해야 할 일은 그걸 곡선과 명암으로 옮겨 놓는 것뿐이다. 하지만 가끔은 다 그리는 순간까지 내가 뭘 그리고 있는지 알 수 없을 때도 있다.

난 다시 소파에 자리를 잡고 스케치를 시작한다. 곧바로 온 몸이 차분해진다. 내가 그리는 그림은 거의 항상 팬아트다. 텀블러 사람들이 그걸 좋아하는 것 같으니까.

하지만 오늘 난 상자를 그린다.

사실은 상자가 아니다. 현금인출기다.

난 그걸 오락실 게임기처럼 그린 다음 주위에 스키볼(경사진 테이블에 고무공을 굴려 구멍에 넣으면 점수를 따는 실내 게임)과 인형 뽑기를 배치한다. 현금 배출구에서 쏟아져 나와 공중으로 솟아오르는 달러 지폐들을 그린다. 잭폿에 당첨된 것처럼 숨 막히게 기뻐하는 애비를 그린다. 그런 다음 애비 옆에 깍지 낀 양손으로 입을 가리고 있는 날 그려 넣는다.

내가 애비를 그리는 건 1년 반만의 일이다. 내 모습을 그리는 것도 그때 이후로 처음이다.

"대체 뭘 쓰는 거야?" 애비의 목소리다. 돌아보니 애비가 기대감에 찬 미소를 짓고 있다. 애비는 소파로 돌아와 푹 주저앉더니 휴대전화를 커피 테이블에 올려놓는다.

"그리는 거야."

"봐도 돼?" 애비가 내 옆으로 당겨 앉는다.

내가 스케치북을 애비 쪽으로 기울여 주자 애비는 웃음을 터뜨린다. "맙소사, 이거 우리야?"

난 고개를 끄덕인다.

"우리가 현금인출기 게임을 하고 있네!"

"게다가 돈을 땄고 말이야."

"당연히 땄겠지. 우린 솜씨 끝내주잖아." 애비의 양쪽 입꼬리가 올라간다. "세상에, 넌 정말 천재야, 레아. 질투난다."

"무슨 소리야." 난 스케치북을 내려다보며 대꾸한다. 머리카락이 흘러내려 내 입가에 떠오른 미소가 감춰지도록.

"정말이야. 너 커미션(그림 등을 개인이 주문 제작하는 것)이든 뭐든 받아야 돼. 사람들도 네 그림이라면 기꺼이 돈을 낼 거야."

"아니, 그러지 않을걸."

"어째서?"

"그냥." 난 어깨를 으쓱한다.

그냥, 난 그렇게 잘 그리지 못하니까. 그림을 그릴 때마다 뭔가 눈에 거슬리는 데가 있으니까. 항상 한쪽 귀가 다른 쪽보다 높거나, 손가락이 너무 짧거나, 지우개 자국이 보이니까. 도무지 완벽한 적이 없으니까.

"장담하는데 넌 네가 생각하는 것보다 훨씬 더 재능이 있어. 나라도 당장 돈을 주고 이 그림을 살 거야."

난 얼굴을 붉힌다. "너 가져도 돼."

애비가 헉 숨을 들이쉰다. "정말?"

"당연하지." 난 스케치북을 조심스럽게 뜯어서 애비에게 건넨다.

애비는 잠시 그림을 내려다보다가 가슴에 끌어안는다. "있잖아, 나 예전에 네가 우릴 그린 그림도 아직 가지고 있어."

모든 게 멈춰 버린다. 내 심장, 내 허파, 내 머릿속도.

애비가 날 쳐다본다. "뭐 하나 물어봐도 돼?"

"그래."

애비는 잠시 머뭇거리더니 입을 다문다. 다시 연다. 그러더니 담담히 말한다. "왜 우린 더 이상 친구가 아니게 된 거지?"

배 속이 뒤집히는 것 같다. "우린 친구잖아."

"그래, 하지만 작년엔…… 모르겠어." 애비가 입술을 깨문다. "내가 널 속상하게 할 말이나 행동을 했는지 계속 되돌아봤거든. 그러니까, 넌 한동안 이곳에서 나랑 가장 친한 친구였어. 그런데 갑자기 나랑 더는 얘길 안 하게 됐잖아."

맙소사. 어느 투명하고 쪼그만 개자식이 허파에 들어앉아 날 두드려 패고 있는 게 분명하다. 내 심장 태엽을 초고속으로 감고 내 위장을 트램펄린 삼아 뛰놀고 있나 보다. 생각이 이어지질 않는다. 확실한 건 내가 이 얘기를 하고 싶지 않다는 것뿐이다. 정말이지 이 얘기만 아니라면 무슨 얘기든 할 수 있다.

난 머뭇댄다. "일부러 그런 건 아니야."

"그럼 어떻게 된 거야? 내가 뭘 잘못했니?"

"아니, 그냥……." 나는 입을 열지만, 말이 혀끝에서 멈춰 버린다.

그냥 애비가 너무 유쾌해서, 그리고 예뻐서. 그 애 곁에 있으면 훨씬 더 기운이 나는 거 같아서. 모든 일이 단순해졌다. 우린 함께 버스를 기다렸고, 애비가 예전 학교 얘길 재잘거리면 난 어느새 웃음 짓고 있었다. 특별한 이유도 없이. 한번은 애비가 내 쇄골에 입 맞추는 꿈을 꾸었다. 거의 느껴지지도 않을 만큼 재빠르고 부드럽게. 깨어났을 땐 온몸이 욱신거렸고, 하루 종일 애비의 얼굴을 쳐다볼 수 없었다.

내가 그 그림을 보여 줬을 때 애비의 목소리에서 느껴지던 감격. 이거 너무 마음에 들어. 레아, 나 울 것 같아.

그러고서 애비는 날 바라보았다. 정말로 눈물이 그렁그렁한 채. 내가 그때 조금만 더 용감했더라면 맹세컨대 개한테 키스했을 거다. 쉬운 일이었겠지. 아주 약간만 몸을 내밀면 되었으니까.

하지만 바로 그 순간 애비가 두 다리를 바위에 올리더니 양 손을 맞잡았다. "비밀 하나 얘기해도 돼?" 애비는 한순간 내 얼굴을 골똘히 쳐다보다가 미소 지으며 두 손으로 얼굴을 눌렀다. "와, 너무 긴장되네."

이상했다. 애비는 숨도 못 쉬는 것처럼 보였다.

"왜 긴장되는데?"

"그냥, 모르겠어." 그러고서 애비는 내 그림 모서리를 쿡 찔렀다. "휴, 이 그림 정말 좋아. 정확히 어느 순간을 그렸는지 알겠어."

"잘됐네." 난 조용히 말했다.

애비의 한 손이 내 손 가까이를 스쳐 왔다. 몸속 내장들이 제 멋대로 움직였다. 정말로 그런 느낌이었다. 누가 내 몸속을 마구 휘저어 대는 것 같았다. 난 양 무릎을 가슴께로 끌어당겼다. 신경이 곤두서고 어색했다. 아주 짧은 순간 애비는 날 흘낏 보더니 입가에 손을 갖다 대며 눈을 깜박였다.

"이런, 내 버스가 거의 다 왔겠네." 애비가 마른침을 삼켰다. "정류장에 가 있어야겠어."

"그러니까 네 비밀은 말해 주지도 않고 가겠단 거야, 슈소?"

애비가 희미한 미소를 띠었다. "내일 말해 줄게, 아마도."

하지만 그런 일은 없었다. 애비는 내게 문자를 하나 보냈다. 생일 축하해, 그리고 풍선 이모지. 나도 답을 보냈다. 고마워, 그리고 웃는 얼굴 이모지.

그걸로 끝이었다. 더는 답이 오지 않았다.

다시 월요일이 왔을 땐 모든 게 끔찍할 정도로 평소와 똑같았다. 긴장된 눈길도, 어색한 분위기도 이젠 없었다. 애비는 영어 시간 내내 소파에서 닉과 서로 떠밀며 장난스럽게 싸웠고, 점심시간엔 사이먼과 연극 연습에 관해 구시렁거렸다. 비밀은 증발해 사라져 버린 것만 같았다.

그런데 이제 애비는 내 얼굴을 쳐다보고 있다. 마치 모르는 언어로 된 영화 화면에서 자막을 찾으려고 애쓰는 것처럼. "그냥 뭐?" 마침내 애비가 묻는다.

"뭐라고?"

"네가 말을 끊었잖아, 생각하느라고."

"아." 난 양손을 내려다본다.

애비가 머뭇거린다. "혹시 그 얘길 하기 싫은 거면 —"

"그래." 난 짧게 대답한다.

"뭐가 그래?"

"그래, 그 얘기라면 하고 싶지 않아."

애비가 눈동자를 굴린다. 아주 살짝이지만.

우린 애선스에서의 첫날밤을 팝칩(뻥튀기 모양의 감자 과자 상표명)을 먹고 〈타이니 하우스 헌터스〉(작은 집들을 탐사하는 리얼리티 쇼)를 시청하며 보낸다. 오늘 출연자들은 젊은 백인 힙스터 커플이다. 항상 그런 것 같긴 하지만. 얼리샤와 라이언이라는 이름인데, 라이언은 자꾸 '용도 변경'이니 '지속 가능'이니 하는 말을 남발한다.

"저게 진짜일 리 없어." 애비가 말한다.

"하지만 진짜야."

"어떻게 저런 데서 살 수 있지? 차는 어디다 두는데?"

"저 사람들은 예전 집에서 계속 사는 거야. 작은 집은 뒤뜰에 세우고."

"맙소사." 애비가 입술을 앙다물고 텔레비전을 향해 고개를 절레절레 흔든다. 그러더니 곧바로 덧붙인다. "있잖아, 우리그 피자 상자에 담아 배달해 준다는 쿠키 주문하자."

"애비."

"좋지?" 애비가 말한다.

이 순간만큼은 얘랑 친구로 지내는 것을 어렵지 않게 상상해 볼 수 있다. 우린 정말로 룸메이트가 될 수도 있겠지. 파자마 바람으로 사이먼과 영상 통화를 하고 매일 밤 쿠키를 먹어대면서도 항상 전 과목 A학점을 맞는 거다. 애비는 남자친구를 사귈 테고 난 어느 2학년생을 구제 불능으로 짝사랑하겠지. 우리 둘은 그야말로 절친이 될 테고. 그러면 적어도 난 전혀 모르는 사람과 살진 않아도 되겠지.

하지만 11시가 가까워질 무렵 애비가 하품을 하며 기지개를 켠다. "나 이만 자러 갈까 봐."

갑자기 케이틀린에겐 침대가 하나밖에 없다는 사실이 머릿속에 뚜렷이 떠오른다.

"난 소파에서 자도 돼." 내가 얼른 말한다.

"뭐?" 애비는 말도 안 되는 소리라는 표정으로 날 쳐다본다. "이상한 소리 하지 마. 킹사이즈 침대잖아. 말 그대로 라이언과 얼리샤네 집만 한 것 같은데."

"그렇긴 해."

그래. 내가 과민 반응을 하는 거다. 애비랑 난 수십 번이나 같은 방바닥에서 잤다. 사이먼네 집과 닉네 집을 비롯한 온갖 밤샘 파티에서. 저 침대에선 원한다면 우리 둘 사이에 1미터도 넘게 간격을 둘 수 있겠다.

게다가 어쨌든 앤 그냥 애비가 아닌가.

하지만 뭐랄까, '침대'라는 게 문제다.

애비가 내 얼굴을 보며 눈살을 찌푸린다. "아니면 내가 소파에서 자든가."

"무슨 소리야. 케이틀린은 네 친구잖아."

"흠, 정확히는 내 사촌의 여자친구의 친구의 누나지."

"그래." 난 피식 웃는다. "하여간, 난 괜찮아."

당연히 괜찮고말고.

19

케이틀린의 아파트 발코니로 빗방울 떨어지는 소리에 잠이 깼다. 애비는 벌써 일어나 있다. 책상다리를 하고 침대 머리판에 기대앉아 『해리 포터』를 읽고 있다.

공포와 전율이 엄습한다. 이유를 설명하긴 어렵지만, 내가 자는 모습을 애비가 지켜보았을 거라는 생각만 해도 속이 메슥거린다. 물론 정말로 날 지켜보진 않았겠지, 책에 푹 빠져 있으니까. 하지만 지금 당장은 내가 잘 때 얼마나 끔찍한 꼬락서니인지 되새겨 보는 것 말고는 아무 생각도 할 수 없다. 아마도 입을 헤벌리고 있었겠지. 코도 골았을 테고.

"아, 일어났구나!" 애비가 말하며 책장 귀퉁이를 접는다.

난 애비를 쳐다보며 입을 딱 벌린다. "너 방금 『해리 포터』를 접은 거야?"

"맙소사." 애비의 양쪽 입꼬리가 비죽 올라간다. "너도 그런 애들 중 하나였구나."

"그런 애들 중 하나라고? '난 괴물이 아니야'란 뜻이니?" 난 천천히 고개를 젓는다. 애비의 모습이 순진무구함 그 자체인 듯 보이긴 한다. 곱슬머리에 라벤더색 파자마 반바지. 하지만 사실은 그렇지 않다.

"있잖아, 너한텐 정말로 놀라운 얘기겠지만," 내가 말한다. "혹시 들어 본 적 있나 모르겠는데―"

"책갈피 말이지. 그래, 나도 알아." 애비가 눈동자를 굴린다. "닉이 나한테 엄청 많이 줬거든. 솔직히 우리가 사귀는 동안 닉이 사 준 것만 백 개는 될걸."

"그런데 그 책갈피 백 개는 다 어디 간 거야?"

"음, 이해하겠지만 전부 다 없애야 했어."

"그건……."

"그건 우리가 깨졌기 때문이냐고?" 애비가 어깨를 으쓱한다. "모르겠어. 닉과 관련된 물건들을 보면 슬퍼져. 이상해?"

"그게 왜 이상해?"

애비는 씁쓸한 미소를 띤다. "내가 걜 찼으니까. 내가 슬퍼하면 안 될 것 같아서."

"뭐든 네 마음대로 느끼면 돼."

"응, 나도 알아. 하지만 뭐랄까, 복잡해."

갑자기 애비가 울음을 터뜨릴 것 같은 표정을 짓는다. 사이먼이 옳았는지도 모른다. 애비와 닉은 헤어져서는 안 되는 거였는지도 모른다.

"참, 비가 오는데." 애비가 말한다.

"응, 소리 들려."

"답사가 취소될까?"

"모르겠어."

"아마도 아닐 거야, 그렇지? 게다가 오후에는 갤지도 모르니까." 애비가 한숨을 쉬며 휴대전화를 흘낏 본다. "아무튼 걔들도 보스턴을 떠난대. 방금 사이먼한테 들었어. 닉이 방금 터프츠에서 장학금을 받게 된 걸 알았나 봐. 게다가 그 학교가 아주 마음에 든다고 하니까 말이야."

"다음 행선지는 어디래?"

"웨슬리언. 앨리스랑 같이 지낼 거래. 내일은 뉴욕대로 가고."

"사이먼은 신났겠네."

"그렇지." 애비가 기지개를 켠다. "정말 웃긴 애라니까. 뭐랄까, 자기는 브램이랑 장거리 연애를 해도 상관없다고 그토록 단호하게 말하더니, 그래 놓고 뉴욕대를 선택한 건 그냥 우연의 일치였나 보지."

"그러게." 내가 맞장구치자 애비가 살짝 웃는다.

슬슬 차분해지는 느낌이다. 심장 박동도 평소 상태로 돌아오고 있다. 우린 침대에서 소파로 자리를 옮기고, 정오 무렵엔 옷을 갈아입고 프루트 링fruit ring 시리얼을 실컷 먹는다. 빗줄기도 가랑비 정도로 잦아들었으니 그리 나쁜 상황은 아니다. 물론 애비는 고무장화를 챙겨 왔다. 연두색 바탕에 물방울무늬가 있는 장화다.

"넌 비 온다는 거 알았어?"

"아니, 그냥 이 복장엔 장화를 신는 게 좋아서. 이상해?"

"엄청 이상해."

애비가 내 팔을 쿡 찌른다.

하지만 사실은 이상해 보이지 않는다. 완벽하게 대학생다워 보인다. 애비가 옷을 겹쳐 입은 걸 보면 항상 샘이 난다. 아주 세심하게 계산해 입은 것처럼 보이니까. 예를 들어 오늘은 스키니 진과 남색 체크무늬 셔츠에 적당히 맞는 회색 스웨터를 껴입고 팔꿈치까지 소매를 말아 올렸다. 내가 옷을 겹쳐 입으면 그냥 뭔가 숨기려고 하는 것처럼 보이는데.

난 머리칼을 귀 뒤로 넘긴다. "우린 입학처로 가 봐야 하나?"

"그렇지!" 애비가 캐리어에서 우산을 꺼낸다. 당연히 애비는 우산도 챙겨 왔다.

대학교까지는 차로 몇 분 안 걸린다. 우린 입학처 건물 안의 데스크에서 서명한다. 그러고 나서는 복도를 따라 강당으로 가라는 안내를 받는다. 몇 분 일찍 도착했는데도 이미 자리가 거의 다 차 있다.

그야말로 모두가 부모 중 최소 한 명 이상과 함께 와 있다. 애비랑 나만 빼고 전부 다.

"우리 가짜 신상을 지어내야겠다." 뒷줄에 나랑 나란히 앉은 애비가 속삭인다.

"왜?"

"안 될 거 없잖아? 여기선 우린 완전히 익명인데."

"여기 있는 애들이 5개월 뒤엔 우리 동기가 된다는 건 알고 있지?"

애비는 앞쪽을 쳐다보며 슬며시 웃는다. "그래서?"

"그러니까, 말도 안 되는 소리란 거지."

애비는 내 말을 무시한다. "이제부터 날 부보 야스Bubo Yass

라고 불러야 돼."

난 웃음을 터뜨린다. "뭐?"

애비가 특유의 의기양양한 웃음을 지어 보인다. "내 이름자 순서를 바꾼 거야."

"정말 볼드모트 같은 짓인걸."

"아, 마침 그 부분을 일주일 전에 읽었는데! 좋아, 너의 새 이름은 휴 바클Hue Barkle 이야."

난 경악해서 애비를 쳐다본다. "무슨 수로 그렇게 빨리 지어 낸 거야?"

"나도 몰라."

"SAT의 제왕 납셨네." 난 고개를 젓는다. "네가 책장 귀퉁이를 접는 애라서 다행이야."

"뭐?"

"아니면 넌 지나치게 완벽했을 테니까. 그럼 끔찍하겠지."

애비가 콧방귀를 뀐다. "뭐라는 거야?"

"사실이잖아." 난 손가락을 꼽아 가며 헤아린다. "치어리더 활동에, 댄스에, 연극부에, 졸업 앨범 편집, 학생회, 거기다 SAT 성적까지 완벽하고—"

"비판적 읽기 영역이 완벽했던 거지."

"아, 그래. 그럼 수학이랑 쓰기 영역은 망쳤단 얘기구나."

"흠, 그렇진 않아."

난 씩 웃는다. "내가 뭐랬어. 완벽하네."

"왜냐하면, 그래야 하거든." 애비가 어깨를 으쓱한다.

"어째서?"

"어째서라고 생각해? 그게 내 인생이니까. 흑인 여자애들은 두 배로 노력해야 하니까. 게다가 그렇게 해도…… 너도 모건이 했던 말 들었으니 알겠지."

"이런, 미안." 난 이마를 문지른다. "모건은 그냥—"

"하지만 모건만의 문제가 아니야. 알지, 걔가 한 말? 그건 소수 의견이 아니야. 난 그런 말을 언제나 들어. 언.제.나."

"너무해."

"그래, 맞아." 애비가 날 향해 고개를 살짝 기울인다. "모르겠어. 가끔은 그냥 내가 도저히 이길 수 없다는 생각이 들어."

난 대답하려고 입을 열지만, 뭐라고 말해야 할지 전혀 모르겠다. 잠시 동안 애비와 나는 그저 서로 마주 볼 뿐이다. 애비의 표정은 전혀 읽을 수가 없다.

마침내 애비가 미소 짓는다. 거의 서글퍼 보이는 미소다. "그래, 그런 거야."

"그렇겠지."

"다시는 나더러 완벽하다고 하지 마, 알았지?" 애비가 내게 코를 찡그려 보인다.

"알았어."

우리 엄마 또래의 남자가 앞으로 나오더니, 우리에게 환영 인사를 한 다음 답사 가이드들을 소개한다. 여학생 셋과 남학생 하나. 전부 조지아대 선배다. 우린 두 그룹으로 나뉘어 주차장으로 가이드들을 따라간다. 우리를 태울 버스가 기다리고 있다.

"뭐랄까. 난 2층 버스를 타길 바랐는데."

"아님 덕duck을 타거나."

난 애비를 쳐다본다. "오리라니 뭔 개소리야?"

"그 말 빠르게 열 번만 반복해 봐." 애비가 대꾸한다.

"싫어." 우린 좌석에 앉는다.

"그러니까, 덕은 땅에서도 물에서도 움직일 수 있는 보트를 말해." 애비가 내 표정을 보더니 왠지 깔깔거린다. "아냐, 정말이라니까. 구글에 검색해 봐. 워싱턴에 진짜 있는 거라고."

난 뭐라고 대꾸하려 하지만, 그 순간 답사 가이드 파티마가 아주 중요한 얘기를 하고 있다는 걸 깨닫는다. "바로 왼쪽을 보시면 식단의 일부를 확인하실 수 있습니다."

그러자마자 어느 아빠가 곧바로 말을 가로채며 사기 아들의 식사 제한에 관련된 질문을 따발총처럼 퍼붓는다. 하지만 파티마는 태연하게 대답하기 시작한다. "우리 학교 구내식당들은 음식 알레르기가 있는 학생들의 요구에 완벽하게 대응할 수 있습니다."

"흠, 우리 딸은 비건(동물성 음식을 전혀 먹지 않는 완전 채식주의자)인데요." 한 엄마가 끼어들며 도전장이라도 던지듯 파티마를 쏘아본다.

"전혀 문제없어요. 비건 선택지도 많이 있거든요—"

하지만 그 엄마는 다시 끼어든다. "'비건 선택지도 많이 있다'는 말보단 좀 더 구체적인 이야기를 들려주시면 좋겠네요." 파티마의 말을 인용한 부분에서는 양손으로 따옴표를 그려 보이면서. 문제의 비건 따님은 창피해서 좌석 속으로 쪼그라들어 사라지고 싶다는 기색이다.

"이제 내가 왜 부모님이랑 같이 오기 싫었는지 알겠지." 애비가 속삭인다.

"장난 아니네."

"장담하는데, 우리 아빠가 왔으면 지금 기숙사에서 어떻게 성별 분리를 할 건지 물어보고 있을걸."

"음…… 분리 안 해?" 난 입꼬리가 올라가는 걸 느끼며 말한다. "대학교라서?"

"응, 그렇게 적혀 있는 걸 아빠가 미처 못 봤어."

그러니까 그렇게 해야 학생들이 섹스하는 걸 막을 수 있단 거죠, 슈소 씨? 완벽한 논리다, 동성애자들이 엄연히 존재한다는 사실만 아니라면. 어떻게 애비네 아빠가 그걸 모를 수 있지? 도대체 레즈비언 동생을 둔 사람이 어떻게 그런 가능성을 생각조차 못 하는 거지?

뭐, 그런 가능성이 있다는 건 아니다. 어쨌든 애비에 관해선. 애비는 쇠젓가락만큼이나 스트레이트한 이성애자니까.

몇 시간 뒤 난 케이틀린의 욕실에서 아이라이너를 칠하고 있다. 머리 손질은 포기했다. 내 머리카락은 구제 불능이다.

"젠장."

"왜 그래?" 애비가 문간에서 슬쩍 들여다보며 묻는다.

"아이라이너에 눈 찔렸어."

"아, 그 심정 나도 알지." 애비가 얼굴을 찌푸린다. "있잖아, 나 들어가도 돼?"

"당연하지." 난 옆으로 비켜 자리를 내준다. 애비는 뭔가 희고 끈적거리는 게 든 병을 세면대 옆에 놓더니 머리칼을 적시기 시작한다. "그게 뭐야?" 내가 묻는다.

"컬 밀크." 애비가 대답하더니 병에 든 걸 손에다 짜낸다. "컬을 곱슬곱슬하게 유지해 줘."

'네 머리칼은 정말 멋져' 하고 난 마음속으로 생각한다.

"좋은 정보네." 내가 대꾸한다.

"넌 뭐 입고 갈 거니?" 애비가 양손으로 머리칼을 빗으며 묻는다.

"음, 이거? 그리고 내 군화도. 여벌을 안 가져왔거든."

"그거면 돼."

"넌 다른 옷 가져왔어?"

거울에 애비의 미소 짓는 얼굴이 비쳐 보인다.

"얘 좀 봐. 만반의 준비를 다 하고 왔잖아." 난 마스카라 뚜껑을 연다.

애비가 잠시 날 바라본다. "네 눈 정말 짙은 초록색이네."

난 얼굴을 붉힌다. "조명발이야."

"아니야. 정말로 예뻐."

배 속에서 딸꾹질이 올라온다. 난 속눈썹에 집중하려고 애쓴다. 애비의 속눈썹과는 비교도 안 되겠지만. 애비의 속눈썹은 개별적인 주소랑 우편번호가 있어야 할 정도다.

애비가 나가더니 화장품 파우치를 갖고 돌아온다. 난 애비가 화장을 하는지도 잘 몰랐는데. 내가 보기에 평소에는, 적어도 학교에선 안 하는 것 같다. 하지만 보아하니 솜씨가 아주 능숙하다. 파우더를 뿌리고 잘 문질러 섞어서 피부가 자연스럽게 빛나고 눈은 크고 은은해 보이게 만든다.

"재밌을 거야, 그렇지?" 애비가 날 흘낏 보며 묻는다.

"네가 그렇다면 그렇겠지."

애비는 거울 속에서 나와 눈을 마주친다. 그러곤 미소를 짓더니 옷을 갈아입으러 침실로 간다.

파티는 8시 반에 시작한다고 했지만, 애비는 9시까지는 아래층으로 내려가지 않는다. "우리가 가장 먼저 도착한 사람들이 되면 절대 안 되거든" 하고 말하면서.

기다리는 동안 우린 셀카를 찍는다. 거의 천 번쯤 찍고 나서야 애비를 만족시킬 만한 사진이 나온다. 묘하게 기분이 좋아진다. 애비처럼 엄청난 미인들은 한 방에 만족스러운 셀카가 나올 거라고만 생각했는데. 애비가 사진을 사이먼에게 보내자 바로 답장이 온다.

이야.

마침표까지 달아서. 마침표 하나로 얼마나 진정성이 더해지는지 신기할 정도다. 난 무릎만 내려다본다.

애비가 날 쿡 찌르며 히죽 웃는다. "이제 그만 내려가 볼까?"

"좋아."

우린 엘리베이터를 타러 간다. 애비가 내 손을 잡고 잠시 꽉 쥐더니, 5층 버튼을 누른다. 내가 여기에 있는 게, 지금 이러고 있다는 게 이상하고 비현실적으로 느껴진다. 잠시 시간 여행을 하는 기분이다. 이건 내년의 우리, 화요일 밤 캠퍼스를 벗어나 파티에 가는 우리의 모습이다.

이 상황에 대해 내가 어떻게 느끼는지 정확히 모르겠다.

애비가 여전히 내 손을 잡고 있다는 사실에 대해서도. 이성애자 여자애들은 왜 이러는 걸까? 나더러 이걸 어떻게 해석하라는 거지?

애비가 아파트 호수를 한 번 더 확인하더니 문을 두드린다.

곧바로 문이 활짝 열린다. "애비!" 케이틀린이 외친다. 한 손에 술을 들고 있다. 투명 플라스틱 컵에 든 분홍빛 술이다. "얘들아, 애비랑 레아를 소개해 줄게! 내 동생 친구들이야."

"참고로 말하자면, 난 단 한 번도 케이틀린의 동생을 실제로 만나 본 적이 없어." 애비가 내 귀에서 약간 거리를 두고 속삭인다. 애비를 따라 아파트로 들어서는데 가슴속에서 심장이 쿵쿵거린다.

아파트 구조는 케이틀린의 집과 똑같다. 방 배치도, 크롬 주방 기구도. 하지만 인테리어가 너무 다른 느낌이라서 혼란스러울 정도다. 조명이라곤 흐릿한 불빛의 긴 스탠드 하나와 뒤죽박죽 매달린 크리스마스 전구 장식뿐이다. 한쪽 벽은 거대한 붉은색과 보라색 태피스트리로 뒤덮였고, 바닥이 드러난 곳마다 뜨개 쿠션이 놓여 있다. 이 집에 텔레비전은 없는 게 분명하다.

우리를 빼면 참석자는 여덟아홉 명뿐이다. 다들 소파에 끼어 앉거나 부엌 식탁을 둘러싸고 앉아 있다. 턱수염을 기른 남자 하나가 기타를 치고 여자 둘이 화음을 이루어 노래를 부른다. 우리는 에바를 소개받는다. 길 가던 사람도 뒤돌아볼 만한 미인이다. 키가 크고 살짝 중성적인 외모에 연갈색 피부, 아주 짧은 커트머리를 하고 있다. 케이틀린이 두 손을 우리 어깨에 올려놓더니 술 마시겠느냐고 묻는다.

애비는 마시겠다고 한다. 그 대답이 내겐 살짝 실망스럽다. 가끔은 세상에서 술을 안 마시는 사람이 나 하나밖에 없는 것 같다.

"어머, 애비, 네 부츠 너무 귀엽다!" 케이틀린이 잠시 후 플라스틱 컵을 들고 돌아오며 말한다. 우리 모두 방바닥에 책상다리를 하고 앉는다.

애비는 어제 산 앵클부츠에 무늬가 있는 미니스커트를 입었는데 아주 잘 어울리고 사랑스럽다. 정말 끝내주게 깜찍하다. 살짝 속이 상할 정도로.

"레아." 애비가 날 쿡 찌르며 묻는다. "왜 날 그런 표정으로 쳐다보니?"

"어떤 표정?" 이런 젠장. 내 뺨이 확 뜨거워진다.

"날 죽이고 싶은 표정이랄까."

잠시 동안 난 아무 말도 못 한다. 내가 원래 무표정하다는 사실이 이렇게 고마웠던 적이 없다.

에바가 내 옆에 털썩 주저앉는다. "그래, 케이틀린 말로는 네가 드럼을 친다던데."

"말하자면 그렇죠."

"'말하자면'이라니?" 애비가 날 가볍게 밀친다. "얘 드럼 기막히게 잘 쳐요. 죽여준다니까."

"흠." 에바가 소파에 앉은 기타 연주자를 돌아본다. "톰, 케이틀린의 친구가 드러머라는데."

"그럴 리가." 턱수염 남자가 대꾸한다.

"그렇다는데." 에바가 말한다. 두 사람이 나란히 날 돌아본다. "그래, 케이트가 얘기했는지 모르겠지만, 내가 졸업하고 나면 밴드에 새 드러머가 필요할 테니까 말이야. 너 이번에 입학하는 거지, 응?"

난 고개를 끄덕인다.

"흥미로운걸." 에바가 말한다.

어느새 톰과 화음을 맞추어 노래하던 여자들도 이리로 다가온다. 여자들은 빅토리아와 노도카라고 소개하더니 당연한 듯이 날 껴안는다. 그냥 악수하는 것처럼 무심하게. 그러고는 애비하고도 껴안는다.

누가 내 뇌를 몸에서 떼어 낸 것 같다. 난 여기 있는 동시에 여기 없다. 반사운동처럼 미소를 짓고, 이유도 모르면서 고개를 끄덕인다.

"강요하는 건 아니야." 노도카가 말하고 있다.

퍼뜩 놀라며 고개를 쳐든다. 그러고 보니 모두가 날 쳐다보고 있다.

"난……."

"전자 드럼 세트 써 본 적 있니?" 에바가 말한다. "익숙해지려면 좀 시간이 걸리지만, 난 이제 완전히 전향했어."

"닉이 전자 드럼을 쓰잖아, 맞지?" 애비가 말한다.

난 천천히 고개를 끄덕인다.

"그래, 혹시 너도 그럴 생각 있다면 네 연주를 한번 들어 보고 싶은데." 톰이 말한다.

"지금 당장요?"

"그렇지."

"좋아요." 어지럽다. 이런, 제기랄. 난 분명 멋진 사람들로 가득한 대학가 파티에 있었는데, 어쩌다 방금 밴드 멤버 오디션을 보자는 요청을 받은 모양이다.

"내 헤드폰 좀 찾아올게." 에바가 말한다.

5분 뒤 난 에바의 침실에서 드럼 의자에 걸터앉아 있다. 애비는 책상 의자에 자리를 잡고 두 팔로 무릎을 감싼 채 앉아 있다. 에바, 노도카, 톰, 빅토리아는 침대에 편히 기대어 누워 있다. 심장이 갈비뼈에 부딪칠 듯 쿵쿵거린다. 내가 왜 드럼을 치겠다고 했는지 모르겠다. 그냥 내 가슴팍에 마이크를 꽂아 버리고 싶다.

에바의 헤드폰을 쓰고 내 귀에 맞게 조정한다. 시험 삼아 스네어 드럼을 몇 번 툭툭 쳐 본다. 전자 드럼은 칠 때마다 잠시 당혹스러운 기분이 든다. 설사 진짜 대학교 밴드의 진짜 뮤지션 한 무리가 날 지켜보는 상황이 아니더라도 말이다.

게다가 애비까지.

가끔은 애비의 존재가 너무도 강렬하게 느껴진다.

하지만 이건 드럼이고, 난 드럼을 잘 안다. 2년 연속 학예회에서 끝내주게 연주했으니 지금도 끝내주게 할 수 있겠지. 게다가 헤드폰을 끼고 연주하면 더 쉽고. 헤드폰을 끼면 내가 치는 리듬이 비밀인 것처럼, 나의 두 귀 사이에만 존재하는 것처럼 느껴진다. 사실은 그렇지 않다는 걸 잘 알지만 말이다. 전자 드럼 소리는 일반 드럼처럼 요란하진 않지만, 패드의 미세한 울림 하나하나까지 선명하게 구분된다. 휴, 더는 깊이 생각하지 말아야겠다.

집중해야 한다. 노래의 맥박을 찾아내어 거기에 몸을 맡겨야 한다. 내 드럼 채가 패드에 가 닿는 사이 난 눈을 꼭 감아 버린다. 그냥 닉의 지하실에서 빈둥대는 중이라고 생각하자. 꼭 제대로 된 노래를 연주할 필요도 없다. 그냥 내 손이 가는 대로 맡겨 두자.

눈을 떠 보니 톰이 고개를 까닥이고 손마디를 기타 프렛처럼 두드리며 박자를 맞추고 있다. 꼭 닉이 그러던 것처럼. 노도카는 두 눈을 지그시 감고 있다. 에바가 빅토리아에게 입 모양으로 말하는 게 보인다. 우와.

난 히죽 웃는다. 내 뺨이 뜨거워진다. 애비도 웃고 있다.

애비는 취했다고 할 순 없지만 눈을 반짝이며 헤벌쭉 웃고 있다. 그리고 케이틀린의 아파트로 돌아오는 내내 나한테 기대어 걷는다.

"끝내줬어." 애비가 말한다. "가길 잘했지, 안 그래?"

"응." 난 인정한다.

"너 진짜 잘했어. 와, 앤 대학생들 앞에서 아무것도 아니라는 듯 드럼을 치고 있네 싶더라니까."

난 웃는다. "그래."

"그 사람들한테 전화할 거지, 응? 넌 그 밴드 드러머가 될 거고, 난 네가 공연할 때마다 보러 갈 거야. 그리고 네가 유명해지면 모든 사람들한테 내가 아는 애라고 얘기해야지." 애비가 소파에 주저앉으며 부츠를 벗어 던진다. "너 예명 쓸 거야?"

"우리 지금 너무 앞서가는 것 같은데."

나도 군화를 벗고 소파의 다른 쪽 끝에 몸을 던진다. 우스운 일이다. 우린 여기 온 지 이틀도 안 됐는데 이미 소파에서 각자의 영역을 점유하고 있다. 난 왼쪽, 애비는 오른쪽. 그리고 우리 사이엔 바다만큼 드넓은 공간이 있다.

애비가 뒤로 기대앉더니 흐뭇하게 한숨을 내쉰다. "알겠지, 이래서 내가 솔로인 게 너무 좋다는 거야. 남자친구한테 전화하러 위층으로 달려가지 않고 너랑 느긋하게 늘어져 있어도 되잖아." 그러고는 한쪽 발을 뻗어 내 발을 건드린다. "그냥 지금 이 순간을 즐길 수 있다고. 너무 좋아."

"그래, 잘됐네."

애비는 날 곁눈질한다. "하지만 너 계속 그렇게 천재적이면 안 돼. 내가 감당을 못 한단 말이야."

"미안."

애비가 미소 짓는다. "사과하진 마."

심장이 가볍게 두근거린다. 애비는 이제 내가 손만 내밀면 닿을 만큼 가까운 거리에 있다.

"아니, 사실 넌 사과해야 돼."

난 초조하게 웃는다. "왜?"

"내가 이런저런 의문을 품게 만들었으니까."

난 애비를 쳐다본다. "무슨 의문?"

"이런저런 거."

"무슨 말인지 모르겠어."

"그냥 내가 네 연주를 아주 즐겁게 감상했다고만 말해 둘 게." 애비가 아주 희미하게 미소 지어 보인다.

"내 연주가 너한테 이런저런 의문을 품게 만들었다고?"

"응." 애비의 눈꺼풀이 파들대며 내려간다. "그런데, 뭐 좀 물어봐도 돼?"

갑자기 심장이 쿵쿵 날뛰기 시작한다. 뭔가 달라졌다. 정확히 설명은 할 수 없지만, 그렇다는 걸 느낄 수 있다.

"그래."

"네가 좋아하는 사람이 누군지 알고 싶어."

"교묘한 질문인데. 난 모든 사람들을 싫어해."

애비가 웃는다. "좋아, 그럼 가장 덜 싫어하는 건 누구야?"

"그건 대답하고 싶지 않아."

애비의 양쪽 입꼬리가 올라간다. "'진실'이 아니라 '도전'을 택하겠단 거네."

"우리가 진실 게임 중인 줄은 몰랐는데."

"당연히 그런 거였지." 애비가 두 다리를 소파 위로 끌어 올리더니 날 돌아본다. 금방이라도 웃음을 터뜨릴 것 같은 표정이지만, 웃고 있진 않다.

숨이 막힐 것 같다.

"그럼 어디 나한테 키스해 봐." 애비가 말한다.

20

내 뇌 전체가 합선을 일으킨 것 같다. 난 말문이 막힌 채 애비를 쳐다보기만 한다.

"네가 그러고 싶다면 말이야." 애비가 덧붙이더니 입술을 앙다문다.

"넌 그러고 싶어?"

애비는 희미한 미소를 띠며 고개를 끄덕인다.

"정말?"

"어떨지 궁금하지 않아?"

"모르겠어." 심장이 자꾸만 파닥거린다. 난 지금까지 그 누구하고도 키스해 본 적이 없다. 누군가와 키스하게 될 날을 걱정하면서 너무도 많은 시간을 보냈다. 내가 망쳐 버리고 말 거야. 분명히 그럴 거야. 서툴거나, 침을 흘리거나, 너무 소극적이거나 너무 조급하게 굴겠지.

애비가 숨죽인 웃음소리를 낸다. "레아, 진정해."

"진정하고 있어. 그냥―"

갑자기 애비의 입술이 내 입술에 닿는다. 난 얼어붙는다.

왜냐하면.

맙소사.

실제 상황이다. 내가 누군가와 키스하고 있고, 그 사람이 바로 애비라니. 말도 안 돼.

하지만 애비의 손가락들이 내 귀밑을 파고들고, 엄지는 내 턱 위에 있다. 수백만 가지 느낌들이 한꺼번에 구체적으로 닥쳐온다. 우리의 무릎이 맞닿는 느낌, 내 입술이 애비의 입술에 맞닿는 느낌. 애비에게선 프루츠 펀치와 보드카 맛이 난다. 이게 정말이란 걸 믿을 수 없다. 내 두 손이 애비의 뺨에 가 닿는다, 그리고—

세상에. 내가 대체 뭘 하고 있지? 난 애비를 좋아하지 않아. 내가 애비를 좋아할 리 없어. 더구나 애비에게 키스한다는 건 절대 불가능해. 난 애랑 키스하고 싶지도 않아. 그래, 어쩌면 그럴 때가 있었는지도 모르지. 하지만 그건 아무것도 아니었어. 내 인생의 딱 한 달, 그것도 아주아주 오래전 일이야. 다 지나갔어. 끝났다고. 난 절대로—

세상에. 심장이 자꾸만 쾅쾅거린다. 제기랄. 제기랄. 제기랄. 그게 아주아주 오래전이 아니었는지도 몰라. 바로 지금인지도 몰라. 항상 그랬는지도.

가슴속에서 등불이 깜박거리는 것 같다. 목구멍 속에서, 배 아래쪽 어딘가에서. 이 느낌을 뭐라고 설명해야 할지 모르겠다. 내 머리가 더 이상 작동하지 않는 것 같다.

애비가 키스를 멈추고 물러나더니 소파 쿠션에 몸을 던진다.

혼란스럽고 숨이 가빠 보인다. 잠시 동안 우리는 가만히 서로 쳐다볼 뿐이다.

그때 애비가 웃더니 말한다. "우리 둘 다 이성애자 여자애들 치곤 제법인데."

"난 이성애자 아니야."

애비의 몸이 굳는다. "뭐라고…… 정말?"

참고 있던 숨이 확 터져 나온다.

"레아." 애비가 내 손을 잡으려고 하지만, 난 애비의 손을 밀쳐 낸다.

"이러지 마."

"미안해." 애비는 눈을 꼭 감으며 나직이 말한다. "난……전혀 몰랐어."

"그래, 알겠어." 난 어깨를 으쓱한다. 아무 일도 아니란 듯이. 전혀 관심 없다는 듯이.

하지만 갑자기, 너무너무 화가 난다. 몸이 부들부들 떨려 온다. "세상에, 애비. 넌 어쩜 그리 멍청하니? 진심이야? 난 우리가 말 그대로 몸을 겹치고 있는 그림을 그렸는데 혹시라도, 아주 조금이라도 내가 정말로 널 좋아하는 건 아닐까 하는 생각이 안 들었던 거야?"

애비가 고개를 젓는다. "난 전혀—"

"그러더니 넌 갑자기 이렇게 나왔지. 있잖아, 나한테 비밀이 있는데. 말하긴 너무 떨려서. 나더러 그 말을 어떻게 해석하란 거였니? 하지만 어차피 중요한 문제도 아니었지. 왜냐하면, 짠! 닉이 나타났으니까. 넌 걔랑 시시덕거리는가 싶더니 바로 데이트하기 시작했지. 그러다 솔로가 되자마자 보라고, 나한테 또다시 끈적하게 들러붙고 있잖아. 하지만 물론 이건 아무 의미도 없는 일이겠지. 넌 망할 이성애자니까. 그런데 나한테 키스를 해?" 목이 메어 온다. "그건 내 첫키스였다고, 애비."

애비의 얼굴이 일그러진다. "미안해."

"상관없어." 난 눈을 꽉 감아 버린다. "전혀 상관없다고, 그냥 날 갖고 놀지만 말아 줘, 제발."

"그럴 생각 아니었어."

"근데 왜 방금 나한테 키스했어?"

"그러고 싶었으니까." 애비가 대답한다. "모건네 집에서도 그러고 싶었고."

허파에서 바람이 빠지며 엄청나게 큰 외마디 소리가 터져 나온다. "뭐?"

"그게 내 비밀이었어. 그거였어. 너한테 키스하고 싶었지만 그러기 두려웠어." 애비의 목소리가 갈라진다. "너한테 백만 번도 더 얘기하려고 했지만, 그럴 수 없었어."

"어째서?"

"왜냐하면, 레아, 네가 무서우니까. 맙소사. 난 거의 항상 네가 날 싫어한다고 생각해 왔거든."

세상에, 애비를 쳐다보지도 못하겠다. 온몸이 뭔가에 묶이기라도 한 것 같다.

애비가 눈물을 터뜨릴 것 같은 어조로 말한다. "난 그냥 너무— 하지만 어떡해야 할지 모르겠어. 내 사촌 캐시가 얼마 전에 그랬는데, 이성애자 여자애들이 그저 호기심이나 권태 때문

에 레즈비언과 시시덕거리는 건 너무 끔찍하고 이기적인 짓이
라고―"

"아니면 남자친구랑 깨진 지 얼마 안 됐기 때문이거나."

"그래, 그렇거나." 애비가 움찔한다. "하지만 난 네가 이성
애자라고 생각했어, 맹세해도 좋아."

"그래서 나한테 키스했다고? 전혀 말이 안 되잖아."

"그러니까, 난 그냥 우리가 실험 중인 두 이성애자 여자애들
이라고 생각했어."

내 심장이 뒤틀린다. "하지만 아니거든."

"알아." 애비가 훌쩍인다. "정말 미안해. 정말이야. 널 이용
하는 이성애자 여자애 따위가 되긴 싫어. 하지만 그러고 보면
난 사실 이성애자가 아닌지도 몰라. 잘 모르겠어. 예전에도 반
한 적은 있지만, 한 번도……."

"여자한테 반한 적이 있다고?"

애비가 어깨를 으쓱한다.

"그럼 뭐야, 이젠 네가 양성애자 같다는 거야?"

"너 때문에 그런 생각이 들게 됐어."

내 심장이 멈춰 버리는 것 같다.

애비는 두 손으로 얼굴을 감싼다. "모르겠어, 그냥." 그러더
니 숨을 깊이 들이쉰다. "내가 반했던 여자애들 얘기 듣고 싶
니? 내가 어째서 케이틀린이랑 계속 연락하고 지냈는지 알고
싶어?"

난 가슴이 철렁한다. "아니, 별로."

"레아, 그런 거 아니야― 맙소사, 케이틀린은 이성애자라고,

알겠지? 난 남자친구가 있었고 그쪽도 남자친구가 있어. 걘 이성애자고. 내가 또 상황을 망쳐 놓고 있네, 정말." 애비가 한숨을 내쉰다. "내가 케이틀린을 좋아한다는 게 아니야, 알았어? 난 케이틀린을 잘 알지도 못한다고."

"뭐 어때. 그 사람 예쁘던데."

"너도 그렇잖아." 애비가 소곤거린다. 나도 모르게 애비를 슬쩍 쳐다보지 않을 수 없다. 무릎을 껴안고 앉아 있는 애비의 속눈썹에 눈물이 흠뻑 맺혀 있다. "난 너랑 친구가 되고 싶어. 아님 다른 뭐라도. 모르겠어. 하지만 이런 상황은 싫어."

애비가 손가락으로 두 눈을 문지른다. 머릿속이 마구 흐트러진다. 난 얠 감당할 수 없어. 도저히 안 돼.

애비를 보고 있으면 내 가슴에 손을 쑤셔 넣어서 심장을 끄집어내고 싶어진다고.

애비는 나더러 소파에서 자지 말라고 설득하느라 그날 밤의 절반을 보낸다. "난 이미 못된 애가 된 기분이라고. 제발 침대에서 자."

"맙소사." 난 베개와 담요를 끌며 거실로 나간다. "괜찮다니까. 그만 좀 해."

"그럼 난 의자에서 잘래."

난 눈동자를 굴린다. "네 맘대로 해."

아무래도 우리 둘 다 엄청 고집쟁이인가 보다. 결국 침대는 밤새 비어 있었으니까. 잠을 깨어 보니 애비는 케이틀린의 이케아 의자에 기대어 누워 있다. 비행기 안에서 잠잘 때처럼 머리를 살짝 옆으로 기울이고서. 잠시 동안 난 가만히 애비를 바라본다. 내가 소름끼치는 꼬마 흡혈귀가 된 것 같은 기분이 들지만, 그러지 않을 수가 없다.

애비는 베개를 껴안은 채 양손을 깍지 끼고 있다. 애비가 숨 쉴 때마다 베개가 오르락내리락 움직인다. 입술은 살짝 벌어져 있다. 갑자기 머릿속에 애비가 어렸을 때 어떤 모습이었을지 선히 떠오르고, 그러자 왠지 모르겠지만 배 속이 욱신거린다. 딱히 그 모습이 매력적이어서는 아니다. 내가 아이들에게 매력을 느끼지 않는다는 건 확실하니까. 그보다는 슬픔에 가깝다. 내가 그때 애비를 알았더라면 하는 묘하고 작은 소망.

얼마 지나지 않아 애비가 잠을 깨자 우린 말없이 짐을 꾸린다. 숨을 쉬기도 힘들다. 너무 초조하고 어색하다. 누가 살짝 손만 대도 내 피부가 쩍 갈라져 버릴 것 같다. 집까지 돌아가는 길을 어떻게 버텨 낼지 모르겠다.

10시쯤에 케이틀린이 왔다. 집 열쇠를 돌려주고 작별인사를 나눈다. 케이틀린을 보자 내 머릿속에 떠오르는 생각은 오직 애비가 어젯밤 했던 말뿐이다. 내가 왜 케이틀린이랑 계속 연락하고 지냈는지 알고 싶어?

하지만 케이틀린을 질투할 순 없다. 내가 그 정도로 못돼 먹은 사람은 아니다. 내게 묵을 아파트와 주차 허가증, 게다가 아마도 새로운 밴드를 준 사람인걸.

"내년에 너희랑 같이 놀 생각을 하니 정말 기쁘네." 케이틀린이 우리를 한꺼번에 껴안으며 말한다.

배 속이 살짝 팔딱거린다. 지난 며칠이 그냥 주말 동안의 일탈이 아니었다는 게 아직도 실감 나지 않는다. 이건 실제 생활의 예고편이다. 이 동네, 이 사람들, 이 미묘한 자유의 맛.

애비의 차 앞에서 케이틀린은 다시 우리를 차례로 포옹한다. "연락하고 지내자, 응?"

케이틀린이 우리 가방을 차에 싣는 걸 도와주고 떠나자 또다시 애비와 나, 단둘이 남는다. 난 초조하게 트렁크 주변을 서성인다. "내가 운전할까?"

"아, 신경 쓰지 마." 하지만 애비가 문득 머뭇거린다. "네가 그러고 싶은 게 아니라면 말이야."

"난 그래도 괜찮은데."

애비는 날 바라본다.

"애비, 난 정말 괜찮아."

애비가 천천히 고개를 끄덕인다. "알았어." 그러더니 살짝 미소 짓는다. "내가 운전할게. 넌 쉬어."

난 조수석에 앉아 플레이리스트를 튼다. 그사이 자동차는 고속도로로 진입한다. 이번엔 물론 우울한 곡들이다. 닉 드레이크(1970년대에 활동한 영국의 포크 싱어송라이터)와 드리프트우드 스케어크로(버지니아 출신 음악가 크리스 그린이 중심이 된 인디 포크 음악 창작 프로젝트), 수프얀 스티븐스(미국의 인디 포크 싱어송라이터). 거의 20분 동안 우리 둘 다 한마디도 하지 않는다. 애비는 괴로워하는 기색이 역력하다. 계속 입을 벌렸다 다물었다 하며 날 보고 눈을 껌벅거린다. 하지만 애비 슈소가 침묵을 지킬 수 있을 것 같진 않다.

역시나 우리가 왓킨스빌을 빠져나가기도 전에 애비 쪽에서 침묵을 깨뜨린다. "그래서 넌 밴드 해 볼 생각이야?"

"안 될 것 같아."

"정말?" 애비의 눈살이 찌푸려진다. "어째서?"

"난 그저 그런 드러머니까."

"진담이야?"

난 어깨를 으쓱한다. "내겐 드럼 세트도 없는걸."

"하나 사면 되지."

"그럴 돈이 없어."

애비가 운전대를 홱 꺾는다. "얼마나 하는데?"

"나도 몰라. 몇백 달러쯤."

"좋아, 그럼 일자리를 구하면 어때?" 그러더니 애비가 바로
움찔한다. "어휴, 진짜 젠체하는 것처럼 들리네. 그러려고 한
건 아니었어."

난 고개를 젓는다. "괜찮아. 하지만 말이야, 난 차가 없잖아.
그러니까……."

"하지만 내년엔 다르잖아. 우린 애선스 시내와 아주 가까운
곳에서 지낼 테니까, 아님 캠퍼스에 일자리가 있겠지. 나도 내
년엔 일을 좀 구해 보려고."

"그럴 수도." 난 차창을 향해 고개를 돌린다.

"아니면," 애비가 말을 잇는다. 어조가 살짝 바뀐 듯하다.
"혹시 그림으로 돈을 벌 수 있지 않을까?"

"흐음. 그건 어려울걸."

"정말이야. 인터넷에 올릴 생각은 안 해 봤어? 그냥 반응이
어떤지 살펴보게 말이야."

"애비, 나 이미 인터넷에 올려놨어."

"그럼 블로그가 있다고?"

"궁금하면 문자로 링크 보내 줄게."

"보내 줘." 애비가 씩 웃는다. "레아, 정말 멋지다."

"음, 전부 팬아트 같은 거야. 그것 가지곤 돈 못 벌어."

애비는 잠시 가만히 있다가 말한다. "하지만 커미션을 받으면 어때?"

희한한 일이다. 나도 그렇게 할 생각은 해 봤다. 심지어 가끔씩 커미션을 신청하는 메시지를 받기도 한다. 하지만 진지하게 고려해 본 적은 한 번도 없다. 누군가 내 형편없는 그림을 보고서 정말로 내게 돈을 주려고 한다는 건 도저히 상상하기 어렵다.

"아니면," 애비가 날 곁눈질한다. "온라인 판매 사이트를 만들든가. 몇 가지 디자인을 올려놓고 사람들이 프린트한 그림이나 휴대전화 케이스 같은 걸 주문할 수 있게 하는 거야."

"흐음."

"있잖아, 난 정말로 너라면 돈을 꽤 벌 수 있을 거라고 생각하거든? 그럼 그걸로 드럼 세트를 사면 되지. 끝내줄 거야."

"네가 왜 신경을 쓰는지 잘 모르겠어."

애비의 표정이 시무룩해진다. "왜냐하면 신경이 쓰이니까."

맙소사. 난 정말 못돼 처먹었다. 확실히 그렇다. 애비는 말 그대로 날 도우려는 것뿐이다. 게다가 애비의 아이디어가 그렇게 나쁜 것도 아니다. 사실 내 그림으로 돈을 벌 수 있다면 얼마나 멋지겠는가? 한 번이라도 정말로 뭔가를 살 수 있게 된다면. 게다가 졸업한 후엔 어쩌면 엄마에게도 도움이 될 수 있을지 모른다. 난 애비의 말에 반대하는 게 아니다. 그냥 애비한테 못되게 굴고 싶은 거다.

내가 구제 불능이란 건 알고 있다. 하지만 우리 둘의 상황도 그렇다.

21

집에 도착하니 침대 위에 노드스트롬 백화점 쇼핑백이 놓여 있다. 내 노란색 드레스. 열어 보지 않아도 알 수 있다. 그걸 보자마자 배 속이 뒤틀리기 시작했으니까.

난 직장에 있는 엄마와 영상 통화를 한다. "대체 이게 뭐야?"

"이런, 그건 내가 기대했던 반응이 아닌데."

"우린 저걸 살 형편이 안 되잖아." 내 뺨이 뜨거워진다. "반품할래."

"레아."

"우린 저런 데 250달러를 쓸 수 없—"

엄마는 내 말을 자른다. "좋아, 일단 그건 250달러가 아니었어. 할인 판매 중이었거든."

"못 믿겠어."

엄마가 양 손바닥을 쳐든다. "하지만 사실이야. 10퍼센트 할인이었다고. 게다가 고객 이메일 리스트에 가입해서 15퍼센트 추가 할인을 받았지."

"그렇다 해도 거의 200달러잖아."

"리, 그건 네가 걱정할 문제가 아니야."

"어떻게 걱정을 안 해?" 목구멍으로 뭔가 치밀어 올라온다. 또 시작이다. 말도 안 돼. 난 엄살쟁이랑은 거리가 멀었는데, 이젠 평소의 절반 정도는 발작 직전 상태인 것 같다.

"레아, 우린 괜찮아. 너도 알잖아, 응?" 엄마가 콧등을 문지른다. "내가 지난달에 받은 야근 수당도 있고, 곧 네 아빠에게서 또 수표가 올 예정인一"

"아빠가 드레스값을 내 주는 건 싫어."

"하지만 네 휴대전화 요금을 내 주는 건 괜찮고? 네 스케치 북값은? 리, 자녀 양육비란 원래 그런 거야."

"하지만 끔찍해."

"좋아, 들어 볼래? 네 아빠가 돈을 내 주는 건 이제 겨우 두 달뿐이야. 그러고 나면 네 맘대로 경제적 독립을 할 수 있어. 하지만 지금 당장은 그냥 끝난 일로 해 두면 안 되겠니? 다 지불된 거라고. 아빠가 그 정도는 낼 수 있어." 엄마는 고개를 젓는다. "꼭 모든 걸 어렵게 만들어야 해?"

"뭐라고?" 내가 말한다. 한동안 우린 가만히 서로 노려보기만 한다.

엄마가 한숨을 내쉬더니 어깨에 힘을 뺀다. "있잖아, 이 일은 내가 퇴근한 다음에 얘기하면 어떨까?"

"음, 그럼 그렇게 해."

"그래, 좋아. 딸, 제발 돈 걱정은 하지 마. 알겠지? 우린 괜찮아. 내가 약속할게."

난 입술을 굳게 다문다.

"레아, 정말이야. 우린 문제없어. 형편이 안 됐다면 나도 그 옷 안 샀을 거야. 너도 알잖아, 응?"

"그래." 기분이 누그러져 온다.

"사랑해, 알지? 6시까진 도착할게. 네 여행 얘기 너무 듣고 싶어."

"나도 사랑해." 난 더듬거린다. "그리고 음, 드레스는 고맙달까."

엄마가 콧방귀를 뀐다. "어디 계속 무관심한 척해 보렴, 레아. 그리고 고맙단 말은 됐어."

하지만 난 무관심하지 않다. 그 정반대다. 전화를 끊자마자 쇼핑백을 거의 찢다시피 열어젖힌다. 그러고는 드레스를 바라본다.

내가 기억하는 것만큼 완벽하다. 어쩌면 그 이상인지도 모른다. 꽃무늬가 이렇게도 뻔뻔해 보일 수 있다는 걸 깜박 잊고 있었다.

서둘러 청바지를 벗고 드레스에 몸을 집어넣는다. 등에 달린 지퍼를 끌어올린다. 치맛자락이 길게 늘어져 욕실까지 닿을 지경이다. 그러니까 〈미녀와 야수〉에 나오는 것처럼 말이다. 정말 죽여준다.

욕실 전등을 켜고서 거울에 비친 내 모습을 뜯어본다. 이건 거의 기적에 가깝다. 난 끔찍해 보이지 않는다. 노란색 드레스와 대조되어 피부가 한결 뽀얗게 보이고, 머리칼은 가볍게 구불거리며 어깨 위로 흘러내린다. 심지어 뺨도 사과처럼 적당히 둥글고 발그레하게 보인다. 지금 내 모습이 기억 속에 새겨질 때까지 계속 거울만 쳐다보고 싶다. 날마다 몽상 속에 이 모습을 한 나를 등장시키고 싶다. 이런 레아라면 본때를 보여 줄 수 있을 거다. 이런 레아라면 몇날 며칠이고 잘해 나갈 수 있을 거다.

방에 돌아와 보니 휴대전화 화면에 문자가 떠 있다. 난 드레스를 입은 채 침대에 벌렁 드러눕는다.

애나다. 너 돌아왔니?

아니라고 대답하고 싶다. 그냥 잠수해 버리고 싶다. 남은 봄방학 동안만이라도. 앞으로 나흘 내내 침실에 처박혀 누구와도 애길 하지 않고 끝날 줄 모르는 내 몽상의 레퍼토리 속을 맴돌고 싶다. 예를 들면 이런 것. 난 프롬 드레스를 입고 플래시라이트를 받으며 완벽하게 드럼을 연주하고 있다. 그때 내 눈에 관중 속의 애비가 들어온다. 그러자 음악이 느려지더니, 애비가 특유의 은은하고 희미한 미소를 짓는다. 나로서는 그저 쟤가 날 무너뜨리려고 저러는구나 하고 생각할 수밖에 없는 그미소.

보고 싶어! 또 애나의 문자다. 금요일에 스타벅스 어때?

그래. 이젠 내가 못된 사람이 된 기분이다. 며칠 동안 애나 생각이라곤 한 번도 안 했으니까. 걔가 존재한다는 것도 거의 까먹었을 정도다. 난 모건에게 화가 나긴 했지만, 애나가 잘못한 건 없다. 그냥 내가 형편없고 무신경한 친구일 뿐이다.

그래! 우리 둘이서만?

애나는 웃는 얼굴 이모지로 답장한다.

다행히 애나는 아침형 인간이라, 난 출근하는 엄마를 태워 드리고 바로 스타벅스로 갈 수 있게 됐다. 하지만 그곳이 금요일 오전이면 항상 난리 법석이란 걸 미처 생각 못 했다. 드라이브스루 매장에 줄이 얼마나 긴지 주차장에 들어가는 것조차 어렵다. 결국엔 근처의 스트립 클럽 주차장에 차를 세워야만 했다. 5분 앞서 도착했는데도 애나의 차가 먼저 와 있었고, 매장 안에 들어서자 애나가 바로 보인다. 검은 머리를 깔끔하게 포니테일로 묶은 채 문을 등지고 앉아 있다.

바로 맞은편에는 모건이 앉아 있다.

너무 화가 나서 토해 버릴 것 같다. 정말로 속이 울렁거린다. 모건은 나와 눈이 마주치자 애나에게 뭐라고 속삭인다. 그러자 애나가 몸을 돌리더니 내게 웃어 보인다. 모건이 내게 손을 흔든다.

난 가만히 서서 그쪽을 쳐다볼 뿐이다.

애나가 몸을 돌려 모건 쪽으로 기울인다. 모건의 손을 붙잡아 테이블 위에 내려놓고는 일어선다. 그러고는 날 향해 똑바로 걸어온다.

"지금 장난해?" 내가 묻는다.

"레아, 그런 거 아냐. 제발. 너희는 서로 얘길 해 봐야 돼."

"세상에, 네가 나한테 거짓말을 하다니."

애나가 움찔한다. "난 거짓말 안 했어."

"우리 둘이서만 보자고 그랬잖아."

"확실히 그러자고 하진 않았어. 그냥 이모지만 보냈지."

"웃는 이모지였잖아! 그건 확실한 대답이었다고." 내가 애나의 어깨 너머로 모건을 흘깃 쳐다보자 모건이 머뭇머뭇 미소를 보낸다. 안 되겠다. 난 얼른 애나에게서 돌아선다. "너도 알잖아, 내가 쟤랑 얘기하고 싶지 않다는 거."

애나가 눈동자를 굴린다. "레아, 지금 네가 얼마나 괴상하게 굴고 있는지 알긴 하니? 우린 졸업반이야. 학교에서 보낼 시간이 두 달밖에 안 남았어. 너희는 중학교 때부터 친구였고. 근데 그런 관계를 내던져 버리겠다고? 너 그 정도로 고집불통이었니?"

"이렇게 된 게 내 잘못인 것처럼 얘기하지 마."

"어휴, 그만 좀 해." 애나가 한숨을 쉰다. "레아, 모건도 자기가 잘못한 거 알아. 걘 속상했던 거야. 그래서 멍청한 소릴 했지. 그냥 쟤 사과를 받아 주면 안 될까?"

"쟤가 사과해야 할 사람은 애비야."

"하지만 이 일로 화가 난 건 너잖아."

"애비는 화가 안 났을 거라고 생각해?" 갑자기 뺨이 확 뜨거워진다. 이제 뺨을 붉히지 않고서는 애비의 이름조차 말할 수 없다니.

"그래, 나도 그 점이 궁금했어. 모건이 한 말을 대체 애비가 어떻게 알았을까?" 애나가 눈살을 찌푸리며 묻는다.

"내가 걔한테 말했는지 묻는 거야?"

애나가 어깨를 으쓱한다.

"맙소사. 정말로 지금 너한테 중요한 문제가 그거니?"

"레아, 이러지 마." 애나가 한숨을 쉰다. "그냥 모건이랑 얘기 좀 해 보면 안 돼?" 애나의 목소리가 약해진다. "이렇게 중간에 끼어 있는 것도 정말 힘들다고."

"그럼 중간에 끼어 있지 말든가."

"제발 그만해 줄래? 응? 난 그냥 평소대로 돌아가고 싶은 거야. 우리에겐 시간이 얼마 안 남았잖아."

난 애나를 바라본다. 갑자기 열한 살 때로 돌아간 기분이다. 친구라고는 없던 주근깨투성이 6학년 어린아이로. 완벽한 외톨이. 학교에 가고, 집에 오고, 엄마랑 텔레비전을 보고. 점심 시간 내내 화장실에 처박혀 만화책을 읽고. 아빠가 떠난 지 얼마 안 되었던 터라 엄마는 항상 화가 나 있거나 울고 있었다. 그러니 모건과 애나는 정말 처음으로 내게 신경을 써 준 사람들이었던 거다. 내가 사이먼과 닉의 존재조차 몰랐을 때도 둘은 이미 내 친구였다. 그래, 아마도 내가 못된 사람이겠지. 내가 과민 반응하는 거겠지.

정말이지, 누군가 내 배 속을 꽉 졸라매는 기분이다.

애나가 천천히 고개를 젓는다. "그래, 다음은 뭐야? 이젠 날 미워할 이유를 찾아낼 거니? 그리고 닉도? 사이먼은 어때? 우리 모두랑 관계를 끊어 버릴 생각이니? 작별 인사를 하는 게 감당이 안 돼서?"

"그건 헛소리야, 너도 알잖아."

"그래?"

"나 때문이 아니야." 내가 딱 잘라 말한다. "모건은 인종주의적인 말을 했어. 그리고 애비한테 사과하지도 않았지. 그뿐이야. 더 이상 얘기할 거 없어."

난 휙 뒤돌아서 스타벅스를 빠져나온다. 입을 떡 벌린 채 카운터 앞에 서 있는 애나를 남겨 두고.

22

주차한 곳에 도착하기도 전에 사이먼한테서 문자가 온다. 와플 하우스로 올 수 있어? 그러니까 지금 당장?

난 바로 답장을 보낸다. 타이밍 희한하네. 방금 스타벅스에서 나왔 는데. 사이먼이 내 위치를 알고 있던 게 아닌지 의심스러울 정 도다. 와플 하우스는 여기서 엄청 가까워서 걸어가도 되니까.

잘됐다. 우린 뒤쪽 자리에 있어, 이리로 찾아와!

간이 철렁한다. 우리?

나랑 닉 말이야. 사이먼이 답한다.

망할. 개망똥망폭망이다.

맙소사, 지금 바로 닉을 만난다고 생각만 해도. 과연 내가 닉 의 눈을 똑바로 볼 수 있을지도 모르겠다. 닉이 눈치채면 어쩌 지? 내 얼굴에서 뭔가 낌새를 챈다면? 있잖아, 닉! 내가 뭘 했는지 맞혀 봐! 네 전 여자친구랑! 네가 아직도 사랑하는 그 애 말이야!

그래, 이건 사소한 실수가 아니다. 그야말로 친구에 대한 중 범죄다.

내 휴대전화 화면을 바라보며 어떻게 이 상황에서 빠져나갈 수 있을지 궁리해 본다. 어쩌면 지금이야말로 사이먼이 희한하게 좋아하는 그 가상의 설사 핑계를 꺼내야 할 때인지도 모른다.

아닌가. 모르겠다. 어쨌든 언젠가는 닉을 만나긴 해야 할 테니까.

5시까진 그리로 갈게. 난 문자를 보낸다.

네가 최고야. 사이먼이 답장한다.

아주 포근하고 바람도 솔솔 부는 날이라 정말로 걸어갈까 싶다. 내 차는 그대로 스트립 클럽 주차장에 세워 두면 되겠지. 차가 몇 시간이고 여기 서 있는 게 처음 있는 일도 아닐 테니까.

와플 하우스에 가 보니 두 사람은 칸막이 자리 양쪽에 축 늘어져 와플 하나를 깨작깨작 나눠 먹고 있다. 끔찍하게 서글픈 광경이다. "안녕." 난 사이먼 옆자리로 들어가면서 인사한다.

닉이 갑자기 기운을 차린다. "안녕! 잘 돌아왔어. 자동차 여행은 어땠니?"

닉의 말을 듣자 내 심장이 뒤틀린다. 언젠가는 '자동차 여행'이란 말을 들어도 애비가 연상되지 않는 날이 오겠지. 난 두 다리를 의자에 올려 책상다리로 앉은 뒤 입술을 꾹 다물었다가 대답한다. "좋았어."

"잘됐네." 닉이 빠르게 고개를 끄덕인다. "그래, 내가 궁금한 건 말이야……."

"또 시작이네." 사이먼이 중얼거린다.

종업원이 오자 난 와플과 블랙커피를 주문한다. 아주 점잖

사랑은 오프비트

게. 그러나 종업원이 자리를 뜨자마자 닉이 곧바로 퍼부어 댄
다. "애비는 어땠어? 그러니까 괜찮아 보였는지, 아니면 — 뭐
라고 해야 할지 모르겠네. 좀 이상하게 굴진 않았어?"

제기랄.

"걘 말이야……."

"혹시 걔가 울었니?"

"음, 약간?"

그래, 사실이다. 약간 울긴 했지. 내가 걔를 비난한 직후에.
그러니까 걔가 나한테 키스하고 비난을 받은 직후에.

"오, 그렇군." 닉이 눈을 크게 뜬다. "그렇다면…… 좋아. 좋
은 애기네."

난 필사적으로 화제를 바꾸려 해 본다. "그래, 너희 여행은
어땠는데?"

"아주 좋았어." 사이먼이 대답하지만, 목소리에서 뭔가 수상
한 낌새가 느껴진다.

하지만 사이먼에게 무슨 일이냐고 물어보기도 전에 닉이 또
다시 폭주하기 시작한다. "그냥 걔가 보고 싶어서 그래, 알지?
우리가 애기 안 한 지 일주일은 됐잖아. 내가 계속 전화를 걸고
있지만 항상 자동 응답 메시지만 나와. 그냥, 어휴." 닉이 이마
를 문지른다. "그건 실수였어, 그렇지? 우리가 헤어져선 안 되
었다고."

"하지만," 사이먼이 조심스럽게 말한다. "걔가 너한테 헤어
지자고 한 거잖아."

닉은 사이먼의 말이 들리지도 않는 것 같다. "난 걜 지키기

위해 싸웠어야 했어." 닉의 목소리가 떨린다. "애비를 만난 건 내 평생 최고의 행운이었는데, 난 그냥 걜 보내 버렸어. 대체 무슨 생각이었던 걸까?"

사이먼이 날 흘낏 쳐다본다.

"하지만 네가 잘못한 건 하나도 없잖아." 마침내 내가 한마디 한다.

"내가 충분히 노력하지 않았던 거야." 닉이 고개를 젓는다. "조지아대에 지원했어야 했는데."

"하지만 넌 터프츠를 사랑하잖아." 사이먼이 머뭇거리며 말한다.

"난 애비를 사랑해."

머리가 어질어질하다. 생각이 다 꼬여 버릴 지경이다. 내가 아는 건 이것뿐이다. 닉은 애비를 사랑한다. 난 애비와 키스했다. 만약 닉이 안다면 얘는 절대로 괜찮아질 것 같지 않다. 닉은 영원히 회복하지 못할 것이다.

"잠깐만." 닉이 갑자기 날 쏘아본다. "애비가 거기서 누구랑 엮이기라도 한 거야?"

"뭐?"

"그랬구나, 맞지?"

"닉." 사이먼이 한숨을 쉰다.

"그냥 말해 줘." 닉이 내게로 몸을 내민다. "누구였어 — 남자 대학생?"

"음."

"젠장. 그럴 줄 알았지." 닉은 칸막이 자리 등받이에 도로 기댄다. "제기랄. 믿기질 않아."

난 정말 죽어 버릴 것 같다. 배 속이 오만 방향으로 뒤틀리는 듯하다. 하지만 도무지 아무런 말도 입 밖으로 나오지 않는다.

"그만해." 사이먼이 날 돌아본다. "애비가 그랬을 리 없어. 걘 남자 대학생이랑 엮이거나 하지 않았다고. 그렇지, 레아?"

난 천천히 고갤 끄덕인다.

"알겠지? 모든 게 괜찮아질 거야." 사이먼이 손으로 고개를 받친다. "그냥 혼란스러운 일주일이었던 거야."

"그래?" 내가 말한다.

사이먼은 가만히 고개를 끄덕이지만, 닉은 멍하니 눈앞의 허공만 쳐다본다.

"사이먼?"

"흐음?"

얘가 이렇게 굴 때면 어떻게 해야 할지 모르겠다. 가끔은 내가 자기 마음을 읽어 주길 바라는 게 아닌가 싶다. 뭐랄까, 그냥 가만히 앉아서 자기 생각을 내 머릿속으로 쏟아 내려고 하는 것 같다. 그걸 굳이 입 밖으로 꺼내지 않아도 되도록.

난 포크로 사이먼을 가리킨다. "야."

"응?"

"솔직히 털어놔 봐."

사이먼이 슬며시 웃는다. "알았어." 그러고는 침을 꿀꺽 삼키더니, 마침내 이렇게 말한다. "나 어느 학교에 반해 버린 것 같아."

"좋아."

"근데 그곳은 뉴욕대가 아니야."

"그래. 알겠어." 난 포크를 내려놓으며 멈칫한다. "어느 학교데?"

"해버퍼드. 아주 작은 학교야."

"필라델피아 근처잖아, 맞지?"

사이먼이 고개를 끄덕이며 입술을 깨문다.

"하지만 브램은 뉴욕에 있게 될 거잖아." 닉이 끼어든다.

사이먼이 한숨을 쉰다. "그래."

"아."

사이먼은 설탕 포장지를 만지작거린다.

"브램한텐 얘기해 봤어?" 내가 묻는다.

"아니."

"얘기해야지."

"나도 알아." 사이먼이 머뭇거린다. "아님 말든지. 모르겠어. 뉴욕대도 근사했거든. 내가 이상하게 구는 거지, 응?"

"무슨 소리야?"

"쓸데없이 일을 복잡하게 만들고 있잖아."

"어." 닉이 대꾸한다.

"음, 꼭 그렇진 않아." 내가 어깨를 움츠린다. "해버퍼드는 뭐가 그렇게 좋았는데?"

"휴. 뭐라고 해야 하지." 사이먼이 온 얼굴을 찌푸린다. 내가 미적분에 관해 애정 표현을 해 보라고 말하기라도 한 것처럼. "그냥 좋았어."

"그냥 좋았단 말이지."

"나 오줌 싸고 올게." 닉이 말하며 갑자기 일어난다. "네 생각은 잠시 넣어 둬."

하지만 사이먼은 날 돌아보며 말한다. "그곳에 동성애자들이 얼마나 많은지 믿기지 않을 정도야. 계속 그런 사람들과 마주친다니까. 목요일마다 자기 기숙사 방에서 프라이드 빙고 게임을 개최하는 여자애도 있어. 거기 다니면 말 그대로 동성애자 친구들만 사귈 수도 있다고."

"좋네."

"내게 진짜 동성애자 친구들이 생긴다면 어떨지 자꾸 상상해 보게 돼."

사이먼의 말을 들으니 가슴이 아파 온다. 이유를 설명하기는 어렵지만. 친구들이 날 이성애자라고 생각한다는 게 너무 이상하게 느껴진다. 하지만 한편으로는 안심이 되기도 한다. 하여간 엉망진창이다.

"그렇게 된다면 좋을 것 같아." 사이먼이 덧붙인다.

"하지만 알다시피 뉴욕에도 동성애자들은 있잖아." 내가 말한다. "뉴욕대엔 게이가 엄청 많을 텐데."

"알아. 하지만 거기 사람들은 힙스터 게이잖아. 내겐 범생 게이들이 필요해."

"근데 해버퍼드엔 범생 게이들이 있다?"

"거기 사람들의 99퍼센트는 범생이야. 실제 통계 자료도 있다고."

난 웃음을 꾹 참고 말한다. "그러니까 네 동족들을 찾은 거로구나."

사이먼이 작게 끙 소리를 내더니 손으로 얼굴을 가린다. "뭐랄까…… 그냥 거기 있을 때 뭔가 느낌이 왔어. 바로 여기다 싶은 캠퍼스를 찾았다고. 그곳이 날 선택했구나 싶었지. 무슨 말인지 알겠니?"

사이먼의 물음에 난 갑자기 허를 찔린 기분이다. 지난 며칠간을 되돌아본다. 희한하게도 캠퍼스 답사를 했던 일은 벌써 아득하게 느껴진다. 기억에 남아 있는 건 그저 애비가 난 사실 이성애자가 아닌지도 몰라 하고 말하던 때의 표정뿐이다. 그래, 나한테 키스하던 때의 애비는 그리 이성애자처럼 느껴지진 않았다.

"모르겠어." 마침내 내가 대답한다. "사람에 따라 다르겠지. 난 이미 내가 조지아대에 가리란 걸 알고 있었잖아. 그런 느낌이 오는 순간을 기대하진 않았거든."

"나도 그런 걸 기대하진 않았어." 사이먼이 중얼거린다. "대체 내가 뭘 하고 있는 거지? 모든 게 완벽했는데 내가 그걸 망쳐 버려야 했다니."

"넌 아무것도 망쳐 버리지 않았어, 사이먼." 내가 주문한 커피와 와플이 한꺼번에 나온다. 난 와플에 시럽을 뿌려 넣기 시작한다. 네모 칸마다 한 방울씩. "예상 가능한 최악의 시나리오는 뭔데?"

사이먼이 눈을 껌벅인다. "우리가 헤어지는 거지."

"넌 헤어지고 싶니?"

사이먼은 얼굴을 한 방 맞기라도 한 것 같은 표정으로 날 쳐다본다. "농담해? 절대 아니지!"

"브램은?"

"절대 아니지, 천만에."

"근데 뭐가 문제란 건지 모르겠네?" 난 와플을 한 입 베어 물며 묻는다. "너희 둘한텐 아무 일 없을 텐데."

"말도 안 되잖아. 난 뉴욕대에 가야 해. 그럴 계획이었잖아. 대체 왜 이런 의문이 생겨야 하는지도 모르겠어." 사이먼이 빠르게 고개를 내젓는다. "난 뉴욕대에 가야 해, 그렇지?"

"물론이지. 네가 범생 게이들의 천국에 더 끌리지 않는다면 말이야."

사이먼이 신음 소리를 낸다. "도움이 안 되는구나."

"생각해 봐. 필라델피아가 뉴욕에서 얼마나 먼데?"

"기차로 한 시간 반." 사이먼이 곧바로 대답한다. 이미 확인해 본 게 분명하다. "아셀라(워싱턴에서 보스턴까지 운행하는 고속열차)를 타면 더 빠르고."

"나쁘지 않은데, 사이먼."

"알아. 하지만," 사이먼이 이마를 찌푸린다. "그래도 장거리잖아."

"그리고 넌 장거리 연애를 하기 싫단 말이지."

"아니, 이론상으로는 문제 될 거 없어. 하지만 실제로 괜찮을지는 모르겠단 얘기지."

"수많은 사람들이 실제로 그러고 있는걸."

"그래, 하지만 닉이랑 애비를 봐." 사이먼은 모호하게 화장실 쪽을 가리킨다. "난리도 아니잖아."

심장이 멈추는 것 같다. 다들 자꾸 이렇게 내 앞에서 불쑥불쑥 애비 얘기를 꺼낼 거면 사전 경고라도 해 줘. 더구나 그게 애비와 닉의 상황이 난리도 아니라는 내용이라면 말이야.

하느님 맙소사. 진정하자. 난 와플을 포크로 찍어 입안에 쑤셔 넣는다. 말도 안 돼. 정말 말도 안 된다고. 애비 슈소가, 현실에 나타난 디즈니 만화영화 속 공주 같은 아이가 정말로 내 품에 달려들기라도 할 것처럼 생각하진 말자. 설사 걔가 진짜로 그런다 해도, 닉을 생각하면 안 될 일이야. 그래, 걘 사실 진짜 양성애자도 아니잖아.

하지만 걘 이런저런 의문을 품게 되었다고 했지. 내가 자길 그렇게 만들었다고.

"너…… 괜찮은 거야?" 사이먼이 문득 안경 너머로 날 골똘히 쳐다보며 묻는다.

"뭐?" 난 고개를 홱 쳐든다. "아무렇지도 않은데. 왜? 너야말로 괜찮아?"

"이것 봐, 너 엄청 이상하게 굴고 있잖아."

"아냐, 아니라니까."

사이먼이 눈썹을 치켜올린다. 우리는 서로 가만히 쳐다본다.

"이상하게 구는 건 네 쪽이지." 마침내 내가 시선을 돌리며 더듬거린다.

"나도 알아." 사이먼은 두 손으로 얼굴을 가린다. "그냥 이 문제를 좀 생각해 봐야겠어."

"내 생각에 넌 브램이랑 얘기해 봐야 해. 언제 만날 건데?"

"내일 시합이 끝나기 전까진 안 돼."

"축구 시합?"

사랑은 오프비트

사이먼이 고갤 끄덕인다.

"그럼 그때 바로 얘기해 봐."

사이먼이 한숨을 쉰다. "모르겠어."

"사이먼, 그러면 기분이 나아질 거야. 장담할게."

그래, 사이먼. 솔직하게 마음속 고민을 전부 브램한테 털어 놓으라고. 알았지? 넌 반드시 내 충고를 들어야 해. 나는 내 문제를 공유하고 스스로 처리하는 일이라면 그야말로 끝내주게 능숙한 사람이니까 말이야. 난 감정이란 걸 완벽하게 장악하고 있거든.

"알았어, 그럴게. 하지만 너도 같이 시합에 가서 내가 그럴 수 있게 힘을 불어넣어 줘야 돼."

"너희들 시합에 와 준다고?" 닉이 칸막이 자리 한쪽으로 들어오며 말한다. "고마워."

"음." 난 사이먼을 흘낏 쳐다본다. "그럴 거 같아."

"그래, 좋아. 잘됐네." 사이먼이 얼른 고개를 끄덕이고는 입안에 와플을 한가득 쑤셔 넣는다. 두 뺨이 불룩해진 모습이 꼭 햄스터 같다.

23

토요일 시합은 보조 체육관 뒤쪽 축구장에서 열린다. 도착하자마자 스탠드에서 골똘히 생각에 잠긴 사이먼이 보인다.

난 사이먼한테 다가간다. "기분은 좀 어때?"

"걔한테 얘기하고 싶지 않아." 사이먼이 툭 내뱉는다.

정말이지 내가 보기에 커플들이란 답이 없다. 미안한 얘기지만, 고속 열차로 한 시간 좀 넘는 거리를 가지고 이렇게 울고불고해야 하나? 물론 이상적인 상황이 아니란 건 안다. 하지만 사이먼의 반응만 보면 무슨 세상에 종말이라도 오는 것 같다.

사이먼이 한숨을 쉰다. "그냥, 좀 겁이 나서. 닉과 애비도 바로 그 이유로 깨진 거잖아, 안 그래?"

"이 경우는 다르지."

"하지만 뭐가? 뭐가 그렇게 다른데?" 사이먼이 날 애절하게 쳐다본다.

"엄청 다르잖아." 생각이 사방으로 휙휙 돌아간다. 머리를 식히고 집중해야 한다. "하다못해 비슷한 상황조차 아니라고,

사이먼. 닉은 보스턴으로 가는걸."

"그냥 속상해서 그래." 사이먼은 가만히 앞을 바라보며 말한다. 사이먼의 시선을 따라가니 막 잔디를 깎은 축구장의 골대와 남자애들이 눈에 들어온다. 엄청나게 많은 남자애들. 이 학교엔 남학생들이 말 그대로 수백 명이나 있고, 조지아대에는 더더욱 많을 것이다. 그중 하나에게 반하는 건 아주 간단한 일이겠지.

그쪽이 더 쉽고, 또 훨씬 안전할 것이다. 애비 슈소에게 반하는 것보다는.

"닉은 괜찮니?" 잠시 후 내가 묻는다.

"응, 그런 거 같아." 사이먼이 말한다. 그러더니 내 손을 잡고 꽉 쥔다. 이상하다. 사이먼과 손을 잡고 있는 게 이토록 기분 좋은 일이라니. 하지만 낭만적인 느낌은 전혀 없다. 그냥 편안하다는 얘기다. "이젠 모든 게 평소대로였으면 좋겠다고 얘기하고 있어." 사이먼은 말을 잇는다. "그러니까 프롬 계획이든 뭐든 아무것도 바뀌지 않았으면 좋겠다고."

"아, 맞다, 프롬." 일주일 남았다. 오늘로부터 딱 일주일 뒤의 일이다. "까맣게 잊고 있었네."

"이해해."

"두 사람 이젠…… 파트너가 아닌 거지?"

사이먼이 고개를 젓는다. "둘 다 만찬이랑 댄스파티엔 오겠지만, 각자 솔로로 가는 거야."

"솔로로 말이지. 아직도 그런 표현을 쓰나?"

사이먼이 웃는다. "사실 나도 몰라."

난 고개를 돌려 경기장을 바라본다. 닉이 공을 세게 걷어찬다. 어찌나 세게 차는지 내가 다 움찔할 정도다. 닉의 얼굴은 새빨갛고, 두 눈엔 예전에 본 적 없는 열기가 타오르고 있다. 사이드라인 밖에 선 코치가 고개를 끄덕이며 천천히 박수를 보낸다.

난 사이먼을 돌아보며 눈썹을 치켜올린다. "쟤 정말 괜찮은 거 맞아?"

"좋아 보이진 않네." 사이먼이 중얼거린다. 하지만 잠시 후 사이먼의 양쪽 입꼬리가 올라간다. 브램을 봤을 때의 얼굴이다. 당연하게도 브램이 경기장에 들어왔고, 달려 나가며 사이먼을 향해 미소를 보낸다.

"공을 쳐다봐, 그린필드." 코치가 소리친다. "로플린, 너도. 집중하라고. 젠장." 내가 쳐다보니 개릿이 이쪽을 향해 양팔을 미친 듯이 흔들고 있다.

"안녕, 개릿." 난 우물거리며 눈동자를 굴린다. 사이먼이 웃는다. 인정할 수밖에 없다. 누가 날 따라다닌다는 건 기분 좋은 일이다. 설사 그 사람이 개릿일 뿐이라도. 그냥 기분이 좋다. 그리고 이 '기분 좋음'은 꽤나 신선한 느낌이다. 애비 슈소는 내게 온갖 감정을 느끼게 하지만, 그중에 '기분 좋음'은 포함되지 않는다.

하느님 맙소사. 애비.슈소.생각.좀.그만해.

"기분이 너무 이상해." 사이먼이 한숨을 쉰다.

정말로 그렇다.

그래, 놀랍지 않은가. 내겐 프롬 파트너가 있는데 애비 슈소는 혼자라니.

　내가 개한테 문자를 보내야 하는 건지 모르겠다.

　그래, 우리가 싸우거나 한 건 아니잖아. 어색해질 필요 없다.
고작 키스 한 번인걸. 게다가 애비가 술에 취해서 일어난 일일
뿐이다. 그냥 뭔가 친근하고 가벼운 문자를 보내면 되겠지. 우
린 가벼운 문자나 주고받는 가벼운 친구 사이니까. 하지만 뭐
라고 문자를 입력해 보려고 할 때마다 머릿속이 완전히 새까매
져 버린다. '안녕'이라고만 보내려고 해도 온몸이 확 불타오를
것 같다.

　이런 식의 짝사랑이라면 충분히 사람을 잡고도 남겠어.

　내 텀블러나 돌아보며 머리를 식혀야겠다. 스크롤을 내리며
포스팅을 역순으로 죽 훑어본다. 과거로 거슬러 올라갈수록
내 그림은 형편없어진다. 인체 비례가 전부 틀렸고 명암 처리
도 엉망이다. 내가 발전했다는 사실에 기뻐해야 할 텐데, 예전
그림들을 보니 이상하게 당황스러워진다. 내 재능이 처음부터
완성된 것이었다면 좋았을 텐데. 내가 발전해 가는 과정을 남
들이 보는 게 싫다. 무대에서 내려와서야 속옷이 드러나 있었
다는 사실을 깨닫는 것과 비슷하다고 할까. 그렇다고 이젠 내
은유적 속옷이 완벽하게 가려져 있다는 건 딱히 아니지만. 아
직도 내 그림엔 여기저기 결점들이 많이 보인다. 맥 빠지고 굴
욕적이고 견디기 어려운 일이다.

　하지만.

　그래.

또 다른 익명 메시지가 와 있다. 내가 커미션을 받는지 문의하는 내용이다. 님 그림이 너무 마음에 들어요. 완전 푹 빠졌어요. 이렇게 적혀 있다.

푹 빠졌단 말이지, 나한테 돈을 지불할 만큼. 내게 돈을 줄 테니 그림을 그려 달라고 요청하는 거다. 나에게 없는 드럼 세트를 생각해 본다. 수리할 형편이 안 되는 우리 자동차도. 내 250달러짜리 프롬 드레스도.

그리고 애비를 생각한다.

하지만 난 커미션을 받을 수 없다. 그림을 그렸는데 결과물이 엉망진창이면 어떡하지? 환불 요구를 받는다면? 내가 단가표를 올렸더니 사람들이 자지러지게 웃기만 한다면? 막상 커미션 신청을 하는 사람이 하나도 없다면? 이 익명 메시지를 보낸 사람은 그냥 트롤(인터넷에서 고의로 사람들을 속이거나 선동하는 메시지를 보내는 사람)이겠지. 청춘 영화에서 범생 여자애를 놀리려고 거짓 파트너 신청을 하는 녀석들처럼.

입안이 바싹 마른다. 이유를 설명하기가 어렵다. 아예 내 텀블러 계정을 삭제해 버릴까 싶기도 하다. 하지만.

모르겠다.

그냥 호기심이 생긴다.

그렇다고 해서 내가 이 신청을 받아들인다는 의미는 아니다. 이 감정엔 아무런 의미도 없다.

24

월요일 아침에 스쿨버스에서 내리니 개릿이 상자에서 튀어나오는 용수철 인형처럼 불쑥 계단에서 나타난다. "버크!"

난 펄쩍 뛴다. "놀랐잖아, 개릿!"

"무슨 일인지 맞혀 봐." 개릿이 말한다.

난 이마를 찌푸린다. "뭔데?"

"나 너한테 화났어."

"왜?"

개릿은 미소를 짓더니 자기 머리칼을 헤집는다. "너 또 시합이 끝나기 전에 가 버렸잖아. 왜 항상 그러는데?"

"왜냐하면." 내 머릿속은 텅 비어 있다. 물론 정말로 텅 빈건 아니다. 하지만 제대로 곱씹어 볼 만한 생각 같은 건 하나도 안 들어 있는 게 확실하다.

왜냐하면.

왜냐하면 애비가 나한테 키스했으니까. 걘 이성애자가 아닐지도 모르니까. 그래서 이 사실을 반영해 내 모든 몽상들의 내

용을 수정해야만 했으니까. 그야말로 전면적인 재점검 말이지, 개릿. 내 머릿속에 애비와 관련된 몽상이 얼마나 많이 있는지 네가 알 순 없겠지만.

"내 평생 가장 지루한 봄방학이었어." 개릿이 말한다. 이제 녀석은 내 옆에서 보조를 맞추어 걷고 있다. "네가 답사를 가지 말고 날 즐겁게 해 줬어야지."

"널 즐겁게 해 줘?" 난 개릿을 흘겨본다.

"아니, 버크, 그런 의미는 아니었어." 개릿이 날 쿡 찌르며 대답한다. "하지만 네가 얘길 꺼냈으니 말인데……."

그러더니 녀석은 내게 윙크한다. 어이쿠, 이런. 이쯤에서 끊어야겠다. "점심시간에 봐, 개릿." 난 이렇게 말하고 개릿의 팔을 한 번 두드린 다음 옆쪽 복도로 꺾는다.

"만찬 예약해 놨어!" 등 뒤에서 개릿이 소리친다. "프롬 말이야!"

난 그냥 어깨 너머로 엄지만 쳐들어 보인다. 정말 얼빠진 녀석이다. 귀여운 구석도 있지만.

수요일에 애비의 차에서 내린 뒤로 개랑 한마디도 안 했다. 그 사실을 깨닫자 속이 울렁거린다. 그렇게까지 시간이 지났다니 실감이 나질 않는다. 하지만 다시 생각해 보니 난 하루에 대략 백억 번쯤 개 생각을 했으니까.

오전 내내 온몸이 소리 없이 진동하는 기분이다. 애비와 같이 듣는 수업은 오늘 오후에나 있다. 하지만 점심식사가 있지. 정오에. 6분 30초 남았다. 시계에서 눈을 못 떼겠다.

식당에 가 보니 브램은 벌써 자리에 앉아 있다. 나도 걔 옆자리에 문간을 마주 보고 앉는다. 그러고 보니 사이먼이 애한테 얘기를 했는지 모르겠다. 왠지 어색하다. 있지, 브램. 네 남자친구가 필라델피아로 갈지도 모르는데, 그 얘길 너보다 나한테 먼저 했지 뭐니.

그제야 난 그 말의 의미를 실감한다. 사이먼이 나한테 먼저 얘기했다. 아주 솔직히 말하자면 내겐 은근히 신나는 일이다. 내가 1순위로 선택받는 일은 한 번도 없었지만, 이제 사이먼이 그렇게 해 준 것이다. 갑자기 사이먼을 향한 애정이 파도처럼 밀려온다. 지금까지 내 평생 최고의 친구는 아마도 사이먼이겠지.

그래, 난 정말로 사이먼에게 커밍아웃을 해야만 한다. 내가 양성애자라고 말해야 한다. 어떻게 될지 눈앞에 생생히 그려진다. 내가 말하면 사이먼은 웃음을 터뜨리겠지. 재수 없는 웃음 말고. 내 생각엔 사이먼도 아주 즐거워할 거다.

"왜 그렇게 웃고 있어?" 브램이 묻는다.

난 어깨만 으쓱하고 고개를 돌린다.

바로 그 순간 문간에 서 있는 애비가 보인다. 단정한 차림의 애비. 절제의 여신 같다. 청바지에 긴 카디건, 그리고 안경. 난 바로 며칠 전에 애비랑 이틀 밤을 같이 지냈는데도 쟤가 안경을 낀다는 걸 알아차리지 못했다. 물론 애비는 안경 낀 모습도 멋지다.

그때 애비가 내게 살짝 미소 지어 보인다. 도저히 쳐다보지도 못하겠다. 기억조차 가물가물하다. 내가 쟤한테 화나 있어야 맞는 건가? 애비가 이리 오라고 손짓해 보인다. 난 일단 나더러 그러는 게 맞는지 확인하려고 주위를 빙빙 둘러본다. 그래, 너 말야. 애비가 입 모양으로 말하더니 씩 웃는다.

내가 테이블에서 일어나는 동시에 사이먼이 와서 앉는다. 애비는 문간 바로 옆 복도에서 기다리고 있다.

"안녕." 애비가 조심스러운 미소를 띠며 인사한다.

"안녕."

"난 저기 못 앉겠어."

"닉 때문에?"

애비는 어깨를 으쓱한다. "그냥 너무 못된 짓 같아."

잠시 우리 둘 다 말이 없다. 그냥 벽에 기대어 선 채 떼 지어 식당으로 들어오는 3학년생들을 바라볼 뿐이다. 애비가 한쪽 발로 벽 모서리를 두드린다. 내가 지금까지 한 번도 본 적 없는 눈빛을 띠고서. 나로선 그 의미를 모르겠다.

"그래, 우리 정말로 얘길 좀 해 봐야겠어." 마침내 애비가 말한다.

"너랑 닉 얘기?"

"아니." 애비가 눈동자를 굴리더니 웃는다. "너랑 내 얘기."

심장이 팔딱거린다. "그래."

"이번 주 방과 후에 시간 있니?"

"무슨 요일?"

"아무 요일이나 괜찮아. 금요일 어때?" 애비가 머뭇거린다. "난 그냥—"

하지만 그러다 갑자기 말을 끊더니 내게서 아주 살짝 물러난다. 돌아보니 개릿이 옆에 와 있다.

"안녕, 아가씨들."

일일 민망 극장, 주연 개릿 로플린. 오늘의 이야기: 개릿이 여학생들을 '아가씨들'이라고 부르지 말라는 지적을 까먹다.

"그냥 모두에게 프롬 만찬에 관해 알려 주던 참이야. 노스포인트 쇼핑몰의 '아메리칸 그릴 비스트로'에 6시로 예약해 놨어. 생태 학습장에서 약 20분 거리야."

"프롬이 생태 학습장에서 열린다니 너무 좋아." 애비가 말한다. "우리랑 딱 어울려."

"우리가 생태적으로 아주 멋지니까?" 개릿이 묻는다.

"우리 동기들은 그야말로 야생동물 같으니까." 애비가 대꾸한다.

개릿은 낄낄 소리 내어 웃고, 나 역시 고개를 저으면서도 웃어 버린다.

"하여간, 난 가 봐야겠네." 애비가 갑자기 말하더니 개릿에게서 내게로 눈을 돌린다. "알았지." 애비의 발가락이 내 발을 콕 찌른다. "금요일 오후야. 내가 너 있는 데로 갈게." 애비는 한순간 내게 웃어 보이더니 어느새 복도를 따라 저만치 가 있다. 그러고는 모퉁이를 돌아 사라져 버린다.

25

당연히 남은 하루 동안 난 엉망진창이다. 웃기지도 않을 정도로 완전히 넋이 나갔다. 내 머릿속은 곤죽이 되어 버렸다. 문자 그대로 곤죽이다. 단지 애비가 눈앞에 나타났을 때만 그런 거라면 별 문제 아니겠지만, 그 정도가 아니다. 뭘 하든 어딜 가든 그런 상태다. 사람들이 나한테 말을 걸려고 하지만 귀에 들어오지도 않는다.

방과 후 버스를 타러 가는데 사이먼이 날 낚아챈다. "이리 와. 내가 집까지 데려다줄게."

"그럴 필요 없는데."

"이건 질문이 아니야. 가자." 사이먼은 한쪽 팔로 내 어깨를 휘감더니 주차장 쪽으로 나를 떠민다. 그 상태로 주차장까지 나를 데려간다. 내가 허약하고 휘청거리는 증조할머니라도 되는 것처럼.

"너 좀 이상하게 구는데." 난 사이먼에게 통보한다.

사이먼은 조수석 문까지 대신 열어 준다.

사랑은 오프비트   268

"내 안전벨트도 대신 채워 줄 거야?" 내가 덧붙인다.

"하나도 안 웃기거든."

"근데 노라는 어디 있어?" 마침내 사이먼이 운전석에 앉자 난 묻는다.

"그걸 묻다니 재밌네."

"뭐가 재밌는데?"

"음, 내 말은," 사이먼이 설명한다. "전혀 재미가 없다는 뜻이야."

"아."

사이먼은 차를 천천히 후진시켜 주차장에서 빼낸다. 입술을 꽉 다물고 있다.

"아무 문제 없는 거야?" 얼마 후 내가 묻는다.

"뭐? 아, 그래. 그냥 좀." 사이먼이 머리를 흔든다. "걔가 프롬에 간다는 거 알고 있었니?"

"노라가?"

사이먼이 고개를 끄덕인다.

"아, 칼이랑?"

신호에 걸려 차를 세운 사이먼이 경악한 표정으로 날 쳐다본다. "너 알고 있었어?"

"아니, 하지만 연극 공연 내내 꽤 사이가 좋아 보이더라고."

"아냐, 그렇지 않았어! 그랬으면 나도 알아챘을 거야. 난 그런 쪽엔 항상 눈치가 빠르거든." 내가 크게 콧방귀를 뀌자 사이먼이 눈살을 찌푸린다. "무슨 뜻이야?"

"아무것도."

"흐음."

"그래서 둘이 데이트한대?" 내가 묻는다.

사이먼은 한숨을 쉰다. "모르겠어."

"내가 물어봐 주면 좋겠어? 그럼 물어볼게. 난 상관없어."

"그냥 기분이 묘하잖아, 안 그래?" 사이먼이 고개를 격하게 끄덕거리며 말한다. "걘 날 좋아했는데."

"하지만 넌 남자친구가 있잖아. 참, 말이 나왔으니 얘긴데—브램한텐 아직 말 안 했니?"

"응, 하지만 할 거야. 근데 레아, 맙소사. 내가 질투하는 건 아니란 거 알지, 응? 그냥 묘하다는 얘기야—그렇잖아."

"내가 보기에는 전혀 묘하지 않은데. 너하고 노라는 많이 닮았는걸."

사이먼이 운전대를 탁 때린다. "그래서 묘하다는 거잖아."

"취향이 확실한 녀석이네."

"마음에 안 들어."

"내 생각에 넌 그냥 네 동생이 누구랑 사귄다는 게 마음에 안 드는 거야."

"걔네들은 사귀는 거 아니라니까."

난 웃으며 설레설레 고개를 젓는다.

"하지만 노라가 요즘 졸업 앨범 편집 때문에 방과 후에도 칼이랑 같이 학교에 남아 있긴 해. 칼이 매일 노라를 집까지 태워다 주고."

"그게 바로 사귄다는 거야."

사이먼이 씩씩거린다. "아냐, 아니라고."

사이먼은 로즈웰 로드로 차를 꺾는다. 그러고 나서 5분 동안 우리 둘 다 아무 말도 하지 않는다. 난 사이먼이 우리 집 진입로로 들어선 뒤에야 입을 연다.

"정말 괜찮은 거야?" 마침내 내가 묻는다.

"응? 어, 그래."

"넌 브램이랑 얘길 해 봐야 돼."

"알아."

"지금 당장 말이야. 오늘."

사이먼은 천천히 고개를 끄덕인다. 이를 악문 채. "바보 같은 짓이야. 그냥 뉴욕대 등록금이나 입금할까 봐, 그렇지?"

"사이먼, 내가 너 대신 결정을 내려 줄 순 없어." 난 머리를 젓는다. 그런 다음 사이먼의 손을 붙잡고 끌어당긴다. "좋아, 이리 와 봐."

"너희 집에 들어가자고?" 사이먼은 눈썹을 찌푸린다.

"어."

"음, 그래." 사이먼이 빠르게 고개를 끄덕인다. "와, 마지막으로 너희 집에 들어간 지 정말 엄청 오래된 것 같네."

"나도 알아." 대꾸하면서도 바보같이 자의식이 느껴진다. 우리가 부자가 아니란 건 비밀이 아니다. 그리고 사이먼은 우리 집이 작거나 어질러졌거나 형편없는 중고 이케아 가구투성이라는 사실로 날 판단할 사람이 아니다. 그런데도 난 남들을 집에 데려오는 게 묘하게 꺼림칙하다. 카펫 얼룩이나 전혀 짝이 안 맞는 내 침구가 자꾸 날카롭게 의식되는 걸 어쩔 수 없다. 게다가 내 방 크기가 사이먼 방의 벽장만 하다는 사실도.

우리는 차고로 걸어 들어간다. 사이먼이 내 뒤를 따라서 복도를 걸으며 말한다. "네 방이 어떻게 생겼는지도 기억이 안 나네."

"아주 작아. 미리 경고해 두는 거야."

내 침실 문을 열고 안으로 들어간다. 문간에서 머뭇거리던 사이먼이 나직한 목소리로 말한다. "근사하네."

난 사이먼이 농담하는 건지 확인하려고 걔 얼굴을 쳐다본다. "이거 전부 네가 그렸니?" 사이먼은 벽을 향해 다가서더니 내 스케치 하나를 골똘히 들여다본다.

"몇 장은. 인터넷에서 다운로드한 것도 있고."

내 방 벽은 그림들로 뒤덮여 있다. 연필 스케치, 펜으로 섬세하게 그린 캐릭터 초상화, 치비(머리가 큰 이등신으로 변형한 캐릭터)와 야오이. 난 디비언트아트(직접 그린 그림을 올리는 온라인 커뮤니티)에서 마음에 드는 그림을 발견하면 프린트해 둔다. 가끔은 모건이나 애나가 프린트해서 나한테 주기도 했다. 최근에는 점점 더 내 그림 비중이 늘고 있는 것 같다. 내가 그린 해리와 드레이코, 우라노스와 넵튠, 내가 만든 오리지널 캐릭터들. 거기다 모건네 집에서의 애비와 나를 그린 그림도. 사이먼이 제발 저 그림을 알아채지 말아야 할 텐데.

"이 방 정말 너답다." 사이먼이 미소 지으며 말한다.

"그런가 봐."

사이먼이 내 침대에 벌렁 드러눕는다. 사이먼은 이런 녀석이다. 어딜 가든 지극히 느긋하고 편안할 수 있다. 나도 걔 옆에 몸을 쭉 뻗고 눕는다. 우린 나란히 천장 선풍기를 쳐다본다.

그때 사이먼이 양손으로 얼굴을 가리더니 한숨을 내쉰다.

"있지." 내가 말한다.

"응."

"네가 고민된다는 거 알아."

사이먼은 코를 훌쩍이더니 고개를 돌려 날 쳐다본다. 안경 안으로 눈물 한 방울이 뺨을 타고 흘러내려 있다. 사이먼이 손두덩으로 눈물을 훔친다. "난 그냥 작별 인사 하는 게 싫어."

"알아."

"걔를 떠나고 싶지 않아. 너도, 애비도, 다른 모든 친구들도." 사이먼의 목소리가 갈라진다. "필라델피아엔 내가 아는 사람이 하나도 없어. 남들은 어떻게 이런 일을 감당하는지 모르겠어."

나도 목이 메어 오는 것 같다.

"아마 테일러조차도 보고 싶어질 거야."

"좋아, 너 이제 나랑은 안녕이야."

사이먼이 웃었다가 또다시 훌쩍이기 시작한다. "이것 봐. 너도 걔가 보고 싶으리란 걸 알잖아. 걔의 신진대사가 여전히 활발할지 우리가 어떻게 알 수 있겠니?"

"걔의 인스타그램 업데이트를 보면 되겠지."

"그래, 맞는 말이네."

"그것도 아주 최소한의 예측이라고."

"무슨 말인지 알겠어." 사이먼이 내게로 몸을 끌어당긴다. 이제 우린 아주아주 가까이 있다. 머리가 맞닿을 정도로. 문득 내 귓전에서 사이먼이 나직하게 한숨을 쉰다. 그 한숨에 내 머리칼이 헝클어진다. 내가 지금만큼 사이먼을 사랑한 적도 없었던 것 같다. 우린 그냥 그렇게 누워 있다. 선풍기가 빙글빙글 돌아가는 걸 지켜보면서.

애한테 말해야 하는데.

지금 당장. 역사상 이보다 더 커밍아웃을 하기에 완벽한 순간도 존재하지 않았을 텐데.

하지만 난 그러지 않는다.

정말로 희한하다. 내 방에서 게이 절친과, 내가 커밍아웃을 하면 박수 치며 환영해 줄 게 100퍼센트 확실한 친구와 단둘이 누워 있는데. 위험할 일이라곤 요만큼도 없는 상황인데.

하지만 도저히 그 말이 입 밖으로 나오질 않는다.

26

그리고 닉 문제도 있다. 와플 하우스에서는 정신이 나간 듯했던 닉은 월요일과 화요일엔 지극히 멀쩡해 보였다. 너무 멀쩡해서 좀 걱정될 정도였다. 하지만 수요일 오후가 되자 녀석은 완전히 폭주해 버렸다.

방과 후 버스를 타러 가는데 교내 방송으로 닉의 목소리가—분명히 녀석이다—들려온다. "사이먼 스파이어와 레아버크, 당장 중앙 현관 쪽으로 오세요."

난 가던 길을 멈추고 어리둥절해서 스피커를 쳐다본다.

"다시 한번 알립니다. 사이먼과 레아, 지금 당장 중앙 현관 쪽으로 오세요."

닉이 무슨 생각인 건지 모르겠지만, 하여간 난 그쪽으로 가다가 계단에서 사이먼과 마주친다. "대체 무슨 일이야?" 사이먼이 내게 묻는다.

난 천천히 고개를 젓는다. "나도 모르겠어."

사이먼을 따라 계단을 올라서 중앙 현관으로 들어간다. 사람들이 바글바글하다. 웃고 서로 밀쳐 대며 주차장을 향해 움직이고 있다. 하지만 닉의 모습은 보이지 않는다. 물론 여기 어딘가에 있긴 하겠지만. 솔직히 지금쯤은 이미 정학당했을지도 모른다. 우리가 교내 방송을 멋대로 이용하면 안 된다는 건 분명한 사실이니까.

"얘가 우릴 놀리고 있는 건 아닐까?" 사이먼이 묻는다.

"글쎄." 난 고개를 갸웃한다. "정말 그런 거라면 대체 무슨 생각인지 모르겠는데."

하지만 얼마 후 닉이 안내 데스크 쪽에서 뛰어나온다. 눈은 이글거리고 잔뜩 흐트러진 모습이다. "아, 너희 왔구나. 잘됐네, 잘됐어."

사이먼은 닉의 얼굴을 빤히 쳐다본다. "괜찮아?"

"뭐? 당연히 괜찮지!" 닉이 얼른 고개를 끄덕인다. "당연하고말고."

잠시 동안 세 사람 모두 말이 없다.

"그래, 무슨 일인데?" 마침내 내가 묻는다.

닉이 주변을 훑어보더니 잠시 머뭇거리다 말한다. "너희 지금 안 바빠?"

"응." 사이먼이 고갤 끄덕인다.

"좋아, 잘됐어. 내가 바라는 건 너랑," 닉이 날 가리키더니 곧이어 사이먼을 가리킨다. "너랑, 나랑, 이렇게 셋이 우리 집에 가서 정크 푸드를 먹고 비디오게임을 하는 거야. 예전이랑 똑같이. 애비, 브램, 개릿은 빼놓고 말이지."

"저기, 개릿이랑 난 그런 사이가—"

닉이 내 말을 자른다. "우리끼리만. 예전의 삼총사 말이야."

"우리끼리만." 사이먼이 되풀이한다. "좋아, 노라한테 문자만 보내고. 네가 이따 날 집까지 태워 줄 거면 차는 노라가 쓰도록 놔두고 가게."

"좋았어." 닉이 대답하더니 양손으로 우리 둘의 어깨를 꽉 붙잡는다. 사이먼이 내 얼굴을 초조하게 흘깃거린다.

주차장까지 가는 동안 아무도 입을 열지 않는다. 하늘은 흐리고 어둡다. 먹구름이 낮게 깔려 있다. 난 섬뜩한 기분을 꿀꺽 삼키며 조수석에 앉는다. 닉네 집까지는 차로 얼마 안 걸리고, 그동안 사이먼은 필사적인 수다로 썰렁한 분위기를 무마하려 한다. 노라와 칼 얘기, 턱시도 대여 얘기. 닉은 한마디도 하지 않는다. 곧바로 차고로 진입해서 평소 닉의 엄마가 주차하던 자리에 정확히 차를 세운다. "두 분 다 밤샘 근무야." 닉이 우리에게 알려 준다. "맥주도 있고."

그래, 그런 밤이라 이거지.

닉은 여섯 개들이 캔 맥주 묶음과 통기타를 집더니 지하실로 향한다. 난 게임용 의자 중 하나에 편히 자리를 잡고 사이먼은 소파에 드러눕는다. 하지만 닉은 편안한 자리를 모두 마다하고 굳이 바닥에 앉더니 책상다리를 하고서 기타를 조율하기 시작한다. 맥주를 한 모금 들이켜고 몇 차례 시험 삼아 기타를 두드린다. 그제야 닉의 어깨에 긴장이 풀린다.

"저기, 닉?" 잠시 후에 사이먼이 묻는다. "우린 왜 여기 있는 거지?"

"진화론적으로 말이야, 존재론적으로 말이야?"

사이먼이 눈살을 찌푸린다. "내 말은 우리가 왜 너희 집 지하실에 있느냐는 거였는데?"

"왜냐하면 우린 친구고, 친구들은 이렇게 하는 거니까. 함께 지하실에서 노닥거린단 말이지." 닉이 코드 하나를 연주하더니 맥주를 한참 꿀꺽꿀꺽 들이켠다. "게다가 다른 사람들은 전부 여어엇 같으니까." 사실 마지막 한마디는 말한다기보다는 노래하는 것처럼 들린다.

닉이 맥주 캔을 내려놓더니 기타를 고쳐 잡고는 엄청나게 복잡한 멜로디를 연주하기 시작한다. 내 눈이 닉의 손을 따라잡지 못할 정도다.

사이먼이 소파에서 스륵 내려오더니 닉 옆의 바닥에 가 앉는다. "그래, 이 곡 정말 멋진데."

"형편없지." 닉이 계속 빠르게 프렛을 짚어 가면서 대꾸한다. 하지만 닉의 입가엔 웃음이 어린다.

사이먼이 머뭇거린다. "너 정말 괜찮은 거야?"

"아니."

"혹시 그 문제에 관해 얘기하고 싶어?"

"아니."

"알았어." 사이먼이 대답한다. 그러고는 간절하게 내 쪽을 쳐다본다.

난 의자에 앉은 채 두 사람 쪽으로 몸을 숙인다. "닉, 우리 슬슬 무서워지려고 그래."

"왜?"

"네가 너무 이상하게 구니까."

"아니, 안 그랬어." 닉이 코드 하나를 큰 소리로 연주한다. "난 그냥," 또 다른 코드. "연주하는 거야." 또 다른 코드. "내 절친," 또 다른 코드. "두 사람이랑." 그러다 갑자기 닉의 손이 뚝 멈춘다. "정말로 근사한 일이 뭔지 알아?"

사이먼의 얼굴에 희망이 어린다. "뭔데?"

"내가 이제부터 남은 평생 동안 다른 사람들에게 프롬 2주 전에 걷어차였다고 말하고 다닐 수 있다는 사실이지."

어이쿠. 난 사이먼을 쳐다본다. 사이먼이 두 볼을 크게 부풀리더니 큰 소리로 숨을 뱉어 낸다.

"엄청 웃기지, 응?"

난 닉을 쳐다본다. "별로."

"난 걔를 사랑했어." 닉이 말한다. 무섭도록 차분한 목소리다. "그런데 이제 갠 그걸 완전히 잊어버렸네. 별거 아니라는 듯. 그냥 그렇게 말이야."

"내 생각엔 그게 아니라—" 사이먼이 말하려 한다.

"그러니까 말이야, 너희는 누군가를 그렇게 사랑한다는 게 어떤 기분인지 알긴 해?"

난 거의 질식할 지경이다.

"야, 이젠 정말로 걱정되려고 그래." 사이먼이 말하더니 다시 한번 내 쪽을 흘깃 본다.

"왜? 난 괜찮은데." 닉이 환히 웃어 보인다. "정말 완벽하게 괜찮다고. 나한테 필요한 게 뭔지 알아?"

"뭔데?"

닉은 기타를 내려놓더니 캔에 남은 맥주를 죽 들이켠다. 그리고 새 맥주를 집더니 그것도 죽 마셔 버린다. "이거야." 닉이 히죽 웃으며 말한다. "와, 벌써 기분이 엄청 나아졌는데."

"그래." 사이먼이 불안하게 대답한다. "잘됐네."

닉이 헉 하고 숨을 들이쉰다. "좋은 생각이 났어."

"뭔데?"

"우린 축구를 해야 돼!"

"음."

"그래, 맞아. 아주 좋은 생각이야. 그렇게 하는 거야." 닉은 목이 빠져라 고개를 끄덕인다. "내 불알balls 가져올게. 아니, 내 공ball."

사이먼이 내 눈을 쳐다보며 말없이 고개를 젓는다. 우린 잠시 그대로 앉아서 닉이 벽장을 쑤시고 돌아다니며 흥얼거리는 소리에 귀 기울인다. 닉은 벌써 세 캔째 맥주를 마시고 있다. 닉이 취한 모습이야 전에도 본 적이 있지만, 이렇게 불안정한 모습은 생전 처음이다.

"찾았다." 닉이 선언하며 자랑스럽게 축구공을 들고 나타난다. "아주 끝내줄 거야."

"하지만 비가 오는데." 사이먼이 말한다.

닉은 씩 웃는다. "더 좋지." 지하실 문을 나서서 뒷마당으로 나가더니 양발로 번갈아 툭툭 공을 차기 시작한다. 사실 비가 오는 건 아니지만 공기가 무겁고 축축하다. "어서." 닉이 재촉한다. "레아, 너한테 패스할게."

"우리가 왜 이러고 있는지 설명 좀 해 줘."

"왜냐하면 이러고 있으니까." 닉이 대꾸한다. 그러더니 내 쪽으로 힘차게 공을 차서 날린다. 난 건성으로 발을 휘두르지만 완전히 공을 놓친다.

"좋아, 좋아. 훌륭한 대응이었어." 닉이 한쪽 손바닥을 주먹 쥔 다른 손에 부딪으며 말한다.

난 빙 돌아 공을 가지러 간다. 공을 주운 다음 닉한테 걸어가서 되돌려준다.

닉은 웃음을 터뜨린다. "공을 차야지."

"아냐, 그건 별로 좋은 생각이 아닌 것 같아."

닉이 공을 내려놓는다. "애비랑 내가 맨날 이러고 놀았다는 거 너희도 알지. 뭐랄까, 걘 축구를 상당히 잘했어." 닉은 우리의 대답을 기다리지도 않는다. "그랬다니까. 정말, 정말로 잘했다고. 하지만 그거 아니?"

우리 둘 다 아무 말도 않는다.

닉이 피식 웃는다. "걘 날 걷어찼거든!" 그리고는 공을 어찌나 세게 걷어찼는지, 날아간 공이 이웃집 울타리에 처박힌다.

"닉." 사이먼이 녀석을 부르며 한 걸음 가까이 다가가려 한다. 하지만 닉은 갑자기 휙 비켜나더니 공을 가지러 달려간다.

그러고는 다시 드리블하며 돌아온다. "그래, 뭐 좋아. 아주 좋은 일이라고. 어차피 잘 안 되었을 테니까. 장거리 연애는 엿같이 끔찍한 일이거든. 내 말 맞지?"

사이먼이 움찔한다. "맞아."

"아니, 아니야." 내가 얼른 말한다.

"맞다니까." 닉이 말한다. 그러고는 사이먼에게로 공을 찬다. "시작하기 전부터 이미 망한 거라고."

"꼭 그렇진 않아." 난 날카롭게 사이먼을 쳐다본다. "제대로 하려고 노력만 한다면 충분히 가능해."

사이먼은 똑바로 앞만 바라보며 이마를 찌푸리고 있다.

"사이먼, 나한테 도로 차 보내야지."

"아." 사이먼은 축구공에 슥 시선을 보내더니 한쪽 발을 들어 건성으로 툭 찬다. 공은 60센티미터 정도 굴러가다 멈춘다. "애비랑은 아예 얘길 안 해 본 거야?"

"어. 그럴 생각 없어." 닉이 씩 웃는다. "별로 관심도 없고."

"관심도 없다고." 사이먼이 미심쩍다는 어조로 말한다.

"터프츠에 여자애들이 얼마나 많은지 알아?" 닉이 차분하게 묻는다.

"엄청?"

"수백만 명이야. 수백만, 아니, 수조 명이라고." 닉은 발가락으로 공을 건드린다. "그러니까 솔직히 말해서 애비가 나한테 좋은 일을 해 준 거지."

사이먼의 시선이 언뜻 내 시선과 마주친다.

"하여간, 난 이미 걜 잊어버렸다고." 닉이 덧붙인다.

그래, 닉. 정말로 완전히 잊어버린 것처럼 보이네. 넌 완벽하게 평소 그대로고, 엄청난 멘탈 붕괴 같은 건 결코 겪고 있지 않단 말이지. 세상에. 난 멍청이가 아니거든. 하지만 정말이지 저 녀석 말을 믿고 싶다. 닉이 애비를 완전히 잊어버렸다면 내가 희망을 갖더라도 못된 사람이 되진 않을 테니까. 물론 빠른 시일 내엔 안 되겠지. 하지만. 어쩌면 언젠가는—한두 달 지나서—모든 게 이처럼 엉망진창이 아닐 때라면. 내가 애비한테 정말로 키스해도 되겠지.

닉이 공을 세게 걷어차서 자기 집 쪽으로 날려 보낸다.

아니야, 안 되겠어.

이번엔 사이먼이 공을 가지러 달려간다.

"그래, 레아. 이젠 네가 낭만적 음모에 휘말리게 되었다던데." 닉이 주먹으로 피아노를 때려 부수는 듯한 목소리로 말한다. 내 심장이 쿵 하고 갈비뼈 아래로 떨어지는 기분이다. 이젠 가슴팍에서 완전히 빠져나올 것 같다.

"무슨 소릴 하는 거야?" 내 목소리는 차분하다.

"에이, 왜 그래." 닉이 자기 콧등을 문지른다. "개릿이 너한테 완전히 푹 빠져 있는 거 알잖아. 하지만 개한테 내가 알려 줬단 얘긴 하지 마." 그러더니 갑자기 덧붙인다. "너한테 얘기하면 안 되는 거였는데."

"그래 ─ 알았어." 배 속이 쓰려 온다. 갑자기 기분이 가라앉고 울음이 터질 것만 같다. 말도 안 돼. 기뻐해야 마땅한 일인데. 흐뭇해하거나. 아니면 비슷한 거라도.

"너희 둘이 프롬에서 잘돼야 해. 그게 고등학교에서 일어날 수 있는 최고의 성취잖아, 안 그래?

"고등학교에서 일어날 수 있는 최고의 진부한 일이겠지." 난 덤덤히 대꾸한다.

"하여간, 그렇게 하라고." 닉이 말한다.

"난 그러기 싫어."

"뭘 그러기 싫은데?" 양팔 아래 공을 끼고 돌아온 사이먼이 묻는다.

"얘들아, 내가 몇 번이나 얘길 해야 하니? 공을 손으로 들고 다니지 말랬지."

사이먼이 공을 떨어뜨린다.

"난 개릿이랑 잘해 볼 마음 없어." 의도한 것보다 더 큰 목소리가 나와 버렸다. 마치 선언하는 것처럼 들린다. 갑자기 엄청난 확신이 솟구쳐서 숨이 가빠질 지경이다. 난 한 손으로 뺨을 꼭 누른다. "난 개릿이랑 키스하기 싫다고."

사이먼이 웃는다. "그래, 그럼 하지 마."

닉이 찬 공이 소리 없이 내 앞으로 굴러온다. 내 생각도 소리 없이 굴러가고 있다.

난 개릿과 키스하고 싶지 않아. 다른 누구와도 키스하고 싶지 않아.

그 애 말고는.

그야말로 가장 말도 안 되고 무모하고 끔찍한 생각이다. 난 닉의 마음을 짓밟게 될 테고, 그리고 나 자신의 마음도 짓밟히게 되겠지. 이성애자 여자애한테 반해 버리면 안 돼. 내 가장 친한 친구의 전 애인에게 반해선 안 된다고.

난 숨을 깊이 들이쉰다. 그리고 있는 힘껏 공을 걸어찬다. 마치 드럼을 치듯이. 어찌나 세게 찼는지 공이 거의 저 하늘에 뜬 달까지 날아갈 것만 같다.

27

"사이먼이 이상하게 굴어." 목요일에 브램이 턱을 손에 괸 채한 말이다. 브램과 개릿과 나는 도서관 구석 자리를 차지하고앉아 있다. "뭔가 나한테 말 못 할 일이 있는 것 같아."

"아마도 걔가 게이인가 봐." 개릿이 소곤거린다.

"그래, 나도 그렇지 않을까 싶더라." 브램이 어찌나 무표정하게 대꾸하는지 난 웃지 않을 수 없다. 하지만 맙소사. 사이먼이 아직도 브램한테 얘길 안 했다니 믿기질 않는다. 뉴욕과필라델피아 간의 거리가 정말로 그렇게 엄청난 난관이라고 생각하는 걸까? 파리나 도쿄도 아닌데. 정말이지 겨우 기차로 한시간 반이잖아.

"모르겠어." 마침내 브램이 입을 연다. 개릿은 날 쳐다보며어깨를 으쓱한다. 갑자기 그런 생각이 엄습한다. 얘들과 함께도서관에서 오전 시간을 보내고 있다니 얼마나 이상한 일인지모르겠다. 사이먼과 닉도, 모건과 애나도 없이 브램, 개릿, 나셋이서만. 1년 전 같았으면 있을 수 없는 일이다. 아마 6개월

전만 해도 불가능한 일이었겠지.

"버크, 네가 허공을 쳐다보는 건지 테일러의 엉덩이를 바라보는 건지 모르겠는걸."

"물론 테일러의 엉덩이지." 내가 반사적으로 대꾸한다. 그러고서 퍼뜩 눈을 깜박이니 정말로 테일러가 보인다. 우리한테서 몇 미터 떨어져 쭈그리고 앉아 있는데, 이리저리 흩어진 종이 무더기를 정리하는 웬 신입생을 도와주는 모양이다. 쟤가 얼마나 걸스카우트 타입인지 난 깜박 잊곤 한다.

"쟤 아이스너를 좋아하는 것 같아." 개릿이 속삭인다.

난 고개를 끄덕인다. "동감이야."

"하지만 애비는 어쩌고?" 브램이 묻는다.

개릿이 어깨를 으쓱한다. "뭐, 걔가 닉을 찼으니까. 닉은 이제 자유의 몸이라고."

"그런가 보네." 브램이 입술을 잘근잘근 씹는다. "프롬이 재미있어지겠는걸."

"그래, 아이스너랑 슈소랑 같이 리무진을 타야 하니 말이야. 끔찍한 볼거리가 되겠지."

"상황이 나쁠 것 같아?"

"걔들한테? 어. 하지만 우린 최고의 시간을 보낼 거야, 버크. 내가 약속할게." 개릿이 미소를 띤다. 녀석의 눈빛이 부드러워진다.

난 몸이 굳는다.

그때 마침 수업 종이 울린다. 하느님, 감사합니다. "수업 들으러 가 봐야겠어." 난 의자를 뒤엎다시피 하며 얼른 자리에서 일어난다.

왜냐하면, 맙소사. 이럴 순 없다. 나로선 개릿의 느끼한 눈빛과 닉의 실연을 감당할 수가 없다. 이성애자 여자애한테 이렇게 정신 못 차리고 빠져 있을 순 없다. 정신 줄을 제대로 붙잡아야만 한다.

이놈의 애비 문제에 대해 차분해져야 한다.

아니, 애초에 애비 문제 같은 게 존재해서는 안 된다.

하지만 내일 오후에 관해 생각하는 걸 멈출 수 없다. 애비가 꾸미고 있는 수수께끼의 방과 후 계획에 관해. 애비는 일주일 동안 그 일에 관해선 한마디도 안 했기 때문에 난 개가 아예 그 계획 자체를 잊은 건 아닌지 궁금해질 지경이다.

하지만 영어 수업을 마치고 교실을 떠날 때 애비가 내 카디건 소매를 잡아당기더니 말한다. "있지, 너 내일 버스로 집에 갈 거니?"

배 속이 온통 팔딱거린다.

이봐, 제정신이야? 이런 망할. 꺼져, 내 배 속에서 나대는 나비들아. 무슨 로맨틱 코미디의 한 장면인 것처럼 굴지 말라니까. 내가 버스로 집에 갈 거냐고. 이건 고작 날씨 얘기에서 한 단계 나아간 수준이잖아. 하지만 어째서인지 내 몸은 그 질문이 무슨 청혼이라도 되는 것처럼 반응하고 있다.

난 눈을 껌벅이고 고개를 끄덕이고 숨을 크게 내쉰다.

"좋아. 내가 너희 집까지 태워다 줄게." 애비가 씩 웃는다. "기대되네."

대답조차 못 하겠다. 그야말로 정신이 오락가락할 정도다.

버스로 집에 돌아가는 내내 머릿속이 믹서처럼 빙빙 돌아간다. 한순간 간신히 마음이 진정되는가 싶으면 다음 순간 기대감이 1메가와트의 전류처럼 엄습해 온다. 내일이면 난 애비와 단둘이 있게 된다. 그렇다고 무슨 일이 있을 거라는 얘기는 아니다. 무슨 일이 있길 바라기만 해도 난 인간쓰레기가 될 게 분명하니까.

하지만 어쩌면 내가 정말 돌아 버렸는지도 모르겠다. 완전히 맛이 갔다. 〈사운드 오브 뮤직〉의 한 장면처럼 두 팔을 내저으며 산등성이를 달려 올라가기 직전이다.

폭주하고 싶다.

뭐라도 저질러 버리고 싶다.

집에 도착하자마자 인터넷을 켠다. 내 그림 텀블러에 접속한다. 안 될 거 없잖아? 난 망설이지도 않는다. 몇 마디를 입력하고 그림 몇 장을 첨부한 다음, 숨죽인 채 '게시' 버튼을 누른다. 됐다. 난 텀블러 사이드바에 그 글의 링크를 건다.

아무도 관심조차 안 갖겠지, 아무런 메시지도 오지 않을 거야. 하지만 이 순간만큼은 그러든 말든 신경 쓰이지 않는다. 정말이다. 난 그 글을 작성해서 게시했고, 이젠 설인이라도 된 기분이니까. 내가 발을 내디딜 때마다 엄청난 발자국이 쾅쾅 찍힐 것 같은 기분.

이제 내 텀블러에는 이런 문구가 떠 있다. '정식으로 커미션 신청받습니다.'

28

하지만 설인이 된 기분은 금요일 아침 학교에 도착하자마자 사라져 버린다. 내 사물함 앞에 닉이 서 있다. 날 기다리는 게 분명하다. 내가 그리로 가자마자 닉의 얼굴에 생기가 돈다. "있지, 너 오늘 애비랑 같이 놀 거라던데."

"음." 난 머뭇거린다. "어, 그래도 될까?"

닉이 고개를 끄덕인다. "당연하지. 물론이야. 너희의 우정을 방해하고 싶지는 않아." 그러고는 예의 묘하고 긴장된 웃음을 터뜨린다. "너무 웃기네. 난 너희 둘이 친구인 줄도 몰랐는데 말이야. 그런데 이젠 그렇단 말이지! 하지만 뭐, 난 전혀 신경 안 써."

"정말이니?"

"정말이라니까. 그렇고말고." 닉이 손가락 인형처럼 고개를 마구 끄덕인다. 젠장.

그러니까 이 녀석은 애비랑 내가 친구라는 사실만으로도 이렇게 동요하는 거다. 이성애자끼리 방과 후 플라토닉하게 어울리는 친구라는 것만으로도. 그러니 진실을 안다면 죽어 버리겠지. 진짜로 죽을지도 모른다. 휴, 모르겠다.

"있잖아, 그러니까," 닉이 내 이마에 시선을 고정한 채 말한다. "혹시 걔가 내 얘길 하면 나한테 알려 줄 거지?"

"물론이지."

"좋아. 잘됐네. 이런, 정말로 고마워."

죄책감에 속이 뒤틀린다.

당연하게도, 오늘은 역사를 통틀어 가장 기나긴 하루처럼 느껴진다. 시간이 문자 그대로 얼어붙어 버린 것 같다.

애비가 내 사물함 앞으로 찾아왔다. 오늘 아침 닉이 서 있던 바로 그 자리로. "준비됐어?" 애비가 웃으며 묻는다. 난 잠시 가만히 그 애를 바라본다.

애비는 머리를 뒤로 묶었고 두 뺨은 생기가 넘쳐 반짝거릴 지경이다. 아마도 아이라이너를 쓴 것 같지만 좀처럼 확신하기 어렵다. 속눈썹이 너무 길고 짙어서다. 게다가 원피스를 입고 있다. 허리띠가 달린 반팔 원피스 아래 타이츠와 앵클부츠를 신었다.

"애선스에서 샀던 부츠야." 애비가 내 시선을 알아채고 말한다. 난 기침이 튀어나와 숨이 막힐 뻔했다.

"알아." 마침내 난 이렇게만 대답한다.

"네 원피스 정말 멋지다." 애비가 말한다.

난 우주 원피스를 입고 있다. 솔직히 말해서, 내 프롬 드레스를 빼놓으면 이거야말로 내가 가진 옷들 중에 최고다.

"그래, 날씨가 정말 완벽하네. 내가 널 어디로 데려가고 싶은지 정확히 알겠어."

이런, 세상에. 날 어디로 데려가고 싶다는 거지? 정신 줄 놓거나 하고 싶은 건 아니지만, 얘는 이게 정말 데이트라도 되는 것처럼 얘기하네.

"어디든 괜찮아." 난 간신히 이렇게 대답한다.

"네가 언제부터 이렇게 협조적이었지?"

"난 엄청 협조적이거든. 무슨 소릴 하는지 모르겠네, 슈소."

"네가 날 슈소라고 부를 때마다 꼭 레아 가면을 쓴 개릿과 얘기하는 기분이 드는데."

"레아 가면이란 것도 있니?"

"있어야 마땅하지." 애비가 말한다. 그러고는 옆 복도로 꺾어 뒷계단을 내려간다. 음악실 복도 끝에는 밀어서 여는 두 쪽짜리 문이 있다. 난 맨날 여기서 시간을 보내는데도 희한하게 그 사실을 전혀 모르고 있었다. 애비가 한쪽 문을 밀어 열고 엉덩이로 받치고 있는 동안 난 온화한 오후 햇볕 속으로 발을 내딛는다. 우리가 있는 곳은 학교 뒤뜰이다. 그 가운데로는 풋볼 경기장으로 가는 오솔길이 뻗어 있다.

"나한테 풋볼을 시키려고?" 내가 묻는다. 그거야말로 사양하고 싶은 일이니까. 또 한 판의 기괴하고 초조한 공놀이라니. 이게 무슨 이별 후의 보편적 의식이라도 되나?

"당연하지. 넌 코너백이야, 알겠지?"

"좋아. 뭐 좀 물어봐도 돼?"

"물론."

난 오솔길을 따라 걸으며 애비와 발을 맞춘다. "코너백과 쿼터백은 서로 완전히 다른 거니?"

"정말 몰라서 묻는 거야?" 애비는 재밌어 하는 기색이다.

"그냥 대강 얼버무려 발음하는 건 줄 알았지."

"그렇구나. 세상에. 넌 정말 너무 귀엽다니까."

"아니, 안 그렇거든."

"그렇다니까."

내 뺨은 달아올라 폭발할 지경이다. 뺨 위에 스테이크도 구울 수 있을 것 같다. 온도계를 터뜨리고, 머리칼을 쫙 펴 놓고, 남들한테 2도 화상을 입힐 만큼 달아올랐다.

"근데 말이야, 왜 나를 풋볼 경기장에 데려가는 건데?"

"왜냐하면 넌 한 번도 거기 가 본 적이 없을 게 분명하니까."

난 웃음이 나오려는 걸 꾹 참는다. "틀렸어. 5년 전 조지아대에서 딱 한 번 시합에 가 봤거든."

"어디 보자― 모건이랑?"

"어." 난 눈동자를 굴린다.

"걔가 나한테 사과했단 얘기 했던가?"

"그랬어?"

"며칠 전에. 그 일 때문에 정말 속상한 것처럼 보이더라." 애비는 왼쪽으로 방향을 틀며 내가 제대로 따라오고 있는지 어깨너머로 흘깃 쳐다본다. 그러고는 날 관중석 틈새로 이끌어 경기장을 에워싼 트랙으로 나간다.

"음, 그래야지. 자기 잘못이니까."

"그래." 애비가 고개를 끄덕인다. "하지만 걔가 사과해서 다행이라고 생각해.”

갑자기 애비가 달려 나간다. 경기장 한복판까지 가서 잔디 위로 털썩 몸을 던진다. 내가 따라잡을 무렵엔 애비는 양쪽 팔꿈치를 괴고 반듯이 누워 있다.

나도 애비 옆에 자리를 잡는다. “그래서 이젠 개랑 화해한 거야?”

“아마도?” 애비가 어깨를 으쓱한다. “솔직히 얘기하면 말이야, 걔가 한 말은 최악이었어. 엄청 상처가 되었다고. 게다가 난 항상 그런 말을 들어. 그래서 나무랄 데 없이 완벽해지고 사람들이 틀렸다는 걸 증명하는 데 집착하지. 아마도 그리 건전한 생각은 아닐 테고, 게다가 엄청 힘들기도 하거든. 이런 일은 질색이야.” 애비가 한숨을 쉰다. “하지만 난 갈등이 생기는 것도 싫어. 더구나 이렇게 졸업이 가까워졌을 땐 말이야. 그러니까, 모르겠어.”

“그렇구나.”

“뭐랄까, 난 걜 용서했어. 하지만 다시 걔를 믿고 지낼 수 있을지는 모르겠네. 이게 말이 된다고 생각하니?”

“물론이지.” 난 고개를 끄덕인다. “그래, 완벽하게 말이 되는 얘기야.”

애비가 내 쪽으로 고개를 기울인다. “하지만 네가 내 편을 들어 준 건 멋졌다고 생각해.”

“네 편을 들어 준 게 아냐. 품위의 편을 들었던 거지.”

“그래, 품위도 역시 멋진 거지.” 애비는 이렇게 대꾸하며 양쪽 입꼬리를 말아 올린다. 애비의 무릎에서 눈을 뗄 수 없다.

원피스 자락이 무릎을 덮고 있는 모습, 잔디 위로 옷자락이 가볍게 펼쳐져 있는 모습에서. "어쨌든." 애비가 날 향해 코를 찡그리며 말한다.

그걸 보니 왠지 나 역시 걔를 향해 코를 찡그리게 된다.

"그러지 마." 애비가 손으로 두 눈을 가리며 말한다.

"뭘 그러지 말라는 거야?"

"방금 그거." 애비가 손을 휘저어 보인다. "네 코랑 주근깨로 요렇게 하는 거. 세상에."

"무슨 말인지 모르겠어." 난 손가락으로 내 코를 톡톡 친다.

애비는 여전히 두 손으로 얼굴을 가린 채 고개를 젓는다. 하지만 다음 순간 손가락 사이로 날 엿본다. "넌 너무 귀여워." 애비가 부드럽게 말한다.

"아."

"이젠 네 얼굴이 빨개지네."

"아냐, 아니라고."

"맞다니까." 애비가 말한다. "그것도 귀엽거든. 그러니까 그러지 마."

애비가 이렇게 말하다니, 믿을 수 없다. 얘가 날 놀리고 있거나―그렇다면 정말 못된 짓일 테고―그게 아니라면⋯⋯ 모르겠다.

난 잔디에 드러눕는다. 양쪽 무릎을 모아 뾰족하게 세운다. 애비는 잠시 날 바라보더니 좀 더 가까이 다가온다. 우리 사이의 거리는 이제 2~3센티미터밖에 안 된다. 3학년 때 모건의 침실 바닥에 누워 있던 9월의 그 밤처럼. 바람이 불어온다. 선

선하고 부드러운 바람이다. 난 애비의 앞머리가 흩날리는 걸 바라본다. 애비가 너무 아름다워서 배 속이 쿡쿡 쑤셔 온다. 그래서 얼른 고개를 돌리고 멍하니 구름만 쳐다본다.

"네가 왜 날 여기 데려오려고 한 건지 아직도 모르겠는데." 마침내 난 이렇게 말한다.

애비가 웃는다. "그렇겠지." 그러고는 숨을 깊이 들이쉰다. 정말로 긴장한 기색이다. "금요일로 약속을 잡은 날 한 대 때려 주고 싶었어."

"어째서?"

"지난 주말부터 너한테 하고 싶은 얘기가 있었는데, 기다리느라 정말 괴로웠거든." 난 애비의 얼굴을 흘깃 쳐다본다. 하늘을 바라보는 애비의 입가에 옅은 웃음이 어려 있다.

"나한테 하고 싶은 얘기가 있었다고?"

"응."

"좋아." 난 기대감에 차서 말을 멈추지만, 애비는 아무 말 없이 입술만 깨물고 있다. 난 곁눈질로 애비를 쳐다본다. "그래서, 얘기할 거야?"

"잠깐만 기다려 줘."

난 고개를 끄덕인다. 심장이 미친 듯 펄떡인다.

"좋아, 그럼." 애비가 깊이 숨을 들이쉰다. "나 지난 주말에 커밍아웃했어."

"커밍아웃했다고? 그러니까…… 네가 커밍아웃을 했다는 말이야?"

"모든 사람들한테 한 건 아니야." 애비가 얼른 덧붙인다.

"우리 부모님이나 학교 애들 말고, 내 사촌들한테만. 쌍둥이 말이야." 애비가 날 돌아본다. "정말 너무 긴장되더라. 이상하지 않니?"

"이상할 게 뭐 있는데?"

"모르겠어. 우리 사촌네만큼 게이스러운 가족도 없으니까?" 애비가 어깨를 으쓱한다. "걔들은 정말로 좋게 받아들여 줬어. 엄청 들떴고."

"잘됐다." 난 애비의 눈을 마주 본다. "정말이야, 축하해."

애비는 씩 웃을 뿐 대답하지 않는다. 우린 잠시 가만히 누워 있는다.

"근데 말이야." 마침내 내가 말한다. "뭐 좀 물어봐도 돼?"

"그럼."

"넌 뭐라고 커밍아웃한 건데?"

애비가 웃는다. "무슨 뜻이야?"

"음, 지난번에 듣기론 넌 이성애자였잖아. 그러니까."

"난 이성애자 아닌 거 같아." 애비의 말에 내 심장이 멈춰 버릴 것 같다.

"모르겠어." 마침내 애비가 말을 잇는다. "아마도 약간 양성애자이려나?"

"그건 말이 안 된다고 생각하는데."

"뭐? 당연히 말이 되지." 애비가 내 팔을 쿡 찌른다. "약간 양성애자라니까."

"넌 양성애자든지 아니든지 둘 중 하나야. 네 말은 살짝 임신했다고 하는 거나 마찬가지라고."

"그것도 말이 되지. 왜 살짝 임신할 순 없는 건데?"

"그런 경우는 그냥 임신했다고 해야겠지."

"흠, 난 살짝 양성애자야. 그 입장을 고수할 거고."

내가 일어나 앉는다. "널 이해하질 못하겠어."

"뭐?"

난 고개를 젓는다. "약간 양성애자라느니, 살짝 양성애자라느니. 그냥 양성애자라고 해. 정신 좀 차려."

"무슨 소리야? 싫어." 애비도 몸을 일으킨다. "네 맘대로 나한테 딱지를 붙일 순 없다고."

"진짜 딱지도 아니잖아!"

"하지만 내겐 충분히 진짜야." 애비가 크게 한숨을 내쉰다. "맙소사, 가끔은 도무지 모르겠어……."

난 이를 악문다. "뭘 도무지 모르겠는데?"

"네가 나한테 뭘 바라는지 말이야." 애비는 양 손바닥을 기울여 보인다. "있잖아, 넌 말이지……. 모르겠어. 내겐 너무 묘한 상황이라고, 알겠니?"

"내가 너한테 뭘 바라느냐고?"

애비가 눈을 깜박거리며 고갤 끄덕인다.

"맙소사, 애비." 난 양손으로 눈을 꾹 누른다. "내가 너한테 바라는 건 내 머릿속을 어지럽히지 말아 주는 거야."

"난 그런 적—"

"진심이니? 약간 양성애자라고?" 난 헛웃음을 터뜨린다. "다시 말해서 넌 양성애자란 거지. 근데 그걸 인정하기 싫단 얘기야? 너더러 게이 퍼레이드에 나가서 행진하라는 얘기가 아니잖아. 커밍아웃을 할 필요도 없다고. 하지만 제발, 적어도 너 자신에겐 솔직하게 인정하란 말이야." 난 어깨를 으쓱한다. "아님 말든가. 내가 알 게 뭐야."

"레아."

애비를 쳐다보지도 못하겠다. 세상에. 이 모든 게 너무도 쓸데없는 짓이다. 애초에 우리가 뭔가 시작해 보려고 한 것도 아니잖아. 대체 어떤 망할 놈의 친구가 가장 친한 친구의 전 애인한테 키스할 생각 따윌 할까? 그것도 걔들이 헤어진 지 2주 만에. 프롬 전날에. 그리고 아무것도 모르는, 내가 굳이 퇴짜 놓기도 귀찮아한 불쌍한 개릿도 있다. 지금 이런 일을 벌일 순 없어. 난 커밍아웃조차 안 했는걸.

난 벌떡 일어나 치맛자락을 가다듬는다. "됐어, 애비. 난 관둘래. 이만 가 볼게."

"뭐?" 애비가 날 쳐다보며 눈을 껌벅인다.

"집에 간다고."

"내가 데려다줄게."

"이따가 버스 탈래."

애비가 무릎을 껴안는다. "나도 노력 중이야, 알겠어?" 애비의 목소리가 떨린다.

"진심이야?" 난 두 손을 꽉 쥔다. "노력 중이라고? 무슨 노력 중인데?"

"나도 모르겠어."

"있잖아, '약간 양성애자'가 되고 싶니? 잘됐네. 어디 실컷 해 봐. 하지만 발만 담글 생각이라면 부탁인데 난 좀 빼 줘. 네

이별 후의 정체성 위기를 핑계로 내 방문을 두들겨 댈 생각은 말라고." 난 애비의 눈을 똑바로 쳐다본다. "넌 내 첫 키스를 뺏어 갔어, 애비. 네가 그걸 훔쳤다고."

"난 너무—"

"다들 네가 점잖고 똑바르다고 생각하지." 난 잔뜩 쉰 목소리로 말한다. "하지만 사실 넌 그냥 뭐든 네 맘대로 하고 모두가 널 봐주는 것뿐이야. 그리고 넌 누구에게 상처를 주든 간에 신경도 안 쓰지."

애비의 표정이 처참해진다. "내가 신경 안 쓴다고 생각해?"

"어떻게 생각해야 할지 모르겠는데."

"그래, 맞아. 내가 완벽한 사람은 아니야." 애비의 뺨에 눈물이 흘러내린다. "알겠니? 나 때문에 모든 걸 망쳐 버렸잖아. 난 너랑 달라. 이 상황을 제대로 이해하지 못했단 말이야. 내가 대체 뭘 하고 있는지도 모르겠고, 지금 당장은 그냥 너무 무섭다고."

"뭐가?"

"모르겠어. 내가 일을 망칠까 봐. 네가 날 미워할까 봐."

"난 널 미워하지 않아."

"아니면 너한테 상처를 줄까 봐. 그러기는 싫단 말이야."

시간이 얼어붙어 버린 것 같다. 한동안 우리는 그저 서로를 바라볼 뿐이다. 숨이 막히고 어지럽다.

"있지, 난 괜찮아." 마침내 내가 말한다. "알겠니? 네가 해결할 일이야. 이건 네 문제야. 난 네 결정에 만족해. 넌 나한테 아무런 빚도 없어." 난 한숨을 내쉬며 어깨를 으쓱한다.

"그런 게 아니―"

"아무 문제도 없어. 우린 친구야. 프롬에서 봐."

"알았어." 애비가 나직하게 대답한다.

난 굳이 대답하지 않는다. 뒤도 돌아보지 않고 그 자리를 떠난다.

29

"우린 반드시 해낼 거야. 장담할게." 휴대전화 화면을 들여다보던 엄마가 거울에 비친 내 눈을 마주 본다. "내가 사용법 안내 동영상을 쉰 번은 봤다고."

"그런 거 같네." 난 슬쩍 미소를 띤다.

"근데 잘 안 되네. 난 왜 이런 일에 서투를까?"

"엄만 서툴지 않아." 내 귀 위로 애매하게 걸려 있는 구불구불한 머리 한 가닥을 끌어내린다. 그러고 나니 이젠 뻣뻣한 생머리 한 움큼이 거대한 구레나룻처럼 뻗쳐 내려온다. 윽.

엄마가 신음 소리를 낸다.

난 지난 한 시간을 엄마 침실에서 보냈다. 엄마가 역사상 발명된 모든 머리 손질 도구들을 차례로 써 보려고 하다간 실패하는 동안. 난 아직 파자마 차림이고, 개릿은 다섯 시간 뒤에나 올 예정이다. 그런데도 엄마는 자꾸만 휴대전화로 시간을 확인해 본다. 개릿이 어느 순간에 들이닥칠지 모른다는 듯이.

"좋아, 다시 해 보자." 엄마는 손가락으로 내 머리를 빗으며 대략 천 개쯤 되는 머리핀을 도로 빼낸다. 그러고는 다시 머리에 물을 뿌린 다음 빗질해 곧게 편다. "내가 장담하는데……."

내 쪽은 무덤덤하다. 뭐라고 할 기력조차 생기지 않는다. 프롬이 엄청난 일이어야 한다는 건 알겠다. 하지만 어째서? 왜 그리 애써야 하지? 사실 내 데이트 상대를 감동시키고 싶은 생각도 없는데. 어쩌면 내 마음의 아주 작고 멍청한 일부분은 누군가를 감동시키고 싶을지도 모르지. 하지만 그 누군가가 손댈 수 없는 상대라면 이게 다 무슨 소용이람?

엄마가 입술을 핥는다. "머리를 다시 드라이해 줄게."

"맘대로 해."

엄마는 그렇게 한다.

우스운 일이다. 내가 프롬에 갈 거라곤 생각해 본 적도 없는데, 지금 난 그에 수반되는 온갖 의례들을 수행할 예정이다. 사이먼네 집에서 사진을 찍은 다음 진짜 리무진을 타고 앨퍼레타에 있는 멋스러운 레스토랑에 갈 것이다. 그야말로 교외 지역 고등학생의 백일몽 같다.

엄마는 헤어드라이어를 끈다. "네가 모건이랑 애나랑 싸워서 유감이야." 뜬금없이 엄마가 말한다.

"어째서?"

"그냥 갈등이 있다는 게 마음에 안 들어. 네가 완벽한 하룻밤을 보냈으면 좋겠어."

"그런 건 신화야."

"뭐가 신화인데?"

"완벽한 프롬 날 밤."

엄마가 웃는다. "무슨 소리니?"

"그냥 청춘 영화의 상투적인 장면일 뿐이라고. 연출된 군무와 노래, 묘하게 애절한 두 눈빛의 마주침, 그리고 길고 끈적한 키스."

"그거 멋진 프롬이겠는걸." 엄마가 말한다.

"난 농담한 건데."

"맙소사, 레아." 엄마는 두 손으로 내 머리를 훑어 내리다가 한 가닥을 손가락으로 빙빙 감는다. "어쩌다 이렇게 시니컬해졌니?"

"어쩔 수 없어. 난 슬리데린이잖아."

그것도 최악의 슬리데린이지. 멍청하게도 그리핀도르를 사랑하게 되는 바람에 아무것도 못 하게 된 슬리데린 말이야. 작가가 4장까지 쓰고 내던져 버린 어느 형편없는 드레이코×해리 팬픽 속의 드레이코 같은 존재.

"하지만 내 프롬은 아름다웠단다." 엄마가 말한다. "내 평생 가장 낭만적인 밤 중 하나였지."

"엄마는 임신 중 아니었어?"

"그게 뭐? 그래도 멋지기만 했는걸." 엄마는 미소 짓는다. "너 아니? 내가 프롬 전날에 초음파 검사를 했다는 거."

"그래서…… 좋았어?"

"끝내줬지! 그것도 내겐 엄청난 사건이었어. 네 성별gender을 알게 된 게 바로 그날이거든."

"젠더는 사회적으로 만들어지는 거야."

"나도 알아, 안다고." 엄마가 내 뺨을 쿡 찌른다. "모르겠다.

난 그냥 너무 신나 있었어. 네 성별이 뭐든 간에 상관도 없었지. 그저 너에 관해 뭐라도 알고 싶었을 뿐이야."

난 콧방귀를 뀐다. "그래, 그랬을 거 같네."

"진찰대에 누워서 작은 모니터 속 네 모습을 보던 게 지금도 생생하게 기억나. 넌 정말로……."

"태아다웠지?"

"그래." 엄마가 씩 웃는다. "하지만 그뿐만이 아니라ㅡ뭐랄까, 배 속의 넌 정말 조그맣고 성실한 일꾼이었어. 그게 내겐 너무도 감동적이었던 게 기억나. 내 주변에서 온갖 일들이 벌어지는 와중에도ㅡ학교, 프롬, 네 아빠ㅡ넌 그냥 네가 할 일을 해 나가고 있었으니까. 자라고 또 자라나고 있었어. 아무도 널 멈출 수 없었지."

"내 생각엔 그저 태아가 해내야 할 최소한의 성취 같은데."

"글쎄다, 내겐 그게 너무 놀라웠어. 지금도 그렇고. 널 보렴." 난 거울 속 내 모습을 흘깃 쳐다본다. 엄마와 눈이 마주친다. 잠시 동안 우리 둘 다 말이 없다. 마침내 엄마가 입을 열더니 속삭임에 가까울 정도로 나직하게 말한다. "모두들 내게 얘기하곤 했지. 시간이 엄청 빠르게 지나갈 거라고. 그런 말을 들으면 짜증이 날 정도였어."

"하."

"그러니까, 슈퍼마켓에 가면 항상 그런 아주머니를 만나곤 했거든. 네가 허우적대며 난리를 피우고 있으면 단 한 번도 예외 없이 어느 얼간이가 다가와서 나한테 말하는 거야. 언젠가는 지금이 그리워질 거라고. 어휴, 댁이 알아차리기도 전에 얘 대학에 간다고 집을 떠났을걸요. 지금 이 순간을 즐겨요. 난 이렇게 생각했지. 거 멋진 얘기네요, 이만 좀 꺼져 주세요." 엄마가 고데에 감긴 내 머리칼을 살짝 꼬아서 비튼다. "하지만 그 사람들이 정말로 옳았어."

"사는 게 그렇지."

"네가 떠난다는 게 정말 믿기지 않아." 엄마가 눈을 깜박인다. 뭔가 위험하다 싶을 만큼 빠르게.

"겨우 한 시간 반 거리잖아, 응?"

"나도 알지, 알아." 엄마가 슬픈 미소를 짓는다. "하지만 내 말 뜻은 너도 이해하겠지."

난 엄마에게 코를 찡그려 보인다. "울 생각 따윈 하지 마."

"왜, 너도 울까 봐?"

"무슨 소리야. 아니거든."

엄마가 조용히 웃는다. "너 없이 여기서 지내는 건 정말 이상할 거야, 레아."

"엄마."

"알았어, 그만할게. 네가 나한테 기대어 흐느끼다가 네 프롬 단장을 망쳐 버리는 건 바라지 않으니까."

"내 프롬 단장이라." 난 눈동자를 굴리면서도 미소 짓는다.

엄마도 날 보며 미소 짓는다. "넌 오늘 밤 정말로 재미있게 지낼 거야, 리."

"이상할 거 같은데."

"설사 이상하다고 해도. 내 이상하고 엉망이었던 프롬 날 밤도 정말 즐거웠거든." 엄마는 어깨를 으쓱한다. "그냥 받아들여. 나도 그랬거든. 거울을 들여다보면서, 내 프롬에 끔찍한 일은 하나도 없어야 한다고 결심했던 게 기억나네. 설사 내가 상상했던 것과는 전혀 다르게 풀린다 해도 말이야."

"하지만 내 프롬은 끔찍할걸." 난 거울에 비친 엄마를 향해 인상을 써 보인다.

"하지만 어째서? 그럴 이유가 없잖아." 엄마가 몸을 숙여 내 머리에 턱을 괸다. "그냥 쓸데없는 생각은 하지 않겠다고만 약속해 줘."

그 순간 난 사타구니라도 걷어차인 것처럼 움찔한다. "젠장."

엄마가 거울에 비친 내 눈을 바라보며 눈썹을 치켜올린다. "무슨 일 있니?"

"나 정말 바보 멍청이야."

"전혀 안 그런 것 같은데."

"브라가 없단 말이야."

"흐음." 엄마가 마지막 머리 한 가닥을 제자리로 넘긴 다음 미소 짓는다. "나쁘지 않네, 안 그래?"

그래, 사실이다. 엄마는 아주 멋지게 해냈다. 대체 어떻게 한 건지는 모르겠지만 내 머리칼은 매끄럽고 구불구불해진 데다 옆머리도 완벽하게 빗어 넘겨졌다. 두 뺨 위로 부드럽게 살짝 늘어진 몇 가닥만 빼고. 물론 내가 아직 파자마 차림이라는 사실 때문에 머리와 몸이 전혀 다른 두 사람의 것처럼 보이지만, 드레스로 갈아입으면 멋져 보이겠지.

내게 망할 브라가 없다는 사실만 아니라면 말이다.

"어깨끈 없는 브라가 필요해."

"너 끈 없는 브라 안 갖고 있니?"

"내가 어째서 끈 없는 브라를 갖고 있겠어?"

엄마의 입꼬리가 비죽 올라간다. "왜냐하면 네겐 어깨끈 없는 드레스가 있으니까?"

"있지, 안 웃기거든. 나 지금 미치기 직전이라고."

"리." 엄마가 내 어깨에 두 손을 얹는다. "개릿이 올 때까진 몇 시간 남아 있잖아. 브라를 사면 되지."

"어디서?"

"어디서든. 타깃(미국의 대형 할인점)은 어때? 청바지나 입으렴." 엄마는 손가방을 집어 든다. "자, 가자."

하지만 차에 시동이 걸리지 않는다.

"이런." 차 키가 헛도는 소리에 엄마가 중얼거린다. "오늘은 안 된다고, 이 악마야."

"지금 날 놀리는 거야?"

"잠깐만." 엄마가 운전대를 건드려 본 다음 운전석 문을 다시 열고 닫는다. "한 번 더 해 볼게."

그래도 마찬가지다.

엄마는 살짝 넋 나간 표정이다. "키에 입김을 불어 볼까?"

"그래 봐야 소용없어, 엄마."

"이런, 제발." 엄마는 중얼대며 양손으로 운전대를 탁탁 친다. "염병, 하필이면 이런 날에."

"알았으니까 '염병'이라곤 하지 마."

엄마가 눈치 보듯 날 흘낏 쳐다본다. "우리가 욕설을 좋아한다고 생각했는데.”

“좋아하긴 하지. 하지만 ‘염병할’이라고 하는 거야. 난 줄임 말은 듣기 싫다고, 엄마.”

“어쩜 이럴 수가 있지.” 엄마가 중얼거린다.

난 고개를 끄덕인다. “이건 신호야.”

“무슨 신호?”

“나보고 집에 있으라는 거야.”

이젠 엄마가 눈동자를 굴릴 차례다. “브라 때문에 프롬에 안 가겠단 얘기니?”

“브라가 없기 때문이지.” 내가 엄마의 말을 고쳐 준다. “게다 가 브라를 사러 갈 방법도 없으니까.”

엄마는 대꾸하지 않는다. 그냥 손가방을 뒤져 휴대전화를 꺼내더니, 연락처의 즐겨찾기 항목을 연다.

“누구한테 전화하는 건데?”

엄마는 날 무시한다.

“젠장, 안 돼.” 난 휴대전화를 빼앗으려 하지만, 엄마는 내 손이 닿지 않도록 팔을 휙 움직인다. “지금 웰스한테 전화하는 거야?”

대답이 없다. 엄마가 통화 버튼을 누른다.

“제발 웰스한테 내 브라를 사러 가자고 부탁하려는 건 아니 라고 말해 줘.”

“왜 안 되니?” 통화 연결음이 들려온다.

“브라잖아.”

“그래서?”

"그러니까, 끔찍하다고."

"뭐가, 브라가? 넌 브라가 끔찍하단 말이니?" 난 입을 떡 벌리지만, 엄마는 끼어들 틈을 주지 않고 계속한다. "애, 브라도 감당이 안 된다면 가슴은 어쩌려는 건지 모르겠구나ㅡ안녕, 자기." 엄마는 대화 상대가 바뀌자 말투가 싹 달라진다. 전화선 저쪽 끝에서는 웰스가 그 조그만 귀에 전화기를 바짝 대고 있겠지.

난 엄마의 팔을 때리지만, 엄마는 날 돌아보며 윙크할 뿐이다. "레아랑 내가 부탁이 있어서."

난 미친 듯이 고개를 저어 댄다. 하지만 엄마는 날 무시하고 고개를 돌린다. "그래, 차가 퍼져 버렸거든. 근데 방금 알게 됐지, 뭐야. 레아한테⋯⋯."

난 두 팔로 가슴을 꽉 껴안는다.

"⋯⋯꼭 필요한 물건이 없더라고." 엄마가 잠시 말을 끊는다. 휴대전화 속 웰스의 목소리는 내겐 거의 들리지 않는다. "응, 5시까진 괜찮아." 엄마가 다시 말을 멈추고 웃는다. "그래, 완전히 퍼졌다니까." 그러고는 고개를 끄덕이더니 미소를 띠며 내 쪽을 슥 쳐다본다. "고마워, 자기. 사랑해."

좋다. 첫 번째로, 웩. 두 번째로, 이런 젠장. 그러니까 엄마랑 웰스가 '사랑해' 단계에 이르렀단 말이지. 이거 정말 메스꺼운 일이네.

엄마가 전화를 끊더니 날 돌아본다. "그이가 15분 내로 이리 와서 우리 배터리를 충전해 줄 거야."

"잘됐네."

"아, '천만에'." 엄마가 눈썹을 치켜올리며 말한다.

난 얼굴을 붉힌다. "고마워."

이상하다. 우린 차에서 내리지 않는다. 안전벨트조차 풀지 않는다. 마치 누군가 우주 전체를 멈춰 버린 것 같다. 사방에서 헤어스프레이 냄새가 풍긴다. 문득 또다시 연주의 조성이 바뀌는 듯한, 엇박자가 시작되는 듯한 그 기분이 닥쳐온다. 배 속이 살짝 근질거린다. 엄마는 콧노래를 흥얼대며 운전대를 두드리고 있다.

"그래서 엄마랑 웰스는 비밀 약혼이라도 한 거야, 뭐야?"

엄마의 손이 딱 멈춘다. "뭐? 어째서 그런 생각을 했니?"

"그냥 물어본 건데."

엄마는 한숨을 쉰다. "레아, 아냐. 난 비밀 약혼 같은 거 안 했어."

"그럼 약혼하는 거야?"

"음." 엄마가 미소를 띤다. "내가 알기론 아냐."

"그 사람이 청혼하면 받아 줄 거고?"

"레아, 숨 좀 돌리자. 어쩌다 그런 생각을 하게 된 건데?"

"그냥 한번 가정해 본 거야." 난 두 발을 좌석에 올리고 창문 쪽으로 고개를 돌린다. 온 세상이 햇살로 가득하고 푸르르다. 어이없을 정도로 완벽한 4월의 하루다.

"그이가 오늘 나한테 청혼한다면? 모르겠네." 엄마가 말한다. "결혼은 중대한 문제지. 내가 그이를 무척 사랑한다는 건 확실하지만."

난 엄마를 쳐다본다. "왜?"

"내가 왜 웰스를 사랑하느냐고?"

"돈 문제라면 나도 충분히 이해하겠어."

"음, 무슨 뜻이니?" 엄마의 눈이 번쩍인다. "그거 알아? 방금 그 말은 정말 속상했어. 게다가 사실도 아니고."

"그렇다면 이해가 안 되는데."

"뭐가 이해 안 돼?"

"그러니까, 엄마가 그 사람 외모 때문에 결혼하려는 건 아니잖아." 이 말이 내 입 밖으로 나오기도 전에 이미 후회가 밀려온다. 두 뺨이 확 달아오른다. 난 왜 이리 심술궂은지 모르겠다.

"그래, 진심이니?"

"미안해." 난 중얼거린다.

"있지, 엄마는 이제 그이가 정말로 잘생겼다고 생각하게 됐거든."

"알겠어. 이해했어. 내가 바보야."

"그이가 윌리엄 왕자랑 좀 닮은 것 같지 않니?"

"음, 웰스는 쉰 살쯤 되지 않았어?"

"마흔두 살이야."

"그래도."

"살짝 나이 들고 머리가 벗어진 윌리엄 왕자 같다고 할까. 그이 얼굴만 본다면 말이야." 엄마는 내 무릎을 쿡 찌른다. "너도 완전히 동의할걸."

젠장. 사실이다. 게다가 그 이름조차도 적절하다.(영국 왕태자의 공식 칭호는 웰스와 발음이 비슷한 '웨일스 공'Prince of Wales이다.)

"그럼 이 관계 자체가 사실 엄마 평생의 윌리엄 왕자 페티시 때문이었던 거야?"

"얘, '페티시'가 아니야. 난 그냥 그 사람이 섹시하다고 생각하는 거라고."

"엄마는 윌리엄 왕자가 섹시하다고 한 적 없잖아."

"그랬는데. 꼭 말해야 하는 얘기였거든." 엄마가 거의 서글프게 미소 짓는다. "있잖아, 그이한테 조금이라도 기회를 줘 본다면 너도 아마 그이를 좋아하게 될 거야."

"내가 그 사람을 좋아할 필요는 없어. 난 졸업하잖아, 기억하지?"

"아, 그렇지. 기억하고말고."

엄마의 말투에 왠지 내 목구멍이 심장을 죄어 오는 것만 같다. 난 조수석 사물함을 바라보며 양 무릎을 꼭 껴안는다. "미안해." 난 중얼거린다.

"얘, 괜찮아. 너도 알지? 이건 그냥—"

웰스의 BMW가 우리 차 옆에 멈춰 서자 엄마는 말을 끊는다. 오늘 웰스는 폴로셔츠를 바지 속에 집어넣어 한층 더 골프 애호가처럼 보인다. 이제 난 웰스를 볼 때마다 윌리엄 왕자를 떠올리지 않을 수 없다. 왠지 기분 나쁜 일이다. 웰스가 차 보닛을 달칵 열자 엄마도 나란히 우리 차 보닛을 연다. 마치 정사를 나누러 온 차들의 전희를 보는 듯하다. 엄마가 운전석에서 나오더니 트렁크를 뒤져 점퍼 케이블 몇 개를 꺼낸다.

난 조수석에 앉아 두 사람이 엔진과 배터리 부품의 난장판 어딘가에 작은 집게를 끼우는 모습을 지켜본다. 잠시 후 웰스가 자기 차에 시동을 걸자 엄마가 우리 차 조수석 문으로 고개를 들이민다.

"리, 점화 장치 좀 돌려 봐."

내가 그렇게 하자 곧바로 시동이 걸린다.

"이제 됐어?" 난 묻는다. "고친 거야?"

"음, 시동이 걸렸으니 다행이네. 하지만 한동안 계속 배터리를 돌리고 있어야 해. 넌 뒷자리로 가 줄래?"

"왜?

"왜냐하면 웰스가 우릴 타깃까지 태워다 줄 거거든. 우리가 쇼핑하는 동안 계속 시동을 걸고 있어야 하니까."

"음, 알았어." 맙소사. 웰스와 함께 프롬 쇼핑이라니. 하지만 저 사람은 말 그대로 우릴 구해 주려고 여기까지 왔다. 그러니 나도 말 그대로 감사해야겠지. 그 비슷한 거라도.

엄마는 타깃까지 가는 내내 웰스를 상대로 프롬에 관해 수다를 떤다. 내가 한 번이라도 언급한 일이라면 모두 빠짐없이 세세히 기억하고 있다. "그러니까 애비가 닉을 찼거든. 그게 가장 큰 문제야. 하지만 거기다 모건이 일으킨 말썽도 있어." 엄마가 설명한다. "그리고 개릿은 레아에게 반해 있지."

난 앞좌석 쪽으로 몸을 숙이며 말한다. "어디까지나 전해 들은 애기라고요."

"하지만," 엄마는 고개를 돌려 내게 미소 짓더니 계속 말을 잇는다. "내가 보기엔 레아는 누군가 다른 사람을 좋아하는 거 같아."

"엄마."

젠장. 엄마가 암시하는 게 내가 생각하는 내용이 맞는다면 그런 암시는 하지 않는 게 좋을 텐데.

"그냥 말해 본 거야." 엄마가 히죽 웃는다. "흥미진진한 밤이 되겠구나."

주차장에 진입하자마자 엄마의 휴대전화가 울린다.

"이런, 젠장. 이건 받아야 되겠네." 엄마는 전화를 받는다. 내게 사과하듯 얼굴을 찌푸려 보이며 입 모양으로 말한다. 회사야.

정말 끝내주는 타이밍이군.

한동안 웰스와 난 가만히 앉아 있고, 엄마는 고갤 끄덕이며 통화를 한다. "으흠, 알겠어요. 네. 흐음." 엄마가 손가방을 붙잡더니 펜을 꺼내서 영수증 뒷면에 뭔가 휘갈겨 쓴다. "음, 사실 전─아. 네. 좋아요. 아뇨, 아니에요." 엄마는 반쯤 미안한 듯, 반쯤 미치겠다는 듯한 표정으로 날 흘낏 본다. "으흠." 엄마가 중얼거린다. 그러더니 안전벨트를 풀고 뒤돌아 내 눈을 쳐다본다.

난 엄마를 마주 보며 눈썹을 치켜올린다.

"네, 그래요. 물론이죠." 엄마는 전화에 대고 말하면서도 나더러 보라는 듯이 고개를 끄덕거린다. 그러고는 내게 신용카드를 건넨다.

"나 혼자 가라고?" 내가 작은 목소리로 묻는다.

엄마는 어깨를 으쓱하고 휴대전화를 가리키더니 계기판의 시계 쪽을 손으로 가리켜 보인다. 한참 전에 고장 나 버린 시계지만, 무슨 뜻인지는 알겠다. 두 시간 뒤면 개릿이 우리 집에 올 텐데 난 아직도 청바지 차림에 화장은 하나도 안 한 상태라는 얘기다.

"내가 같이 가 줄게." 웰스가 말한다.

"음, 안 그래도 돼요."

"난 정말로 괜찮단다. 마침 생일 카드도 하나 사야 하고."

난 지금 장난하는 거야? 하는 표정으로 엄마를 노려보지만, 엄마는 어깨를 으쓱하며 양 손바닥을 내보일 뿐이다. 잘됐다는 듯 눈을 반짝이면서.

정말이지 환상적이군. 웰스와 함께 브라 쇼핑이라니.

우리가 주차장을 걸어 나가는 동안 웰스는 주머니에 양손을 쑤셔 넣고 있다. "그래, 필요한 물건이 뭐니?"

"의류요."

"의류라고?" 웰스는 혼란스러운 듯 미소 지으며 날 쳐다본다. "나더러 맞혀 보라는 거니?"

"아뇨." 난 얼른 대꾸한다. 망할 놈의 인생. "그냥, 브라예요." 내 젖가슴에 찰 거고요, 웰스 씨.

"아."

이제 난 정신을 못 차릴 지경이다. 뇌가 부글부글 끓고 있는 모양이다. 아마도 최대의 굴욕을 감수하고 나면 그렇게 되나 보다.

자동문을 통과하자 가장 먼저 눈에 들어오는 것은 가방 진열대다. 지퍼 달린 거대한 캔버스 토트백, 인조가죽 손가방, 그리고 벌써부터 여름 느낌이 물씬 나는 밀짚 해수욕 가방들.

"아, 이런." 난 이마를 탁 친다.

"무슨 문제라도 있니?" 웰스가 묻는다.

"나 손가방이 없어요."

굳이 따지자면 있긴 하다. 3년 전 '올드 네이비'(미국의 중저가 패션 브랜드)에서 산 너덜너덜한 캔버스 백. 그놈의 고물을 프롬에 들고 갈 순 없다.

"그래. 알겠다." 웰스는 열심히 고개를 끄덕인다. "이 가방들 중 하나면 될까?"

"그리고 구두도요. 구두도 없어요."

그래, 정말이지 확 돌아 버릴 지경이다. 지금 상황이 진짜로 날 향한 신호처럼 느껴지기 시작했기 때문이다. 브라도 없고, 구두도 없고, 손가방도 없고. 차는 퍼져 버리고. 엄마한텐 일이 생기고. 우주 전체가 나에게 하려는 말이 확실하고 분명하게 들린다. 넌 프롬에 갈 생각조차 하지 말았어야 해. 집에 돌아가서 '홈앤드가든' 채널이나 시청하고, 드레스는 내일 쇼핑몰이 열리는 대로 반품하라고.

그냥 바라건대 — 모르겠다. 내가 브라나 구두, 손가방 같은 걸 잊지 않고 챙기는 여자애였으면 좋겠다. 마치 프롬 유전자라는 게 존재하는데 나에겐 그게 빠져 버린 것 같다. 아무래도 그런 모양이다. 평소에 난 옷을 차려입는 것조차 제대로 못 하니까. 이딴 문제에 있어서 내가 엉망진창 멍청이인 건 당연한 일이다.

"이거 멋지구나." 웰스가 조그만 클러치 백을 집어 들며 말한다. 금색 인조가죽으로 만든 고양이 얼굴 모양 가방이다. 나조차도 귀여운 가방이란 걸 인정하지 않을 수 없다.

난 입술을 깨문다. "얼만데요?"

웰스가 가격표를 확인한다. "아, 20달러밖에 안 하네."

"윽. 관둘래요."

"레아, 내가 사 주마."

난 픽 웃고 만다. "이런, 안 돼요."

"진심이야. 정말로 걱정 안 해도 돼."

맙소사, 이런 상황 정말 싫다. 내가 이 세상에서 가장 뭔가를 받기 싫은 사람이 바로 웰스인데. 이 사람은 내 의붓아버지가 아냐. 물론 내 아빠도 아니고. 너무 이상하고 불편하다. 마치 배반자가 된 기분이다.

하지만, 모르겠다. 그렇다고 프롬에 캔버스 백을 들고 가기도 싫다.

"브라 찾으러 갈게요." 눈가가 따끔거리기 시작해서 난 이렇게만 말한다. 정말 말도 안 된다. 솔직히 말하면 엄마 없이 어떻게 이 일을 해낼 수 있을지도 모르겠다. 끈 없는 브라에 관해서 난 아무것도 모른다. 내게 맞는 치수를 어떻게 찾는지도, 심지어 입어 보고 골라도 되는지조차 모른다. 결국 난 란제리 코너의 진열대를 빙빙 맴돌고만 있다. 남들이 보기엔 길 잃은 꼬마 거북이 같겠지. 마침내 평소 내가 입는 치수의 브라 중 가장 싼 것을 집어 들지만, 그것조차 25달러에 가깝다. 아마도 딱 한 번 입고 말 브라 하나에. 게다가 브라를 사는 데 25달러를 써 버리면 구두를 살 방법이 없다. 운동화를 신고 가야겠다. 그냥 큼직하고 못생긴 운동화를. 그야말로 진정한 프롬 패션이 되겠군.

나 아무래도 살짝 히스테리 상태인가 보다. 아주 살짝.

셀프 계산대로 가 보니 웰스는 벌써 타깃 로고가 찍힌 쇼핑백을 들고 있다. 날 보더니 웃으며 자기 목덜미를 긁적인다. "그래, 네가 그러지 말라곤 했다만, 고양이 손가방을 샀단다."

"정말요?"

"그냥 내가 보기엔 넌 계속 날 말리려 할 거고, 그럼 난 계속 우길 거고, 그렇게 옥신각신할 텐데 지금 시간이 많지 않잖니. 그래서." 웰스는 입술을 깨문다. "혹시 네가 쓰기 싫다고 해도 괜찮아."

"아, 음." 난 가방을 내려다본다.

"구두도 찾아보려고 했는데, 내가 치수를 몰라서 말이다."

"그건…… 괜찮아요. 정말 친절하시네요, 웰스 씨."

이상하다. 난 항상 이 사람 이름에 빈정대는 억양을 담아서, 살짝 눈동자를 굴리는 듯한 어조로 발음하곤 했는데. 그런 약간의 냉소 없이 '웰스'라고 말하려니 낯설고 뭔가 빠뜨린 느낌이 든다.

엄마 카드로 브라값을 지불하고, 우린 차로 돌아간다. 하지만 돌아와 보니 엄마는 아직도 전화를 받고 있다. 그래서 웰스와 난 나란히 차 트렁크에 기대어 선다.

"그래, 기대되니?" 웰스가 묻는다.

"프롬요?"

"응." 웰스가 어깨를 으쓱한다. "난 가지 않았지만."

"나도 내가 가게 될 줄은 몰랐어요."

"카메라는 잊지 말고 챙기렴. 네 엄마가 사진을 원할 테니."

"내 카메라요?" 정말이지 웰스다운 조언이다. 나더러 거대한 구식 카메라와 삼각대를 가지고 프롬에 입장하라니. 아니, 어쩌면 카메라 같은 건 관두는 게 낫겠네. 그냥 유화물감이랑 이젤이나 가져가야겠어.

"참, 그런 목적이라면 네 휴대전화가 있겠구나."

"음, 그렇죠." 난 미소 짓는다.

웰스도 마주 웃어 보인다. 우린 잠시 말없이 서 있는다.

"하여간, 가방 감사해요." 마침내 내가 말한다. 그리고 아스팔트 위에 한쪽 발을 슥 문지른다. "그러실 필요는 없는데."

"그럴 수 있어 기뻤단다."

"음, 고마워요." 난 살짝 얼굴을 붉히며 대답한다. 아무래도 난 어색한 분위기를 만들지 않고서는 남들한테 감사 인사를 할 수 없는 모양이다. 웰스는 내가 괴상한 애라고 생각하겠지. 고작 20달러짜리 손가방 때문에 얼굴이 새빨개지다니. 이 사람에게 20달러는 아무것도 아니겠지. 아마도 20달러 지폐를 화장실 휴지로 쓸걸.

하지만 웰스는 그저 고개를 저을 뿐이다. "이런 일이 아주 불편할 수 있다는 건 나도 안다. 나도 예전에는 선물받는 게 싫었거든."

"나도 그래요."

"상대방에게 충분히 그럴 여유가 있다는 걸 알면서도 말이야. 그냥 내가 구걸하는 느낌이라서 싫었어." 웰스가 나를 쳐다본다. 마치 내 마음을 읽고 있는 것 같다. "난 자랄 때 그리 유복하지 못했단다."

"정말요?"

웰스는 고개를 끄덕인다. "그래, 말하자면 부자 동네의 가난한 아이였지. 내 친구들은 모두 저택에 살았지만 우리 가족은 쪼그만 아파트에 살았어. 교외 동네에도 아파트가 있다는 것조차 모르는 사람들도 있지만 말이다."

"이런."

"이런?"

"그냥요. 몰랐어요. 아저씨가 뭐랄까, 컨트리클럽에 다니는 아이였을 줄로만 알았거든요."

"음, 그렇긴 했지. 어떻게 보자면." 웰스가 미소를 띤다. "난 캐디였으니까."

"그건…… 골프랑 관련된 말이죠, 맞나요?"

"딩동댕." 웰스가 대답한다. 이상하다. 마음이 가벼워진다. 이 범생 같은 남자가 그러고 싶다면 계속 우리 곁에 있어도 될 것 같다. 엄마가 이 짝퉁 윌리엄 왕자로 살짝 기분 전환을 해도 괜찮을 것 같다. 안 그러면 '퍼블릭스' 통로에서 얼쩡거리며 십대 엄마들에게 시간이 얼마나 빨리 지나가는지 경고하는 아주머니가 될지도 모르니까.

하지만 한 가지 문제가 있다. 아기들에겐 아무도 그런 경고를 해 주지 않는다는 것 말이다.

30

난 약속 시간 정각에 도착한 개릿을 마중하러 현관 계단으로 나간다. 녀석은 날 보더니 입을 떡 벌렸다가 도로 다문다. 개릿이 할 말을 잃어버린 모습은 생전 처음 보는 것 같다.

"세상에, 버크." 마침내 개릿이 말한다.

"뭐야, 로플린." 난 내 머리칼 끄트머리를 잡아당긴다.

정말로 꽤 예뻐진 기분이다. 드레스도 입었고, 머리도 완벽하게 손질됐고, 장밋빛 볼 화장에 스모키 눈 화장에 어깨의 주근깨까지 싹 가렸다. 게다가 알고 보니 내 군화는 고양이 손가방과 정확히 같은 색조의 금빛이었다. 그래, 정말이다. 난 군화를 신고 프롬에 갈 거다.

개릿은 계속 내 입만 쳐다보고 있다. 뭐, 내 가슴을 쳐다보지 않아서 다행인가.

개릿이 내 손목에 달 상아색 코르사주를 건넨다. 엄마는 내가 개릿의 턱시도 옷깃에 핀으로 꽃 꽂는 걸 거들어 준 다음, 우릴 집 밖으로 몰아내서 끔찍한 기념사진을 찍는다. 개릿이 두 손을 어디다 둬야 할지 모른다는 사실도 상황에 전혀 도움이 안 된다. 처음엔 한쪽 팔을 내 허리에 감았다가 그다음엔 내어깨에 얹고, 결국 다시 내 허리로 옮긴다. 개릿이 휴대전화를 꺼내서 어떻게 해야 할지 구글 검색이라도 해 보는 건 아닐까 하고 내심 기대했는데.

마침내 출발할 시간이 되자 개릿이 날 위해 차 문을 열어 준다. 프롬 드레스를 입고 개릿 엄마의 미니밴에 타려니 솔직히 엄청 이상한 기분이 들지만. 오늘 밤 개릿은 지금껏 내가 본 중에 가장 조용해서, 나도 모르게 녀석의 옆얼굴을 몇 차례 흘낏거리지 않을 수 없다.

"깔끔하게 차려입었네, 개릿." 마침내 난 이렇게 말한다. 사실이다. 평소엔 대체로 귀찮은 녀석이다 보니 개릿이 사실 잘생겼다는 점을 깜박하게 된다. 하지만 앤 잘생겼다. 턱선이 멋지고 머리숱도 많은 데다 눈은 새파랗다.

"너도." 개릿이 말한다. "정말이야." 그러더니 잠시 후 말을 잇는다. "프롬 기대돼?"

"아마도?"

"아마도라고? 너 정말 열성적이구나, 버크."

"잠깐, 다시 말해 볼게." 난 목청을 가다듬는다. "아마도, 그리고 느낌표."

개릿이 웃는다. "훨씬 낫네."

나도 개릿을 보며 웃지만, 마음속에 슬며시 죄책감이 몰려온다. 개릿은 정말로 아주 웃기고 괜찮은 녀석이니까. 아마도 좋은 남자친구가 되겠지. 다만 나랑 안 맞을 뿐이야.

어쩌면 개릿에게 말해 둬야 할지도 모른다. 이봐, 개릿. 그냥 해 두는 얘긴데. 너 영화 속에서 본 그런 프롬을 기대하고 있니? 그런 일은 없어. 연출된 댄스 장면도, 갈망하는 눈빛의 마주침도, 끈적한 프롬 날 밤의 키스도 없을 거라고.

알겠지, 개릿. 난 다른 누군가를 끔찍하게 사랑하고 있거든.

적어도 이제 턱시도의 매력이 뭔지는 알겠다. 그걸 입으면 남자애들이 75퍼센트 정도 더 귀여워 보인다. 개릿만 그런 게 아니라 다들 그렇다. 닉, 사이먼, 브램을 보고서 난 반쯤 죽을 뻔했다.

지금 사이먼과 브램, 노라와 칼은 부모님들과 함께하는 기나긴 사진 촬영을 견뎌 내는 중이다. 닉은 혼자서 현관 계단에 앉아 손가락으로 벽돌 모서리를 두드린다. 하지만 애나가 내 쪽으로 곧바로 달려오고 있다. 뒤에 모건을 달고서. 난 이미 진부함 그 자체로 변신해 버린 터라 자동적으로 관례적인 대사들을 내뱉는다. 어머나, 네 드레스 정말 멋지다! 세상에, 정말 흥분되지 않니?

애나는 엄청 깜찍하다. 정말이다. 배가 아주 살짝 드러나는 투피스 드레스 차림에 머리는 온통 땋아 올려 핀을 꽂았다. 애나와 모건 둘 다 아주 몸집이 작아서, 가끔은 애들 옆에 있으면 헐크가 된 기분이 든다.

아니, 관두자.

내 뇌더러 한 번만이라도 닥치고 있으라고 해야지. 이봐, 뇌자식아. 내가 예뻐진 기분이 들게 좀 내버려 둬.

사실 정말로 그런 것 같다. 예뻐진 기분이다.

모건이 내게 머뭇머뭇 미소를 보낸다. "너 정말 멋져 보인다, 레아."

난 멈칫한다. 이런 상황에 대비했어야 하는데. 분명 애랑 같이 있게 되리란 걸 알고 있었으면서. 하지만 난 자꾸 그 점을 잊어버리려 했다. 모건은 실제로 사과했고 애비는 애를 용서했다. 그래, 그건 중요한 사실이다.

"고마워." 내가 대답한다. "너도 멋지네."

"우리 얘기 좀 할 수 있을까?" 모건이 조용히 묻는다.

이상하다. 자꾸 애나가 했던 말이 떠오른다. 내가 작별을 별 것 아닌 일로 만들려고 상황을 부풀리는 것 같다는 말. 물론 말도 안 되는 얘기다. 전부 다 모건 잘못이다. 내가 모건을 덜 그리워하려고 걔한테 인종주의자가 되어 달라는 요구를 한 것도 아닌데.

"좋아." 마침내 내가 대답한다. 층층나무 쪽을 흘낏 돌아보니 사이먼네 아빠가 민망해하는 노라와 칼의 얼굴을 줌으로 당겨 촬영하고 있다. 난 막연하게 길가를 가리켜 보인다. "저리로 갈까?"

"그럼 되겠다."

둘이서 진입로를 따라 걷는 동안 묘하고 팽팽한 침묵이 느껴진다. 난 치맛자락을 앞으로 당기며 보도 위로 발을 옮긴다. 모건의 눈이 계속 깜박거리며 날 좇는다. 내가 먼저 말하길 기다리는 것처럼. 하지만 뭐라고 말해야 할지 모르겠다. 사실 어떻게 느껴야 할지도 모르겠다.

모건이 양손을 뒤로 받치고 앉으며 한숨을 쉰다. "그래, 나 애비한테 사과했어."

"나도 들었어."

우린 잠시 가만히 앉아 있다. 서로의 시선을 피하면서.

"내가 잘못했어." 마침내 모건이 말한다. "내가 그런 말을 했다는 게 믿기지 않아. 너무 끔찍한 기분이야."

"물론 그래야지."

"알아." 모건이 눈을 질끈 감는다. "나도 알아. 그래, 난 속상했어. 너무도— 맙소사, 그 기분이 어땠는지 설명조차 못 하겠어. 거부당하는 기분 말이야."

"하지만 그건 변명이 안 돼, 모건."

"그래, 알아. 그렇지. 그래선 안 돼. 난 앨라이 (ally, 인종이나 성정체성에 있어 차별당하는 당사자는 아니지만 연대하고 지지하는 입장) 라고 생각했는데 말이야." 모건은 숨을 크게 내쉰다. "하지만 내 일이 되는 순간 그 모든 게 날아가 버렸어. 내가 그런 말을 했다는 걸 절대 잊지 않을 거야."

"그래."

"네가 날 용서해 주지 않아도 괜찮아. 이해해. 그냥 내가 너무 미안해한다는 걸 알려 주고 싶었어. 난 더 나은 사람이 될 거야."

난 곁눈질로 모건을 쳐다본다. 입술을 앙다물고 눈썹을 온통 찌푸리고 있다. 정말로 진지한 태도다. 얼굴만 봐도 그렇다는 걸 알 수 있다.

하지만 2차적 용서란 건 너무 골치 아프다. 내 입장이 어때야 할지 모르겠다. 애비가 이 일을 극복했다면 나도 그래야 할까? 사이먼이 마틴을 용서했다면 나 역시 걔를 용서해야 할까?

난 입을 열고 말을 꺼내 보려 한다. 하지만 내가 무슨 말을 하려는 건지도 모르겠다.

내가 뭐라고 말해 보기도 전에 불쑥 개릿이 나타난다. "있잖아, 리무진 운전사가 거의 다 왔다는데. 너희 혹시 애비는 뭐 하고 있는지 아니?"

"아, 아직 안 온 거야?" 난 이렇게 대답하자마자 움찔한다. 테일러보다도 더 끔찍하군. 애비가 아직 안 왔다고? 이런, 전혀 몰랐네! 난 결코 걔 차가 언제 오려나 하면서 계속 도로를 흘깃대지 않았거든!

맙소사, 애비가 프롬에 안 오면 어떡하지? 어색한 상황을 감당할 수 없는 거라면? 문자를 보내야겠다. 그냥 확인만 해 보는 거야. 난 정말로 손가방에서 휴대전화를 꺼내려 한다. 하지만 문자를 보낼 생각만 해도 가슴이 철렁 내려앉는 것 같다. 대체 뭐라고 해야 하지?

마침내 사이먼이 다가와 내 어깨를 팔로 감싼다. "그래, 애비는 거의 다 왔대. 차가 막히나 봐. 우린 단체 사진이나 찍고 있어야겠다. 남자애들부터 찍으면 되니까." 그러고는 몸을 숙이더니 내 귀에 대고 소곤거린다. "너 진짜 근사하다."

"뭐래."

"그냥 해 본 말인데."

"너도 멋진걸."

사이먼은 히죽 웃고 내 머리칼을 잡아당기더니 개릿을 챙겨 단체 사진을 찍으러 간다. 칼은 노라를 데리고 먼저 떠났지만, 사이먼네 아빠는 나머지 남자애들을 층층나무 아래 한 줄로 세운다. 솔직히 말하면 무척 볼 만한 광경이다. 무슨 보이 그룹 같다. 스파이어 씨는 딱 봐도 가장 키가 큰 개릿을 한가운데 세운 다음 왼쪽에 브램과 사이먼을, 오른쪽에 닉을 세운다. 다들 양손을 사타구니 근처에서 단정히 맞잡고 전형적인 프롬 날의 남학생 포즈를 취하자 사이먼네 엄마가 열심히 셔터를 눌러 댄다. 정말 끝내준다.

하지만 그러는 동안에도 내 한쪽 눈은 길가를 향해 있고, 차가 나타날 때마다 심장이 쿵쾅거린다. 애비가 거의 다 왔다는 건 알지만, 실제로 도착하는 순간은 영원히 오지 않을 것만 같다. 시간이 너무도 느릿느릿 지나간다. 모든 것이 흐릿하고 몽롱하게 느껴진다. 난 어깨에 내려앉는 따뜻한 햇살에 집중해 보려고 한다. 뭐든 날 진정시켜 줄 만한 것에. 헬륨 풍선이라도 삼켜 버린 듯한 기분이다.

그때 애비 엄마의 차가 나타나고, 내 머릿속이 딸깍 하며 평소 상태로 돌아온다. 애비 엄마가 사이먼네 진입로에 차를 세우자 애비가 조수석에서 나온다. 한 손으로 치맛자락을 잡고 다른 손엔 클러치 백을 든 채.

애비가 잡고 있던 치맛자락을 늘어뜨린다.

그 순간 내 인생은 영원히 망가져 버린다.

애비는 구름처럼 보인다. 아니면 발레리나처럼. 드레스 전체가 공기처럼 가벼운 하늘색 망사로 만들어졌는데 어깨끈이 양쪽 어깨뼈 사이로 깔끔하게 교차되어 있다. 머리는 핀을 꽂아 느슨하게 틀어 올렸고 앞머리는 한쪽으로 빗어 넘겼다. 분홍빛 입술과 뺨은 너무도 보드라워 보인다. 정말 너무하다. 하느님 맙소사. 저 앤 정말 너무하다고. 그리고 난 너무나 저 애한테 반해 있다.

날 보자 애비의 눈이 휘둥그레진다. 입술이 소리 없이 움직인다. 우와.

난 잠시 동안 가만히 애비를 쳐다본다. 스물네 시간 전에 난 풋볼 경기장에서 애비에게 소리를 질러 대고 있었는데, 지금 저 앤 그게 세상에서 가장 쉬운 일이라는 것처럼 날 보며 웃어 주고 있다. 지금 이 기분이 안도감인지 처참함인지 모르겠다. 이봐, 넌 어제 일을 민망하게조차 여기지 않을 생각이야? 정말 조금도?

사이먼네 엄마가 슬며시 애비와 내 사이로 들어와서 손뼉을 치자 퍼뜩 정신이 든다. "여러분의 파파라치가 기다리고 있어요." 그분이 입은 헐렁한 붉은색 티셔츠 가슴에는 커다란 검은색 글씨로 이렇게 적혀 있다. '다람쥐를 조심하라'.

"왜 다람쥐를 조심해야 하는데요?" 내가 묻는다.

"왜냐하면." 그분이 뒤로 돌아 티셔츠 등판을 보여 준다. 다람쥐 그림 아래 이렇게 적혀 있다. '해버퍼드 학부모'.

"그곳 마스코트가 다람쥐예요?" 애비가 묻는다.

진입로 건너편에 있는 사이먼과 눈이 마주치자 난 입 모양으로 물어본다. 브램도 알아?

사이먼은 무슨 말인지 모르겠다는 듯 고개를 갸웃한다.

난 휴대전화를 꺼내서 사이먼한테 문자를 보낸다. 브램도 해

버퍼드 일 알아?

사이먼이 뒷주머니에서 휴대전화를 꺼낸다. 화면을 보고 씩 웃더니 답을 보낸다. 응, 알아. 웃는 얼굴 이모지.

층층나무 쪽으로 가자 사이먼네 아빠가 각자의 자리를 정해 준다. 민망해 죽겠다. 사이먼네 부모님이 아무것도 모르는 건지 아니면 날 놀리는 건지 모르겠지만, 이분들은 날 애비랑 개릿 사이에만 세우기로 작정한 모양이다. 그야말로.모든.사진에서. 물론 내가 모건 옆에 서야 하는 사진들은 제외하고 말이다. "좀 더 바싹 붙어 봐, 얘들아. 서로 좋아하는 것처럼 자세를 잡아 보라고."

부모님들은 어쩜 이럴까? 어떻게 항상 사실이란 걸 모르면서도 사실을 말해 버리는 걸까?

스파이어 씨는 닉과 애비에게 커플 사진을 찍자고 말하려 하지만, 사이먼이 얼른 끼어들어 아빠를 막는다. 그 순간 리무진이 도착한다. 내가 개릿과 닉 사이에 끼어 앉는 동안에도 사이먼네 엄마는 차 안에 머리를 들이밀고 몇 번 더 셔터를 누른다.

리무진 안은 그야말로 스트립 클럽 같다. 물론 난 스트립 클럽에 들어가 본 적이 없지만. 아무튼 양쪽에 좌석이 있고, 색이 변하는 야광 막대처럼 가느다란 형광 선이 내벽을 따라 그어져 있다. 게다가 미니바도 있다. 술 대신 물병이 들어 있긴 하지만, 그래도. 누군가 다른 사람의 삶에 들어온 기분이다. 카다시안 가족이나 비욘세가 된 것 같다. 창밖을 내다보기가 싫다. 그러면 여기가 셰이디 크릭이란 게 기억나 버릴 테니까.

"다들 우리가 유명인이라고 생각할 거야." 사이먼이 말한다.

"그래, 나라도 그렇게 생각하겠어. 4월의 교외에서 고등학생 애들로 가득한 리무진을 보면," 애비가 대꾸한다. "분명히 영화 시사회일 거라고 말이야."

"아니면 오스카 수상식이거나." 브램도 맞장구친다.

"절대로 프롬은 아니겠지."

"입 다물어." 사이먼이 히죽 웃으며 두 사람을 동시에 팔꿈치로 쿡 찌른다.

그때 개릿이 팔을 쭉 뻗어—정말이다—내 어깨 뒤로 쑥 집어넣는다. 어쩜 이렇게 섬세하실 수가. 난 엉덩이를 몇 센티미터쯤 앞으로 뺀다. 우리 둘 사이에 약간의 거리가 확보될 만큼, 그러나 다른 애들은 눈치채지 못할 만큼.

하지만 애비만은 눈치챘다. 아주아주 미세하게 눈썹을 치켜올리더니, 내게 희미하고 은밀한 미소를 보낸다.

아, 그래.

세상에.

엄청난 밤이 되겠는걸.

31

운전사는 레스토랑을 찾지 못한다. 운전석 뒤 칸막이를 내리더니 백미러로 우릴 쳐다본다. "아메리칸 그릴이라고요?"

"아메리칸 그릴 비스트로요." 개릿이 대답한다.

"쇼핑몰에 있는 거 확실해요?"

"물론이죠." 개릿이 내 등 뒤에서 팔을 빼며 앞으로 몸을 기울인다. "노스포인트 몰에 있는 아메리칸 그릴 비스트로요."

차는 몇 분간 주변을 빙빙 돌지만, 운전사는 결국 포기하고 우릴 메이시스 백화점에 내려 준다. 예복을 차려입고 쇼핑몰 안을 돌아다니니 비현실적인 느낌이 든다. 할머니들은 우릴 보며 미소 짓고 꼬마들은 멍하니 우릴 쳐다본다. 웬 남자 하나는 우리 사진을 찍기까지 한다.

"소름 끼쳐." 모건이 말한다.

개릿이 앞장서서 우릴 이끈다. 포에버21과 애플 스토어, 프란체스카스를 지난다. 하지만 시어즈까지 갔는데도 레스토랑 같은 건 전혀 안 보인다. 개릿은 혼란스러운 표정을 짓는다.

"분명 이쪽에 있었는데. 확실한데."

"내가 지도를 봐도 될까?" 애나가 묻는다.

"분명 여기 있어야 하는데."

우리 모두 드레스와 턱시도 차림으로 가만히 그 자리에 서 있다. 살짝 당혹스러운 상황이다. 그래, 나도 교외 출신이라 쇼핑몰에 관해서는 좀 안다. 하지만 여긴 내가 평소에 다니던 곳이 아니기 때문에 말하자면 평행 우주에 들어온 거나 마찬가지다. 사이먼이 입술을 잘근잘근 씹고, 개릿은 안내도를 골똘히 들여다본다. "푸드 코트에서 식사하면 어떨까?" 애나가 제안한다.

"아냐, 잠깐만." 애비가 한 손을 입가에 갖다 대며 말한다.

"무슨 일 있니?"

애비는 천천히 고갤 끄덕인다. "잠시만 좀…… 금방 돌아올게." 눈썹을 찌푸리며 이렇게 말하더니 다음 순간 모퉁이를 돌아 사라진다.

개릿이 흐느적흐느적 내게 다가온다. 심란한 기색이다. "진짜야, 난 예약을 했다니까. 누군가랑 얘길 했다고." 그러곤 덧붙인다. "전화로 말이야."

"괜찮아, 개릿."

"하지만 진짜인걸. 맹세할게."

"널 믿어." 난 대꾸하며 애비를 찾아 복도를 훑어본다. 스타벅스, 상하행 에스컬레이터, 사람들 수십 명. 하지만 애비는 어디에도 보이지 않는다.

"안마 의자 갖고 싶다." 사이먼이 브룩스톤 매장을 들여다보며 말한다.

"내가 네 안마 의자가 될게." 브램이 대답한다.

"무슨 소릴 하는 거야." 난 브램에게 콧등을 찌푸려 보인다. 하지만 브램은 그저 사이먼의 어깨를 꽉 붙잡더니 가까이 끌어당길 뿐이다. 사이먼이 미소 지으며 브램에게 기댄다.

"얘들아." 애비가 헐떡거리며 나타나 말한다. 난 퍼뜩 놀라며 그쪽을 쳐다본다. 애비의 모습은 햇살 같다. 그 애가 백만 불짜리 미소를 띠고서 반짝이는 눈가에 주름을 잡으며 말한다. "이봐, 개릿."

"응, 슈소."

애비가 개릿의 양손을 잡는다. "우리 예약이 되어 있어."

"그래?" 개릿의 얼굴에 희망이 어린다. "레스토랑이 어디로 옮겨 간 건데?"

"거긴 레스토랑이 아니야." 애비가 대답한다.

난 애비를 쳐다본다. "뭐라고?"

"그러니까, 레스토랑 비슷하긴 한데……." 애비는 당장이라도 웃음을 터뜨릴 듯한 표정이다. "하여간 저기야." 그 애가 어깨 너머 어딘가를 가리켜 보인다.

"저건 '아메리칸 걸' 매장이잖아." 사이먼이 말한다.

"그래."

"인형 가게 말이야."

"맞아." 애비의 눈이 반짝인다.

"이해가 안 되는데." 사이먼은 난감한 표정이다.

"그러니까," 애비가 말한다. "개릿이 우리 프롬 만찬 예약을 아메리칸 걸 비스트로에 한 모양이야."

개릿이 고개를 젓는다. "아닌데, 아메리칸 '그릴' 비스트로 인데."

"그렇겠지." 애비가 고개를 갸웃한다. "하지만 아메리칸 걸 비스트로에 여덟 명 자리가 예약되어 있던데. 네 이름으로 말이야. 그러니까—"

"이런." 개릿의 눈이 휘둥그레진다. "젠장."

사이먼이 내 어깨에 얼굴을 파묻는다. 눈물이 나도록 웃어 대면서.

매장 전체가 분홍색이다. 눈이 멀어 버릴 정도로 환한 분홍색. 모든 게—사면 벽, 테이블, 그 위의 조화 장식까지.

"여기 맘에 드는데." 애비가 소곤거린다.

난 히죽 웃으며 애비를 쳐다본다. "그렇겠지."

별빛이 반짝이는 천장에 커다란 분홍색 꽃처럼 생긴 조명들이 달려 있고, 그 아래로 한쪽 벽에 구식 소다 판매대가 있다. 사방에 '아메리칸 걸' 인형들이 놓여 있다. 이곳에 인형 친구를 데려오지 않은 사람은 우리뿐인 것 같다. 하지만 정말이지 세상에서 제일 귀여운 물건이긴 하다. 아기용 보조의자에 앉은 채 테이블에 고정되어 있는 인형들에게 종업원들이 조그만 장난감 찻잔을 가져다주고 있다.

"이 가게가 개점했던 때가 기억나." 모건이 말한다. "난 아메리칸 걸 인형이라면 사족을 못 썼거든."

애나가 눈썹을 치켜올린다. "지금도 그렇잖아."

"무조건 그런 건 아냐." 모건이 애나를 때리는 척한다. "리베카한테만 그래. 하지만 뭐, 걘 유대계니까. 우리 가족인 셈이지."

"인형을 빌릴 수도 있나 봐." 브램이 지적한다. "함께 식사할 수 있게 말이야."

"나도 인형 빌릴래." 사이먼이 말한다.

"얘들아, 진짜 너무너무 미안해." 개릿이 두 손으로 얼굴을 가린다.

애비가 씩 웃는다. "무슨 소리야? 역사상 최고의 프롬 만찬인걸."

"동의해." 모건이 말하며 두 손을 꼭 맞잡는다.

매니저는 우리를 소다 판매대가 마주 보이는 긴 테이블에 앉힌다. 분홍색 물방울무늬 의자들과 섬세하게 접은 흰색 천 냅킨들이 놓여 있다. 사이먼이 가장 먼저 한 일은 매니저에게 인형 대여에 관해 문의하는 거였다. 결국 사이먼, 애비, 브램은 매니저를 따라 매장으로 들어갔다. 잠시 후 남자애들이 분홍색 보조의자와 금발 인형 한 쌍을 가지고 돌아온다. 인형들은 기묘하게 테일러 메터니치를 닮았다.

"애비는 아직 고르는 중이야." 사이먼이 설명한다. 내가 매니저 쪽을 돌아보자 애비가 나한테 대놓고 윙크한다.

마침내 애비는 머리를 하나로 땋은 흑인 인형을 껴안고 돌아오더니 선언한다. "헤르미온느라고 부를 거야."

사이먼이 숨을 헉 들이마신다. "올 것이 왔군. 애비도 해리포터 마니아가 됐어."

"그렇다고 해야겠지." 애비가 날 빤히 쳐다보며 대꾸한다.

난 헤르미온느 인형과 개릿 사이에 앉게 된다. 맞은편엔 사이먼과 브램이 앉아 있다. 닉은 초조하고 우울한 기색으로 멍하니 메뉴판을 들여다보고 있다. 나도 모르게 애비를 쳐다보니 그 애는 한 손에 턱을 괴고 미소 짓고 있다. "사이먼이 가게 될 학교 마스코트가 다람쥐라던데."

"검은색 다람쥐지."

"그래도 다람쥐는 맞잖아."

"난 다람쥐가 좋아." 사이먼이 씩 웃는다. "참, 그리고 말이야. 앰트랙(전미 여객 철도공사)은 학생 할인이 된대."

"그거 잘됐네." 애비가 대답한다.

"우린 격주로 주말마다 서로 방문하려고 생각 중이야." 브램이 말한다.

"영상 통화도 할 거고." 사이먼이 덧붙인다. "게다가 자크와 블루의 이메일 교환도 재개할 거야."

"이야, 멋지다. 훌륭한 계획이야."

"그래, 우린 확신해. 장거리 연애도 완벽하게 잘ㅡ" 사이먼이 말을 끊더니 애비와 닉을 번갈아 곁눈질하고서 어색하게 덧붙인다. "잘 풀릴 수 있다고 말이야, 사람에 따라선."

"내가 듣기로 그건 이별 사유라던데." 닉이 큰 소리로 내뱉자 다들 잠잠해진다. 오늘 저녁 처음으로 닉이 입을 연 거였다. 난 애비를 슬쩍 돌아본다. 환하게 웃고는 있지만, 눈을 빠르게 깜박거린다.

닉이 어깨를 으쓱한다. "하지만 뭐, 그냥 하는 얘기일 수도 있겠지. 프롬 직전에 상대를 걸어찰 때 말이야."

애비가 의자를 뒤로 밀며 벌떡 일어난다. "실례할게."

사이먼이 한숨을 쉰다. "닉." 남자애들은 모두 의자에 앉은 채 꿈지럭거리고, 모건과 애나는 눈이 휘둥그레져 서로 시선을 교환한다. 천년처럼 느껴지는 시간 동안 아무도 말 한마디 하지 않는다.

마침내 내가 일어나 의자 등받이를 움켜쥔다. "내가 가서 얘기해 볼게."

그러고 나서 숨을 깊이 들이쉰 다음 애비 뒤를 따라 화장실로 간다.

애비는 세면대 옆 선반에 걸터앉아 있다. 발레리나처럼 발가락을 죽 뻗고 있어 드레스 아래로 젤리슈즈가 삐져나와 있다. 애비가 날 쳐다보더니 깜짝 놀란다. "여기서 뭐 해?"

"널 찾아왔지." 난 목덜미를 문지른다. "네가 괜찮은지 확인하려고."

애비가 어깨를 으쓱한다. "난 괜찮아."

"그래."

잠시 우리 둘 다 말이 없다.

"왜 화장실에 있는 거야?" 마침내 내가 묻는다.

"화장실 칸마다 인형 걸이가 있다는 거 알고 있었니?" 애비가 묻는다.

난 눈을 껌벅거린다. "뭐라고?"

"그러니까, 인형을 걸어 놓을 수 있는 작은 고리가 있거든.

정말이야. 가서 봐."

"하지만 왜?"

"인형도 우리랑 같이 화장실을 쓸 수 있게 하려고 그런 거겠지." 애비가 대답한다.

"그것참…… 이상한데."

"그렇지?" 애비는 웃음을 터뜨리지만, 곧 한숨을 내쉰다.

난 애비의 얼굴을 쳐다본다. "너 정말 괜찮아?"

"그건 닉한테 물어봐야 할 것 같은데."

"음, 아니야. 난 너한테 묻는 거야."

애비가 날 기묘한 표정으로 쳐다본다. 눈썹을 온통 치켜올리고. 저 표정이 무슨 뜻인지 전혀 모르겠다. 내 뺨과 가슴, 그리고 목덜미가 달아오르는 게 느껴질 뿐이다.

"그래." 마침내 애비가 손에 턱을 괴며 말한다. "난 정말 최악이 됐네."

"아니야."

"내가 모든 걸 어색하게 만들었어."

"단언하는데, 상황을 어색하게 만든 건 남자애들 쪽이야."

애비가 웃는다. "하지만 남자애들 때문만은 아니지."

애비의 말에 내 심장은 거세게 뛴다. 대체 왜 이래. 하지만 왠지 애비가 앉아 있는 선반에, 그 애 옆의 좁은 공간에 끼어들고 싶은 충동을 느낀다. 필요하다면 세면대에라도 앉겠다. 거울 속을 들여다보며 나란히 앉은 우리 모습을 확인하고 싶다.

하지만 난 가만히 제자리에 서 있는다. "이 상황이 싫어."

"나도 그래." 애비가 고개를 갸웃하며 한숨을 쉰다. "프롬 따위 짜증 나.”

“엄청 짜증 나지.”

그렇게 말하자마자 엄마가 떠오른다. 프롬에서 끔찍한 일
따위 없을 거라던 엄마의 다짐이. 하지만 아마도 엄마한테는
상황이 달랐을 거다. 엄마는 프롬에서 유일하게 임신한 여학
생이었겠지만, 그래도 키스하고 싶은 어느 누구에게든 키스할
수 있었을 테니까. 내가 애비 슈소에게 키스한다면 난 친구들
을 모두 잃을 테지. 만약에 애비 쪽에서도 나에게 키스한다면,
우린 그야말로 세상의 종말을 불러오게 되겠지.

그래서 난 그저 애비를 바라보며 가만히 서 있을 뿐이다. 마
침내 그 애의 입꼬리가 서서히 치켜 올라갈 때까지. 하지만 그
러자 상황이 더욱 악화된다. 애비가 내게 미소를 보낼 때마다
난 칼에 찔리는 듯한 기분이 드니까.

32

우리가 리무진으로 돌아가자마자 닉이 재킷 안주머니에서 휴대용 술병을 꺼내 든다. 전혀 놀랍지 않은 일이다.

닉은 한 모금 마시고 나서 애나에게 술병을 넘긴다. 난 어깨가 딱딱하게 굳은 채 가만히 앉아서 생각에 잠긴다. 이래서 내가 학교 댄스파티에 안 가는 거야. 오늘 밤이 어떻게 돌아갈지 정확히 알거든. 다들 질펀하게 취해서 자기가 얼마나 취했는지 떠들어 대기 시작하겠지. 그리고 나한테도 술을 마시라고 강권할 테고. 오늘은 프로오오옴 날이니까 말이야. 너도 '한 입만, 딱 한 모금만' 마셔 보라고. 술 취한 사람들은 말 그대로 좀 비라니까. 일단 감염되면 남들도 자기랑 똑같이 만들려고 하지. 심지어 범생으로 통하는 내 친구들조차도 이러고 있잖아. 젠장.

"레아?" 개릿이 날 쿡 찌르며 술병을 건넨다.

난 그걸 곧바로 브램에게 넘기고, 브램도 곧바로 사이먼에게 넘긴다. 술병은 애비에게, 그다음엔 모건에게 넘어간다. 사실상 아무도 술을 마시지 않는다는 사실을 알아차리고 난 깜짝 놀란다. 그래, 어쩌면 내가 틀렸나 보다. 그냥 닉이 문제인 건지도 모른다.

술병이 자기에게 돌아오자마자 닉은 머리를 뒤로 젖히고 벌컥벌컥 술을 들이켠다. 그러고는 애비만 빼고 모두에게 한껏 미소를 보내며 요란을 떤다. 나와 시선이 마주친 사이먼이 눈썹을 치켜올리자 난 살짝 고개를 저어 보인다. 난 닉을 끔찍하게 사랑하지만, 이 상황은 정말 민망하기 그지없다. 프롬은 아직 시작되지도 않았는데.

우리가 채터후치 생태 학습장에 도착한 건 막 해가 지기 시작할 무렵이다. 하지만 주차장은 이미 두셋 혹은 여남은 명씩 무리 지은 사람들로 북적거린다. 보도를 따라 리무진이 한 줄로 죽 서 있다. 정말이지 셰이디 크릭 사람들답다. 난 사방을 너무 열심히 곁눈질하느라 게걸음으로 걸어야 할 지경이다.

물론 가장 먼저 눈에 들어온 사람은 마틴 애디슨이다. 하늘색 턱시도 차림에 머리카락은 헬멧을 쓴 것처럼 젤을 덕지덕지 발라서 붙였다. 마틴 옆에는 매디가 있다. 예전에 학생회 위원이었고 지금은 '호두까기'라는 별명으로 불리는 애다. 학교 선거에서 자기를 이긴 데이비드 실베라의 불알을 걷어찬 뒤로 말이다. 심지어 나라도 마틴에게 그보다 더 어울리는 데이트 상대를 구해 주진 못했을 거다. 난 사이먼에게 이 일에 관해 얘기하려고 하지만, 그 순간 가설 연회장 건물이 내 눈에 들어온다. 심장이 목구멍까지 튀어나올 것 같다.

그래, 맞다. 프롬은 바보 같은 짓이다.

하지만 사방에 깜빡이 전구들이 켜져 있고, 부드럽게 늘어진 하얀 커튼은 석양을 배경으로 반짝이는 듯하다. 대여해 온 대형 스피커들이 뿜어내는 노래가 뭔지는 모르겠지만, 완벽하게 둥둥거리는 베이스 리듬이 마치 심장 박동 같다. 이 모든 게 어딘가 다른 세상에 온 듯한 분위기를 자아낸다. 크릭우드 고등학교와는 아무런 관계도 없는 공간처럼 느껴지지만, 주위는 온통 크릭우드 학생들로 가득하다. 오솔길, 조류 사육장 앞, 잔디 위에 놓인 피크닉 테이블들까지.

연회장까지 곧바로 이어지는 계단이 있지만, 난 그리로 가는 대신 옆길로 샌다. 드레스를 입고 걷는 게 아직도 어색하다. 한 걸음 내디딜 때마다 옷자락이 발 주위로 나부낀다. 하지만 어쨌든 난 넘어지진 않는다. 군화를 신어서 정말 다행이야.

"얘." 누가 날 쿡 찌른다.

물론 그건 애비다. 그 애가 나한테 어찌나 바짝 다가오는지 서로 팔이 닿을 정도다. 배를 연달아 두 방 맞은 기분이다. 몸속이 파들거리지만 웃음을 터뜨릴 것 같기도 하다. 내가 손만 내밀면 애비의 손을 잡을 수 있다. 애비랑 손가락 깍지를 낄 수도 있다. 그래도 다들 별 생각 안 하겠지. 이성애자 여자애들이란 맨날 서로 손잡곤 하니까. 특히 댄스파티에서는. 손을 잡고, 서로 뺨에 뽀뽀하며 셀카를 찍고, 벤치에 나란히 앉아 서로의 무릎에 두 발을 올리고. 솔직히 말해서 나도―

"정말 근사하다." 애비의 말에 난 퍼뜩 정신을 차린다. 애비는 두 눈을 크게 뜨고 사방을 두리번대며 골똘히 쳐다보고 있다. 오솔길을 따라 가리개를 친 격리 구역들이 있다. 대부분

맹금류 주거지다. 애비가 그중 한 곳 앞에서 멈춘다. "이거 올빼미니? 우리 프롬에 올빼미가 있는 거야?"

정말이다. 진짜 올빼미가 오솔길을 지나는 우리를 눈도 깜박이지 않고 가만히 쳐다본다. 세상에서 가장 괴상한 프롬이 되려면 아직 멀었다는 것처럼.

"해리 포터 얘길 꺼낼 타이밍인데." 내가 말한다.

애비가 히죽 웃는다. "나도 딱 그 생각을 하고 있었어."

우리가 오솔길 끝에 이르는 것과 동시에 사이먼과 브램이 계단을 내려온다. "여기서 마주칠 것 같더라." 애비가 말한다.

두 사람이 손을 잡고 있다는 걸 알아채고 난 깜짝 놀란다. 언제든 휙 놓아 버릴 준비가 된 자세가 아니라 진짜 제대로 손을 잡고 있다. 게다가 둘 다 정말 귀엽게도 그 사실을 뿌듯해하는 기색이 역력하다. 물론 겉으로는 지극히 무심한 척하려는 것 같지만.

"음, 그냥 걸어 들어가면 되나?" 브램이 묻는다.

애비가 어깨를 으쓱한다. "그런가 봐."

댄스 플로어 주위로 벌써부터 사람들이 잔뜩 몰려들어 있다. 제대로 춤추는 사람은 하나도 없지만, 사회자가 군중 앞에 나와 분위기를 띄우고 있다. 한쪽 주먹을 쳐들며 크게 소리친다. "지금 여기 졸업반 학생들 있습니까?"

"여긴 애초에 3, 4학년 프롬이잖아." 사이먼이 말한다.

"잘 안 들리네요. 지금 여기 졸업반 학생들 있습니꽈아아아?"

"저 사람 자기가 백인인 건 알고 있으려나?" 애비가 묻는다.

하지만 다들 소리치고 함성을 지르며 사회자에게 반응한다.

그야말로 초현실적이다. 지붕 아래로 흐릿한 오렌지색 조명이 내리비쳐 다들 살결이 발갛게 빛나는 것처럼 보인다. 난 곁눈질로 옆에 있는 사람을 힐끗 본다. 알고 보니 그건 한껏 차려입은 테일러다. 보아하니 프롬 복장으로 케이트 미들턴의 웨딩 드레스 스타일을 선택한 모양이다.

"쟤 혹시······?" 애비가 묻는다.

"맞아."

"세상에."

우린 마주 보고 씩 웃는다.

"테일러, 부디 변치 말아 줘." 내가 말한다.

그때 내 곁에 개릿이 나타난다. "여기 있었구나! 한참 찾아다녔어, 버크."

그래, 내 데이트 상대가 왔군.

"춤출래? 난 준비됐는데."

"지금 당장?"

"그래, 지금 당장." 개릿이 내 손을 잡는다. "어서, 난 이 노래가 좋더라."

"음, 정말?" 디제이가 틀어 놓은 건 어느 가사 없는 테크노 곡인데, 딱 로봇끼리 섹스하는 소리처럼 들린다.

"뭐랄까, 가사가 끝내주잖아."

난 개릿의 얼굴을 훔쳐보고 곧바로 상황을 깨닫는다. 이 녀석 긴장했구나. 과연 내가 정말로 지금까지 그 사실을 실감하지 못했던 건지는 모르겠다. 하지만 필사적으로 입을 벌리고 웃으며 목덜미를 긁어 대는 개릿을 보니 이 불쌍한 녀석을 그

냥 꽉 껴안아 주고 싶은 생각도 든다. 아니면 맥주라도 건네주
든가. 앤 긴장을 좀 풀어야 한다.

난 개릿이 내 손을 잡아 댄스 플로어로 끌어내도록 놔둔다.
정면 한가운데 사회자 가까운 자리다. "요, 요, 요. 지금 여기 졸
업반 학생들 있습니꽈아아아?" 갑자기 내 얼굴에 마이크가 디밀
어진다.

"네." 난 시큰둥하게 대답한다.

"뒤쪽에 있는 사람들도 듣도록 좀 더 크게! 한 번 더! 지금 여
기 졸업반 학생들 있습니까?!"

"네, 지금 여기 졸업반 애들이 있다는 건 이미 입증된 사실
이죠." 난 마이크에 대고 말한다. 곁눈으로 보니 애비가 낄낄
대고 있다.

"이리 와, 우리 춤추는 중이잖아." 개릿이 날 가까이 끌어당
겨 내 허리에 두 손을 갖다 댄다.

"정말로 이 희한한 테크노 곡에 블루스를 추자고?"

"그래."

난 고개를 젓고 살짝 눈동자를 굴리지만, 그래도 개릿의 어
깨에 양손을 얹는다. 우리는 천천히 몸을 움직인다. 춤추는 사
람은 거의 없다. 대부분 그냥 댄스 플로어 주위를 오락가락 맴
돌기만 하고, 그래서인지 모두가 날 쳐다보고 있는 듯한 느낌
을 떨쳐 내기가 어렵다. 아무래도 난 뼛속까지 자의식에 절어
있나 보다.

하지만 그때 노래가 니키 미나즈(미국의 유명 래퍼)로 바뀌자,
스위치라도 확 켜진 것처럼 사람들이 우르르 댄스 플로어로 밀

려든다. 난 개릿에게서 떨어져 나와 사이먼과 브램 사이에 끼게 된다. 그렇다— 뮤지컬을 제외하면 난 한 번도 사이먼이 춤추는 걸 본 적이 없다. 하지만 녀석의 모습은 꼭두각시 인형이 따로 없다. 말 그대로 고개를 까딱거리며 발을 이리저리 움직일 뿐이다. 사이먼도 뻣뻣하지만 브램은 더 심각하다. 내가 둘을 보며 히죽거리자 사이먼이 내 두 손을 잡더니 한 바퀴 휙 돌린다. 즐거워서 숨이 막힐 것 같다.

아마도 청춘 영화들이 옳았나 보다. 프롬은 살짝, 그러니까 아주 살짝 환상적이다. 영화배우처럼 차려입고 깜빡이 전구에 둘러싸여 친구들 모두와 함께 댄스 플로어에서 복작거리는 건 뭔가 놀라운 일이다. 사이먼이 날 보며 히죽 웃더니 내 엉덩이에 자기 엉덩이를 부딪친다. 그러더니 이젠 애비의 손을 잡고 둘이서 빙글빙글 돈다. 브램과 개릿은 뭔가 어깨 돌리기 같은 걸 시도하는 중이다. 그리고 마틴 애디슨은 분명 '호두까기'를 낚시에 걸린 물고기처럼 빙빙 감아 돌리고 있겠지.

"지금 여기 졸업반 학생들 있습니꽈아아아?"

"그래, 우리가 바로 졸업반이다!" 애비가 소리친다. 그러다가 내가 쳐다보는 걸 눈치채자 쑥스러운 미소를 보낸다.

다시 노래가 바뀐다. 부드럽게 쿵쿵거리는 리듬에 모두가 조금씩 더 가까이 모여든다. 사이먼이 내 손을 잡아 들고 올린다. 갑자기 난 두 팔을 하늘로 뻗고 눈을 감은 채 미소 짓는다. 드럼을 칠 때와 똑같은 기분이다. 난 음악에 빠져 있다. 그야말로 푹 잠겨 버린다. 이렇게 온몸이 가볍게 느껴졌던 게 언제였는지 기억도 나지 않는다.

그 순간 한 가지 사실이 대포알처럼 내 머릿속을 때린다. 이 모든 것도 끝나겠지.

젠장. 우린 졸업하게 된다. 우리에겐 5주 동안의 일상생활이 남아 있고, 그러고 나면 온 세상이 뒤집힐 거다. 졸업하면 모든 게 달라지리라는 걸 머리로는 항상 알고 있었는데도. 인생이란 그런 거지.

하지만 이제야 그 사실을 실감하게 된 모양이다. 이 변화의 중대함을. 지금 이 순간까지는 그 사실을 정면으로 직시한 적이 없었던 것 같다.

"보고 싶어." 난 사이먼에게 말한다.

"뭐?"

"보고 싶다고!"

정말이다. 젠장. 벌써부터 모두가 보고 싶다. 사이먼, 브램, 닉, 개릿, 노라, 애나, 심지어 모건까지도. 벌써부터 마음이 아프다.

"이런, 나도 네가 보고 싶어." 사이먼이 소리치더니 웃는다. 얘가 전혀 이해를 못 했나 보다 하고 생각한 바로 그 순간, 사이먼은 날 양팔로 꼭 껴안더니 내 귓가에 대고 말한다. "너 없이는 내가 제정신이 아닐 거란 거 알지, 응?"

"나도 마찬가지야." 난 사이먼의 가슴에 기대어 속삭인다.

33

하지만 이상한 일이 있다. 밤새도록 닉의 모습이 거의 보이지 않는다. 보통 때라면 별 생각 없었겠지만, 지금은 평소의 닉이 아니라 슬프고 술 취한 닉이니까. 그래서 난 녀석이 나비 사육장에서 토하고 있거나 맹금류 우리 옆에 쓰러져 있는 게 아닐까 생각할 수밖에 없다.

아니면 괜찮을지도. 아마도 별일 없겠지. 내 문자엔 전혀 답하지 않고 있지만 말이다. 어쩌면 괜찮을 거야, 그냥 내가 미운가 보지. 내가 걔 입장이라도 날 미워할 테니까. 어쩌면 애비가 닉에게 무슨 얘길 했는지도 몰라. 아니면 애비를 향한 어리석은 감정이 내 얼굴에 환히 드러나 있거나.

난 그런 생각을 떨쳐 내려고 애쓰지만, 자꾸 파티 장소 주변을 기웃거리게 되는 건 어쩔 수 없다. 확실히 말해 두지만 불빛이 흐릿하고 사람들로 북적대는 연회장에서 특정한 남자애를 찾아낸다는 건 거의 불가능에 가까운 일이다. 게다가 검은 턱시도의 바다 속에서 검은 턱시도를 입은 녀석을 찾는다는 건 말이다. 문득 마틴 애디슨의 의상 선택이 묘하게도 센스 있게 느껴지기까지 한다.

그런데 그때 닉이 불쑥 눈앞에 나타난다. 상기된 얼굴로 환하게 웃고 있다. "이봐!" 난 뭐라고 말해 보려 하지만, 닉이 날 갑자기 꽉 껴안고는 뺨에 찐득하게 입을 맞추는 바람에 말이 끊긴다.

"음, 너—"

닉은 내 코를 쿡 찌른다. "레아 버크, 너 이제 엄청 놀라게 될걸."

이런, 이젠 살짝 두려워지려고 한다.

닉이 보란 듯이 건들거리면서 댄스 플로어를 가로지른다. 닉 아이스너와 친구로 지내 온 세월 동안 저런 모습은 단 한 번도 본 적이 없다. 디제이 테이블에 다다른 닉이 몸을 숙이며 뭐라고 말하자 디제이가 고개를 끄덕이고, 두 사람은 주먹을 맞부딪친다.

"보고 있어?" 사이먼이 가까이 기대 오며 묻는다.

"닉 말이야?"

사이먼이 고개를 끄덕인다. "대체 무슨 꿍꿍이셈일까?"

"전혀 모르겠어." 하지만 이렇게 말하자마자 애비의 모습이 눈에 들어온다. 애비가 노라와 손을 맞잡고 빙빙 돌자 푸른 치맛자락이 나부낀다. "혹시……."

사이먼의 눈이 내 시선을 따라잡는다. "맙소사. 닉이 애비를 되찾으려고 뭔가 거창한 일을 꾸민 거라고 생각해?"

"어쩌면. 확실히는 몰라." 난 입술을 앙다문다. "아니면 복

수 같은 걸 수도.”

“닉이 애비한테 복수를 한다고?” 사이먼이 말도 안 된다는 듯 웃는다.

“뭔가 애비한테 창피를 줄 일 말이야.”

사이먼은 고개를 젓는다. “닉이 그럴 리 없어.”

“하지만 몰라. 쟤 정말 이상하게 굴고 있잖아.”

“그래, 하지만 그래도 닉이잖아.” 사이먼이 우기지만, 녀석이 살짝 불안한 눈빛을 띠는 걸 난 눈치챈다. “안 그럴 거야.”

잠시 우린 말없이 서로를 바라볼 뿐이다.

“우리 쟤랑 얘길 좀 해 봐야겠어.” 마침내 내가 말한다.

“그래, 좋아.” 사이먼은 고개를 끄덕인다. “그냥…… 무슨 생각인지 확인해 보자고.”

사이먼이 내 손을 잡고, 우린 함께 댄스 플로어의 군중을 뚫고 나아간다. 닉은 끄트머리에 있는 축구부 무리 속에서 개릿과 브램의 어깨에 양팔을 얹고 있다. 그걸 보니 안심이 된다. 브램도 관련 있는 거라면—아니, 개릿이라 해도 마찬가지지만—닉이 뭔가 잔인한 일을 계획하고 있는 건 아닐 테니까. 물론 브램과 개릿이 닉의 계획을 모르는 거라면 또 얘기가 달라지겠지만.

맙소사, 대체 뭐라고 말해야 하지? 이봐, 닉. 난 네가 아주 멋진 녀석이라 생각하고 널 정말 좋아해. 다만 네가 혹시 사람의 탈을 쓴 거대 좆은 아닌지 확인 좀 하고 싶어서 말이야.

사이먼은 내 손을 꽉 쥐고 앞으로 잡아끌며 깊이 숨을 들이쉰다. “얘들아, 저기.” 사이먼이 특유의 ‘나 정말 아무렇지도 않거든, 그러니까 지금 끽끽거리는 거 아니야' 목소리로 말한다. "음, 닉. 우리 잠깐만 얘기할 수 있을까?"

"그래, 뭔데?" 닉이 기대감에 찬 미소를 띠며 말한다. 하지만 닉 어깨 너머로 보니 다른 축구부 남자애들 여남은 명도 똑같이 기대감 어린 미소를 짓고 있다.

"우리끼리만." 내가 덧붙인다.

"허어, 아이스너." 웬 축구부 녀석이 닉의 머리털을 헝클어뜨린다. "쟤 화난 것 같은데."

난 눈동자를 굴린다. 하지만 닉은 친구들로부터 떨어지더니 사이먼과 내 뒤를 따라 베란다로 나온다. 그러자 내 기분도 곧바로 진정된다. 베란다는 연회장과 연결되어 있고 여전히 음악 소리가 크게 들려오는 데다 사람들로 북적거리지만. 그래도 지붕이 없고 깜빡이 전구 몇 줄만 아니면 눈앞이 확 트여 있어서 좋다. 베란다 전체에 난간이 둘러져 있고, 그 너머로는 나무로 둘러싸인 맑은 호수가 보인다. 나는 난간 가장자리에 팔을 늘어뜨리고 숨을 깊이 들이쉰다.

"닉, 어떻게 된 거야?"

"무슨 뜻이지?" 닉이 히죽 웃는다.

"이상하게 굴고 있잖아."

"왜 디제이한테 말을 걸었어?" 사이먼이 묻는다.

"아하." 닉의 미소가 더욱 환해진다. "조금 있으면 다 알게 될 거야."

사이먼이 초조하게 날 곁눈질한다.

난 심각하게 닉을 쳐다본다. "한 가지만 알려 줘. 애비랑 관련된 일이야?"

닉이 대꾸하려고 입을 연다. 하지만 그 순간 노래가 바뀌고, 그러자 닉의 태도도 싹 달라진다. 닉은 우리 둘의 어깨를 탁 두드리고는 도로 축구부 애들에게 달려간다. 사이먼과 나는 입을 떡 벌리고 쳐다볼 뿐이다.

"젠장." 사이먼이 중얼거리지만, 그 뒤로는 말이 뚝 끊긴다.

왜냐하면 우리 눈앞에서 축구부 애들이 한데 모이더니 삼각 대형을 만들었기 때문이다. 닉이 맨 앞이고 양옆엔 브램과 개릿이, 나머지 애들은 그 뒤로 부채꼴을 이루며 섰다. 스피커에서 큰 소리로 음악이 터져 나온다.

치짓칫칫 칫칫치지짓 음. 치짓칫칫 칫칫치지짓 음.

남자애들은 일사불란하게 움직이며 양옆으로 퍼져 나가다 갑자기 멈춰 선다. 닉이 엉덩이를 쑥 내밀고, 다른 애들도 따라 내민다. 다 함께 다리를 차올리는가 싶더니 그다음 순간 흩어진다.

맙소사.

멋지게 연출된 프롬 군무라니, 마치 청춘 영화에서 튀어나온 한 장면 같다.

갑자기 사람들이 우리 주위를 에워싼다. 환호를 보내며 내가 한 번도 못 들어 본 노래를 따라 부르고 있다. 독약 같은 어느 여자애에 관한 노래다.

난 사이먼 쪽으로 몸을 기울인다. "이거…… 애비에 관한 노래야?"

"아니, 이건 원래 있는 노래인데……." 사이먼이 뭐라고 얘

기하려 하지만, 브램을 보느라 정신이 팔려서 말을 끊어 버린
다. 하지만 나로서도 사이먼을 탓하진 못하겠다. 바로 우리 눈
앞에서 엄청난 장관이 빙빙 돌아가고 있으니까. 난 남자애들
이 엉덩이란 걸 쓸 줄 안다는 것도 몰랐는데. 적어도 브램과 닉
은 그런 걸 전혀 모를 줄로만 알았다.

"지금 여기 졸업반 학생들 있습니까아?" 사회자가 소리를
지른다.

닉이 무릎을 꿇고 머리를 뒤로 젖히며 피날레를 장식한다.
난 입을 떡 벌린 채 사이먼을 돌아보지만 녀석은 이미 사라져
버렸고, 문득 내 옆에 와 서 있는 애비가 눈에 들어온다. 애비
는 살짝 웃어 보인다.

"음, 되게 민망하네." 내가 중얼거린다.

애비가 고개를 끄덕인다. "그러게."

"닉이 뭔가 하고 싶은 말이 있나 봐."

"그래, 재미있는 일이지." 애비가 내 쪽으로 몸을 기울인다.
"쟤들 몇 달 동안이나 안무 연습을 해 왔는걸. 사실은 나도 쟤
들한테 이런 계획이 있단 걸 알았고."

"정말이야? 저런 곡을 골랐는데?"

애비가 덤덤하게 웃는다. "그냥 우연의 일치야. 쟤들이 저
곡을 고를 땐 내가 독약 같은 여자가 되리란 걸 몰랐거든."

"넌 그렇지 않―" 하지만 입을 연 순간 내 시선은 도로 댄스
플로어에 이끌린다. "세상에."

연극부 남자애들이다. 사이먼, 마틴, 칼, 또 다른 몇 명. 다
함께 컨트리 웨스턴 라인댄스 같은 걸 추고 있다. 독약이 어쩌

고 하는 노래에 맞춰서.

애비가 느릿느릿 고개를 젓는다. "그래, 저건 분명 뮤지컬에 나왔던 춤이네."

"하느님 맙소사."

"그걸 저 노래에 맞춰서 추고 있는 거야."

"그래, 그렇겠지." 난 중얼거린다. 턱시도 차림의 사이먼과 마틴이 등을 맞대고 빙빙 돌며 춤추고 있다. "난 그냥."

"그래, 알아."

"너무 당황스러워서."

애비는 내 손을 잡더니 더욱 가까이 다가온다. "우리 지금 댄스 대결을 보고 있는 것 같은데." 애비가 내 손가락에 깍지를 끼며 소곤거린다.

내 심장이 가슴을 부숴 버릴 듯 쿵쿵댄다. 이게 정말로 일어나는 일일 리가 없다. 내 옆에 신데렐라처럼 차려입은 애비가 있고, 우리가 정말로 손을 잡은 채 여기 서 있다니. 댄스 대결을 바라보면서, 세상에서 가장 당연한 일을 하는 것처럼. 아무래도 난 숨 쉬는 방법을 잊어버린 것 같다.

"괜찮니?" 애비가 날 뚫어지게 쳐다보며 묻는다.

난 말없이 고개만 끄덕인다.

애비는 계속 날 쳐다보고 있다. 머릿속에 할 말이 떠오르질 않는다. 손 얘긴 하지 마. 키스 얘기도 하지 마. 닉 얘기도—

"닉도 쟤들이랑 같이 춤춰야 되는데. 이젠 연극부 소속이니까." 결국 말해 버렸다.

끝내주는군. 난 내 머리에게 미움 받아도 싸다.

하지만 애비는 그냥 웃을 뿐이다. "흠, 이 노래에서 닉에 해당되는 인물은 결국 죽는 걸로 되어 있거든."

"아, 그럼 이 노래는 '꺼져 버려, 닉'이라는 뜻이구나."

"그런 셈이지."

하지만 지금 닉은 너무도 격하게 웃느라 똑바로 서지도 못할 지경이고, 브램의 어깨에 기대다시피한 채 개의 재킷 주름에 얼굴을 묻고 있다. 어느새 연극부 남자애들이 한데 모여 피날레 자세를 취한다. 양 손바닥을 앞으로 쑥 내밀고.

누군가 천천히 박수를 치기 시작하자 애비도 내 손을 놓고 박수에 합류한다. 소소하지만 따끔한 실망감이 느껴진다. 갑자기 내 손이 아무 쓸모도 없어진 것 같다.

"훌륭했어." 사이먼이 우리 쪽으로 다가오자마자 애비가 말을 건넨다. "10점 만점에 10점 주고 싶은데."

사이먼이 활짝 웃는다. "당연하지, 난 네 명예를 지켜 줘야 했으니까."

"난 독약 같은 여자니까 말이야."

"무슨 소리야." 사이먼이 말한다. "뭐, 그럴 수도 있겠지. 하지만 넌 그렇지 않아."

애비가 눈썹을 치켜올린다.

"춤출래?" 사이먼이 얼버무리듯 말한다.

느린 곡이 흐르고 있다. 에드 시런(영국의 싱어송라이터)의 노래 같다. 사이먼이 내 머리를 한번 잡아당기더니 애비의 손을 잡는다. 애비는 사이먼에게 이끌려 댄스 플로어로 나가면서 날 돌아보고 미소 짓는다.

잠시 난 가만히 서서 두 사람을 지켜본다. 알고 보니 사이먼은 블루스를 꽤 잘 춘다. 어쨌든 애비의 손을 제대로, 그러니까 노인들이 하듯이 잡을 줄 안다. 자기 엄마랑 연습한 게 분명하다. 녀석이 늑대 티셔츠를 입은 꼬마 사이먼 스파이어였던 게 10초 전 같은데, 어떻게 된 일인지 갑자기 턱시도 차림의 말끔한 남자가 눈앞에 나타나 있다. 우리가 어쩜 이렇게 나이를 먹은 거지?

"이런, 안녕, 버크." 돌아보니 개릿이 뒷짐을 지고 서 있다.

"안녕." 난 애비와 사이먼에게서 눈을 돌리며 대답한다. "그래, 네가 그리 멋지게 춤을 출 줄 누가 알았겠어?"

개릿이 슬며시 미소 짓는다. "내가 멋지다고 생각했니?"

"뭐, 나쁘진 않았지."

"왜 이래. 좋았으면서. 뭐가 제일 좋았어? 이 동작?" 개릿이 골반을 빠르게 연달아 세 번 앞으로 내민다.

"당연히 그거였지."

"아님 이거?" 개릿이 원숭이 우리에 매달리듯 양손을 번쩍 들더니 엉덩이로 빙글빙글 원을 그린다.

"그래, 네가 말한 거 전부 다."

"젠장." 개릿이 씩 웃는다. "그러니까 널 감동시키려면 그렇게 해야 한단 말이지?"

난 어깨를 으쓱하며 애매하게 웃는다. 맙소사, 난 정말 형편없는 인간이다. 이런 짓은 관둬야 한다. 지금 당장. 그냥 똑바로 말해 버릴 거다. 물론 아주 상냥하게. 우리 둘 다 합의를 보고 아무도 헛된 기대 같은 거 안 갖도록. 난 눈을 감으며 깊이 숨을 들이쉬고, 다음 순간 나와 개릿이 동시에 입을 연다.

그 탓에 양쪽의 말이 얼렁뚱땅 뒤섞이고 만다. "네가 먼저 얘기해." 난 얼른 말한다.

"좋아." 개릿이 숨을 들이쉰다. "춤출래?"

이런…… 망할.

난 가만히 서 있다가, 마침내 이렇게 말한다. "좋아."

그래. 앤 내 데이트 상대니까. 같이 춤춰야지. 애초에 의문 해선 안 될 일이다.

우린 손을 잡고 댄스 플로어로 간다. 개릿이 발을 멈추더니 날 돌아보며 말한다. "자, 우리 그럼……."

개릿의 두 손이 내 허리를 잡고, 난 개릿의 어깨에 두 손을 올린다. 우린 느리게 몸을 움직인다. 개릿이 날 끌어당긴다. 서로 가슴이 맞닿아 눌릴 만큼 가까이. 좀 불안해진다. 내 온 몸이 어색함을 뿜어내고 있겠지. 무슨 기체처럼 내 몸에서 파도를 이루며 분출되고 있을 거다.

가장 무시무시한 점은 개릿이 한마디도 안 하고 있다는 거다. 그저 그놈의 느끼하고 꿈꾸는 듯한 표정으로 날 바라보고 있을 뿐이다. 내가 세상에서 가장 파렴치한 인간이 된 것 같다.

난 개릿 로플린에게 눈곱만큼도 반하지 않았다. 그리고 애도 그 사실을 알아야 마땅하겠지. 하지만 내가 입을 열었을 때 나온 소리라곤 고작 이거다. "이 사람들 일흔 살 때는 어떻게 될까?"

"뭐?"

"이 노래 말이야. 남자가 여자를 일흔 살이 되도록 사랑하겠다고 하잖아. 하지만 그러고 나면? '그럼, 난 이만' 하려나?"

"맙소사." 개릿이 웃음을 터뜨리며 말한다. "넌 정말 이 세상에서 가장 낭만이란 걸 모르는 사람이구나."

그렇지 않아. 난 생각한다. 확실한 예로, 지금 이 순간에도 난 애비를 애절한 눈길로 쳐다보지 않기 위해 내게 있는 모든 자제력을 쏟아붓고 있는걸.

하지만 그 대신 난 개릿의 어깨 너머를 봤다가 숨이 턱 막힌다. "뭐야, 장난해?"

개릿이 눈썹을 찌푸린다.

"저것 좀 봐."

왜냐하면, 젠장. 닉이 테일러 메터니치와 춤추고 있어서다. 게다가 그냥 춤추는 게 아니다. 서로 온몸을 더듬고 있다. 닉의 손가락은 테일러의 케이트 미들턴 웨딩드레스 몸통 뒤를 쓸어내리며 엉덩이에 닿을락 말락 하고, 두 사람의 몸은 몇 센티의 간격조차 없이 바짝 붙어 있다.

두 사람의 입만 제외하고. 그 사이엔 딱 2센티의 공간이 있다.

내 눈은 곧바로 애비에게 향한다. 그 애는 2미터 정도 떨어진 곳에서 이 끔찍한 광경이 펼쳐지는 걸 바라보고 있다. 물론 당연히 보고 있었겠지만. 사이먼도 마찬가지다. 두 사람 다 그 자리에 꼼짝 않고 굳어 있다. 하늘에 닿도록 눈썹을 치켜올린 채.

"쟤 방금 키스했어. 둘이 키스하고 있네." 개릿이 소곤거린다. "세에상에."

아이고 맙소사. 대체 지금 무슨 일이 벌어지고 있는 거지? 닉이 댄스 플로어에서, 애비 눈앞에서 다른 여자애랑 키스하다니. 게다가 그 여자애는 테일러 메터니치다. 그래, 두 사람이 언젠가 아기를 가진다면 가창력 끝내주는 애들이 태어나겠지. 하지만 지금 당장은 이 말밖에 떠오르지 않는다. 헐?

다시 애비를 돌아보니 이번엔 개 쪽에서도 날 똑바로 쳐다보고 있다. 무슨 뜻인지 알 수 없는 표정으로. 나와 시선이 마주치자 애비가 살며시 슬픈 미소를 지어 보인다.

맙소사. 저 애는 정말이지 — 뭐라고 해야 할지도 모르겠다.

난 재를 쳐다보면 안 돼.

애절하게 쳐다보면 더더욱 안 되고. 이런, 젠장, 레아. 머리 좀 식혀. 이건 망할 청춘 영화가 아니라고.

난 얼른 고개를 돌리지만, 그러자 테일러와 닉이 연출하고 있는 에로 영화 채널의 한 장면이 또다시 눈에 들어온다. 저런, 저런. 무진장 끈적한 키스로군. 보호자들은 전부 술에 취해 있나? 다들 죽어 버리기라도 했어? 이러다가 진짜로 닉이 테일러를 임신시키는 장면을 보게 될 것 같다고. 바로 이 댄스 플로어 위에서 말이야.

닉의 전 여자친구 눈앞에서 말이지.

하지만.

딱 한순간 뒤 내가 다시 돌아보니 사이먼이 연회장 가장자리의 지붕 아래 서 있다. 혼자서. 애비는 사라져 버렸다.

34

음악이 끝나자마자 난 사이먼에게로 향한다. 이제 사이먼은 브램과 함께 자리를 잡고 턱시도 재킷을 벗어 의자에 걸어 둔 채 앉아 있다.

"애비는 간 거야?" 난 브램 옆에 앉으면서 묻는다.

사이먼이 내 쪽으로 몸을 기울이며 고갤 끄덕인다. "응. 댄스 중간에 말이야. 혼자 있고 싶댔어."

"정말?"

"그래, 희한한 일이지, 응? 그러니까 애비치고는 희한한 일이잖아?"

"걔 화났니?"

"모르겠어." 사이먼은 살짝 넋이 나간 모습이다. "그런 것 같아. 그렇다 해도 걔 잘못은 아니지."

"맙소사." 난 눈을 감는다. "그러게."

브램도 입술을 깨물며 고갤 끄덕인다.

"내가 같이 가 줬어야 하는데." 사이먼이 이마를 문지르며 말한다. "휴, 이젠 자기가 우리 패거리에서 퇴출됐다고 생각할 지도 몰라. 그러니까 테일러가 자길 대신할 거라고 말이야."

"사이먼, 걔가 그렇게 생각할 리 없잖아." 브램이 말한다.

"내가 문자를 보내 볼까." 난 이렇게 말해 버리고 곧바로 얼 굴을 붉힌다. 너무 속 보여, 레아. 내 심장을 끄집어내 테이블 에 올려놓기라도 해야 할 것 같다. 얘들이 심문할 수 있게.

하지만 사이먼은 목이 빠지도록 고개를 끄덕인다. "그래, 좋 은 생각이야."

그렇지. 좋은 생각이야. 내가 문자를 보내야 하고말고. 전혀 이상할 것 없는 일이다. 난 친구니까 확인 좀 해 볼 수 있지.

저기, 괜찮아?

한동안 휴대전화를 쳐다봐도 아무런 답이 없다. 점 세 개조 차도. 애비가 문자를 입력 중인 것도 아니란 얘기다.

난 덧붙인다. 닉은 개자식이야.

"답 왔어?" 사이먼이 묻는다.

난 천천히 고개를 젓는다. 맙소사. 이 상황이 왜 이리 초조 하게 느껴지는지 모르겠다. 아마도 그냥 전화기를 안 보고 있 는 거겠지. 아니면 지금 당장은 혼자 있고 싶다거나. 걜 혼자 내버려 둬야 할 거야. 아예 신경 쓰지 말아야지. 정말로 그래 야만 해.

하지만 — 그래. 생각만 해도 심란해진다. 그 애가 어딘가에 서 닉 때문에 울고 있는 걸 생각하기만 해도. 뭐랄까, 나도 이 해한다. 정말이다. 정신이 나갈 만큼 누군가를 사랑한다는 게 어떤 기분인지 난 정확히 알고 있다. 그 사람이 다른 누군가와 키스하는 걸 지켜보는 게 어떤 기분인지도.

내 심장이 가슴속에서 팔딱거린다. 내 마음속 끔찍한 일부분은 애비가 이런 일을 당해도 싸다고 생각하고 있다. 작년에 내가 어떤 기분이었는지 살짝 맛보는 차원에서라도. 하지만 마음속 또 다른 한구석에서는 닉의 얼굴에 한 방 먹여 주고 싶다는 생각이 든다.

그 순간, 내가 마법으로 녀석을 불러내기라도 한 것처럼 닉이 우리 앞에 나타난다. 혼자 있다. 테일러는 어디론가 사라진 모양이다. 하지만 닉은 테일러를 찾고 있는 게 아니다.

"애비가 사라졌어." 닉이 사이먼 옆자리에 앉는다. 입술이 부르텄고 눈은 유리구슬처럼 멀겋다. "젠장. 내가 일을 망쳤어. 그러지 말았어야 했는데—"

"걔 앞에서 테일러랑 들러붙은 거 말이야?" 난 눈썹을 치켜 올리며 말한다.

"나 정말 개자식이지?" 닉이 두 손에 얼굴을 묻으며 끙 소리를 낸다. "걘 아마 내가 밉겠지. 망할. 걜 찾아야겠어."

"그러지 않는 게 좋겠는데."

"걔 어느 쪽으로 갔는지 알아?" 닉은 멀리 내 어깨 너머를 응시한다.

사이먼이 얼굴을 찌푸린다. "잘 모르겠어. 왼쪽으로 꺾은 것 같았는데."

"조류 사육장 쪽으로?"

"아니, 다른 왼쪽." 사이먼이 말한다.

"알았어." 닉이 단호하게 고개를 끄덕이더니 자리에서 일어서려 한다. "내가 지금 당장—"

"안 돼. 그건 정말이지 안 될 얘기야." 난 닉의 소매를 붙잡아 도로 앉힌다.

"걔가 괜찮은지 확인해 봐야 해."

"장담하는데 걘 분명 지금 너랑 얘기하기 싫을걸."

닉이 양손으로 테이블을 꾹 누른다. "하지만 그래도 누군가 걜 보고 와야만 해."

"좋아." 내가 얼른 말한다. 남자애들이 전부 날 돌아보자 내 얼굴이 확 뜨거워진다. "내가 가서 보고 올게, 알았지?"

그러고서 난 의자를 밀고 일어난다.

연회장에서부터 사방으로 오솔길이 뻗어 나가 있다. 난 잠시 멀거니 서 있다. 어디서부터 시작해야 할지 모르겠다. 사이먼은 애비가 왼쪽으로 갔다고 했지만, '왼쪽'이란 피크닉 테이블 쪽일 수도 있고 숲속으로 뻗은 길일 수도 있다. 아니면 조류 사육장 뒤로 빙 돌아갔을 수도 있고. 내가 애비라면 어떻게 했을지 생각해 봐야 한다. 방금 전 내 남자친구가 테일러 메터니치와 키스하는 걸 본 참이라면 어느 쪽 길로 갈까?

아마도 화장실 쪽으로 직진하는 길이겠지. 남은 평생을 구토하면서 보낼 수 있게 말이야.

아니, 그만.

지나치게 생각하지 말자고.

난 숲속으로 가는 길을 선택한다. 동화 속에 들어온 기분이다. 드레스를 입고 숲속으로 걸어가는 여자아이라니. 이곳은 희한할 정도로 한적하게 느껴진다. 바로 뒤에 연회장 건물이 있는데도. 숲이 커튼을 친 것처럼 촘촘하다 보니 음악 소리가 마치 다른 은하계에서 들려오는 듯하다.

내 구두 아래에서 나뭇가지가 딱 하고 부러진다. 난 뼈다귀라도 밟은 것처럼 비명을 지른다.

그때 느닷없이 목소리가 들려온다. "거기 누구야?"

난 그 자리에 멈춰 버린다.

애비 목소리다. 살짝 불안한 어조의. "누구세요?"

정말 멋지군. 내 몸이 반란을 일으키기로 작정했어. 두 발은 아령처럼 묵직해지고, 목소리는 완전히 자취를 감추고, 허파는 아예 꽁무니를 빼 버렸다. 다만 심장만이 벌새의 날개처럼 그칠 줄 모르고 파닥거린다. 난 가만히 그 자리에 서서 잎사귀들 사이로 들여다본다.

"이봐, 거기 있는 거 다 알거든."

"애비?" 난 간신히 입을 연다.

"아, 다행이다."

"왜 네가 안 보이는 거지?" 난 사방을 두리번거린다.

"네 뒤에 있어."

휙 돌아보니 그제야 왜 내가 애비를 미처 못 보았는지 알겠다. 짧은 경사로 위에 호수를 내려다보는 목조 전망대가 있고, 그 한가운데 놓인 벤치에 애비가 다리를 올리고 비스듬히 앉아 있다. 나와 눈이 마주치자 애비가 손을 흔든다. 난 경사로를 올라가 애비 곁으로 간다.

"정말로 깜짝 놀랐잖아." 애비가 벤치에서 옆으로 움직여 자리를 만들어 주며 말한다. 하지만 난 앉는 대신 난간 쪽으로 걸어가서 호수를 등지고 기대어 선다.

난 애비의 얼굴을 빤히 쳐다본다. "여기서 뭐 해?"

"나도 몰라."

"너도 모른다고?" '아메리칸 걸' 화장실 선반에 앉아 있던 애비 모습이 떠오른다. 그게 바로 오늘 저녁이었단 게 믿기지 않는다. 수백 년은 지난 일 같다. "넌 계속 달아나고 있잖아."

"넌 계속 날 찾아내고."

한순간 난 할 말을 잃는다.

"내 문자는 받았니?" 마침내 내가 묻는다.

"나한테 문자 보냈어?"

"걱정이 됐거든."

애비는 클러치 백에서 휴대전화를 꺼내 문자를 확인하더니 도로 날 쳐다본다. "그래, 닉은 개자식 맞지." 그러고는 잠시 후 말을 잇는다. "하지만 닉이 문제가 아냐."

가슴이 덜컹한다. "그럼 뭐가 문젠데?"

"정말이지, 레아." 애비가 고개를 가로저으며 슬며시 웃는다. "그러면서 내가 둔하다고 생각하다니."

"대체 그게 무슨 소리야?"

애비는 전혀 뜻을 알 수 없는 표정으로 그저 날 바라볼 뿐이다. 그러더니 눈을 돌려 다시 휴대전화를 만지작거린다.

애비가 뭔가 입력하는 걸 바라보고 있자니 기분이 묘해진다. 그래서 난 고개를 돌리고 난간에 두 팔을 올린 채 호수를 바라본다. 이쪽은 조용하다. 숲이 아주 무성하게 우거져 있어서,

내 눈에 들어오는 호수는 잉크처럼 새까맣고 작은 물웅덩이에 지나지 않는다. 하지만 그 덕에 호수가 길들여지지 않은 야생의 늪지대처럼 보인다. 저 멀리 연회장에서 들려오는 음악의 템포가 바뀐다. 지금까지와 다르지만 뭔가 익숙한 느낌이다. 난 눈을 감고 그 곡의 제목을 떠올리려 애쓴다.

"네 텀블러 확인해 봐." 갑자기 애비가 말한다.

난 소스라치며 눈을 뜬다. "뭐?"

"그냥 확인해 보라니까." 그러고서 애비는 팔꿈치 안쪽으로 얼굴을 파묻어 버린다.

내 휴대전화를 터치하고 눈부시게 밝은 화면을 응시한다. 텀블러 앱은 여전히 내 그림 블로그에 로그인이 된 상태라 곧바로 내게 새로운 요청이 도착했다는 걸 알 수 있다. 애비가 어떻게 이걸 알았는지 모르겠다. 아니면, 혹시 —

난 메시지를 열어 본다. 그 순간 땅이 휘청 기울어지는 느낌이 든다. 이걸 세 번은 더 읽어야 이해가 될 것 같다. 세상이 완전히 무너져 버리기 전까지.

커미션 요청: 프롬 날 밤에 키스하는 두 소녀.

온 세상이 멈추는 듯하다. 내 허파가 풍선처럼 텅 비어 버린다. 키스하는 두 소녀. 프롬 날 밤에. 난 애비를 쳐다보지만, 애비는 여전히 팔꿈치에 얼굴을 묻고 있다.

"지금……" 내 목소리가 갈라진다. "농담하는 거니?"

애비가 고개를 들고 날 흘끗 쳐다본다. "대체 왜 그렇게 생각하는데?"

"그냥. 잘 모르겠어."

"레아, 나 정말. 정신이 나가 버릴 것 같다고." 애비의 온몸이 고요히 긴장되어 있다. 치맛자락이 전망대 바닥에 끌린다. 정말이지, 숨을 쉴 수가 없다. 애비 슈소가 나랑 키스하고 싶어 하다니. 프롬에서. 그러니까 바로 지금. 온몸에 전율이 흐른다. 가슴과 배, 그리고 그 아래의 모든 곳들로. 마치 오줌이 마려운데 사실은 그게 오줌이 아닌 것 같다고 할까. 내 몸에 번개가 내리꽂힌다.

애비가 초조하게 웃는다. "뭐라고 말 좀 해 봐."

내 두 손이 힘없이 늘어진다. "그러니까, 확실한 건," 난 침을 삼킨다. "난 네가 좋아, 그건 확실해."

애비의 얼굴에 실망감이 떠오른다. "하지만."

"그냥 지금은 때가 아니야." 내가 말한다.

"나도 알아."

"뭐랄까, 도저히." 난 눈을 꼭 감는다. "하지만 난, 난 정말로 널 좋아해."

"나도야. 맙소사. 아무래도 나……."

"나도 그래."

우린 그저 말없이 서로를 바라본다. 가슴속에서 심장이 터져 나올 것만 같다.

"그래도 좋은 소식은 우리가 같은 학교에 다니게 되리라는 거지." 난 마침내 이렇게 말한다.

"우린 룸메이트가 될 거야." 애비는 코를 훌쩍이며 미소를 짓는다.

"그래, 어쩌면 좋은 생각이 아닐 수도 있겠지만."

"상관없어." 애비는 갑자기 치맛자락을 쓸어내리며 일어선다. 그리고 내 곁으로 걸어와 난간 위에 두 팔을 떨군다.

난 애비에게로 고개를 기울이며 말한다. "그냥 우리에겐 조금만 더 시간이 필요할 거 같아."

애비가 훅 하고 숨을 들이쉰다. "알겠어."

"미안해."

"그래, 네 말이 옳아. 넌 정말 현실적이야, 레아."

"나도 알아." 난 감정을 억누른다. "하지만 그러는 편이 나을 거야. 닉도 마음이 바뀔 테고—"

"잠깐, 설마 지금 테일러 메터니치한테 들러붙은 그 녀석 얘길 하는 거니?" 애비가 대꾸한다. "내가 보기엔 닉은 이미 마음이 바뀐 것 같은데."

난 슬프게 미소 짓는다. "아니, 내가 보기엔 안 그래. 전혀 그렇지 않다고."

난 애비를 돌아보지만, 애비는 멍하니 호수만 바라본다.

내가 말을 잇는다. "그러니까 지금은 모든 게 엉망이잖아, 그렇지? 파티니 졸업이니 해서. 그리고 네 말대로, 우린 멜로드라마 같은 상황은 바라지 않으니까. 닉도 금방—"

"알아." 애비가 잘라 말한다. "그래, 닉도 마음을 추스르겠지. 이미 그러는 중이고. 개릿도 그럴 거야. 아마도."

"맙소사." 개릿도. "그래."

"그냥 화가 나." 애비가 한숨을 내쉰다. "그래, 나도 이해했어. 완전히 이해했다고. 하지만 내가 그러지 말았어야 했는데……." 애비는 얼굴을 감싼다. "모르겠어. 난 바보야."

"아니야."

애비가 헛웃음을 짓는다. "아냐, 바보 맞아. 이건 너무……. 그러니까, 내가 오래전에 모든 걸 망쳐 버린 거야. 어쩌면 우리 둘도……." 하지만 거기서 말이 끊긴다.

한동안 우리는 아무런 말 없이 서 있는다. 내 눈이 따끔거리기 시작한다.

"어쩌면 우리 둘도 뭐?" 마침내 내가 묻는다.

"우리 둘도 사이먼과 브램처럼 될 수 있었는데." 애비가 말한다. 목소리가 살짝 떨린다.

"나 때문에……. 그러니까 그동안 내내 우리도 그럴 수 있었던 거라고, 알겠니? 이 세상에서 가장 사랑스러운 커플이 되고, 키스하고, 남들이 못 견딜 만큼 애정을 과시하고."

나오고 말았다. 내 눈가를 슬쩍 탈출한 눈물방울이. 얼른 닦아 내지만, 눈물은 또다시 흘러나온다. 난 우는 게 싫다. 이 세상 무엇보다도 싫다.

애비가 훌쩍인다. "우리에겐 타임 터너('해리 포터' 시리즈에서 시간을 되돌리는 데 쓰는 마법의 모래시계)가 필요해."

난 웃음을 터뜨리지만 그 소리는 마치 딸꾹질처럼 들린다. "이런, 너 이제 해리 포터 마니아가 된 거야?"

"꼭 그렇진 않아." 애비가 눈물을 흘리면서도 미소 짓는다. 그러더니 한숨을 내쉰다. "그냥 어떤 여자애한테 잘 보이고 싶었던 거지."

"아." 내 심장이 두근거린다.

"하여튼, 그래서 화가 난다는 거야."

"그래."

"확실한 건, 난 누구에게도 상처를 주기 싫어."

"나도 마찬가지야. 정말이지 그럴 순 없어. 우리가 닉에게 그래선 안 돼."

"나도 알아." 애비의 목소리가 갈라진다. "나도 안다고."

그런 애비를 보고 있기가 너무 괴롭다. "애비, 난 정말—"

"그러지 마, 알겠지? 괜찮아. 우린 괜찮을 거야." 두 눈이 온통 눈물로 젖어 있는데도 애비의 미소는 눈부시다. "전부 다 내 잘못이야. 나도 알아. 그냥……." 애비가 돌아서며 난간에 등을 기댄다. "모르겠어, 레아. 아무래도 넌 이만 네 데이트 상대한테 돌아가 보는 게 좋겠어."

"애비."

"괜찮아! 우린 괜찮다니까. 난 그냥 시간이 좀 필요한 거야." 애비는 눈꼬리를 누른다. "금방 뒤따라갈게, 약속해."

난 얼른 고개를 끄덕인다. 이런 망할. 금방이라도 흐느껴 버릴 것 같다. 입에서 말이 나오지도 않는다. 난 서둘러 경사로를 내려간다. 한 번도 뒤돌아보지 않고, 도망치듯 오솔길을 되짚어 돌아간다.

물론 연회장으로 돌아오는 데엔 대략 10초면 충분했지만, 내 마음은 전혀 그럴 준비가 안 되어 있다. 숨이 막힐 지경이고 말을 하기는 더욱 어렵다. 이상하게도 그저 땅바닥에 눕고

사랑은 오프비트   370

싶은 생각뿐이다. 흙 위에서 잠들고 싶다. 드레스 따윈 어떻게 되든 상관없다.

모든 게 끔찍하다. 게다가 더 끔찍한 건 모든 게 고통스러울 만큼 황홀함에 근접했었다는 점이다. 만약에 애선스에서의 키스가 민망한 실수로 끝나지 않았다면. 내가 조금만 덜 고집스러웠다면. 애비가 조금만 더 힌트를 주었더라면. 만약에 애비가 아예 닉과 데이트를 하지 않았다면? 우리가 커밍아웃을 하고 크릭우드의 다른 닭살 커플들만큼 즐겁고 당당하게 연애를 했다면?

아마도 애비는 날 구슬려 연극 오디션을 보게 했겠지. 내가 강당 뒤편에서 다른 사람들의 연기를 구경하느라 보낸 시간은 줄어들었겠지. 어쩌면 강당 뒤편에서 사랑을 속삭이느라 더 많은 시간을 보냈겠지.

하지만 지금, 난 그러는 대신 6미터 앞에서 진행 중인 프롬을 지켜보며 서 있다.

내 눈은 연회장 끄트머리에 있는 사이먼과 브램을 향한다. 두 사람은 턱시도 재킷을 벗고 난간에 기대어 있다. 그 애들은 춤추는 게 아니라 그냥 서 있고 내 쪽에선 둘의 등만 보인다. 사이먼의 한쪽 팔이 브램의 허리를 감쌌고, 두 사람의 몸은 밀착되어 거의 한 덩어리 같다. 브램의 한쪽 손은 사이먼의 목덜미를 부드럽게 쓸고 있다.

때로는 그냥 두 사람을 쳐다보고만 있어도 목이 메어 온다.

다시 노래가 바뀐다. 첫마디를 듣자마자 곧바로 무슨 곡인지 기억이 난다. 스티비 원더. 우리 엄마가 가장 좋아하는 곡.

멋진데. 지금 내게 간절히 필요한 건 어깨 너머로 날 바라봐 주는 엄마의 존재니까.

하지만. 모르겠다. 이 노래가 어떤 신호처럼 느껴진다. 누군가 속삭이는 비밀 메시지처럼. 너무 깊이 생각하지 마.

그만 괴로워해. 지나치게 분석하지 마. 울지 마.

하지만 소용이 없다.

내 두 손이 얼굴을 가리려 하지만, 너무나 격렬한 흐느낌에 온몸이 들썩인다. 숨이 멎을 것 같다. 바로 여기 사이먼과 브램이 있으니까, 나로선 결코 알지 못할 방식으로 너무도 용감하게, 서로의 몸에 팔을 두르고 있으니까. 이제 우린 곧 고등학교를 졸업할 텐데, 내게 남은 거라곤 금세기의 가장 서글픈 짝사랑뿐이다.

맙소사, 그래. 대학에 들어갈 때까지 기다리는 게 가장 현명한 일이겠지. 닉이 예전으로 돌아갈 수 있게. 개릿이 서서히 마음을 식힐 수 있게. 먼지가 가라앉게 내버려 두자. 우리 친구들에게 천천히 알려 가자. 일단 발가락부터 담그고, 모든 걸 서서히 진행시키자. 몇 달 동안 천천히 데이트하면서 가까워지는 거다. 우리가 그러고 싶다면.

하지만 난 몇 달을 기다리고 싶지 않아. 현명해지고 싶지도 않아.

너무 깊이 생각하지 마.

갑자기 난 달리기 시작한다. 드레스 자락에 걸려 넘어질 뻔하고 머리카락이 휘날려 얼굴을 뒤덮는다. 무모해, 바보 같아. 부질없는 짓이야. 애비가 아까 그 자리에 그대로 있을지 어떨지도 모르잖아. 이미 자취를 감춰 버렸을 거야. 분명히 ―

"레아?" 애비의 목소리.

그 순간 난 애비와 정면으로 충돌한다.

"아앗."

"이런." 애비가 내 어깨를 잡아 세운다. "너 ―" 그러더니 바로 말을 멈춘다. "레아, 너 울고 있잖아."

"아니야."

"그러니까 너 지금 눈물을 펑펑 쏟고 있으면서 나한테 안 운다고 말하는 거니?"

"응." 난 대답한다. 그러고는 깊이 숨을 들이쉰다. "아니야."

"그럼 ―"

"왜냐하면 난 여기 그냥 서 있지 않을 거거든."

온 세상이 멈춰 버린다. 내 귀엔 음악 소리도 들리지 않는다. 들리는 건 오로지 내 심장 소리뿐이다. 난 양손으로 애비의 뺨을 감싼다.

"이렇게 할 거니까." 난 부드럽게 말한다.

그러고는 키스한다.

아주 빠르고 짧게.

이젠 애비가 입을 벌리고 날 쳐다보고 있다. 깜짝 놀라 두 눈을 휘둥그레 뜨고서.

내 양손이 아래로 떨어진다. "맙소사, 너 ―"

"아냐." 애비가 내 말을 자른다. "너야말로 겁먹고 달아날 생각만 해 봐."

"안 그래."

"좋아." 애비는 미소 짓더니 깊이 숨을 들이쉰다. "다시 한 번 해 보자."

내가 고개를 끄덕이자 애비가 날 가까이 끌어당긴다. 내 머리카락에 그 애의 손가락이 파고든다.

심장이 거칠게 뛰고 있다. "내 머리 엉망이네."

"어. 그리고 이제 더 엉망이 될 거야." 애비의 엄지손가락이 내 귀를 파고든다. "아주 엉망진창이 될걸."

그리고 갑자기 애비의 입술이 내 입술 위에 있다. 내 두 손은 애비의 가슴 위에 있고, 난 맹렬하게 애비에게 키스를 돌려준다. 숨 쉬는 법을 잊어버렸다. 내 몸이 캠프파이어 같다. 몇날 며칠이고 타오를 수 있을 것 같다. 왜냐하면 애비에 관해 알아야 할 점은 애가 춤출 때와 똑같이 키스한다는 거니까. 정말로 격렬하게. 자기 심장을 내게 넘겨주려는 것처럼.

애비가 뒤로 물러서며 내 이마에 이마를 맞댄다. "그래, 이거 현실이구나."

"그런 것 같네."

애비가 크게 숨을 내쉰다. "세상에."

"기뻐서 낸 소리니, 경악해서 낸 소리니?"

"둘 다야. 정말 경악스럽고 너무 행복해." 그러고서 애비는 또다시 키스해 온다. 내 눈꺼풀이 파들대며 감긴다. 모든 것들이 한꺼번에 느껴진다. 내 광대뼈를 훑어 내리는 애비의 엄지손가락, 애비의 입술이 가해 오는 차분한 압력, 젤리처럼 흐늘거리는 내 무릎. 지금 내가 어떻게 서 있는 건지도 모르겠다. 난 두 손을 애비의 어깨뼈에 올리고 그 애를 더욱더 가까이 끌어당긴다.

정말이지. 이럴 수가. 내가 여자애랑 키스하고 있어.

"너 킥킥대고 있네." 애비가 여전히 입술을 내 입술에 댄 채로 말한다.

"말도 안 돼. 안 그러거든."

애비가 미소를 띠는 게 느껴진다. "순 거짓말."

"어쩌면 네 옆에서만 킥킥대는지도 모르지."

"아, 그래?" 애비가 씩 웃더니 몸을 뒤로 빼며 내 어깨에 두 손을 내려놓는다. "이런, 레아. 네 모습 좀 봐."

"엉망진창이지?"

"아름다워." 애비가 말한다. "너도 그걸 알았으면 좋겠어."

애비가 날 쳐다보는 표정만으로도 숨이 멎을 것 같다. 손가락 끝을 내 입에 갖다 대 본다. 정말이지, 내 입술에서 맥박이 뛰는 것 같다.

"무슨 생각 해?" 애비가 묻는다.

"네 생각." 난 주저하지도 않고 대답한다. 맙소사. 내가 이렇게 거침없어지다니. 하지만 어지러우면서도 힘이 솟구친다. 평소보다 스무 배는 더 용감해진 느낌이다. 난 다시 한번 부드럽게 애비에게 키스한다. "너한테서 빛이 나오는 것 같아."

애비가 웃으면서 고개를 젓는다. "너 정신 나갔구나."

"그래, 사실이야." 숨이 가쁘다. 술 취한 기분이다. 한 손으로 내 뺨을 눌러 본다.

그 순간 갑자기 내 손목에 달린 개릿의 코르사주가 눈에 들어온다.

"이런, 안 돼." 내 시선을 읽은 애비가 말한다. "이것저것 의심하거나 그러기만 해 봐." 애비는 내 두 손을 잡고 단단히 깍지 낀다.

"안 그래." 난 얼른 대답하지만, 배 속이 떨리는 게 느껴진다. 방금 내 프롬 파트너가 아닌 사람과 키스했어. 난— 맙소사. 난 닉의 전 여자친구랑 키스했어.

"레아." 애비가 경고하는 어조로 말한다.

"알았어, 하지만—"

"안 돼. 그냥, 지금 당장, 키스해 줘."

"지금 당장? 명령이야?"

"레아." 애비는 또다시 그렇게 말하며 눈동자를 굴린다. 다음 순간 애비가 어찌나 격하게 키스해 오는지 난 말 그대로 터져 버릴 것 같다.

시간이 멈춘다.

그리고 내 안의 뭔가가 풀려난다.

"알았지?" 마침내 애비가 말한다. 살짝 갈라진 목소리다. "닉 생각 그만해. 개릿 생각도 그만하고. 프롬 날 밤에 키스하는 게 너무 진부하진 않은지 생각하는 것도 당장 그만두라고."

난 코를 훌쩍인다. "진부한 건 맞잖아."

"뭐 어때. 진부한 게 최고인걸."

난 가만히 애비를 바라본다. 내가 이래도 된다는 사실이 믿기지 않는다. 징그럽게 기웃대지 않고 그냥 애비의 얼굴을 바라봐도 된다니. 지금 애비의 모습을 구석구석 전부 기억해 두고 싶다. 윤기 흐르는 광대뼈부터 두 눈의 반짝거림까지. 속눈썹엔 눈물이 맺혀 있고 입술은 살짝 부어올랐다. 이 애가 어떻게 웃다가 울다가 키스하고 키스를 받고, 그러다가도 다음 순간 내 눈앞에 정말이지 햇살 같은 모습으로 있을 수 있는지 모르겠다.

난 끝장이다. 그야말로, 완벽하게, 돌이킬 수 없이 끝장이다.

"그래, 나한테 드럼 치는 여자친구가 있다는 게 좋아질 것 같아." 애비가 말한다.

"여자친구라." 내 심장이 팔딱거린다.

애비는 갑자기 불안한 표정을 짓는다. "아님 말고."

"그냥 잠깐만 나한테 이 모든 걸 처리할 시간을 줘." 난 애비의 양손을 꽉 잡는다. "여자친구란 말이지?"

"그리고 룸메이트."

내가 웃는다. "그거 정말 최악의 아이디어다."

"알 게 뭐야." 애비도 미소 짓는다.

"넌 골칫거리야, 슈소."

"아무것도 모르면서."

뭐라고 말이 나오질 않아서, 난 그냥 입을 다물고 애비한테 키스한다. 정말이지 이걸 내 직업 삼아도 되겠다. 애비 슈소에게 키스하기 전문가. 애비가 날 더 가까이 끌어당기며 내 가슴에 두 손을 얹는다. 아직도 이 상황이 믿기질 않는다. 별이 빛나는 4월의 밤, 프롬 드레스를 입고 흙투성이 오솔길에 앉아 이 세상에서 가장 어리바리한 치어리더와 키스하고 있다니. 이게 현실일 리 없다.

하지만 그때 소리가 들려온다. 구두 아래로 나뭇가지가 딱

꺾이는 소리, 그리고 들릴 듯 말 듯한 헉 소리. 애비의 몸이 굳어 버리고, 우리는 얼른 서로에게서 떨어진다.

누군가 내 뒤에 서서 이쪽을 바라보고 있다. 난 천천히 고개를 돌린다. 두려움에 배 속이 조여든다. 맙소사, 대체 무슨 하루가 이 모양이지? 이 상황에 대해 온 우주가 과연 뭐라고 변명할 수 있을까? 난 브라 사는 걸 깜박하고, 우리 차는 고장 나고, 예약된 식당은 연분홍색에, 마틴 애디슨은 하늘색 턱시도를 입고 나타나서 내 뇌신경을 영구 손상시켜 놓고. 모든 게 엉망이다. 그중에서도 애비와 내가 가장 끔찍하게 엉망진창이고. 이렇게나 연회장과 가까운 곳에서 키스하다니, 우리가 무슨 생각이었는지도 모르겠다. 그야말로 크릭우드의 어느 멍청이라도 어슬렁어슬렁 오솔길로 들어와 우릴 발견할 수 있었다. 그 누구라도.

하지만.

아무래도 결국 우주는 날 미워하진 않았나 보다.

왜냐하면 내가 고개를 들었을 때 거기엔 단 두 명이 입을 떡 벌리고 애비와 날 쳐다보며 서 있었으니까.

사이먼이 얼굴에 손을 대더니 작은 목소리로 말한다. "잠깐만." 뭔가 더 말할 것처럼 입을 벌리더니, 결국 그냥 도로 다물어 버린다. 브램은 한마디도 말이 없다.

애비가 초조한 듯 웃음을 터뜨린다. "깜짝 놀랐지."

사이먼은 우리 둘을 번갈아 쳐다본다. 뭔가 그럴싸한 농담이라도 듣길 기대하는 것처럼.

"음." 난 심호흡한다. "아마도 내가 이성애자라고 생각했을 텐데 말이지."

사이먼이 고개를 갸우뚱하지만, 난 녀석의 반응을 기다리지 않는다.

"그러니까, 맞아. 나 이성애자 아냐. 정말로 아니라고. 진짜, 진짜 양성애자야."

"나도." 애비가 끼어든다.

"이런, 맙소사." 사이먼이 눈을 껌벅인다. "진짜야?"

"진짜야."

"세상에. 이럴 수가. 지금 당장 물어보고 싶은 게 너무 많은 데." 사이먼이 천천히 고개를 젓는다. "닉은 알고 있니?"

"닉은 괜찮을 거야." 브램이 미소를 짓는다. "너희 둘이 잘 돼서 난 정말로 기뻐."

"맙소사, 나도야!" 사이먼이 이마를 탁 친다. "하지만 그건 너희도 알고 있겠지, 응? 젠장. 맞아, 닉도 결국…… 뭐랄까, 괜찮아지겠지? 정말 기분 짜릿하네. 좋아, 좋아." 사이먼은 고장 난 꼬마 로봇처럼 계속 말을 쏟아 낸다. "멋져. 근사해. 너희들 언제부터……?"

"양성애자였느냐고?"

"아니, 내 말은." 사이먼이 애매하게 애비와 내 사이를 가리켜 보인다. "언제부터 진행된 일이야?"

"15분 전." 내가 대꾸한다.

애비가 씩 웃는다. "대략 2주 정도."

"아니면 1년 반이거나."

"맙소사, 이거 정말." 사이먼이 말한다.

애비는 내 손을 잡고 깍지를 낀다.

"그래, 이 일로 내가 얼마나 기쁜지 모를 거야. 정말이야. 난 그냥 너희가 친해지길 바랐던 거지만, 근데 이렇게 되다니." 우리가 맞잡은 손을 바라보는 사이먼의 두 눈이 접시처럼 휘둥그레져 있다.

"맞아." 애비가 대꾸한다. "우린 네 생각을 훨씬 높이, 그리고 멀리 뛰어넘었거든, 사이먼."

"여기까지 온 걸 환영해, 사이먼." 내가 덧붙인다.

"나 충격 받았어." 사이먼의 말에 브램이 녀석의 팔을 토닥여 준다.

그리고 난 이제 나무가 늘어선 오솔길을 걷고 있다. 애비 슈소와 손을 잡고.

내 여자친구와 손을 잡고. 내 여자친구, 즉 애비 슈소와. 이 사실 말고는 아무것도 생각 못 할 지경이다. 그래, 내 대학 생활도 이렇게 끝장났나 보다. AP 시험(북미 고등학교에서는 대학교 1학년 교양 과목을 미리 수강할 수 있는데, 학년말에 이 시험 성적으로 학점 이수 여부가 결정된다)에 대해서는 신의 은총이나 빌어야겠군. 도대체 내가 어떻게 미적분 따위를 생각할 수 있겠어, 애비 슈소가 내 여자친구가 되었는데?

이제 정말로 연회장이 눈앞에 있다. 심장이 목구멍까지 튀어나올 것 같다.

저 건물 안에는 내 프롬 파트너가 있으니까. 인종주의자로 추정되는 내 친구도. 애비의 전 남자친구, 그리고 개랑 눈이 맞은 여자애도. 그리고 아마도 한 무더기의 생각 없는 호모포비아 녀석들도.

내가 생각했던 완벽한 프롬 날 밤은 아니다. 내가 상상했던 해피엔딩도 아니다. 사실 엔딩이라고도 할 수 없다.

하지만 이건 내 것이다.

이 순간 전체가 내 것이다. 전구 불빛이 깜박이는 이 연회장도. 너무 커서 온몸으로 느껴져 오는 이 음악 소리도. 전부 내 것이다.

그래, 모든 게 엉망인지도 모른다. 그리고 아마도 모든 게 변해 가는 중이겠지. 내 얼굴은 퉁퉁 붓고 얼룩덜룩할 테고, 내 군화는 진흙투성이일 거다. 내 머리는 완전히 산발이 되었고, 목소리가 나오기는 할지 모르겠다. 하지만 난 사이먼과 브램을 따라 계속 오솔길을 걸어가고 있다. 난 계속 애비의 손을 잡고 있다.

마침내 우리가 연회장에 도착하고 그곳의 냄새가 내 코에 물씬 느껴질 때까지. 코르사주의 꽃과 땀 냄새. 오늘 밤. 나의 프롬 날 밤.

설사 아직 바깥에서 안을 들여다보고 있긴 해도, 난 한 걸음 한 걸음 그곳에 가까이 가고 있다.

35

보낸사람 : leahontheoffbeat@gmail.com

받는사람 : simonirvinspier@gmail.com

날짜 : 9월 21일 오전 1시 34분

제목 : RE: 네가 태어났어!!!

그래, 네가 나한테 정말로 생일 축하 메일을 보냈다는 게 얼마나 기뻤는지 말도 못 하겠어. 그것도 개러몬드 서체로 말이지. 정말이지 사이먼다움의 최고봉이었어. 제발 변치 말아 줘, 그랬다간 하늘에 맹세컨대 죽어 버릴 테니까.

하지만 생일은 근사했어! 애비는 정말이지 끝내주는 모범생이라니까. 나한테 침대로 아침 식사를 가져다줬는데, 그 아침 식사란 쿠키였고 가져 다줬다는 건 쿠키가 들어갈 만큼 큰 주머니가 달린 야상을 입고 구내식당 에 갔다는 거지. 분명히 말해 두는데 우린 쿠키를 배달해 주는 제과점에서 5분 거리에 살거든. (생각 좀 해 봐. 쿠키를.배달하는.제과점이라니.) 하지 만 물론 약간의 희생이 필요했지. 더구나 그 커플이 정말로 실현될 4월의

사랑은 오프비트   382

뉴욕 여행을 위해 단돈 1달러도 최대한 아끼는 중이라면 말이야. 그러니까 기숙사 방에 레아와 애비 크기만큼의 바닥을 깨끗이 남겨 두라고 네 남자 친구에게 전해 줘.(브램이 방바닥에 물건을 너저분하게 쌓아 두는 일은 없을 텐데, 세상에, 내가 대체 뭔 말을 하고 있지?)

그래, 난 네 첫 번째 질문을 씹고 있지. 왜냐하면 사실 네가 딱히 사회학 입문에 관해 알고 싶지 않다는 걸 아니까(하지만 참고로 말해 두자면 정말 끝내줘). 네 두 번째 질문을 씹으려는 건 아니지만, 지금 10분이나 여기 앉아 애비의 노트북 화면을 쳐다보면서 내 기분을 정확히 설명해 줄 만한 말을 찾으려고 했거든, 근데 그런 말은 존재하지 않는 것 같아. 그러니까. 그래, 좋아. 뭐랄까, 정말정말 좋아. 걘 그냥 애비거든. 알겠니? 예를 들어 오늘은 말이야, 이른바 완벽하게 햇살 좋은 날이었어. 그래서 우린 캠퍼스 북쪽 구역에 담요를 깔고 앉았지. 걘 독서를 하고, 난 그림을 그렸어. 그런데 애비가 자꾸 자기 양말을 내 양말에 갖다 대는 거야. 마치 우리 발이 키스하는 것처럼 말이지. 이젠 내 얼굴이 빨개지려고 하네, 기쁘니?

왜냐하면 난 그렇거든. 기뻐. 정말이야. 이상할 만큼 말이야.

그리고 맞아, 나 닉이랑 얘기하고 지내. 하지만 걔가 테일러와의 진전에 관해서는 전혀 얘기 안 했는데! 정말이야? 세상에, 걘 분명 언젠가 정신 차리면 자기가 테일러랑 결혼했다는 걸 알게 되겠지. 테일러라면 충분히 그렇게 할 수 있어. 하지만 테일러에겐 잘된 일이겠지? 그러니까…… 걔네 둘에겐? 솔직히 말하면, 내 데이트 상대의 과거 데이트 상대가 테일러 메터니치와 데이트한다니 좀 섬뜩한걸.

어이쿠.

좋아, 하지만 개릿과 모건이라니—뭐라고? 브램이 우리에게 자세한 얘기를 들려줘야겠는걸.(안녕, 브램!) 이번 주말에 뉴욕에 오기로 한 건 그대로니? 나한테 사진 많이 많이 보내 줘야 해. 정말로 사랑해, 사이먼 스파이어. 너도 알지, 응?

사랑해.

레아(너의 영원한 플라토닉 소울 메이트) (이 말이 오글오글하게 느껴진대도 상관없어, 새로운 나는 엄청나게 오글오글한 사람이거든. 아마도 우리 엄마를 닮아 가나 봐, 이런, 말해 버렸네) (사랑해.)

감사의 말

너무나 많은 놀라운 사람들이 힘을 모아 주지 않았더라면 이 책은 존재하지 않았을 거다. 다음 사람들에게 무한한 감사를 보낸다.

- 도나 브레이. 소위 '레아 엄마' 혹은 록 스타 편집자 혹은 '난 이 세상에서 가장 운 좋은 작가예요'.

- 브룩스 셔먼. 나의 가장 맹렬한 변호인, 업계 최고이자 가장 사나운 에이전트.

- 훌륭하고 열정적인 내 담당자 여러분. 하퍼콜린스 출판사, 잰클로 & 네스비트 에이전시, 벤트 에이전시, 펭귄 UK, 그리고 각국의 놀라운 여러 출판인들. 캐럴라인 선, 앨리샌드러 밸저, 패티 로재티, 넬리 커츠먼, 비애나 시니스컬치, 티아라 키트렐, 몰리 모치, 스테퍼니 메이시, 베스 브래스웰, 오드리 디스텔캠프, 제인 리, 타일러 브레이트펠러, 앨리슨 도널터, 데이비드 커티스, 크리스 빌하이머, 마고 우드, 베서니 리스, 로니 앰브로즈, 앤드루 엘리오풀로스, 케이트 모건 잭슨, 수전 머피, 앤드리아 파펜하이머, 케리 모이너, 캐슬린 페이버, 슈먼 시워트, 메브 오리건, 케이티 빈센트, 코리 비티, 몰리 커 혼, 앤시아 타운센드, 벤 호슬렌, 비키 포티우, 클레어 켈리, 티나 검니어를 비롯한 많은 분들.

- 크릭우드 고등학교를 현실에 구현해 낸 〈러브, 사이먼〉 영화 관계자들. 그레그 벌랜티, 아이작 클로스너, 위크 고드프리, 마티 보언, 엘리자베스 개블러, 에린 시미노프, 폭스 2000 스튜디오, 메리 펜더, 데이비드 모티머, 푸야 샤바잔, 크리스 매큐언, 팀 본, 엘리자베스 버거, 아이작 앱터커, 애런 오스본, 존 굴레세리언, 해리 지어전, 데니즈 섀미언, 지미 기븐스, 닉 로빈슨, 그 밖의 여러 출연진들. 특히 나의 레아가 되어 준 캐서린 랭퍼드. 카메라 앞뒤에서 기적을 일으켜 준 수백 명의 사람들에게 감사드려요.

- 섀넌 퍼서. 오디오북에 대한 나의 이상을 실현해 준 나의 친구이자 영웅.

- 초창기부터 내 책을 읽어 주었고 이번 책을 백만 배는 더 낫게 만들어 준 사람들. 데이비드 아널드, 닉 스톤, 위지 우드, 메이슨 디버, 코디 로커, 캠린 개릿, 에이버 모티어, 앨릭스 데이비슨, 케빈 사보이, 앤지 토머스, 애덤 실베라, 매튜 에퍼드.

- 도서관 사서, 서점 직원, 블로거, 출판 전문가, 교사, 팬픽션 작가, 아티스트 여러분. '디스코드'Discord 멤버들과 집단 '수다', 그리고 내 일을 말로 표현할 수 없을 만큼 근사하게 만들어 주는 독자 여러분.

- 내가 고난을 헤쳐 나갈 수 있도록 도와준 친구들. 애덤 실베라, 데이비드 아널드, 앤지 토머스, 아이샤 사에드, 재스민 와르가, 닉 스톤, 로라 실버먼, 줄리 머피, 킴벌리 이토, 라켈 도밍게스, 제이미 헨설, 다이앤 블루먼펠드, 로런 스탁스, 제이미 시멘슨, 에이미 오스틴, 에밀리 카펜터, 만다 투레츠키(개릿

에게 저 근사한 프롬 만찬 아이디어를 준 사람), 크리스 니그런, 조지 와인스타인, 젠 개스카, 에밀리 타운센드, 니컬라 윤, 하이디 슐츠, 리앤 윌케, 스테퍼니 슬로마, 마크 오브라이언, 슬루미엘 델로스 산토스, 케빈 사보이, 매튜 에퍼드, 케이티린 쿡, 브랜디 린던, 케이트 구드, 앤더슨 로스웰, 톰 에릭 퓨어, 새러 캐넌, 젠 듀건, 아빈 아마디, 매켄지 리, 그 밖에도 셀 수 없이 많은 이들.

— 캐럴라인 골드스타인, 샘 골드스타인, 에일린 토머스, 짐과 캔디 골드스타인, 캐머런 클라인, 윌리엄 코튼, 커트와 지니 앨버탤리, 짐 앨버탤리, 사이리스와 룰루 앨버탤리, 게일 맥로린, 아델 토머스, 그 밖에 모든 앨버탤리 / 골드스타인 / 토머스 / 버먼 / 오버홀츠 / 웩슬러 / 러빈 / 위철 가족들.

— 브라이언과 오언, 그리고 헨리. 내가 영원히 가장 사랑할 사람들.

— 그리고 여러분에게. 계속 싸워 나가세요.

옮긴이의 말

이 책의 첫 페이지(헌사)에는 이렇게 적혀 있다.

"나도 전혀 몰랐던 뭔가를 이미 눈치채고 있던 독자 여러분에게."

무슨 의미일까? 사실 작가는 처음에 『첫사랑은 블루』의 속편으로 레아와 개릿의 (이성애) 로맨스를 구상했다고 한다. 그러나 사이먼과 친구들의 열혈 팬들이 상상의 나래를 펼치면서 레아와 애비의 커플링이 등장해 뜨거운 반응을 얻었고, 작가도 이에 솔깃해 작품의 방향을 바꾸기로 했다. 그러니까 요즘 드물지 않다고 하는, '2차 창작'이 '1차 창작'에 영향을 미친 사례인 것이다.

분명 초반부에는 레아가 개릿과 '썸'을 타는 듯하고 애비와는 오히려 다소 불편한 사이처럼 보인다. 하지만 (세계 어디서나 고등학교 졸업반의 중요한 화두인) 대학 진학 문제를 앞두고 같은 대학 지원, 합격을 둘러싼 인종차별 논란, 예비 답사 등을 함께 겪으면서 두 사람은 서로 불편했던 만큼 급격히 가까워진다. 더구나 그 불편함 이전에 둘만의 미묘한 비밀이었던(서로 이성애자라 여겼기에 '썸'인 줄도 몰랐던) '썸'이 존재했다는 사실까지 드러나면서, 상황은 이 책의 하이라이트가 되는 졸업 파티를 향해 빠르게 달려간다.

사랑은 오프비트

이 책은 『첫사랑은 블루』의 속편이지만 여러 면에서 분위기가 다르다. 주인공이 커밍아웃을 고민한다는 점에서는 전작과 같지만, 상대방이 자신의 성적 정체성을 새롭게 인식하고 모색하는 상황이란 점이 다르다. 기존의 인간관계들이 얽혀 있는 상태에서 두 사람이 서로의 마음을 확인하는 과정도 전작보다 더 복잡해졌다. 주인공의 성격도 무척 다르다. 비교적 단순하고 긍정적인 사이먼과 달리 레아는 자의식이 강하고 연애 경험이 없지만 이를 아쉬워하기보다 오히려 자신만의 판타지 세계를 선호하는 이상주의자다. 1인칭으로 전개되는 만큼 두 책의 문체도 두 주인공의 성격을 따라 달라진다.

한편으로는 『첫사랑은 블루』에서 만들어진 관계들이 깨지고 새롭게 정립된다는 점에서 기존 독자들은 '멘탈 붕괴'를 겪을 수도 있을 것이다. 갑자기 레아가 어릴 때부터 양성애자로 정체화하고 있었다니 그런 뉘앙스는 전혀 없었다고, 전형적인 이성애자로 그려진 애비가 갑자기 레즈비언 로맨스에 빠지다니 작위적이라고 주장하는 이도 있을지 모른다. 하지만 『첫사랑은 블루』의 핵심이자 원제목(*Simon vs. the Homo sapiens Agenda*)의 내용이기도 한, 많은 독자가 명대사로 꼽은 사이먼의 말을 되새겨 보자. "모든 사람이 커밍아웃을 해야 한다는 생각 안 들어? 왜 이성애를 기본으로 여겨야 하지? 누구나 자신이 이쪽 아니면 저쪽이라고 선언을 해야만 해. 이성애자, 동성애자, 양성애자, 아니면 다른 무엇이든 간에 자신의 정체성을 밝히는 거창하고 어색한 순간을 겪어 봐야 해." 지금 와서 보면 이는 마치 이 책에서 애비가 겪게 될 일을 예언하는 듯하다.

성적 정체성을 떠나서, 레아와 애비는 상대방에 대한 감정을 비교적 빨리 솔직하게 받아들인다. 그들을 끝까지 망설이게 하는 것은 자신의 감정이 아니라 기존에 맺어진 (이성애) 관계들과 두 사람의 사랑이 양립할 수 있느냐의 문제다. 그 와중에 조바심, 조급증, 때로는 갈등과 서로를 향한 원망 등 십대들이 연애에서 경험하곤 하는 부정적인 감정들이 생생하게 묘사되어 이야기를 더욱 복잡하고 현실적으로 만든다.

이 책을 다채롭게 만드는 것은 두 사람의 감정 확인과 성적 정체성 형성을 둘러싼 갈등만이 아니다. 중산층 동네에 사는 다른 졸업반 친구들에 비해 경제적으로 여유롭지 않은 애비, 싱글맘 가정의 아이라 그보다 더 사정이 안 좋은 레아는 종종 신입생들과 함께 스쿨버스로 등교한다.(레아는 때로 엄마의 차를 빌리기도 하지만 그러려면 매번 엄마와 의논하고 엄마가 출퇴근길에 불편을 감수해야 한다.) 그러나 스쿨버스도 그리 자주 운행되는 것은 아닌지라 두 사람은 학교에서 방과 후 활동을 하거나 친구들의 활동을 구경하거나 때로는 함께 시간을 보낼 수밖에 없다. 함께 스쿨버스를 기다리면서(때로는 레아가 애비와 함께 기다려 주기도 하면서) 보낸 시간은, 두 사람 사이에서 구체적인 언어로 나타나진 않지만 분명 초기에 두 사람의 유대감이 형성되는 데 어느 정도 영향을 미쳤으리라고 짐작할 수 있다.

그나마 비교적 균질성이 유지되던 고등학교의 울타리를 벗어나 각자 대학이라는 세계를 향하면서 애비와 레아의 사회적 소수성은 더욱 분명히 드러난다. 다른 친구들이 미국 전역의 여러 명문대를 쇼핑하듯 답사하는 반면, 두 사람은 그리 멀지 않고 장학금을 받을 수 있는 대학 한 곳을 일찌감치 정해 놓는다. 닉이나 마틴의 집과 레아의 집이 보여 주는 대조, 가장 친한 친구들조차 자기 집에 데려가길 망설이는 레아의 모습에서도 이들 간의 경제적 격차가 확연히 드러난다.

인종 문제 또한 애비의 대학 합격을 둘러싼 충돌을 통해 전작보다 훨씬 선명하게 다루어진다. 레아의 가장 친한 친구였으며 사회적 의식이 있어 보였던 모건이 자신의 이익과 직접 관련된 상황에 처하자 애비가 흑인이라 부당한 특혜를 받았다며 노골적으로 인종주의를 표출하는 사건은 레아에겐 엄청난 충격이자 기존 세계에 균열을 만드는 주요한 사건이다.

또 하나, 흥미로운 요소는 고등학교 졸업 파티라는 미국식 청춘물의 고전적 테마에 대한 전복이다. 레아가 중간에 냉소적으로 표현하듯, 졸업 파티는 이성애 커플이라는 단위를 전제하는 축제다. 레아와 애비도 각자 남자아이와(모두가 레아의 '썸남'이라 여기는 '남.사.친.', 그리고 모두가 애비와 환상적으로 잘 어울린다고 말하는 전 남친) 이성애 커플의 구색을 맞추어 등장하지만, 결국 이 파티에서 모든 망설임과 유예를 그만두고 두 사람의 사랑을 선포한다. '이성애 연애의 완성'이라는 졸업 파티의 클리셰가 짜릿하게 전복되는 순간이다.

국내에 출간된 청소년 소설 가운데 여성 간의 동성애를 다룬 경우는 남성 간의 동성애를 다룬 경우에 비해 아직 드물며(더구나 양성애자 여주인공이라면 말할 필요도 없다) 그마저도 비극적 결말로 끝나는 경우가 상당수다. 그런 의미에서 확고한 해피엔딩을 보여 주며 로맨스와 함께 성장과 변화, 사회적 비판의 메시지를 담아 낸 이 책은 국내 청소년 독자들에게 의미 깊은 이정표가 될 것이다.

2019년 5월
신소희